बांग्ला
की
लोकप्रिय कहानियाँ

बांग्ला की लोकप्रिय कहानियाँ

संपादक

प्रो. महेंद्रनाथ दुबे

प्रभात प्रकाशन

प्रकाशक • **प्रभात प्रकाशन प्रा. लि.**
4/19 आसफ अली रोड,
नई दिल्ली-110002

संस्करण • प्रथम, 2022
मूल्य • चार सौ रुपए
मुद्रक • आर-टेक ऑफसेट प्रिंटर्स, दिल्ली

BANGLA KI LOKPRIYA KAHANIYAN
Ed. Prof. Mahendra Nath Dubey ₹ 400.00
Published by Prabhat Prakashan Pvt. Ltd., 4/19 Asaf Ali Road, New Delhi-2
e-mail: prabhatbooks@gmail.com ISBN 978-93-5562-023-1

भूमिका

'बांग्ला की लोकप्रिय कहानियाँ'—हिंदी भाषा-भाषी सहृदय-सज्जनों की सेवा में प्रस्तुत करते हुए मैं अपने आपको सौभाग्यशाली समझ रहा हूँ। किसी एक भाषा से दूसरी भाषा में अनूदित या रूपांतरित करने में जो विभिन्न तरह की कठिनाइयाँ होती हैं, सो तो होती ही हैं, जब वे भाषाएँ कई मायनों में अतिसन्निकट हों, तो कुछ भूल-भ्रांतियाँ और भी हो जाती हैं। बांग्ला भाषा और असमीया भाषा में निकटता अधिक है, अत: उनके पारस्परिक अनुवाद में प्राय: ही अधिक भ्रांति हो जाती है। बांग्ला हिंदी भाषा-भाषियों के उतनी निकट तो नहीं है, फिर भी कुछ ऐतिहासिक सामाजिक विकास की सन्निकटता से प्राय: ही इनके बोलनेवाले कुछ ऐसे अनुमान लगा बैठते हैं, जोकि दरअसल होते नहीं। जैसे कि हिंदी में कहानी, कथा, किस्सा, गल्प—प्राय: ही एक जैसे अर्थों में व्यवहृत होते हैं। जबकि बांग्ला में ऐसी स्वच्छंदता नहीं है। हिंदी में जिस विदेशी साहित्य विधा के आदर्श पर रचना करने की विवशता को चाहे कमजोरी समझें या मजबूरी, मगर यह सच है कि जिस तरह भारतीय गणित, विशेषत: संख्याएँ अरबी में अनूदित हों 'हिंदी अंक-विधा' कही गईं, फिर अरबी से योरोपीय भाषाओं में अनूदित हो वहाँ अरैबिक-यूनरिक कहलाईं, उस तरह अनेक भारतीय उद्‌भावनाओं की तरह वास्तविक जीवनानुभवों के आधार पर रची गई—फिर एक-दूसरे से कहकर सुनाने—

"आँखिन में जो सदा रहते
तिनकी अब अनकान कहानी सुन्यौ करै।"

के आदर्श पर पंचतंत्र, हितोपदेश, कथा-सरित-सागर, गड्डबहो—गुणाढ्य की वृहत् कथा आदि जब अरबी में अनुवाद होने के बाद यूरोपीय भाषाओं में अनूदित होने पर—'अरेबियन नाइट्स' की तरह भारतीय मूल-उद्‌भावना की चीजें फिर योरोपीय भाषाओं के अनूदित होने, रच-बस जाने के बाद फिर उनकी भाषाओं से भारतीय भाषाओं में अनूदित हो फिर उसी आधार पर रची जाने पर यूरोपीय/अंग्रेजी आधार पर रची कही जाने लगीं। ऐसी साहित्य-विधाओं के नामकरण में बांग्ला फिर प्राचीन

भारतीय परंपराओं से ही जुड़ी रही। इसी से बांग्ला लघु-कथाएँ कल्पनाज्जित कल्प या गल्प तो कही गईं, किंतु आख्यायिका, जातक, हितोपदेश, निजंधरी, वृहत् कथा, काहाणी (पुरुष काहाणी हौं कहौं जो पथ्यावै पुन्न—कीर्तिलता-विद्यापति) की तरह कथा और कहानी के वर्तमान बांग्ला रूप भी पुरानी परंपरा के अनुसार पद्य-बद्ध कविताधारा में ही रचे-समझाए जाते रहे। इसी से रवींद्रनाथ ठाकुर ने अपनी रचना—'कथा ओ काहिनी' पद्यबद्ध शैली में ही रची। यथार्थ जीवन पर आश्रित होकर भी उसकी अपेक्षा अधिक कल्पनाश्रित होने से गप्पबाजी के निकट होने से 'कहानियाँ' शब्द की जगह बांग्ला में 'गल्प' पारिभाषिक नाम ही अपनाया गया है।

फोर्ट विलियम कॉलेज की बदौलत फारसी, हिंदुस्तानी (उर्दू) मराठी, ब्रज (हिंदी) तमिल की तरह बांग्ला गल्प का आरंभ भी अनुवाद करने (अरबी, फारसी, फ्रेंच, संस्कृत, पालि, अपभ्रंश भाषाओं से किए अनुवादों) से ही हुआ।

बांग्ला (गल्प) कहानी मौलिक रूप में रचने और छपने (ईस्ट इंडिया कंपनी और ख्रिष्ट धर्म मिशनरी द्वारा श्रीरामपुर आदि में छपाई प्रेस की स्थापना की बदौलत) छपकर प्रचारित प्रसारित होने का काम भी सन् 1865 ई. के आसपास ही शुरू हुआ, किंतु अधिक रोचक और अधिक समय तक रस लेकर पढ़े जाने लायक होने से बांग्ला उपन्यास उससे अपेक्षाकृत पहले ही अधिक लोकप्रिय हुआ। इसी से बड़े भाई संजीवचंद चट्टोपाध्याय द्वारा पहले शुरू करने पर भी, छोटे भाई बंकिमचंद्र चट्टोपाध्याय द्वारा रचित बांग्ला उपन्यास 'दुर्गेशनंदिनी' सन् 1885 ई. में प्रकाशित हो, फिर क्रमशः उनके तेरह उपन्यासों के प्रकाशित हो जाने से बांग्ला उपन्यास आगे रचे जाने का श्रेय प्राप्त कर सके। बंकिमचंद्र चट्टोपाध्याय भी छोटी कहानियाँ लिखते रहे। स्वर्णकुमारी देवी एवं कुछ अन्य महिलाएँ भी पत्र-पत्रिकाओं में बांग्ला कहानियाँ प्रकाशित करवाती रहीं। किंतु बांग्ला कहानी, गल्प-रचना के आदर्श रूप का प्रकाशन 1877 ईस्वी में प्रकाशित 'रामेश्वरेर अदृश्य' नामक कहानी द्वारा हुआ, जिसे संजीव चंद चट्टोपाध्याय ने प्रकाशित करवाया था। अंग्रेजी लघु-कथाएँ के समानांतर बांग्ला (छोटो गल्प) कहानी का अपना खुद का रचना-विधान-शिल्प और कथ्य सर्वप्रथम कवि रवींद्रनाथ ठाकुर की कहानी 'क्षुधित पाषाण' से सन् 1890 ई. में प्राभाविक रूप से संरचित हुआ। कहानी की आकृति और प्रकृति निश्चित हो जाने के उपरांत बांग्ला कहानी क्रमशः एक-से-एक ऊँचाइयाँ छूती गई। बंगाल, भारतवर्ष, देश-विदेश और समूची दुनिया में जो घटनाएँ घटित होती गईं, उन सभी के घात-प्रतिघात में बांग्ला कहानी इतनी मजबूती से उभरी कि विश्वस्तरीय कथाशिल्प की प्रतिनिधि बन सकी, अपने विकास-क्रम में सन् 1877 ईस्वी से सन् 2017 तक के लगभग 130 वर्ष के उसके विस्तृत काल को हम एक-एक कर उसके पाँच उत्थान-कालों में बाँटकर

देख सकते हैं। इन पाँचों उत्थान-कालों में हम भिन्न-भिन्न कालों के जिन बांग्ला के विशिष्ट कहानीकारों के नाम उल्लेख करेंगे, उसमें यह जरूरी नहीं है कि वे कथाकार अपने उस विशेष कालखंड में ही सीमित रहे हों, जैसे कि अगर हम रवींद्रनाथ ठाकुर को ही लें, तो उनका उल्लेख हम प्रथम उत्थान-काल में करेंगे, जो 1877 से 1918 तक लगभग 30 वर्षों तक फैला है, जबकि रवींद्रनाथ अपने जीवन के अंतिम वर्षों तक कहानियाँ रचते रहे। सन् 1943 में रचित उनकी 'रविवार' कहानी भी उस कालखंड के अन्य बांग्ला कहानीकारों के समान ही उत्कृष्ट है। जोकि हम बांग्ला कहानी के तृतीय उत्थान-काल में पढ़ते हैं। बांग्ला कहानियों का नया उत्थान-काल आरंभ होने का आधार देश-प्रदेश या विदेश में हुई कोई एक विशेष या कई विशिष्ट घटनाओं के आधार पर ही दिखाई पड़ता है, जैसे कि प्रथम उत्थान-काल में परतंत्र देश को स्वतंत्र बनाने की भावना, जो बंकिमचंद्र चट्टोपाध्याय के नाटक 'आनंदमठ', विशेषकर उसमें लिखे राष्ट्रगीत—'वंदेमातरम्' से उभरा। सन् 1885 में भारतीय राष्ट्रीय कांग्रेस पार्टी के कलकत्ता अधिवेशन में रवींद्रनाथ ठाकुर द्वारा गाए गए 'जन-गण-मन अधिनायक' से संपुष्ट हुआ। सन् 1904 के बंगाल के अकाल, सन् 1905 में लार्ड कर्जन द्वारा बंग-भंग कर बंगाल को पूर्वी और पश्चिमी भागों बाँटने की घटना और उसके विरोध में खड़े विशाल जन विद्रोह, सन् 1911 में बाध्य होकर बंगाल को फिर एक करने, किंतु बड़ी चालाकी से पूर्वी बंगाल में ढाका को कलकत्ता के समान ही एक केंद्र बना देने, जहाँ सन् 1906 में 'इंडियन मुस्लिम लीग' की स्थापना हुई थी, उसे क्रमशः बलवान बनाते रहने, ढाका में विश्वविद्यालय बना देने की चालाकी के साथ-साथ भारतीय राजधानी को सन् 1911 में कलकत्ता से हटाकर दिल्ली में जमा देने की अंग्रेजी चाल तथा सन् 1916 में आरंभ हुए प्रथम विश्वयुद्ध में भारतीय सेनाओं का उपयोग करने के लिए भारतीयों की इच्छा के विरुद्ध कुटिल राजनीति की गई। इन सभी का प्रभाव बांग्ला के प्रथम उत्थान-काल की कहानियों पर देखा जा सकता है।

बांग्ला कहानी के प्रथम उत्थान-काल के विशिष्ट कथाकार-कहानीकार हैं—

बांग्ला कहानी—प्रथम उत्थान-काल

1. संजीवचंद्र चट्टोपाध्याय (रामेश्वरेर अदृश्य)
2. त्रैलोक्यनाथ मुखोपाध्याय (डमरू चरित)
3. पूर्णचंद्र चट्टोपाध्याय (मधुमती)
4. स्वर्ण कुमारी देवी (प्रेमप्रीति)
5. जलधर सेन (बाताशी)
6. रवींद्रनाथ ठाकुर (क्षुधित पाषाण)

7. नगेंद्रनाथ गुप्त (भैरवी)
8. प्रमथ चौधरी (सोमनाथेर कथा)
9. सुरेश चंद्र समाजपति (तीर्थेर पथे)
10. प्रभात कुमार मुखोपाध्याय (रसमैयर रसिकता)
11. शरत चंद्र चट्टोपाध्याय (महेश)
12. चारू चंद्र बंदोपाध्याय (गाडीर आड़ी)
13. राजशेखर बसु 'परशुराम' (चिकित्सा-संकट)
14. अनुरूपा देवी (देवदासी)

द्वितीय उत्थान-काल

सन् 1919 में प्रथम विश्वयुद्ध की समाप्ति भारत में महात्मा गांधी के नेतृत्व में कांग्रेस पार्टी का उभार, देश को स्वतंत्र करने की दिशा में क्रमशः जोरदार होते जा रहे आंदोलन, महात्मा गांधी की अहिंसा प्रधान कांग्रेस के नरम दल के समांतर गरम दल के उभार, मदनमोहन मालवीय, मोतीलाल नेहरू, नेताजी सुभाष चंद्र बोस की स्वतंत्रता प्राप्ति की भिन्न दिशा, सूर्यसेन के नेतृत्व में चटगाँव सरकारी खजाना लूट, भारत को सशर्त संघर्ष कर स्वतंत्र करने के आंदोलन का सूत्रपात, चंद्रशेखर आजाद, भगत सिंह, राजगुरु जैसों नए नेतृत्व की दिशा, मुस्लिम लीग के लाहौर अधिवेशन में मजहब के आधार पर पाकिस्तान नामक नया देश बनाने की घोषणा, सन् 1939 में द्वितीय विश्वयुद्ध के समाप्त हो जाने पर मित्र राष्ट्रों के साथ अपनी विजय होने से घमंड में डूबी ब्रिटिश सरकार द्वारा भारतीयों को विश्वयुद्ध के उपरांत दी जानेवाली सुविधाओं को नकार देने के कारण, भारत में हरेक नागरिक के मन में विद्रोह की भावना के कारण जो वातावरण पैदा हुआ, उन्हीं सबका प्रतिनिधित्व बांग्ला के द्वितीय उत्थान-काल के कहानीकारों की कहानियों में, चित्रणों में मिलता है। इस कालखंड के प्रमुख कहानीकार हैं—

बांग्ला कहानी—द्वितीय उत्थान-काल

1. नरेश चंद्र सेन गुप्त (विचार)
2. निरुपमा देवी (आलेया)
3. हेमंत कुमार राय (उन्माद)
4. मणिलाल गंगोपाध्याय (रंगरूट)
5. प्रेमांकुर आतर्थी (जेल फेरथ)
6. सैयद वाजिद अली (भारतवर्ष)

7. जगदीश चंद्र गुप्त (चंद्र-सूर्य यतो दिन)
8. रमेश चंद्र सेन (घोरेर चिंता)
9. विभूति भूषण बंदोपाध्याय (किन्नरेर दल)
10. धूर्जटि प्रसाद मुखोपाध्याय (एकता तुमी प्रिये)
11. विभूति भूषण मुखोपाध्याय (गान)
12. रवींद्र मैत्र (निधि रामेर वैसाखी)

बांग्ला साहित्य में सन् 1919 से 1939 तक का काल कल्लोल युग के नाम से मशहूर है। लगभग इसी समय सन् 1911 से 1936 तक का हिंदी साहित्य का काल 'छायावाद' कहलाता है, जिसमें भी हिंदी के अत्यंत प्रतिभाशाली साहित्यकार हुए और उन्होंने भी हिंदी साहित्य की सभी धाराओं को समृद्ध किया। इसी तरह सन् 1936 से हिंदी में प्रगतिवाद का युग आरंभ होता है। जयशंकर प्रसाद और प्रेमचंद जैसे महारथी महाप्रयाण कर गए, किंतु उसी वेला में जो नई पीढ़ी अंकुरित हुई, उसने एक लंबे अरसे तक श्रेष्ठ रचनाएँ दीं। इसी प्रकार बांग्ला के इस कल्लोल युग में पुरानी पीढ़ी के कुछ प्रतिभाशाली साहित्यकारों ने विराम लिया, इसके कुछ समय बाद ही रवींद्रनाथ ठाकुर ने भी विदा ले ली, परंतु इस कल्लोल युग में जो नए साहित्यकार अपनी नई रचनाओं के साथ आए, उन्होंने बांग्ला कहानी के तृतीय, चतुर्थ कालखंड तक एक से बढ़कर एक श्रेष्ठ कहानियाँ रचीं और प्रकाशित करवाईं। बांग्ला कहानी के द्वितीय उत्थान-काल में उभरे ऐसे कथाकार जो तृतीय उत्थान-काल में अतिशय प्रशंशित हुए, उनमें विशेष उल्लेखनीय है।

बांग्ला कहानी, तृतीय उत्थान-काल

विभूति भूषण बंदोपाध्याय, जिन्होंने कहानियों के साथ-साथ 'पाथेर पांचाली', 'अपूर्व संसार' जैसे श्रेष्ठ उपन्यासों की भी रचना की। इसी प्रकार की श्रेष्ठता जिन बांग्ला कहानीकारों ने प्रदान की, उनमें अन्य उल्लेखनीय हैं—

1. ताराशंकर बंदोपाध्याय (तारणी माँझी),
2. जीवनानंद दास (जामरुल-तला),
3. बनफूल-बलायी चाँद मुखोपाध्याय (ताजमहल),
4. प्रबोध कुमार सान्याल (अंगार),
5. माणिक बंदोपाध्याय (के बाचाये, के बाचे)
6. बुद्धदेव बसु (एकटी जीवन),
7. अन्नदा शंकर राय (हासन सखी),

8. प्रेमेंद्र मित्र (शिंखल),
9. श्रीराम चक्रवर्ती (कालांतक लाल फीता),
10. सुबोध घोष (सुंदरम्),
11. कमल कुमार मजुमदार (मोतीलाल पादरी)।

बांग्ला कहानियों का तृतीय उत्थान-काल समय-सीमा की दृष्टि से बहुत छोटा है—केवल 1939 से 1949 तक। इन 10 वर्षों के भीतर ही द्वितीय विश्वयुद्ध की समाप्ति, ब्रिटिश सरकार का भारतीयों से दुर्व्यवहार और धोखा, सन् 1942 का भारत छोड़ो आंदोलन, 1943-1944 में रवींद्रनाथ का महाप्रयाण, सुभाष चंद्र बोस द्वारा आजाद हिंद फौज का सृजन, बंगाल, असम, त्रिपुरा और नागालैंड के क्षेत्रों पर आजाद हिंद फौज और जापानी सेना का आक्रमण और बम-वर्षा, जापानी सेना की पराजय और नेताजी सुभाष चंद्र बोस की मृत्यु का प्रोपेगेंडा, सन् 1947 में देश के बँटवारे के साथ-साथ स्वतंत्र भारत राष्ट्र का उदय, बंगाल प्रांत का पूर्वी आधा हिस्सा पूर्वी पाकिस्तान नाम से एक देश बन जाना और हिंदू-मुसलिम आबादी के एक बड़े हिस्से का एक दूसरी ओर पलायन, शरणार्थियों को बसाने की समस्या और शरणार्थियों के नारकीय जीवन का आँखों में चुभनेवाला संकट, सन् 1948 में महात्मा गांधी की हत्या और जम्मू-कश्मीर में पाकिस्तानी सेना की मदद से किए गए आक्रमण बँटवारे के बाद हिंदुस्तान-पाकिस्तान दोनों ओर मचा हत्याकांड, ऐसे विषय थे कि इस 10 वर्ष के कालखंड में ऐसी परिस्थितियाँ आईं कि उन पर इतनी श्रेष्ठ रचनाएँ रची गईं। उनसे यह छोटे समय का काल ही एक महत्त्वपूर्ण काल बन गया, जिसे बांग्ला कहानी का चतुर्थ उत्कर्ष-काल कहा जा सकता है। इस काल में जो विशिष्ट प्रतिभाएँ उभरीं, उनकी विशिष्ट कहानियों में मुख्य हैं—

बांग्ला कहानी, चतुर्थ उत्थान-काल

इसमें प्रमुख रचनाकार हैं—

1. सतीनाथ भादुड़ी (वईयाकरण),
2. शरदेंदु बंदोपाध्याय (रक्तो-संघर्ष),
3. अचिंत्य कुमार सेन गुप्त (नूरबानो),
4. आशापूर्णा देवी (निजेर जन्य शोक),
5. नरेंद्रनाथ (छोटी बस की सवारी),
6. नारायण गंगोपाध्याय (पूर्वा),
7. अमिय भूषण मजूमदार (नीलकमल),

8. ज्योतिरिद्र नंद नंदी (एक झाँक देव शिशु),
9. नरेंद्रनाथ मित्र (चोर),
10. सैयद मुस्तफा अली (वैचे थाको सरदी काशी),
11. समरेश बसु (पाती हाँस),
12. विमल कर (नेशा)।

बांग्ला कहानी, पंचम उत्थान-काल

यह काल 1949 से सन् 1984 तक विस्तृत है। इस काल खंड के दौरान संपूर्ण भारतवर्ष में जो महत्त्वपूर्ण घटनाएँ घटीं, जम्मू-कश्मीर में पाकिस्तानी सेना का आक्रमण, भारतीय संविधान का निर्माण और प्रकाशन 1950 में, 26 जनवरी, 1950 भारतीय गणतंत्र की घोषणा, सन् 1952 में स्वतंत्र भारत का प्रथम निर्वाचन, सन् 1957 में भारतीय मुद्रा का प्रचलन, पुराने सिक्कों की विदाई, सन् 1957 में द्वितीय निर्वाचन, सन् 1989 में दलाई लामा का अनुयायियों सहित भारत में शरण लेना, हिंदी चीनी भाई-भाई, सन 1962 में चीन का लद्दाख और पूरब में नेफा पूर्वोत्तर भारतीय सीमा पर आक्रमण, भारत की पराजय, कम्यूनिस्ट पार्टी और राष्ट्रीय कांग्रेस में विभाजन, इंदिरा गांधी का अभ्युदय, सन् 1971 में भारतीय पूर्वी सीमांत में पूर्वी पाकिस्तान में मुक्ति, सैनिकों का संघर्ष, उसमें भारत का खुलकर उन्हें साथ देना, पूर्वी पाकिस्तान नामक देश की समाप्ति और पाकिस्तान से अलग होकर स्वतंत्र बांग्लादेश का अभ्युदय, संसदीय चुनावों में प्रधानमंत्री रहते हुए भी इंदिरा गांधी की हार और इमरजेंसी लगाने की घोषणा, विपक्षी नेताओं का दमन के प्रति उत्तर में जनता पार्टी का गठन और कांग्रेस पार्टी ही हार के बाद कई मिली-जुली राष्ट्रीय राजनीतिक पार्टियों की सहभागिता से सन् 1977 में जनता-सरकार का गठन, कुछ ही दिनों बाद फिर जनता सरकार का पतन और इंदिरा गांधी का पुनः सत्ता पर काबिज होना, जयप्रकाश नारायण के नेतृत्व में हुई संपूर्ण क्रांति की विफलता, सन् 1984 में प्रधानमंत्री इंदिरा गांधी की हत्या, विशेषतः दिल्ली और सामान्यतः और कई स्थानों पर सिक्खों का दमन और राजीव गांधी के नेतृत्व में नई सरकार का गठन के अतिरिक्त बांग्ला भाषा-भाषी पश्चिम बंगाल, त्रिपुरा, कछार (सिलचर) क्षेत्रों में कुछ भिन्न प्रकार की और-और परिस्थितियाँ उभरीं, जो राजनीतिक और भाषा संबंधी दृष्टियों से ऐसी महत्त्वपूर्ण थीं कि उन्होंने पूर्वी भारत के उन क्षेत्रों मे तो परिवर्तन किया ही, साथ ही समूचे देश को आंदोलित कर दिया, उनमें से जिन महत्त्वपूर्ण घटनाओं का प्रभाव बांग्ला भाषा और साहित्य, विशेषतः कहानी साहित्य पर पड़ा, वे थीं—

विभाजन की त्रासदी और शरणार्थियों को बसाने की समस्या के बावजूद भारत से

अलग हुए पूर्वी बंगाल के, तथाकथित पूर्वी पाकिस्तान में सन् 1949 में जब मुहम्मद अली जिन्ना ने पूर्वी पाकिस्तान की राष्ट्रभाषा उर्दू करने की घोषणा की, तब उसके विरोध में पूर्वी पाकिस्तानी बंगालियों ने जो संघर्ष छेड़ा, सन् 1952 में पूर्वी पाकिस्तान में नुरुल अमीन के शासनकाल में बांग्ला भाषा की मर्यादा रक्षा का जो आंदोलन छिड़ा उसमें भारत के पश्चिमी बंगाल के बांग्ला भाषियों ने हर तरह से शक्ति संचार किया। पंडित जवाहर लाल नेहरू ने जो पहले मार्शल टीटो, फिर सोवियत रूस के बुल्गानिन और ख्रुश्चेव और फिर चीन के चाउ एन लाई को भारत में आमंत्रित कर पारस्परिक सहयोग का माहौल बनाया, उससे सबसे ज्यादा भारत का बांग्ला भाषा-भाषी पश्चिम बंगाल प्रदेश ही प्रभावित हुआ। पहले भारतीय कम्युनिस्ट पार्टी और बाद में उसके दो टुकड़े होने पर चीन के प्रेसिडेंट माओ के नाम पर बनी माओवादी कम्युनिस्ट पार्टी जोर पकड़ती गई। सन् 1962 ईस्वी में चीन, भारत युद्ध में बंगाल का एक धड़ा चीन का भी पक्ष लेता दिखा। बंगाल के विभिन्न क्षेत्रों में 'चीनेर प्रेसिडेंट अमारे प्रेसिडेंट' अर्थात् चीन के प्रेसिडेंट हमारे प्रेसिडेंट हैं, उसके बाद चुनावों में पहले कम्युनिष्ट पार्टी ने विद्रोही कांग्रेस पार्टी से मिलकर फिर खुद ही स्वतंत्र रूप से माओवादी कम्युनिस्ट या साम्यवादी सरकार का गठन कर लिया। बांग्ला भाषा-भाषी एकता ऐसी मजबूत हुई कि जिस तरह पूर्वी बंगाल में उर्दू के विरोध में पश्चिमी बंगाल के बंगाली उठ खड़े हुए, जब असम में असमिया भाषा से बांग्ला भाषियों का संघर्ष हुआ, विशेषत: कछार (सिलचर) में बांग्ला भाषियों का संघर्ष हुआ तो तथाकथित पाकिस्तानी बांग्ला भाषी भारतीय बांग्लाभाषियों के पक्ष में संघर्ष करने लगे। सन् 1971 में बंगालादेश के मुक्ति संग्राम का एक केंद्र कलकत्ता से काम करने लगा और स्वतंत्र बांग्लादेश बन जाने के उपरांत 'ए पार बांग्ला ओ पार बांग्ला' जैसे फिर से एक वृहत्तर बांग्ला साहित्य की रचना में एक साथ हो गए। इन सभी के घात-प्रतिघात के बीच बांग्ला भाषा में ढाका और सिलहट की ढकाइयाँ और सिलऐटी का भी प्रचुर प्रयोग हुआ, परंतु 1970 के दशक में उत्तर-पूर्व बंगाल में स्थित नकक्साल बाड़ी गाँव से उभरे नक्सलवादी आंदोलन, जिसकी अगुवाई चारू मजूमदार और जंगल संथाल जैसे शिक्षित पूर्वी बंगाल के साथ-साथ पूरे देश की राजनीति को भी प्रभावित कर दिया। शुरू में नक्सलवादी आंदोलन के बांग्ला साहित्य ने कहानी साहित्य को भी बहुत प्रभावित किया, परंतु ज्योति वसु के लंबे मुख्यमंत्रीत्व काल की साम्यवादी सरकार में ही नक्सलवादी आंदोलन बंगाल से खत्म हो गया। हालाँकि मध्य प्रदेश, उड़ीसा के रास्ते वह छत्तीसगढ़ और महाराष्ट्र तक फैल गया तब बांग्ला की कहानी में नक्सलवादी मान्यताओं की झलक भी व्याप्त हो गई।

इस लंबे बांग्ला कहानी के पाँचवें उत्थान-काल में चौथे उत्थान-काल के कई

प्रतिष्ठित लेखक रहे, तो कई धरती से विदा लेने के कारण साहित्य से भी विदा ले गए, लेकिन इन दौरान बांग्ला कहानीकारों की एक नई ऊर्जा से उत्कृष्ट कहानी का निर्माण करने लगे, जिसमें से कुछ प्रमुख कहानीकार और उनकी प्रतिनिधि कहानियाँ हैं—

बांग्ला कहानी, षष्ठ उत्थान-काल

1. मतिनंदी (ढलती शाम के दो चेहरे)
2. सुनील गंगोपाध्याय (यदी कहीं)
3. बुद्धदेव गुह (बौनों की आत्मकथा)
4. हिमानीश गोस्वामी (तो फिर हमारा क्या होगा?)
5. बरेन गंगोपाध्याय (अन्न-सत्र)
6. सैय्यद मुस्तफा सिराज (बूढ़े पीर की दरगाह के समीप)
7. शिरदेंदु मुखोपाध्याय (कलयुग)
8. इमदादुल हक मिलन (निवारण वगैरह-अब किस हालत में रह रहे हैं)
9. संजीव चट्टोपाध्याय (दिन की फुलवारी में)
10. अशेष चट्टोपाध्याय (जीवन-यौवन)
11. अबुल बशार (संदेश वाहक)
12. नलिनी बेरा (पिताजी की याद)

बांग्ला कहानी, सप्तम उत्थान-काल

सन् 1984 में भारत की प्रधानमंत्री इंदिरा गांधी की उनके संरक्षकों द्वारा ही हत्या के साथ-साथ ही पुरानी परंपराओं के निभाए जाने की रस्मों की भी समाप्ति हो गई। 1985 ई. में भारतीय राष्ट्रीय कांग्रेस की स्थापना के 100 वर्ष भी पूरे हो गए। विश्व में मार्क्सवाद मार्क्स की अपनी जमीन जर्मनी, ब्रिटेन, सोवियत रूस से ही नहीं, बल्कि चीन से भी समाप्त हो गई। भारतीय कम्युनिस्ट पार्टी के विभाजन के बाद पश्चिम बंगाल में मार्क्सवादी सरकार के सिद्धांतों के आधार पर मार्क्सवादी सरकार पर मार्क्स के साथ-साथ माओवाद का प्रभाव भी कम होने लगा, जबकि माओवाद नक्सलवाद के कृषक-आंदोलन के उद्देश्यों को पलटते हुए "स्वाधीनता अहिंसा से नहीं बल्कि बंदूक की नली से मिलती है" की मान्यता को मिलाते हुए नक्सलवाद के रूप में संथाल-परगना से लेकर छत्तीसगढ़ और महाराष्ट्र के दंतेवाड़ा तक फैल गया। लंबे काल तक शासन सत्ता सँभालने के बाद ज्योति बसु ने विश्राम ले लिया और उनकी जगह एक अच्छे साहित्यकार बुद्धदेव बसु ने पश्चिम बंगाल की सत्ता सँभाली; परंतु धीरे-धीरे उनकी पकड़ प्रशासन पर ढ़ीली पड़ने लगी। कांग्रेस से अलग होकर बनाई गई 'तृणमूल

कांग्रेस' पैर पसारने लगी। खेतीहर किसानों, जूट मिल के मजदूरों, कोयला-खदानों के मजदूरों की आमदनी घटने लगी, क्योंकि बंगाल के बड़े-बड़े उद्योग बंगाल छोड़कर दूसरे प्रदेशों में स्थानांतरित हो गए। सन् 1971 में शरणार्थियों के रूप में बांग्लादेश से आए शरणार्थी बांग्लादेश लौटे ही नहीं, बल्कि भारत के जम्मू, राजस्थान के जयपुर, जोधपुर, राजधानी दिल्ली, मध्य प्रदेश के दंडयकारण, मुंबई, बैंगलोर तक फैलकर बस गए और ऊपर से अंतरराष्ट्रीय सीमा पार कर नए-नए बांग्लादेशी जत्थे भारत के सीमांत जिलों जलपाईगुडी, उत्तरी दीनाजपुर, मालदा टाउन, पश्चिमी मुर्शीदाबाद, कोलकाता और 24 परगना में बसने लगे। स्वतंत्रता के पहले जैसे भारतवर्ष में हिंदू-मुसलिम की कशमकश थी, लगभग वैसी ही कशमकश बंगाल प्रदेश में दिखाई पड़ने लगी। सन् 1990 में अयोध्या में राम मंदिर पुनर्निमाण के आंदोलन के छिड़ने सन 1992 में कार-सेवकों पर गोलियाँ चलाने की प्रतिक्रियास्वरूप जैसे समूचे देश में भारतीय प्राचीन संस्कृति का उभार हुआ, ठीक वैसी ही स्थिति बंगाल प्रदेश में बनने लगी।

बांग्ला साहित्य की रचना अब पश्चिम बंगाल के अलावा बांग्लादेश में भी होने लगी, परंतु पाँचवें और छठे दशक में बांग्ला भाषा के प्रति जो विशेष श्रद्धा का भाव दोनों ओर था, जिसकी वजह से बांग्ला भाषा-सुरक्षा और उर्दू-फारसी के विरुद्ध आंदोलन भी हुए, उसमें अब कमी आने लगी। पश्चिमी बंगाल में प्रकाशित होनेवाली साहित्य की जो जोरदार माँग बांग्लादेश में थी, वह कम पड़ने लगी। बांग्लादेश में जो नया बांग्ला साहित्य रचा जाने लगा, उसमें उर्दू, फारसी की शब्दावली की मिलावट बढ़ने लगी। पश्चिमी बंगाल में प्राइमरी स्कूलों से ही अंग्रेजी शिक्षा पर जो जोर दिया गया, उसके कारण बांग्ला की जगह अंग्रेजी का महत्त्व इतना बढ़ गया, नवयुवक पीढ़ी बांग्ला साहित्य रचने की अपेक्षा, सीधे-सीधे इंग्लिश साहित्य रचने लगी तथा इंग्लिश लैंग्वेज की मूल भूमि इंग्लैंड में थी, वह प्रकाशित और प्रशंसित होने लगी। फलत: बांग्ला में नए रचनाकारों की कमी होने लगी, जिसकी वजह से बांग्ला की कई साहित्यक पत्रिकाएँ या तो बंद हो गईं अथवा उनके प्रकाशन कम होने लगे। चूँकि सन् 1969 से ही बांग्ला रचनाकारों से मेरा व्यक्तिगत अति निकट संबंध रहा है, उन्होंने मुझे काफी आत्मीय भी प्रदान की है। इसलिए इस दौरान मैंने रचनाकारों की श्रेष्ठ रचनाओं को हिंदी में अनूदित करने का जो निवेदन किया, उन्होंने प्रसन्नतापूर्वक अनुमति प्रदान कर दी। इस तरह अभी आज तक रची गई सातवें उत्थानकाल की इन रचनाओं के श्रेष्ठ रचनाकार ऐसे हैं कि यदि हम उनका उल्लेख भी करें तो कई पृष्ठ भर जाएँगे। अत: फिलहाल कुछ चुनिंदा रचनाकारों एवं उनकी प्रतिनिधि कहानियों के नामों का उल्लेख करना उचित समझता हूँ, जो इस प्रकार हैं—

बांग्ला कहानी—सप्तम उत्थान-काल

1. असीम राय (ऐरावतेर मृत्यु), 2. अशोक विश्वास (तैयब अली की आपबीती), 3. वैद्यनाथ मुखोपाध्याय (बकरा संग्राम), 4. दिनेश चंद्र राय (ऐरावतेर मृत्यु) 5. सैयद मुस्तफा सिराज (गो-हत्यारा), 6. असीम राय (अबनीर भूषण चंद्र चाटुरजेर सुषमा), 7. मतिनंदी (शवागार) 8. कनाई कुंडू (अमृत-मंथन), 9. नवनीता देव सेन (लक्ष्मण का नरक दर्शन), 10. सुचित्रा भट्टाचार्य (रंग और रूप), 11. अरिंदम बसु (आधार मनिक गाँव की कथा) 12. उदयन घोष (स्वप्न मर गया, स्वप्न अनंत काल तक जिंदा रहेगा)।

इस छोटी सी पुस्तक में बांग्ला के समूचे कहानी-साहित्य की सभी प्रतिनिधि कहानियों को संगृहीत कर पाना संभव ही नहीं था, अतः केवल आधुनिक काल की बांग्ला की प्रतिनिधि कहानियों को ही संगृहीत करने का प्रयत्न किया है। परंतु हमारे प्रकाशक महोदय का यह अति सराहनीय सुझाव है कि बांग्ला के कहानी-संग्रह में रवींद्रनाथ और शरतचंद्र की कहानी न हो तो सब सूना-सूना ही रहेगा। अतः उनके अति सराहनीय सुझाव के अनुरूप इस संग्रह की अंतिम दो कहानियों के रूप में रवींद्रनाथ और शरतचंद्र की कहानियाँ भी जोड़ दी गई हैं। उन दोनों के अनुवादक निश्चय ही मुझसे श्रेष्ठतर अनुवाद हैं। अतः पाठकों को श्रेष्ठतर आनंद दे सकेंगे।

मकर संक्रांति 2022

—प्रो. महेंद्रनाथ दुबे
प्रभावती प्रतिष्ठान, भवन संख्या-2,
दयाबाग कॉलोनी, आशियाना फ्लैट्स के पास,
बसेरा रोड, जगनपुर बेला, खेल गाँव मार्ग,
दयालबाग, आगरा-282005 (उ.प्र.)
मो. : 9410835021, 8791602092

अनुक्रम

	भूमिका		*5*
1.	तारिणी मल्लाह	**—ताराशंकर बंद्योपाध्याय**	19
2.	चाकरी	**—विमल मित्र**	43
3.	खोला दरजार इतिवृत्त	**—विभूतिभूषण बंद्योपाध्याय**	74
4.	दूध का दाम	**—बनफूल**	87
5.	एक झाँक देव शिशु	**—ज्योतिरींद्र नंदी**	94
6.	जोदि	**—सुनील गंगोपाध्याय**	107
7.	दिन की फुलवारी में	**—संजीव चट्टोपाध्याय**	122
8.	जीवन–यौवन	**—अशेष चट्टोपाध्याय**	133
9.	खट्वांग–पुराण	**—शिवराम चक्रवर्ती**	158
10.	कल्प–स्मृति	**—शरतचंद्र**	166
11.	काबुलीवाला	**—रवींद्रनाथ ठाकुर**	175

तारिणी मल्लाह

–ताराशंकर बंद्योपाध्याय

तारिणी मल्लाह की सहज-स्वाभाविक मुद्रा ही बन गई है; सिर काफी नीचे तक झुका-झुकाकर चलने की, जैसे कि यह उसका स्वाभाविक रूप ही हो। जबकि उसके शरीर की ऊँचाई अस्वाभाविक ढंग से बहुत ही लंबी है। परिणामस्वरूप घर में प्रवेश करने के दरवाजे के ऊपरी हिस्से से, वृक्षों के नीचे से गुजरते समय उनकी डाली से, साधारण झोंपड़ियों की चालों से अनेक बार उसके माथे पर जोर-जोर की चोट लग चुकी है। ऐसी ही चोटें खा-खाकर, ठगे जा-जाकर उसने सिर झुकाकर चलना सीख लिया है। परंतु वही तारिणी जब नदी की खुली छाती पर अपनी नौका को खेता होता है, तब अपने स्वाभाविक शरीर को बिल्कुल सीधा तानकर ही रखता है। उसके शरीर का सहज-स्वाभाविक रूप वहाँ स्पष्ट दिखलाई पड़ता है, जिसमें कहीं भी तनिक सी कोई लचक नहीं होती है। ताड़ के पेड़ से बनी हुई अपनी बड़ी नैया के एक किनारे पर खड़े होकर अपनी लंबी और मोटी बाँस की लग्गी से नीचे की ओर धक्के मार-मारकर यात्रियों से खचाखच भरी अपनी नैया को वह इस पार से खेते-खेते सीधे उस पार ले जाकर भिड़ा देने के बाद ही थम्हता है।

आषाढ़ का महीना है। अंबुवाची-त्योहार के उपलक्ष्य में जो यात्री दर्शन-पूजन के लिए गए थे, लौटते समय उनका जो रेला यहाँ पहुँचा है, उसकी भीड़ से तो 'मयूराक्षी नदी' के इस 'गनुटिया' के घाट पर जैसे एक बाजार ही लग गया है। पैदल चलने के परिश्रम से हारे-थके यात्रियों के इस झुंड में सभी-के-सभी औरों से पहले ही नदी को पार कर जाने के लिए उतावले हो रहे हैं।

हुक्के की अपनी गुड़गुड़ी पीते-पीते ही तारिणी ने जोर की हाँक-डाँट लगाई—"और नहीं पूजनीया ठकुराइनो! अब और नहीं। जरूरत से बहुत ज्यादा सवारी पहले ही चढ़ चुकी हैं। इससमय की हर सवारी गंगा-स्नान करने के पुण्य-प्रताप के भार से और भी भारी हो गई है, इन सभी के इस पुण्य से भारी हुई सवारियों के बोझ को मेरी यह नैया अब और नहीं सह पाएगी।"

नैया पर चढ़ने से सवारियों को वह रोके जा ही रहा था कि तभी एक वृद्धा महिला विनती करते हुए चिल्ला उठी—"बस, एक सवारी और भाई! बस, यही मेरा एक बेटा और चढ़ा लो।" उधर दूसरी ओर से एक और युवती पुकार उठी—"अरे, ओ साबी! अब उठ भी आ न; जल्दी चढ़ आ। दुश्मनों को हाड़ के दाँतों को फैलाकर अब और हँसने की जरूरत नहीं पड़ेगी।"

साबी, जिसका पूरा नाम है, 'सावित्री।' उम्र की अल्हड़ नवयुवती है। वह अपने लोगों के आसपास के गाँवों की कई दूसरी नवयुवतियों के साथ हँसी-मज़ाक भरे वार्त्तालापों में ऐसी मग्न थी कि बात करते-करते हँसी की किलकारियाँ भरते जैसे लोट-पोट हुई जा रही थी। उसने वहीं से पलटकर उत्तर दिया, "तुम सब चली जाओ। अब इसके बाद जब नैया दूसरा खेप ले जाएगी, तब उसी में चढ़कर हम सब-की-सब एक साथ ही जाएँगी।"

तारिणी हड़बड़ाते हुए सिफारिश सी करता हुआ बोल पड़ा—"नहीं रे छोकरी! तू तो इसी खेप में नैया में चढ़ आ। तेरे अकेले का भार ही बहुत है। तुम्हारे जैसी इन तमाम कन्याओं के चरण अगर एक साथ ही मेरी इस नैया पर पड़ेंगे, तो तुम लोगों के बोझों से चँपकर मेरी यह डोंगी नैया तो निश्चय ही डूब जाएगी।"

बातचीत करने में अत्यंत प्रगल्भ, मुखर साबी प्रतिउत्तर में चहक पड़ी—"डूबने को होगी, तो तुम्हारी इन बुढ़ियों की खेप, जो इस बार नैया में जितनी भरी है, उसी से डूब जाएगी तेरी नैया। रे मल्लाह! क्योंकि इनमें से किसी ने दस बार, तो किसी ने बीसों बार गंगा स्नान कर-कर के पुण्य का बोझा बहुत बढ़ा लिया है। जबकि हम सबकी तो यह बस पहली-पहली बार की पुण्य की कमाई है।"

दोनों हाथों को जोड़कर तारिणी फिर बोला, "ठीक कहती हो, मातेश्वरी! परंतु तुम लोग तो अपने इस एक बार में ही गंगा की लहरों को माथे उठाए ले आई हो।"

उसकी यह बात सुनकर यात्रियों का दल जोर-जोर की आवाजें कर हँसने लगा। फिर उस मल्लाह ने अपनी लग्गी को हाथ में सँभाला और कूदकर डोंगी नैया के एक सिरे के माथे पर आ चढ़ा। उसका सहयोगी मल्लाह 'काला चाँद' अभी तक यात्रियों से खेवा का भाड़ा महसूल वसूलने में ही लगा हुआ था। वह जोर-जोर से हाँक लगाता हुआ बोला, "नदी पार करने के खेवा का पैसा देने से किसी ने फाँकी तो नहीं मारी है? देख लो, अब भी ठीक से देख लो। खेवा दिए बिना कोई यों ही न चला जाए।" इतना कहने के साथ ही उसने डोंगी नैया को एक जोर का धक्का दिया, जिससे नैया नदी के पानी में बह चली। उसके साथ-साथ वह भी नैया पर चढ़ आया। लग्गी से एक भारी धक्का मारकर तारिणी ने फिर आवाज लगाई, "हरि, हरि बोलो सभी," बोलो, "हरि बोल!" सारे-के-सारे यात्री एक ही स्वर में चिल्ला उठे, "हरि बोल, हरि बोल।" इतने सारे

यात्रियों के कंठ से एक साथ उठी हुई—'हरि बोल'—की ध्वनि नदी के दोनों तटों पर खड़ी वनों से भरी हुई धरती के बीच प्रतिध्वनित होती हुई देर तक फिरती रही। नैया के नीचे अत्यंत प्रखर-स्रोत में बहती हुई मयूराक्षी नदी अपनी दबी-दबी क्रूर हँसी के कलरवों के साथ बहती चली जा रही है। यात्रियों की भीड़ के स्वर—'पार करो हे हरि, अब तो तारो हे हरि' गूँज रहे थे, तभी हँसते हुए तारिणी मल्लाह बोल उठा, "आप लोग चाहें तो मेरा नाम भी भज सकती हैं, आखिर मैं भी तो पार ही लगा रहा हूँ।"

एक वृद्ध महिला बोली, "सो तो ठीक ही बात है, बाबा। तारिणी अगर न तारेंगे, तो फिर तारेगा कौन, तुम्हीं बतलाओ?" एक झटका देकर लग्गी को खींचकर ऊपर उठा लेने के बाद तारिणी ने बड़े क्रोधपूर्ण स्वर में पुकारकर कहा, "अरे, वो साला केले! जरा मरोड़कर ठीक से पकड़, डाँड़-पतवार को। हाँ भाइयो! यह हमारा संघाती खाना नहीं खाता है बेचारा। यों मरियल सा क्यों पड़ा है रे! नदी के बहाव के खिंचाव को देख नहीं रहा है क्या?"

बिल्कुल सच्ची बात है, इस मयूराक्षी नदी की प्रखर-धारा ही तो इसका विशेषत्व है। जाने कब, किस ओर को खींच लेती है! वैसे वर्ष के बारह महीनों में से सात-आठ महीने तो यह मयूराक्षी मरुस्थल की तरह सूखी पड़ी रहती है। उस वेला में तो एक-डेढ़ मील तक बस बालू-ही- बालू की राशि धू-धू करती रहती है। परंतु वर्षा-ऋतु का आरंभ होते ही वही मयूराक्षी राक्षसिन की तरह भयंकरी हो जाती है। बीच धार से दोनों ओर के किनारों में चार-पाँच मील के फैलाव तक पीले रंग के मटमैले पानी की धारा में ऊभ-चूभ भरकर ऊँची-ऊँची विराट् लहरें दौड़ती-भागती चलती हैं। कभी-कभी तो इसमें 'हड़कापा बान' तोड़मरोड़ कर डुबा देने वाली बाढ़ आ जाता है। बाढ़ के कारण ऊँची लहरों का ऐसा तूफान, जो छह-सात हाथ ऊँचाई तक जल की धारा को बढ़ा देता है। जिस उमड़ती बाढ़ में सामने के मकान-मड़ैया-झोंपड़े, खेत, खलिहान, गाँव-दर-गाँव सभी कुछ को डुबोते हुए इस तरह से धो-पोंछकर बहा ले जाती है, जैसे इस पूरे इलाके को ही अपनी बाढ़ में डुबोती-भिगोती चली जाएगी! वैसे इस तरह की 'हड़पा बान', यानी नष्ट-भ्रष्ट कर देनेवाली बाढ़ बराबर नहीं होती है। तारिणी के खयाल में ऐसी घटना आज से बीस वर्ष पहले एक बार हुई थी।

नैया चलाना शुरू होने से अब तक के समय के दौरान सूरज भगवान् ठीक सिर के ऊपर आ पहुँचे थे, जिनकी अत्यंत प्रखर किरणें देह को जलाने लगी थीं। एक पुरुष यात्री ने तो अपना छाता ही खोल लिया है।

तारिणी हड़बड़ाकर बोल उठा—"अरे, ओ ठाकुर महाराज! पाल मत तानो, पाल मत डालो। हवा का झक-झोर इतना तेज है कि तुम्हीं उड़ जाओगे।"

उस यात्री ने तुरंत ही अपना छाता बंद कर लपेट लिया। यकायक नदी के ऊपर

से एक आर्त चीत्कार 'बचाओ-बचाओ' ध्वनि में उमड़ पड़ी। इस डोंगी नैया पर सवार सारे यात्री भी अचरज में पड़ गए। तारिणी ने बड़े धीरज के साथ लग्गी चलाते हुए कहा, "इसी सबका खयाल करके मैं सावधान करता हूँ। तुम लोगों को कोई डर नहीं है। अरे लोगो! एक डोंगी नैया ओल कड़ो के घाट पर डूबी है। यहाँ कुछ नहीं हुआ है। अरे ओ बूढ़ी मैया! आप इस तरह क्यों काँप रही हैं? अरे ओ ठाकुरजी! पकड़ो-पकड़ो उस बूढ़ी माँ को। अपनी बाँहों में पकड़कर सँभाल लो। अब तो डर ही किस बात का? हम लोग तो नदी पार करके अब आगेवाले घाट पर पहुँचने ही वाले हैं।"

नदी की जलधारा के फैलाव का हिस्सा भी बस समाप्त होने को था कि तभी तारिणी चिल्लाया, "अरे, ओ केले!"

"क्यों, क्या बात हुई भैया?" नदी के पानी की छाती पर तीक्ष्ण दृष्टि रखते हुए तारिणी शीघ्रता से बोला, "ले पकड़ ये लग्गी तू धर; मैं देखता हूँ।"

उसकी बात सुनकर 'केले', यानी कालाचाँद उठ खड़ा हुआ। उसके हाथ में लग्गी का छोर थमाते-थमाते तारिणी ने इशारा करते हुए कहा, "वह देखो, वहाँ वह डूबे जा रही है।" कहते-कहते तुरंत ही वह प्रखर गति से बहती जा रही नदी की धारा के गर्भ में कूद पड़ा। नैया में सवार औरतों में से कई वृद्धाएँ तो जोर-जोर से रोने लगीं, "अरे ओ बाबा तारिणी! अब हम लोगों का क्या होगा रे?"

कालाचाँद डपटने लगा—"अरे, ओ बूढ़ी माताओ! जरा अपने पीछे की ओर भी देखो। कहाँ सरकती जा रही हो? मरोगी, मरोगी तुम सब, निश्चय ही मरोगी।"

पीली-पीली मिट्टी को बहाकर जलधारा में ले आने के कारण मयूराक्षी नदी के पीले पड़े पानी के उस बहाव के बीच में सफेद रंग की कोई एक चीज कभी ऊपर उभरती तो कभी नीचे डूबती जा रही थी—इसी तरह करते-करते, फिर कुछ दूरी तक बहती हुई चल रही थी। उसको देखकर ही तारिणी बड़ी तेजी से धारा के बहाव की ओर ही हाथ-पैर मारे तैरता बढ़ रहा था। उसके इस प्रकार बढ़ने में जैसे एक बड़ी ही स्वच्छंद गति दिखाई पड़ रही थी। डूबती-उतराती बही जाती हुई उस चीज के पास वह अब आ ही पहुँचा था कि ठीक उसी क्षण में वह चीज फिर डूब गई। परंतु उसके ठीक संग-संग ही तारिणी ने भी गहरी डुबकी लगा दी। देखते-देखते वह कुछ दूर तक बहता चला गया, फिर ऊपर उठा। तब दिखाई पड़ा कि उसके एक हाथ में घने काले रंग की कोई चीज पड़ी हुई है। उसे पकड़े खींचते-खींचते धारा से थोड़ा टेढ़े होते हुए तिरछे-तिरछे तैरता हुआ वह भी आगे बहता चला। नदी के दोनों किनारों पर खड़ी जनता की नाना-प्रकार की आशंकाओं और उत्सुकताओं से भरी निगाहें तारिणी पर लगी हुई थीं। देखते-देखते ही एक किनारे पर खड़ी जनता की भीड़ जोर-जोर से चीत्कार करने लगी—"हरि बोल, हरि बोल!"

तभी नदी के दूसरे किनारे की जनता ने ऊँची आवाज में प्रशन करना शुरू किया—

"ऊपर उठा आ रहा है क्या? ऊपर उठा आ रहा है क्या?"

काला चाँद उस वेला में उस डोंगी नैया को बड़ी होशियारी से खेता हुआ तेजी से बढ़ा जा रहा है।

तारिणी मल्लाह का भाग्य बड़ा प्रबल है। आज तो उसके भाग्य के दरवाजे ही खुल गए! नदी के पानी की धारा में जो डूबकर बही जा रही थी, दरअसल वह उस इलाके के बहुत ही नामी-गिरामी, अत्यंत संपन्न परिवार की बहू थी। वस्तुत: ओल-कूड़ा के घाट पर कोई डोंगी नैया नहीं डूबी थी, बल्कि बहुत लंबा घूँघट काढ़े रहनेवाली यह नववधू ही एक नैया के किनारे पर दबाव बनाकर थोड़ा सरककर सुरक्षापूर्वक बैठने की कोशिश करने की अपनी हड़बड़ाहट में ऐसी विपत्ति बुला बैठी थी। उसने डूबने से बचने के लिए हाथ फेंके-फाँके भी, परंतु दामी मोटी बनारसी साड़ी के लंबे घूँघट के कारण उसके हाथ ठीक ठिकाने की जगह पर पहुँचे ही नहीं और वह नदी की धारा के पानी में जा गिरी थी। डूबते-उतराते इस प्रकार बहते हुए उसने कुछ पानी भी पी लिया था; परंतु अभी उतनी देरी नहीं हुई थी और पानी भी उसने ज्यादा नहीं पिया था। अत: थोड़े-बहुत घरेलू कला-कौशल से ही उसके पेट का पानी बाहर निकल गया। तदनंतर उसकी चेतना फिर लौट आई।

वस्तुत: अत्यंत कच्ची उम्र की कन्या थी वह। अभी तेरह या चौदह वर्ष से अधिक आयु तो निश्चय ही नहीं हो सकती; देखने में बड़ी ही रूपवान, कांतिमती और शुभ-दर्शना है। उसके सुंदर शरीर पर सोने और मणि-मुक्ताओं के गहने ढेर सारे पड़े हैं—कानों में कुंडल और कर्णफूल, नाक में बड़ी नथ, जिसे खींचकर जूड़े तक ले जाया गया है। हाथों में बाला-चूड़ी-साँखा और कंगन तथा गले में जड़ाऊ बड़ा हार। होश आने के काफी देर बाद तक भी वह थर-थर काँप रही थी। थोड़ी देर बाद ही उस नव-परिणीता बालिका-वधू के पति महोदय तथा उसके ससुरजी भी इस घाट पर आ पहुँचे।

तारिणी ने उन्हें दंडवत् प्रणाम करते हुए ऊँची आवाज में पुकारा, "गोड़ लग रहा हूँ, घोष महाशयजी आपके।"

उसी क्षण हड़बड़ी में उस कन्या ने अपना घूँघट फिर तान लिया।

तारिणी बोला, "अब और लोक-लज्जा में मत नहाओ माँ! अरे, थोड़ा दम लो, ठीक से सुस्ता लो। लोकोक्तियों में वह कहते हैं न कि 'लाज में पड़कर जो माँ हो उठती है कुकड़ी, वह सिद्ध होती है विपत्ति की धुकड़ी।' संकट के समय में लाज-शर्म की परवाह करने के चक्कर में अपना विनाश बुला लेना ठीक नहीं है।"

घोष महाशय ने आगे बढ़कर बड़े प्रसन्न मन से पूछा, "बोल तारिणी! तुझे बख्शीश में क्या चाहिए? जी खोलकर कह, क्या चाहता है तू?"

तारिणी मल्लाह रह-रहकर अपने सिर खुजलाते-खुजलाते हैरान हो गया। सोच-

सोचकर परेशान हो गया कि उसे चाहिए क्या? अपने मन से वह किसी भी एक इच्छा पर अपने आपको स्थिर नहीं कर पाया। अंततः उसके मुँह से बोल फूटा—"पूरी एक हाँड़ी देशी शराब का दाम मालिक!" माने—आठ आना!

घाट पर जनता की इकट्ठी हो गई उस भीड़ में वह, जो साबी नाम की छोकरी थी, वह बोल पड़ी, "अरे ओ मुँहझौंसे! कैसा महाअभागा, बेवकूफ है तू रे! माँगना ही है तो कुछ मूल्यवान् वस्तु माँग ले न रे बापू!"

तारिणी को जैसे अब नए सिरे से खयाल आया। अपने सहज-स्वाभाविक रूप से गरदन झुकाकर माथा नीचा करने की आदत के अनुसार झुककर उसने शर्मीली हँसी हँसते हुए कहा, "नाक में पहनने की एक सुंदर-सी नथ दे दें, घोष महाशय।"

जनता की उस भीड़ में से वही छोकरी साबी फिर से चहक उठी—"क्यों रे मरदुआ तारिणी! जान पड़ता है, तेरी बहू तुझसे खूब नाक चढ़ाकर बातें करती है क्या?"

उपस्थित जनता में हँसी का ऐसा तूफान-सा आ गया कि सबके अट्टहास से नदी का वह खेया घाट गुंजायमान हो उठा।

नदी में डूबने से बची हुई वह बालिका वधू थोड़ी सी हिली-डुली, परंतु उसने अपना घूँघट नहीं खोला। उसके लंबे घूँघट के नीचे से उसका गोरे रंग का कच्ची उम्र का नाजुक और सुडौल हाथ जैसे अपने आप ही बाहर हो आया, उसकी लाल-लाल हथेलियों के ऊपर सोने की एक बड़ी ही सुंदर नथ सूरज की किरणों के उस प्रकाश में चमकने लगी।

घोष महाशय ने उल्लासपूर्वक कहा, "वह नथ तू उठाकर रख ले। आनेवाले दशहरे के समय पर्व-त्योहार पर दी जानेवाली दान-दक्षिणा, कपड़े और चद्दर वगैरह तो हमारे पास तुम्हें देने के लिए अब निर्धारित हो ही गईं—समझ गया तारिणी? और इधर आ, यह ले पाँच रुपया और रख ले।"

कृतज्ञता के बोझ से और भी अधिक झुककर तारिणी ने उन्हें फिर प्रणाम किया और विनती भरे स्वर में कहा, "परंतु मालिक! आप मेरे लिए जो चादर देने को कह रहे हैं, उसके बदले अगर पत्नी को पहनने के लिए एक साड़ी…!"

"वही होगा रे; वही होगा।" घोष महाशय ने प्रसन्न होकर कहा।

साबी नामक वह युवती इस बार जीभ चटकारती हुई बोली, "हाय-हाय रे! तेरी उस पत्नी को अगर एक बार मैं देख पाती रे तारिणी!"

तारिणी ने दबे हुए स्वर में कहा, "अरे, वह कोई देखने लायक थोड़े ही है। महा काली-कलूटी, कुत्सित और भद्दी है। उसे तू क्यों देखेगी भला?"

□

उस दिन की रात की वेला में तारिणी ने खूब जमकर शराब पी। पूरे गले तक शराब

भरकर वह घर लौटा। नशे का नतीजा ऐसा कि पैर इधर रखता तो वह उधर पड़ जाता था। पाँव को धरती पर ठीक से टिका पाने में जब उसे कठिनाई होने लगी, तब अपने साथ चल रहे अपने चेले कालाचाँद से उसने झुँझलाकर पूछा, "लोगों की आने-जानेवाली इस राह में किसने ऊँची-नीची सीढ़ियों की तरह जगह-जगह काट-कूटकर डाली है रे कलुआ? जहाँ देखो, वहीं गड्ढा! जहाँ देखो, वहीं ढूह। इधर ऊँचा, तो उधर नीचा! जैसे नाला ही काट दिया हो! अब देखो, अब एक और आ पड़ा यह गड्ढा!"

कालाचाँद खुद भी शराब के नशे में चूर-चूर हो रहा था, अतः उसने उत्तर में केवल हुँकारी भरी—"हूँ।"

तारिणी फिर बोला, "अब ये देखो, हर जगह जल-ही-जल भरा है। पानी से जैसे धरती ही डूब गई है। कोई बात नहीं रे कलुआ! आ चल, तैरते हुए घर चलें। अब तो न कहीं नीचा है, न कहीं ऊँचा। सब एक समान पानी का पारावार।"—कहते हुए डगमगाते हुए कदम रख-रखकर वह वायुमंडल में अपने दोनों हाथों को आगे-पीछे, दाएँ-बाएँ झटक-झटककर चलने लगा; जैसा कि नदी में तैरते समय करता है। लगता था, जैसे तैरने का अभ्यास करता हुआ अभिनय करता चल रहा है।

गाँव के अंतिम छोर पर एक किनारे की ओर ही है उसका अपना घर। उसकी बाट जोहती हुई उसकी धर्मपत्नी सुखिया दरवाजे पर एक दीपक जलाकर बैठी हुई है। घर के पास पहुँचते-पहुँचते तारिणी ने ताल-लय में ऊँचे सुर में एक लोकगीत गाना शुरू कर दिया—"देश में एक नए प्रकार का दंद-फंद चालू हुआ है भाइयो! जिससे तरह-तरह की आमदनी हो रही है, भाइयो!"

उसे इस तरह गाते हुए, इधर-उधर लुढ़कते हुए देखकर सुखिया दौड़ी हुई आगे बढ़ आई और उसका हाथ पकड़कर उसे सँभाल लिया उसने। आगे चलने में जब वह अकड़ने लगा, तब थोड़ा डाँटते हुए बोली, "बहुत हो गया। अब तो घर के अंदर चलो। जाने कब से भोजन की थाली सजाकर रखे हुए हूँ। जुड़ा जाने से भात से एकदम ठंडा और कड़कड़ हो गया है।"

घर के अंदर पहुँच जाने पर तारिणी ने एक झटका देकर अपना हाथ छुड़ा लिया, फिर अपनी कमर में बँधी धोती की मुर्‌ही को खोजते-खोजते हैरान होता हुआ बोल पड़ा—"नहीं, अभी भोजन-छाजन की कोई बात नहीं। अभी तो पहले तुम्हारी नाक में नथ पहनानी होगी। मगर नथ गई कहाँ? क्यों तुम्हीं बताओ न, कि ये साली नथ कहाँ जा छिपी?"

सुखिया ने जैसे अपने आप पर झींकते हुए कहा, "वही सब करने के चक्कर में पड़कर एक दिन तुम मेरा माथा खाओगे, मेरा कपाल ही फूँक दोगे तुम। अगर तुम्हारी

यही हरकत बनी रही तो देखना, एक दिन मैं इस सबके पहले ही गले में फाँसी का फंदा लगाकर लटक जाऊँगी।"

फिर तो तारिणी उसके मुँह की ओर फटी-फटी आँखों से देखने लगा। एक लाचारी भरी चितवन से; इस भाव से उसे देखता हुआ कि जैसे उससे कोई भारी अपराध हो गया हो, वह पूछ बैठा—"क्यों, ऐसा मैंने क्या कर दिया?"

सुखिया ने आँखों से ही उसे डपटते हुए कहा, "किया क्या? अरे, यहाँ आनेवाली नदी की यह भीषण बाढ़, और इस बाढ़ में तुम…"

तारिणी की बहुत ऊँची आवाज की खिलखिलाहट से वर्षा-ऋतु की उस रात का मूसलधार बारिश से भीगता हुआ अंधकार भी घबरा उठा। अपनी हँसी को रोककर तब उसने सुखिया की ओर प्यार भरी नजरों से देखकर कहा, "यह क्या बकती है तू? अरे, माँ की गोदी में क्या कोई डर-भय रहता है? तू ही बता! बोल न, जो कुछ बोलती है। ये नदी की बाढ़ तो हमारी माँ है, उसमें हम बच्चे किलकारियाँ लेते हैं। तू उसी से डरती है! अरे, पेट भरकर भोजन करने का सौभाग्य जो हम लोगों को मिला है, वह इस मयूराक्षी माँ की कृपा से ही तो! अब चुप क्यों हो गई? जवाब दे मेरी बातों का। तूने उस माँ की बाढ़ पर ऐसी बात कह डाली!"

उसके साथ अब और तर्क-वितर्क करना छोड़कर सुखिया ने उसे भोजन कराने के काम में मन लगाया। भोजन करने की ठहर पर थाली परसने के लिए वह अंदर चली गई। तारिणी जोर-जोर से बुलाने लगा—"सुखी! अरे ओ सुखिया! इधर आ न, जल्दी आ।" परंतु उस ओर से कोई उत्तर सुखिया ने नहीं दिया। तब उसी तरह डगमगाते-डगमगाते तारिणी घर के अंदर चल पड़ा। भोजन की थाली परसने में व्यस्त सुखिया को उसने जा पकड़ा और उसका कपड़ा खींचते हुए बोला, "आ चल। तुझे अभी इसी क्षण चलना पड़ेगा।"

"ठीक है, ठीक है। पहले साड़ी का आँचल तो छोड़ो। छोड़ो; मेरे कपड़े खुल जाएँगे।" सुखिया ने झल्लाते हुए कहा।

तारिणी और भी भड़ककर बोला, "चलेगी कैसे नहीं? जरूर-जरूर चलना होगा तुझे। हजार बार, तीन सौ बार।"

साड़ी के आँचल को अपनी ओर खींचते हुए सुखिया बोली, "अब मेरा कपड़ा तो छोड़ो! इतनी जिद है तो चलो, मैं चलने को तैयार हूँ। बोलो, कहाँ चलना है? चलो, चलते हैं।"

अतिशय प्रसन्न होकर तारिणी ने उसकी साड़ी का आँचल छोड़ दिया। भोजन की परसी हुई थाली को दोनों हाथों में उठाए-उठाए ही सुखिया दरवाजे से बाहर निकल गई। तारिणी बड़बड़ाता जा रहा था, "चल, तुझे अभी दिखाता हूँ, अभी तुझे अपनी पीठ पर लादकर मैं मयूराक्षी नदी के इस गनूट-घाट पर धारा में कूदूँगा, फिर तुझे लिये-लिये

तैरते-तैरते उस पार के पाँचधूपी घाट पर जाकर बाहर निकलूँगा।"

सुखिया ने जैसे समझाते हुए कहा, "जिस तरह तुम कहोगे, ठीक उसी तरह मैं तुम्हारे साथ चलूँगी ही। बस, अब भोजन तो कर लो जरा।" अपनी रौ में बहता हुआ तारिणी जब घर में से बाहर निकला आ रहा था, तभी दरवाजे की चौखट का ऊपरी काठ उसके कपाल पर बहुत जोर से टकराया। घाव से विकल होने पर तारिणी का उछलना-कूदना अब बहुत ढीला पड़ गया।

भोजन करते-करते उसने फिर आरंभ किया, "तुमने क्या मेरी तैराकी देखी नहीं है? उस बार नदी की बाढ़ में जब एक जोड़ी बैल बह गए थे, तब क्या मैंने ही उन्हें धारा से लड़कर तैरते हुए बाहर नहीं निकाला था? पूरे पंद्रह रुपए—माने पाँच रुपए कम पूरे एक बीस रुपए उस साले मदन ग्वाले ने ठग लिये मुझसे! ये तेरे हाथों में जो साँखा, बाला, चूड़ी वगैरह सुशोभित हो रही हैं, ये सब फिर कैसे हुईं? बोल, अब तू ही साफ-साफ बोल! ये सब चीजें तुम्हारे किस नाना ने तुम्हें दी हैं?"

उसकी इसप्रकार की बातों की परवाह न कर सुखिया दूसरी कोठरी में बैठकर बासी भात के माँड़ और खटाई को मिलाकर काँजी बना रही थी। काँजी बहुत ही ठंडी चीज है। ज्यादा नशा हो जाने पर पिला देने पर बहुत ही लाभकारी सिद्ध होती है। अतः वह उसी में मग्न थी। जबकि तारिणी उधर बड़बड़ाए जा रहा था, "मदना साले! तूने मुझे ठग लिया न? ठीक है, ठग ले, ठग ले! जैसे भी हो, सुखिया की कलाई में साँखा और बाला के गहने तो हो गए न, बस। मुझे कुछ दो या मत दो; मुझे कोई परवाह है क्या? आने दे मेरा भी मौका। मयूराक्षी की बाढ़ में एक दिन साला तू गिरा तो जब तक तुझे कई झाँकनी दे-देकर खूब पानी नहीं पिला दूँगा, तब तक क्या तुझे बाहर निकालूँगा? उसके बाद ही तुझे नदी में से बाहर ले आऊँगा।"

काँजी से भरा हुआ कटोरा लाकर सुखिया ने तारिणी के सामने रख दिया। एक तरफ जहाँ तारिणी काँजी पीने में जुटा, वहीं दूसरी ओर उसकी धोती के खूँट की मुर्री को सुखिया ने खोलना शुरू किया। जैसे ही उसने खूँट की गाँठ खोली कि वैसे ही सोने की वह चमचमाती नथ तथा चाँदी के तीन रुपए बाहर आ गए। उन्हें देखते ही सुखिया पूछ पड़ी—"बाकी दो रुपए क्या हुए?"

तारिणी गिड़गिड़ाया—"उन्हें मैंने नहीं उड़ाया। वही जो केले है न! अरे, वही केले माने कलुआ माने कालाचाँद है न, उसी को मैंने दे दिया कि जा, इन्हें तू ही ले जा।"

उसकी इस बात का कोई विरोध सुखिया ने नहीं किया। बात का बतंगड़ बनाने, वाद-प्रतिवाद करने का उसे कोई अभ्यास नहीं है। ऐसी दशा में वह प्रायः चुप ही रहती है। उधर तारिणी ने फिर बक-बक करना आरंभ कर दिया—"याद करो, उस बार जब तुम भयंकर रूप से बीमार पड़ गई थीं, मैं यहाँ तुम्हारी देखभाल में उलझा था कि वहाँ

हालत यह थी कि बढ़ आई मयूराक्षी नदी के डर के मारे इस पार की डाक उस पार, उस पार की डाक (डाकखाने की चिट्ठी-पत्री के थैले) इस पार नहीं हो पा रही थी। पुलिस के सिपाही, थानेदार तक नदी के घाट पर बैठकर हाँफते-पीटते हार माने बैठे रहते थे। तब सबने मुझसे गुहार की। मैंने ही फिर डाक पार करवाई। हाँ-हाँ, मैं मानता हूँ कि मैंने उसका मेहनताना भी लिया। उसकी बख्शीश से ही तो तेरे कानों में सोने का कर्णफूल का यह झुमका हो पाया है। जा, तू अभी बाहर चली जा। जाकर उस ऊँचे टीले पर खड़ी होकर जोर-जोर से हाँक लगा। ठीक नदी के उस ऊँचे किनारे से बुला कि अरी, ओ हरामजादी नदी! तू जरा यहाँ तक तो उठकर आ! वह दहाड़ती हुई ऊपर उठती चली आएगी। जा, जा; तू उसे बुला तो ला!"

सुखिया ने उसे आश्वस्त करते हुए कहा, "अभी जरा ठहरो तो। मैं अंदर से आईना ले आऊँ। आईने में निहराते हुए तुम्हारी लाई इस नथ को तो पहले पहन लूँ।"

खुशी के मारे तारिणी फिर एकदम से शांत हो गया। आईने को अपने सामने रखकर उसके भीतर निहारती हुई सुखिया अपनी नाक में नथ पहनने के लिए बैठ गई। तारिणी आश्चर्यचकित निगाहों से उसकी ओर टकटकी लगाए निहारता हुआ बैठा रहा। भोजन का कौर उसके हाथ में ही पड़ा रह गया। उस वेला में भोजन करने की सारी क्रिया ही बंद हो गई थी। सुखिया ने नथ पहनने का काम जैसे ही पूरा किया, कि तभी अपने जूठे हाथों में ही तारिणी ने दीपक उठा लिया। फिर उसे सुखिया के मुखड़े के करीब लाते हुए बोला, "देखूँ, जरा आँख भरके देख तो लूँ, आज तुमको इस नथ में!"

हृदय में प्रसन्नता के उमड़ आने का वेग सुखिया के मुँह पर भी प्रकाशित हो उठा। कुछ इस तेजी से कि उसका साँवले रंग का मुखड़ा लाल-लाल हो गया। नदी के किनारे सावित्री उर्फ साबी नाम की उस नवयुवती से तारिणी ने बिल्कुल झूठी बात कही थी; क्योंकि वास्तविकता में सुखिया की यह सँवराई भी उज्ज्वल वर्ण की सँवराई है। बहुत ही सलोनी। इकहरे बदन की छरहरी सुखिया बहुत ही सुदर्शना युवती है। इसी से सुखिया के कारण ही तारिणी के सुख की कोई सीमा नहीं है।

देशी शराब, ठर्रे के नशे में विभोर होते हुए भी तारिणी ने जो बातें कहीं, वे झूठी नहीं थीं। उस मयूराक्षी नदी के कृपा-प्रसाद से ही तारिणी के गृहस्थ-जीवन में अन्न और वस्त्र का कभी अभाव नहीं हुआ। दशहरे के दिन वह मयूराक्षी नदी को देवता मानकर उसकी पूजा भी किया करता है। इस बार तेरह सौ बयालीस बंगाब्द (1935 ई.) के साल के दशहरे के त्योहार पर तारिणी पूरे विधि-विधान से पूजा-अर्चना कर रहा था। उसी के चलते उसने स्वयं कोरी नई धोती और कुरता तथा सुखिया ने भी घोष महाशय द्वारा पूजा-पार्वण पर दी गई नई साड़ी पहन रखी थी। बारिश न होने के कारण मयूराक्षी नदी में पानी नहीं रह गया था; जिससे इस पार से उस पार तक फैले हुए बालू के ऊपर गरमी

की ऋतु के सूरज की प्रखर किरणें पड़कर पूरी नदी घाटी को चमका रही थीं। आज के समय तक प्रायः हर साल ही वर्षा हो जाया करती है, परंतु इस बार अभी तक बारिश का पहला लवंडर (झोंका) भी नहीं आया है। नदी के घाट पर उतरकर भोगपुर गाँव का निवासी कृष्णदास कमर सीधी कर खड़ा हो गया; फिर उसने वहाँ के चारों ओर के पूरे वातावरण को ध्यान से देख लेने के बाद एक बार आकाश की ओर भी बड़ी गंभीरता से निरखा-परखा। फिर बोल उठा, "इस बार की पूजा पूरी निष्ठा के साथ अच्छी तरह से करो, तारिणी! जिससे कि बरसात अच्छी हो। खूब पानी बढ़े, नदी में खूब बढ़ियाई बाढ़ आए; क्योंकि अगर नदी में बाढ़ नहीं आई तो फिर खेती-बाड़ी होगी किस तरह ?"

मयूराक्षी नदी अपनी बाढ़ से जो उपजाऊ पोली-मिट्टी अपने तटों के दोनों ओर फैला देती है, उसी से तो यहाँ की खेती में सोना फलता है।

प्रसन्न मन से हँसते हुए तारिणी ने कहा, "यही बात कहिए न, बाबाजी! परंतु इस असली बात को दबाकर और लोग क्या बात प्रचारित करते हैं, इसे क्या दास बाबू आप जानते हैं ? वे सब तो कहते हैं कि साला तारिणी यह पूजा ही बस इसीलिए करता है कि मयूराक्षी नदी में बाढ़ आए, ताकि बढ़िआई नदी में अपनी नैया का खेवा चला-चलाकर वह अधिक आमदनी कर सके। जबकि जो बात आपने कही; वही असली सच है। इस मयूराक्षी माँ की दया से ही इस पूरे इलाके की संपन्नता रहती है।"

"पकड़-रे-पकड़, दौड़कर पकड़ ले उस पाठे को। पूजा के काम में लगाने के लिए लाया गया यह पाठा (कच्ची उम्र का बकरा) वह भागा जा रहा है। अरे ओ कलुआ! दौड़कर पकड़ उसे।"

बलि चढ़ाने के लिए वहाँ लाया गया वह पाठा, नदी की तपती हुई बालू पर अब और खड़ा रहना चाहता ही नहीं था।

जैसे-तैसे पूजा-अर्चना पूरे विधि-विधान से बड़ी कुशलतापूर्वक पूरी हो गई। फिर तो उसी खुशी में पूरी तृप्ति के साथ शराब पीकर तारिणी नदी के घाट के किनारे बैठकर कालाचाँद को समझाने लगा—"अरे, ओ कलुआ! अब तो हड़-हड़, कल-कल करती हुई बाढ़ इस नदी में बस दस दिन बाद ही तू पा जाएगा। इतनी उमड़ती हुई बाढ़ आएगी कि दिल खुश हो जाएगा।"

कालाचाँद ने भी उत्तर में बड़े उत्साह के साथ कहा, "सो तो ठीक है भैया! परंतु इस बार नदी की धार में जो चीजें डूबती हुई बहेंगी, उन्हें नाव से कूदकर तुम नहीं पकड़ पाओगे। इस बार तो उन्हें मैं ही पकड़ूँगा। यह बात मैं पहले से ही बोल दे रहा हूँ, हाँ।"

नशे में मदमस्त होकर तारिणी ने हँसते हुए कहा, "परिणाम क्या होगा ? जानता है ? चक्रवाती भँवर में बस तीन बार बुल्ला उभरेगा, बुक्-बुक्-बुक्; बस ये जो कालाचाँद है न, माने करिअवाँ चंद्रमा! माने की तू, बस बिल्कुल धब-धब सफेद हो जाएगा।"

उसकी बात से अपना भयंकर तिरस्कार हुआ समझकर अपमान से बौखलाकर, आग-बबूला होकर कालाचाँद गरज पड़ा—"अरे, ओ साला! तू क्या बोला, जरा फिर से तो कह!"

उसकी बात से तिलमिलाकर तारिणी बिल्कुल तनकर सीधा खड़ा हो गया, कि तभी आगामी संकट को भाँपकर सुखिया उन दोनों के बीच आकर खड़ी हो गई; फिर उसने उन दोनों की उस तकरार और झगड़े को मिटाकर फिर उनमें मेल करवा दिया। उसने मध्यम-मार्ग सुझाते हुए कहा, "जब नदी में मामूली किस्म की छोटी बाढ़ आएगी तो नदी के किनारे उधर जो पाकड़ का पेड़ हैं, वहीं तक जो चीजें डूबती-उतराती बहेंगी, उन्हें मेरा देवर लगनेवाला यह कालाचाँद ही पकड़ेगा, और पाकड़ के पेड़ के इलाके से आगे जो चीजें बह जाएँगी, उन्हें ही तुम पकड़ा करोगे।"

सुखिया के पैरों की धूल को अपने माथे पर चढ़ाते हुए कलेजा फाड़कर रोते हुए कालाचाँद बोल पड़ा—"इतनी बड़ी अगर बात ये मेरी भाभी न होतीं तो भला और कौन कह सकता था?"

उस दिन के बाद आनेवाले ठीक दूसरे दिन से ही छोटी नौकाओं की, डोंगियों की मरम्मत का काम शुरू हो गया। हाथ में हथौड़ी, लकड़ी, टिन, लोहे की कीलें वगैरह लेकर वे दोनों सुबह से लेकर शाम तक घनघोर परिश्रम करते रहे। परिणामस्वरूप कुछ ही दिनों में उस पुरानी डोंगी को उन्होंने बिल्कुल नया ही रूप दे दिया। परंतु सूरज की तेज किरणों की गरमी के कारण उस डोंगी नैया में फिर जगह-जगह छेद हो गए। आषाढ़ का पूरा महीना बीत गया, परंतु नदी में बाढ़ नहीं आई। बाढ़ आने की तो बात ही बहुत दूर, इस बार तो नदी की बालू को ढक देने भर को भी पानी नहीं हुआ। बस दो-चार बार ही बहुत मामूली-सी बारिश हुई। परिणामस्वरूप इस पूरे क्षेत्र में एक दबा-दबा-सा कातर-क्रंदन उभरने-घुमड़ने लगा; जैसे कि बहुत शीघ्र ही आ पड़नेवाली महाविपत्ति का अंदाजा कर-कर यह पूरा क्षेत्र ही अंदर उमड़ती वेदना से काँपने लगा हो, अथवा बहुत दूर से जो हाहाकार आ रहा है, हवा के झोंकों पर तैरती आ रही उसकी ही पहले-पहल की व्याकुल-वेदना की ध्वनि फैल गई हो! तारिणी के दिन तो अब काटे नहीं कटते। एक-एक दिन का खर्च चला पाना मुश्किल हो गया है। नदी में पानी की कमी होने के कारण नौका तो चल ही नहीं सकती थी, सो जो सरकारी कर्मचारी अपनी साइकिल लेकर उस पार जाने के लिए आते थे, उनकी साइकिल को अपने कंधों पर उठाकर नदी के उस पार पहुँचा देने के बदले जो दो-चार पैसे उसे मिल जाते हैं, उन्हीं से वह देशी शराब पीता है। सरकारी कर्मचारियों का आने-जाने का दौर इस समय कुछ ज्यादा ही बढ़ गया है। पता लगा है कि वे लोग यहाँ इस बात की जाँच-पड़ताल करने आते हैं कि इस इलाके में सचमुच ही सूखा या अकाल पड़ा है कि नहीं? उनके आने-जाने से, साइकिलें पार

करा-कराकर जो कुछ पैसे मिलते हैं, उसके अलावा भी एक विशेष चीज भी मिल जाया करती है; और वह है, सिगरेट पीकर उसके अनपिए टुकड़ों को फेंक देने से बची हुई सिगरेटों की छोटी-बड़ी टुकड़ियाँ!

सावन का महीना शुरू होने की पहली वेला में ही नदी में बाढ़ आ गई। तारिणी तो जैसे भारी धक्का खाकर भी अंततः बच गया। बाढ़ आने के पहलेवाले दिन तो वह इतना आनंदोन्मत्त हो गया कि ताड़ के पेड़ की तरह ऊँचे उठे नदी के किनारे पर से नदी की छाती में कूदकर उसने बाढ़ के पानी को और भी छलछलाता हुआ चंचल बना दिया। परंतु उसके बाद के तीन दिन बीतते-बीतते ही नदी का सारा पानी इस कदर बह गया कि उसमें फिर वही घुटनों तक का पानी ही बचा रह सका। किनारे के पेड़ में रस्सी से बँधी हुई उसकी छोटी डोंगी नैया कम पानी की कमजोर तरंगों पर बस मामूली ढंग से हिल-डुल रही थी। तारिणी और कालाचाँद उसी पर बैठे हुए थे, किसी ऐसे नाजुक मिजाज, शौकीन और रईस किस्म के यात्री के आने की प्रतीक्षा में, जो कम पानीवाली इस नदी की धारा को भी अपने पैरों चलकर पार करना नहीं चाहेगा। जब ऐसी कोई परिस्थिति आ बनती है, तो ऐसे यात्री को उस डोंगी पर बैठाकर वे दोनों पैदल ही डोंगी को ठेलते हुए उस पार ले जाते हैं।

साँझ गहराती आ रही थी। तारिणी ने हताश स्वर में कहा, "ये क्या हो गया रे कलुआ! जरा तू ही तो बता न?" अत्यंत चिंता से भरकर कालाचाँद बोला, "वही बात तो मैं कह रहा हूँ।"

तारिणी ने फिर पूछा, "ऐसा तो मैंने कभी नहीं देखा था। बोल, तेरा क्या कहना है?"

ठीक पहले की ही तरह कालाचाँद ने फिर उत्तर दिया—"वही बात तो मैं भी कहता हूँ।"

आकाश की ओर निहार-निहारकर तारिणी ने कहा, "जरा इस आकाश की ओर तो देख, कलुआ! बिल्कुल स्वच्छ नीला खुला आकाश है। इस वेला में उतरे चिरिया-चुरंग भी तो नहीं बोल रहे हैं।" कालाचाँद ने इस बार भी उत्तर दिया, "ठीक यही बात तो मैं भी कह रहा हूँ।"

इतना सुनना था कि तारिणी ने एक जोरदार थप्पड़ उसके गालों पर जड़ दिया और चिड़चिड़ाकर बोला, "ठीक वही तो, ठीक वही तो, बस यही कहने के लिए मैं तुमसे बतिया रहा हूँ। ठीक वही तो, ठीक वही तो की रट कब से लगाए जा रहा है!"

कालाचाँद ने अकस्मात् पड़ी मार से हैरान होकर चकपकाहट भरी नजर तारिणी पर एकटक लगा दी। उसकी ऐसी निगाह को तारिणी सह नहीं सका, अतः उसने अपना मुख दूसरी ओर घुमाते हुए कुछ दूर सरककर आसन जमाया। कुछ क्षणों के बाद जैसे

यकायक उभर आई चेतना से अभिभूत होकर देह को तोड़ते-मरोड़ते हुए कह पड़ा—"क्यों रे कलुआ! हवा क्या चक्कर लगाने लगी है, पछुआ हवा बह रही है न?" कहते-कहते वह एक झटके में डोंगी नौका पर जा खड़ा हुआ। फिर एक मुट्‌ठी सूखी बालू को ऊपर उठाकर झुरझुर-झुरझुर नीचे गिराना शुरू किया। परंतु हवा का बहाव इतना दुर्बल था कि पछुआ हवा बह रही है कि नहीं, कुछ भी अनुमान नहीं किया जा सका। फिर भी वह कह उठा—"हूँ-हूँ, पश्चिम से ही थोड़ा धक्का दे रही है, बस तनिक-सा। चल, कलुआ, आ अब उधर चलें। उधर चलकर देशी शराब पिएँगे। आओ चलें। आज मेरे पास दो आने पैसे टेंट में हैं। बड़ी होशियारी से आज मैंने सुखिया के आँचल के खूँट से खोलकर इन्हें निकाल लिया है।"

ऐसा स्नेहपूर्ण आमंत्रण पाकर कालाचाँद सारी चोट भूल गया और खुशी से उछल पड़ा। तारिणी के साथ-साथ चलते हुए उसने कहना शुरू किया, "बड़े भैया! कम-से-कम तुम्हारी बहू के पास कुछ रुपए तो हैं, अत: शाम को घर लौटने पर तुम्हें भोजन-पानी निश्चय ही मिलेगा। ऐसी विपदा भरी हालत में हम लोग तो मर ही रहे हैं।"

तारिणी बोला, "चाहे कुछ भी कहो, कलुआ! मेरी पत्नी सुखिया बहुत भली है। निश्चय ही बहुत अच्छे हृदयवाली है वह। अगर वह न होती तो मेरे ललाट की भाग्य-रेखा में डोम की दुर्गति भोगना ही अवश्यंभावी होता। उस बार उसके भाई के विवाह की वेला में…"

उसकी बात को बीच से ही काटते हुए कालाचाँद कह उठा—"जरा ठहरो भइया! ताड़ का एक फल उधर गिरा पड़ा है, मैं उसे जरा उठा लाऊँ।" कहते-कहते वह पास के मैदान में नीचे की ओर उतर पड़ा।

□

गाँव के गोएँड़े के पास एक बड़े छायादार वृक्ष के नीचे आदमियों का एक भारी झुंड बैठा हुआ था। उनके पास जाकर तारिणी ने उत्सुकता से पूछा—"कहो भाई लोगो! तुम कहाँ जाओगे? तुम लोगों का अपना घर-द्वार, गाँव-पुर कहाँ है?"

उनमें से एक व्यक्ति ने उत्तर दिया—"हम लोगों का घर-द्वार तो बीरचंद्रपुर गाँव में है। परंतु हम अपने गाँव नहीं जा रहे हैं, बल्कि मेहनत, मजदूरी-खटने के लिए हम सभी लोग वर्धमान शहर जा रहे हैं।" तब तक कालाचाँद भी आ पहुँचा था, उसने पूछा, "वर्धमान में बारिश हुई है क्या?"

"बारिश तो नहीं हुई; परंतु वहाँ पानी का उतना अभाव नहीं है। वहाँ नहर बन गई है न, इसी वजह से।"

□

देखते-देखते उस पूरे क्षेत्र में हाहाकार मच गया। ऐसा लगा, जैसे अकाल-सूखा

कहीं बाहर से नहीं आया, बल्कि वह तो अपने देश की इस माटी के नीचे ही बहुत गहरे अपने को छिपाए हुए बैठा था। अब जो वर्षा के अभाव और सूरज की प्रखर किरणों से धरती की छाती जगह-जगह से दरक उठी है, चप्पे-चप्पे पर फाँक उभर आई हैं, तो उन्हीं फाँकों से बाहर निकलने का रास्ता पाकर इस सूखे-अकाल ने अपनी भयानक मूर्ति को प्रकट कर अपना आतंक फैला दिया है। जिन गृहस्थों के पास अन्न-धन का पर्याप्त भंडार है, उन्होंने भी उन्हें छिपा दिया है। कड़ी सुरक्षा में बंद कर दिया है।

दूसरी ओर, जो रोज-रोज की मेहनत-मजदूरी करके कमाते-खाते थे, अब कहीं से कुछ न मिल पाने के कारण भूखा-दूखा रहकर उन्होंने उपवास करना शुरू कर दिया है। जीविका के साधनों के अभाव में झुंड-के-झुंड लोगों ने अपना घर-द्वार, गाँव-गिराँव छोड़कर भागना शुरू कर दिया है।

□

उस दिन सवेरे-सवेरे जगकर तारिणी जब नौका घाट पर आया तो पहली बार देखा कि कालाचाँद अभी वहाँ नहीं आया है। उसके इंतजार में बैठे-बैठे कई पहर बीत गए, फिर भी कालाचाँद अपना काम करने घाट पर नहीं आया। तब तारिणी वहाँ से उठकर दौड़ा-भागा कालाचाँद के घर जा पहुँचा और पुकार लगाई—"अरे ओ कालाचाँद, कलुआ रे!"

कई बार पुकार लगाने पर भी किसी ने भी कोई उत्तर नहीं दिया। उसके घर के अंदर जाकर देखा तो पूरा घर-द्वार सूना-सूना, खाँ-खाँ कर रहा है। कहीं पर कोई भी नहीं है। तब वह उसके बगलवाले घर के अंदर भी चला गया, परंतु वह दूसरा घर भी उसी प्रकार सूना-सूना है। फिर तो केवल वही घर नहीं, बल्कि उसने कालाचाँद का पूरा मोहल्ला ही खोज डाला, परंतु उसकी तो पूरी पट्टी ही मनुष्य-प्राणियों से सूनी हो गई है। उसके बाद वह आसपास की कई एक पट्टियों में गया। पास की एक पट्टी चासीपाड़ा, माने खेतिहर किसानों की पट्टी में जाने पर लोगों ने बतलाया कि कालाचाँद की पट्टी के सभी लोग तो कल रात को ही अपनी पुश्तैनी निवास-भूमि छोड़कर कहीं अन्यत्र चले गए। उस पट्टी के मुखिया हारू मोड़ल ने बतलाया—"अरे, भाई तारिणी! मैंने तो उन लोगों से बार-बार कहा, आरजू-विनती की कि जाओ मत। सभी-के-सभी लोग अपनी भींटा-माटी छोड़कर मत भागो, परंतु मेरी बात पर किसी ने कान ही नहीं दिया। उलटे यहाँ तक कहा कि यहाँ रहने से तो अच्छा है कि हम लोग बड़े लोगों के गाँवों में जाकर भीख माँगकर गुजारा करेंगे।"

तारिणी के हृदय के भीतर जाने कैसी-कैसी कचोटें शुरू हो गई थीं। जन- मानव हीन उस सूनी पट्टी की ओर निहारते हुए उसने केवल एक लंबी साँस फेंकी।

हारू मोड़ल ने फिर आगे कहना शुरू किया—"अब इस प्रदेश में बड़े आदमी

लोग क्या हैं भी ? अरे, सभी के पेंदे में छेद हो चुका है, नीचे से सभी खाली हैं। उन बेचारों की तो हालत और भी खस्ता है, और भी दारुण विपत्ति उनके सिर चैंपी हुई है; क्योंकि पेट भरने के लिए अन्न का एक दाना भी खाने को न मिला हो, तो भी वे मुँह से अपनी इस सच्चाई को कबूल नहीं कर सकते। भूखे रहकर भी वे बराबर ऐसा ही दिखाएँगे और कहेंगे कि उन्होंने पेट भरकर भोजन किया है। उनकी हालत का अंदाजा इसी से कर लो, कि यही जो वह गाँव है न, जिसका नाम है पलाश डाँगा। उस पलाश डाँगा के एक बहुत ही इज्जतदार धनी-मानी मशहूर परिवार के एक मालिक ने अपने गले में फाँसी का फंदा लगाकर आत्महत्या कर ली है। कहने को कोई चाहे जो भी कारण बतलाए, परंतु सच्चाई यही है कि वह अपने अभावों के कारण ही फाँसी पर झूला है।

तारिणी तो एड़ी से चोटी तक गनगन काँप उठा।

□

दूसरे दिन नदी के घाट पर एक बड़ा ही हृदय विदारक बीभत्स कांड दिखाई पड़ा। चबूतरे के पास ही एक वृद्धा महिला की मरी हुई देह पड़ी थी। उसके शरीर में से नोच-नोचकर सियार और कुत्ते काफी मांस खा गए थे। फिर भी करीब जाने पर तारिणी ने उसे पहचान लिया। वह उस गाँव के एक मोची-परिवार की वृद्धा माता थी। ऐसी भाग्यहीना कि क्या कहें! चूँकि वह इतनी कमजोर हो चुकी थी कि चल-फिर भी नहीं सकती थी, बिस्तरे से उठ न सकने की उनकी विवशता के कारण उनके परिवार के सदस्य ही भगवान् से बार-बार मनौती कर रहे थे कि किसी तरह उनकी मृत्यु हो जाए। उन वृद्धा की खातिर ही उस परिवार के लोगों ने उन्हें लेकर पिछली रात को ही घाट के किनारे आकर आश्रय लिया था। रात में जब वह नींद में विभोर थीं, तब उन्हें उसी अवस्था में वहाँ छोड़कर परिवार के बाकी सारे सदस्य कहीं दूर भाग गए थे, अपनी जान बचा सकने की फिराक में।

अब तो उस स्थान पर तारिणी भी देर तक ठहरा नहीं रह सका। जल्दी-जल्दी पैर बढ़ाता, सीधे अपने घर आया और सुखिया से आदेश के स्वर में कह उठा—"उठ, तैयार हो। खड़ी हो जा सुखिया! चार-छह आवश्यक कपड़े और कुछ एक गहना-गीठों को पेट के नीचे आँचल में सावधानी से बाँध ले। फिर चल, यहाँ से निकल चलते हैं। अब और इस गाँव में नहीं रहेंगे। अब हम शहर की ओर जाएँगे। वहाँ कम-से-कम रोज मजदूरी तो मिलेगी।"

सुखिया जब उसके आदेश का पालन करती हुई सब साजो-सामान बाँधने लगी, तब तारिणी ने देखा कि गहने के नाम पर तो बस हाथ की कलाइयों में पड़े साँखा या बाला के अलावा और कुछ तो सुखिया के पास है ही नहीं। तारिणी ने आश्चर्यचकित होकर पूछा, "बस, यही एक साँखा ? और बाकी गहनों का क्या हुआ ?"

एक बड़ी ही मुरझाई हुई सी फीकी हँसी-हँसते हुए सुखिया ने उलटे ही पूछा, "तो

फिर इतने दिनों तक घर का खर्चा-पानी सब चला किसके जोर पर?"

□

तारिणी ने अपने पूर्वजों का वह अपना ग्राम छोड़ दिया।

लगातार तीन दिनों तक चलते-चलते थककर चकनाचूर हो जाने पर उस दिन साँझ की वेला में एक गाँव के किनारे उन लोगों ने रातभर आराम कर लेने की गरज से पड़ाव डाल दिया था। थकावट मिटाने के लिए वे विश्राम कर रहे थे। ताड़ के दो पके हुए फलों को लेकर उन्हें ही चूस-चूसकर वे दोनों अपने रात के भोजन का प्रबंध पूरा कर रहे थे कि तभी एक छलाँग लगाकर उठते हुए तारिणी एक खुली जगह पर जाकर खड़ा हो गया। वहाँ से खड़े-खड़े ही वह बोला, "सुखिया! जरा मेरा अँगोछा तो लाना, मैं कुछ देखकर ठीक से समझ तो लूँ।" अँगोछे को लेकर अपने हाथों से झुला-झुलाकर उसकी एक-एक स्थिति को उसने बड़े ध्यान से देखना शुरू किया। रात के पिछले पहरों में, भोरहरी की वेला में सुखिया की नींद उचट गई—तब उसने देखा कि तारिणी तो सोया ही नहीं, वह तो उसी जगह पर तनकर अकड़ा हुआ बैठा है। सुखिया ने आश्चर्य से पूछा, "पूरी-की-पूरी रात तुम सोए ही नहीं?" तारिणी ने हँसकर उत्तर दिया, "नहीं, आँखों में पलभर को भी नींद नहीं आई।"

फिर तो सुखिया ने उसे तरह-तरह से डाँटना-फटकारना शुरू कर दिया, "तुम इस तरह से रहोगे तो अगर कहीं आफत-विपत्ति की इस वेला में कोई बीमारी-सिमारी हो गई तो मैं गँवार स्त्री भला क्या करूँगी? तुम्हीं बताओ न! ऐसे लापरवाह आदमी के साथ बाहर निकलना कैसे होगा बापू? छिह-छिह-छिह!"

परंतु तारिणी ने उसका कुछ भी बुरा न मानकर बहुत ही हर्ष गद्‌गद कंठ से कहा, "देख रही है, सुखिया! देख रही है तू?"

झुँझलाकर सुखिया ने कहा, "अब अपना यह जला-फूँका माथा-मुंड क्या देखूँगी, तुम्हीं बताओ?"

तारिणी हुलसकर बोला, "चींटियों की कतारें अपने-अपने मुँह पर सफेद-सफेद अपने अंडे लिये ऊँचाईवाली जमीनों की ओर बढ़ती जा रही हैं, मतलब साफ है कि अब इस बार निश्चय ही पानी बरसेगा।"

सुखिया ने देखा—सचमुच ही लाखों-लाखों चींटियाँ भिन्न-भिन्न कतारों में बँटकर अपने-अपने अंडों के साथ पास की एक ढही हुई बखरी की ऊँची दीवारों के ऊपर उठती चली जा रही हैं। उन सबके सिर के ऊपर सफेद-सफेद अंडे धरे हुए हैं। वह भी मजाक के लहजे में बोल उठी—"तुम्हारा भी जैसा विचित्र स्वभाव…"

तारिणी बतलाने लगा—"वे सब निश्चित रूप से सही-सही जान सकती हैं, नीचे की ओर रहने से उनके बिलों का निवासस्थान बढ़े हुए पानी में ढह-बह जाएगा। और

इधर देखती हो कि हवा-बताश कैसी बह रही है? सीधी और पुरजोर गति से पश्चिम की ओर से सभी कुछ को साफ करती बह रही है बतास।"

आकाश की ओर ध्यान लगाकर देख लेने के बाद सुखिया बोली, "परंतु आकाश तो बिल्कुल साफ है, प्रकाश से चकचक कर रहा है।"

तारिणी कहीं दूसरी ओर ही देख रहा था, वह तत्परता से कह उठा, "अरे, उससे क्या होता है? बादलों के घिर आने में भला कितने क्षण लगते हैं? वो देखो, कऊआ खर-खतवार का टुकड़ा उठाए लिये जा रहा है, वह अपने घोंसले के कटे- फटे भाग की मरम्मत कर उसे ठीक करेगा। अब आज तो सुखिया तू यहीं रह, अब हम और कहीं नहीं जाएँगे। आज यहीं ठहरकर जरा बरसाऊ बादलों की गतिविधि देखें-समझें।"

नदी में नित्य-प्रति नैया खेनेवाले मल्लाह के प्राकृतिक निरीक्षण-परीक्षण में कहीं कोई भूल-चूक नहीं होती; साँझ की वेला में पूरा आकाश बादलों से छा गया। पछुआ बयार क्रमशः तेज से और तेज हो उठी।

तारिणी यकायक फैसला सुनाते हुए बोला, "सुखिया, अब उठो, चलने की तैयारी करो। अब हम अपने गाँव-घाट लौटेंगे।"

सुखिया घबराकर बोली, "ऐसी कुवेला में?"

तारिणी ने धीरज बँधाते हुए कहा, "तुझे किस बात का डर है? मैं तो तुम्हारे साथ ही हूँ न! ले माथे पर मोटरी-गठरी के साथ बूँदा-बाँदी से बचाने के लिए टोपी भी रख ले। शुरू-शुरू की बरसात की बूँदा बाँदी का पानी बहुत खराब होता है।"

सुखिया ने कहा, "और तुम, बारिश में भीगने से अपने को बचाने के लिए क्या अपने सिर पर कुछ नहीं रखोगे? तुम्हारा शरीर क्या पत्थर का बना है?"

आनंद भरी हँसी हँसते हुए तारिणी ने कहा, "अरे! तू इसकी चिंता मत कर। मेरा यह शरीर तो पानी से ही बना हुआ है; सूरज के घाम और गरमी में अकड़कर सिकुड़ जाता है, पानी पाते ही पुष्ट होकर फूलता-फैलता है। चल, ले आ, मोटरी-गठरी मुझे दे दे।"

आकाश में बादल धीरे-धीरे बढ़ते जा रहे हैं। हड़बड़ाए हुए बेपरवाह गति से बहनेवाली बयार के साथ-साथ रिमझिम-रिमझिम करते हुए थोड़ी सी बारिश भी हो जाती है। उसके बाद थोड़ी देर के लिए थम भी जाती है। परंतु फिर कुछ पलों के बाद ही बयार का वेग फिर से प्रचंड हो उठता है और उसके साथ-ही-साथ बारिश फिर पूरे वेग से पड़ने लगती है।

इस ओर आते हुए जहाँ उनके तीन दिन लग गए थे, घर लौटने की इस वेला में उतना लंबा वह मार्ग उन्होंने केवल दो दिन में ही पार कर लिया। अपने गाँव के अपने घर में पहुँचते-पहुँचते साँझ ढल आई। साँझ की उस वेला में अपने घर पहुँचते ही तारिणी ने

कहा, "अब तू यहीं ठहर, मैं जरा नदी का घाट देख आऊँ।" दौड़ा-भागा घाट देखकर लौटा तो आनंद से उतावला होता तारिणी बोल उठा, "सुखिया, नदी तो अपने एक-एक कोने-कोने तक भर गई है, उसका कोई भी हिस्सा भरने से खाली नहीं बचा है।"

प्रात:काल की वेला में उठते ही तारिणी घाट पर जाने के लिए तैयार हो गया। उधर आकाश में उस समय बड़ा ही प्रचंड दुर्योग छा गया था। हवा तूफान की तरह चल रही थी और अपने साथ-ही-साथ झमाझम मूसलधार वृष्टि भी करती जा रही थी।

मध्य दुपहरी में तारिणी घर लौटते ही चहककर बोल पड़ा, "मैं जरा लोहार की दुकान पर जा रहा हूँ। वहाँ से शीघ्र ही लौटूँगा।"

सुखिया उत्सुकता दिखाते हुए बोली, "ऐसे ही क्यों जा रहे हो, कुछ भोजन-पानी करके तो जाओ।"

भारी चिंता से अस्त-व्यस्त हुआ तारिणी कहने लगा—"नहीं, मेरी नौका की एक बड़ी कील खुल गई है। अगर वैसा नहीं होता—नहीं-नहीं, अगर थोड़ी सी बाढ़ होने पर ऐसा नहीं होता, तो भी कोई बात नहीं थी, परंतु इस बार तो नदी पूरी तरह से पारावार हो उठी है; चल, तू भी देख आ।"

अपनी खुशी में वह इतना मग्न हो गया कि जब तक बढ़िआई नदी को सुखिया को दिखा नहीं लिया, तब तक उसे नहीं छोड़ा। गाँव के पास लोगों का जो पोखरा था, उसके ऊँचे किनारे के ऊपर खड़ी होकर सुखिया ने मयूराक्षी नदी का परिपूर्ण रूप देखा। वह इतनी विस्तृत हो गई थी कि उसका आर-पार कहीं दिखाई ही नहीं देता था। गेरुआ रंग के उसके पानी की धारा के ऊपर जगह-जगह भारी- भारी मात्रा में उठते हुए फेन के बुदबुदे इस तरह बड़े वेग से बहते जा रहे थे, जैसे नदी धार में चढ़ाए हुए फूल के गुच्छे भागते जा रहे हों। तभी उसका ध्यान खींचते हुए तारिणी ने पूछा, "नदी की बहती धारा से सों-सों के स्वर में जो पुकार उठ रही है, उसे सुन रही हो? इस आवाज का मतलब है कि नदी की बाढ़ अभी और भी बढ़ेगी, अत: तू अभी घर चली जा। मैं नौका मरम्मत करवा लेने के लिए जा रहा हूँ, नहीं तो नदी पार कराकर सरकारी डाक का जो थैला मैं उस पार पहुँचाता हूँ, उसे कल पहुँचा नहीं सकूँगा।" उसकी इस बात से घबराकर सुखिया कह उठी—"इस भीषण आँधी-तूफान और बारिश में ही…"

तारिणी ने उसकी इस बात पर ध्यान ही नहीं दिया। उस अत्यंत भीषण और उग्र तूफानी परिस्थिति में ही वह बाहर चला गया।

जब वह उधर से लौटा, तब तक साँझ गहरा आई थी। वह बड़ी तेजी से कदम बढ़ाता आ रहा था कि तभी 'डुगडुग-डुगडुग' का शब्द कहीं से उठता सुनाई पड़ा। पहले तो उसे शंका हुई कि यह डुग्गी पीटे जाने की आवाज ही है अथवा नहीं? परंतु जब और स्पष्ट सुनाई पड़ा, तब उसे विश्वास हो गया कि यह डुग्गी की ही आवाज है। इसतरह की

आवाज का अर्थ वह अच्छी तरह समझता है। मतलब यह कि कोई घनघोर विपत्ति जल्दी ही आनेवाली है। नदी के किनारे-किनारे गाँव-गाँव में जब यह डुग्गी पीटी जाती है, तभी यह समझ लेना होता है कि नदी में बाढ़ का स्तर खतरे के निशान को जल्दी ही पार पर जाएगा। फलतः एक महाविपत्ति शीघ्र ही आ धमकने वाली है।

तारिणी के गाँव के उस किनारे पर मयूराक्षी नदी है तो इधर के दूसरे किनारे की ओर एक छोटी सी कांतर अर्थात् छोटी शाखा नदी है। इस छोटी शाखा नदी के ऊपर बाँसों से एक पुल बना दिया गया है। बाँसों के उस पुल से होकर ही गाँव में प्रवेश करना होता है। तारिणी सड़क के रास्ते चलते-चलते बाँसों के उस पुल के पास तक आ पहुँचा; परंतु काफी खोजने-ढूँढ़ने पर भी उस पुल का निशान भी कहीं नहीं पा सका। अब उसके मन में शंका जगी कि कहीं वह रास्ता ही तो नहीं भूल गया? उस घुप्प अँधेरे में खड़े होकर काफी देर तक वह अंदाजा लगाता रहा; उस पुल का मुहाना अभी भी कम-से-कम एक सैकड़ा बीघे जमीन पर फैला है। नदी की बाढ़ का पानी किनारे की जिस ऊँचाई तक आता है, ठीक उसके पास ही वह आ खड़ा हुआ था। जल की सीमा अब बस उँगली की पोर भर ही दूर है कि तभी देखते-देखते उसकी गुड़हरी तक का पाँव का हिस्सा बाढ़ के पानी में डूब गया। नदी की धारा और लहरों से उठते हुए शब्द और प्रचंड वेग से बहती हुई हवा की ओर उसने कान लगा दिया; परंतु पानी के प्रवाह से उभरते भीषण शब्द के आगे कोई और शब्द सुनाई ही नहीं पड़ा। बस, एक और शब्द जो 'गों-गों' के रूप में फैल रहा था, सुनाई पड़ रहा है। देखते-देखते ही कुछ देर में उसका पूरा शरीर चींटी-चीटों, कीट-पतंगों से भर गया। मिट्टी के नीचे रहनेवाले और ऊपर रेंगनेवाले कीड़े-मकोड़े अपनी जगहों से भाग-भागकर ऊपर की ओर उठते जा रहे हैं। ऐसे ही जीव उसके शरीर पर चढ़ आए हैं। हैरान-परेशान होकर तारिणी पानी में कूद पड़ा। फिर बड़ी तेजी से मैदान में भरे हुए पानी को तैरकर पार कर लेने के बाद वह अपने गाँव में जा पहुँचा। परंतु गाँव में पहुँचकर जो कुछ देखा, उससे उसके होश ही हवा हो गए। गाँव के अंदर भी नदी की बाढ़ का पानी घुस चुका है। गाँव की गलियों, चौराहों, घरों-द्वारों सब जगह कमर तक पानी चढ़ गया है। रास्ते के घरों के ऊपर खड़े होकर गाँव के स्त्री-पुरुष दुःख भरी चीत्कार कर-करके उसे पुकार रहे हैं। गायों-बैलों, बकरियों-भेड़ों और कुक्कुटों की डरी हुई चिंघाड़ों से आसमान फटा जा रहा है। परंतु इन सारी चीत्कारों के शोर को दबाकर, इन सबके ऊपर छा गई थी मयूराक्षी नदी की घनघोर गर्जना। प्रचंड वेग से बहती हवा के थपेड़ों का अट्टहास और तूफानी वर्षा का वज्र-निनाद। जिस तरह लुटते हुए गृहस्थ के करुण-क्रंदन को दबाकर लूट-खसोट करनेवाले डकैतों की रोबदार गर्जना और क्रूर-अट्टहास छा जाता है, ठीक उसी तरह मयूराक्षी नदी की तूफानी हवा और भीषण बारिश का शब्द सभी चीखों-चिल्लाहटों के ऊपर छा गया।

बरसाती तूफानी रात का अँधियारा इतना गहरा हो गया है कि रास्ता-घाट कुछ भी पहचाना नहीं जा रहा। पानी के बीच जैसे-तैसे कदम बढ़ाते चलते रहने पर जाने किस चीज के ऊपर तारिणी के पैर जा पड़े, उसकी छुवन से ऐसा लगा कि वह वस्तु कोई जीव ही है। कमर से झुककर हाथ नीचे ले जाकर तारिणी ने उस वस्तु को ऊपर उठाकर देखा, बकरी का एक छौना है, परंतु अब जीवित नहीं रहा; मर चुका है। उसे वहीं फेंककर जैसे-तैसे अपने घर के दरवाजे के पास तारिणी आ पहुँचा और वहीं से जोर-जोर से पुकारने लगा—"सुखिया, अरे ओ सुखिया रे!"

घर के अंदर से प्रत्युत्तर में एक शब्द आया—एक असीमित आश्वासन से भरे कंठ से सुखिया ने उत्तर दिया, "घबराओ नहीं; यह देखो, अपने घर में मैं यहाँ हूँ।" अपने घर की चौहद्दी में प्रवेश कर तारिणी ने देखा कि उसके आँगन में कमर भर पानी भर चुका है। सामने की बैठक के चबूतरे पर घुटनों तक पानी में खड़ी होकर मड़ई की छाजन के बाँसों को दोनों हाथों से मजबूती से पकड़कर सुखिया खड़ी हुई है। तारिणी ने अपने मजबूत हाथों से उसका हाथ पकड़कर, एक झटके से उसे अपनी ओर खींचते हुए कहा, "आ चल, बाहर निकल आ। झंझा-तूफान के ऐसे खतरनाक समय में क्या घर के अंदर रहा जाता है? कभी भी चरमराकर यह घर ढह जाएगा, फिर उसी में दबकर मर जाएगी रे!"

"तुम्हारे लिए ही तो सारे खतरे उठाकर यहीं खड़ी हूँ। अगर यहाँ नहीं रहती तो तुम्हीं बतलाओ कि मुझे कहाँ ढूँढ़ते-भटकते?"

सुखिया को साथ लेकर चलते-चलते पक्की सड़क पर पहुँचकर तारिणी खड़ा हो गया; फिर बोला, "तुम्हीं बताओ सुखिया कि अब क्या किया जाए?"

सुखिया ने दबी-दबी जबान में कहा, "अभी तो इस जगह पर ही ठहरे रहो। सब लोगों की जो दशा होगी, हम लोगों की भी वही होगी।"

चिंता भरे स्वर में तारिणी ने अकुलाकर पूछा, "अगर नदी की बाढ़ और अधिक बढ़ गई, तब क्या होगा रे सुखिया? पानी की धारा से उठती हुई 'गों-गों' की चिंघाड़ क्या तू सुन नहीं रही?"

सुखिया ने उसे हिम्मत बँधाते हुए कहा, "अब इसके बाद भी बाढ़ क्या और भी बढ़ेगी जी? अगर बाढ़ सचमुच ही और बढ़ जाएगी तो देश क्या बचा रहेगा? क्या भगवान् पूरी सृष्टि को ही नष्ट कर डालेंगे?"

सुखिया द्वारा दिलाए गए भरोसे को मान लेने, मन से ग्रहण कर लेने की तारिणी ने भरसक कोशिश की, परंतु वह इसमें सफल नहीं हो पाया।

तभी एक जोरदार हड़बड़-हड़बड़ करता धड़ाम का शब्द हुआ, जिसके बाद बाढ़ का पानी बहुत दूर-दूर तक छिटक गया। तारिणी ने सोच-विचारकर कहा, "हम

लोगोंवाला घर ही ढह गया है रे सुखिया! अब यहाँ और मत ठहर। चल, यहाँ से दूर चलें। बाढ़ का पानी अब तो मेरी कमर के ऊपर उठ आया है, तुम्हारी तो छाती के जितना ऊँचा हो गया होगा!"

उसी अँधियारे में जाने कहाँ से किसी की आकुल कराह उठी, उसका ठीक- ठीक अनुमान नहीं लग पाया; परंतु इतना स्पष्ट हुआ कि किसी स्त्री के गले की कातर ध्वनि चक्कर लगा रही है—"अरे, ओ लोगो! मेरा नन्हा बच्चा मेरी छाती से छिटककर पानी में जा गिरा है। हाय रे मेरा बच्चा!"

तारिणी जल्दीबाजी करते हुए बोला, "सुखिया, तू यहीं पर ठहरी रहना, मैं पुकारूँ तो यहीं से आवाज देना, मैं स्वयं यहाँ पहुँच आऊँगा।" इतना कहकर वह उसी अँधेरे में गुम हो गया। बस केवल थोड़ी-थोड़ी देर पर उसके कंठ से निकले कुछ शब्द सुनाई पड़ते रहे, "कौन चिल्ला रही है? कहाँ-किस ओर से बोल रही है? किसका बच्चा गिर गया है? साफ-साफ बोलकर बतलाओ तो जी।" दूसरे ही क्षण पलटकर उधर से आवाज आई—"मैं यहाँ, इस ओर हूँ।"

तारिणी फिर जोर से चीखा—"अच्छा, उस ओर।"

इसी प्रकार भिन्न-भिन्न कंठों से निकली आवाजों के संकेतों का आदान-प्रदान कुछ देरी तक चलता रहा, परंतु अंत में फिर इस तरह की आवाजों का उठना भी बंद हो गया। उसके काफी देर बाद तारिणी ने जोर से पुकारा—"सुखिया, अरे ओ सुखिया!"

सुखिया ने भी जोर से चिल्लाकर उत्तर दिया, "हाँ, मैं उधर हूँ।"

उसके कंठ की ध्वनि को लक्ष्य करता हुआ तारिणी उसके करीब जा पहुँचा। फिर हड़बड़ाहट में बोला, "वहाँ से निकल आ सुखिया, ले, मेरी कमर को अपनी बाँहों में ठीक से जकड़ ले; बढ़ती ही जा रही नदी की बाढ़ के रंग-ढंग कुछ अच्छे नहीं दिखाई दे रहे।"

उसकी इस बात का सुखिया ने कोई विरोध नहीं किया। बिना एक शब्द मुँह से निकाले ही उसने तारिणी की कमर के फेंटे को मजबूती से पकड़ लिया। तब उसके बाद धीरे से पूछा, "किसका बेटा गिर गया था, जी? क्या उसे ढूँढ़कर निकाल पाने में तुम सफल हो पाए?"

"हाँ। सफल तो हुआ; उसे मैं पा भी गया और पहचान भी गया। वह भूपति मल्लाह का बेटा है।" तारिणी ने बड़े गंभीर लहजे में कहा।

बड़ी सावधानी से पानी को चीरते हुए वे दोनों बढ़ते चले जा रहे थे, परंतु जहाँ वे इस आशा में बढ़ते थे कि क्रमशः कम होते पानी की ऊँची जमीन की ओर पहुँच जाएँगे, वहीं इसके ठीक उलटे पानी क्रमशः बढ़ता ही जा रहा था। एक समय ऐसा आया कि अब सुखिया को पैदल चलवा पाना संभव नहीं रहा, तब तारिणी ने कहा, "सुखिया, तू

मेरे गरदन से पकड़कर पीठ पर चढ़ जा।" उसने वैसा ही किया। कुछ देर बाद तारिणी हैरान होकर बोल उठा—"हम लोग अब इधर किस दिशा में आ पड़े रे सुखिया! यह··· यह···तो···"

उसकी बात पूरी हो पाए, इसके पहले ही वे दोनों अथाह पानी में डूब गए। परंतु दूसरे ही क्षण वे फिर उछलकर पानी के ऊपर आ गए। डूबने-उतराने के इसी क्रम में तारिणी बोला, "ऊँची जमीन की ओर बढ़ने की जगह हम लोग तो नदी में ही आ पड़े हैं, रे सुखिया! अब तू मेरी पीठ पर से उतर जा और मेरे कमर के फेंटे को जोर से पकड़कर हाथ-पाँव चलाती हुई, तैरते हुए उतराते रहने की कोशिश कर।"

वे दोनों-के-दोनों तैरते हुए चल तो रहे थे, परंतु अब तैरने की दिशा उनकी मनमरजी के अनुसार नहीं थी, बल्कि नदी की धारा उन्हें जिस ओर खींचे लिये जा रही है, वे उसी ओर बहते जा रहे हैं। अंधकार और भी गाढ़ा, और भी गंभीर हो गया है। 'हू-हू' शब्द करता हुआ तूफानी बताश (हवा का जोरदार झोंका) कान के पास हुँकार भर रहा है, और उसी के साथ मयूराक्षी नदी की बाढ़ के पानी का हुड़मुड़-हुड़मुड़ शब्द भी मिल गया है। सारा शरीर पानी में तो है ही, मुख का जो हिस्सा ऊपर है, उस पर और आँखों पर पड़ती हुई बारिश की बौछारें धनुष से फेंके गए बाण की तरह चोट पहुँचा रही हैं। बाढ़ की इस प्रबल धारा में तिनके के समान वे बहते ही रहे, बहते ही रहे। कितने समय तक उन्हें इस तरह बहते रहना पड़ा है, अब तो इसका अनुगान लगा पाना भी कठिन हो गया है। अब तो ऐसा जान पड़ रहा है कि जाने कितने दिनों, जाने कितने महीनों से वे इसी तरह लगातार बहते रहे हैं, जिसका कि कोई हिसाब-किताब ही नहीं है। उनकी देह क्रमश: अकड़ती जा रही है, जैसे कि अब कुछ भी कर पाने की शक्ति ही नहीं बची। मयूराक्षी की ऊँची लहरें नाक में पड़-पड़कर बीच-बीच में साँस लेना भी दूभर किए दे रही हैं। ऐसी हाल-बेहाल हालत में अचानक ही तारिणी को चिंता हुई कि अरे सुखिया के हाथ की मुट्ठी अब यह कैसे रूप की होती जा रही है? कंधों पर लदी उसकी देह क्रमश: भारी और भारी होती जा रही है। तब तारिणी ने ऊँची आवाज में पुकारा—"सुखिया! अरे ओ सुखिया रे!"

होश-हवास गँवाए पागल की-सी आवाज में सुखिया ने उत्तर दिया, "हाँ···आँय?"

"तू तो बहुत अधिक डर गई लगती है, परंतु तुझे डरने की क्या जरूरत है? मैं तो हूँ न तेरे साथ।"

उसके दूसरे ही क्षण में तारिणी ने अनुभव किया कि वे दोनों बहुत गहरे पानी के अतल-तल में चक्कर लगाते हुए डूबते-डूबते ही चल रहे हैं। स्पष्ट लग रहा है कि अब वे नदी की धार की भँवर में आ पड़े हैं। फिर तो उसने अपने शरीर की सारी शक्ति इकट्ठी करके पानी को ठेल देने की जोरदार कोशिश की। उसके कुछ देर बाद जान

पड़ा कि अब वे पानी की धारा के ऊपर उठ आए हैं, परंतु एक कुशल मल्लाह होने के कारण तारिणी अच्छी तरह जानता है कि बस, अब यहीं पर एक बार फिर गहरे में डूबना पड़ेगा। अत: उस भँवर से छुटकारा पाने के लिए वह उससे परे-परे हटकर आगे तैर जाने की कोशिश करने लगा। परंतु यह क्या? यह सुखिया ये क्या कर रही है? उसने तो नाग-पाश की तरह तारिणी को बहुत कस के जकड़ लिया है! वह अकुलाकर चिल्लाया—"सुखिया! अरे, ओ सुखिया रे!"

भँवर में चक्कर काटते-काटते अब वे फिर गहरे पानी के नीचे बह रहे हैं। सुखिया ने अपनी भुजाओं का जो बहुत ही जोरदार बंधन तारिणी के गले पर डाल रखा है, उसके कारण तारिणी की देह भी निश्चेष्ट हुई जा रही है। छाती के नीचे फेफड़े और हृदय-यंत्र जैसे फट गए हैं। सुखिया की भुजाओं ने जो जोरदार जकड़न लगा रखी थी, उसे ढीला करने की तारिणी ने कोशिश की। परंतु उसकी जकड़न तो और जोरदार, और भी मजबूत हो गई है। उसने इस कदर फँसरी लगा दी है कि साँस लेना भी मुश्किल हो रहा है—'थोड़ी सी हवा मिले, थोड़ी सी हवा मिले।' बस जरा सी प्राण-वायु मिल जाए, इसी कोशिश में भारी पीड़ा से विकल होते हुए तारिणी झपट्टा मारकर पानी को पकड़ने की कोशिश करने लगा। परंतु उसके ठीक दूसरे क्षण में ही उसका हाथ सुखिया के गले पर जा पड़ा। अपने दोनों हाथों के अत्यंत कड़े दबाव से बड़े क्रोधावेश में उसने सुखिया के गले को दबाया। उसका दबाना पागलों के-से उन्मत्त और भयानक आक्रोश जैसा ही हुआ। ऐसा लगा, जैसे उसके अत्यंत बलवान शरीर की सारी शक्ति एक ही जगह इकट्ठी होकर बस उसके हाथों की मुट्ठी में ही आ समाई है। उसके इस प्रकार जोरदार ढंग से सुखिया के गले पर वार करने का परिणाम यह हुआ कि अब तक उसकी देह पर जो एक बहुत भारी पत्थर का-सा भार पड़ा हुआ था तथा जो अपने दबाव और खिंचाव के कारण उसे गहरे पानी के अतल-तल में डुबोए खींचे लिये जा रहा था, वह अचानक ही खिसककर अलग हो गया और उसके साथ-साथ ही तारिणी फिर नदी की जलधारा के बिल्कुल ऊपरी सतह पर ऊपर उठ आया और तैरने लगा। 'आह्...आह्...' उसने पूरी छाती भर बताश, प्राण-वायु को अंदर खींच लिया। नाक के रास्ते खींची गई प्राण-वायु से छाती को भरकर फुलाते हुए आकुल-व्याकुल भाव से उसने प्रकाश और धरती को पाने की मनोकामना की।

□

चाकरी

–विमल मित्र

यद्यपि आज के जमाने में अतिप्रिय पेशा है नौकरी, फिर भी पूरी दुनिया में कोई भी, कभी भी ऐसी नौकरी की तो कल्पना भी नहीं कर सकेगा! यों नौकरी के प्रकारों की कोई सीमा नहीं है। इस विस्तृत वसुंधरा पर स्थित नाना-देशों, नाना-कालों में अनेक प्रकार की नौकरियाँ रही हैं और अभी भी हैं। कोई लिखियागीरी, मुंशीगीरी या क्लर्की करता है तो कोई अभियंतागीरी या इंजीनियर की नौकरी और कोई-कोई वैद्यगीरी या डॉक्टरी की नौकरी करता है, जबकि कोई किसी सुविधा-संपन्न व्यक्ति के घर में ही टहलुआ का काम या घरेलू काम-धाम करने की चाकरी करता है। इस धरती के विस्तृत फैलाव में नौकरी के भाँति-भाँति के रूपों का क्या कहीं कोई अंत है? औरों की रहने भी दूँ, तो भी साफ बात है कि मैं खुद भी तो एक समय नौकरी कर चुका हूँ। सो भी ऐसी-वैसी नहीं, बल्कि खास सरकार-बहादुर की सरकारी नौकरी।

परंतु कहानी गढ़-गढ़कर, कहानी कहकर सुनाने की नौकरी! उसके सिवा और कोई काम करने की कोई आवश्यकता ही नहीं। केवल कहानी सुनाना भर ही काम होगा। इसप्रकार की नौकरी की बात क्या सुनी है कभी किसी ने?

कम-से-कम मैंने तो वैसी बात कहीं कभी सुनी नहीं। बहुत संभव है कि आप लोगों ने भी नहीं सुनी हो; परंतु इस बार एक ऐसा ही अकल्पनीय संयोग आ पड़ा कि मुझे ऐसी ही बात सुननी पड़ी। इसे यदि ठीक से समझाकर कहना हो, तो अच्छा हो कि मैं इसे बिल्कुल इसके आरंभ से ही कह सुनाऊँ।

एक बार मैं जबलपुर (मध्य प्रदेश, भारत) गया हुआ था। पूर्व निर्धारित कार्यक्रम के अनुसार वहाँ पहुँचने का बस वही एक दिन बिताकर दूसरे ही दिन फिर कोलकाता (प. बंगाल, भारत) लौट आना था। सो सोचा कि समय का सदुपयोग करते हुए एक बार पूरे शहर का चक्कर लगाकर जरा इसे देख लूँ! अभी तक जब-जब जबलपुर आया हूँ तो प्राय: ही ठहराववाले होटल में पड़े-पड़े ही किताबें पढ़-पढ़कर समय बिता दिया

है, अथवा बहुत हुआ तो होटल के बरामदे में खड़े होकर दूर दिखाई देनेवाली संगमरमरी शिलाओं की पहाड़ी का दृश्य देख लिया है, यहाँ का सूर्योदय देखा है अथवा देखा है यहाँ का सूर्यास्त। इसके अलावा और कुछ किया है तो नियमपूर्वक भोजन-छाजन और आराम। वस्तुत: यहाँ जबलपुर आने का मेरा मूल उद्‌देश्य ही यही सब करना रहा है।

परंतु अबकी बार सोचा कि इतने दिनों में जाने कितनी-कितनी बार जबलपुर नगर में आया, ठहरा भी, परंतु यहाँ के इस नगर को तो एक बार भी ठीक से देखना हुआ ही नहीं! इसी से सवेरे के पहर का जलपान खा-पीकर, होटल से बाहर निकलकर चक्कर लगाने चल पड़ा। यह रास्ता, वह रास्ता, इस चौड़ी सड़क, उस पतली पगडंडी पर चलते हुए अच्छी तरह समझते-बूझते, टहलते हुए देखने में एक प्रकार की सुखदायक विचित्रता है। राहों के दोनों ओर बने हुए विभिन्न प्रकार के भवन मोटे तौर पर खूब सजाए-सँवारे हुए हैं। कई-कई भवनों के सामने तो राह की लंबाई के समानांतर छोटी-छोटी गृह-वाटिकाएँ भी लगाई हुई हैं, जिनमें कहीं फूल खिले हुए हैं तो कहीं फल लटक रहे हैं। इन ढेर सारे भवनों में से अनेक के सामने तो भवन के मालिकों के नाना प्रकार के नाम भी उनकी दीवारों पर इस सावधानी से लिखे या खुदे हैं कि गुजरनेवाला उन्हें अच्छी तरह पढ़ सके। मकान मालिकों के व्यक्तिगत नामों के साथ-साथ उनकी जाति-बिरादरी की सूचना देनेवाली पदवियाँ भी अंकित हैं। किसी के नाम की पदवी जायसवाल है, तो किसी की गोयल, किसी की माहेश्वरी है, तो किसी की पंत अथवा किसी दूसरे की शर्मा। इस प्रकार की बहुत सारी पदवियों को देखता हुआ, मैं आराम से टहलता हुआ आगे बढ़ता गया। ऐसी कोई भी पदवी मेरी आँखों को अस्वाभाविक नहीं लगी।

परंतु एक भवन के सामने पहुँचते ही यकायक रुक जाना पड़ा। उसके भवन के कर्ता-धर्ता के नाम के सामने पदवी अंकित थी, 'चक्रवर्ती।' इसका साफ मतलब यह है कि वे सज्जन बंगाली हैं। इतनी दूर यहाँ आकर कोई एक बंगाली भद्रपुरुष भवन-निर्माण करके यहीं निवास कर रहे हैं, यह जान-समझकर मन में थोड़ा विस्मय पैदा हुआ। कहीं यह विस्मय अनावश्यक ही तो नहीं जग उठा है ? इस जिज्ञासा को शांत कर लेने के लिए उस नामपट्टिका को फिर से पढ़ा, 'ए.के. चक्रवर्ती।'

उस भवन को भलीभाँति देख लेने के उद्‌देश्य से वहीं खड़ा हो गया। देखा कि बहुत ही सीधे-सादे प्रकार की बस एक ही मंजिल की ऊँचाईवाला एक बहुत पुराना भवन है। आसपास के दूसरे भवनों की भाँति इसके सामने कोई बाग-बगीचा या फुलवारी भी नहीं है। एक लंबे समय तक मरम्मत न किए जाने से भवन की जिस किस्म की दशा हो जाती है, ठीक वैसी ही दुर्दशा है इसकी। तब मैं साफ-साफ समझ गया कि इस भवन के कर्ता-धर्ता, मालिक-मुख्तार महाशय की आर्थिक अवस्था निश्चय ही संतोषजनक नहीं है, इसी वजह से इस भवन की ऐसी अवस्था हो गई है।

ऐसी उधेड़बुन में वहाँ मैं कितनी देर से खड़ा रह गया हूँ, मन में इसका भी कुछ खयाल नहीं था कि अचानक एक सज्जन ने जंगले के भीतर से बाहर की ओर मुँह आगे कर पूछ ही तो लिया—"कौन हैं आप, महाशय?"

चूँकि मैं उन भद्रपुरुषजी को तब तक ठीक से देख भी नहीं सका था, अत: उनके प्रश्न का उत्तर फिर क्या देता! तब तक उस भद्रपुरुष ने शरीर के ऊपरी अंग में कोई पोशाक पहने बगैर ही बाहर बरामदे में आकर आगे फिर पूछा, "कहिए, किसे ढूँढ़ रहे हैं?"

मैंने संकोचपूर्वक कहा, "मैं एक बंगाली हूँ। आपके भवन पर लगी हुई नाम पट्टिका पढ़ने के बाद मेरी समझ में आया कि आप भी एक बंगाली ही हैं। इसी से थोड़ा ठहरकर देख रहा था।"

फिर तो उन सज्जन ने हमारी अपनी भाषा बँगला में ही कहा, "तो फिर आइए न। बाहर क्यों खड़े हैं? अंदर आ जाइए न!"

मैं उनके निवास-भवन में भीतर चला गया। अभी तक वे शरीर के ऊपरी भाग में कुछ पहने नहीं थे, अब अंदर जाकर एक मैली-कुचैल बनियान पहन ली उन्होंने। फिर एक कुरसी की ओर संकेत करते हुए बोले, "इस कुरसी पर आराम से बैठें।"

उनके निर्देशानुसार वहाँ पड़ी एक काफी पुरानी कुरसी पर मैं बैठ गया। फिर इधर-उधर नजरें दौड़ाकर जो देखा-भाला, तो जाना कि उस घर में तो बस वही एक कुरसी ही है, सो भी बहुत ही पुरानी-धुरानी। उस घर में जो एक तख्तपोश (चौकी) पड़ा था, उस पर वे स्वयं जा बैठे। तब मुझसे पूछा, "वस्तुत: आप कहाँ के निवासी हैं?"

मैंने बतलाया—"कोलकाता से मैं आया हूँ यहाँ। फिलहाल एक होटल में ठहरा हूँ। कल ही यहाँ से वापस चला जाऊँगा। इस शहर में आता रहा हूँ काफी अरसे से, परंतु अब तक हर बार सारा-का-सारा समय होटल में ही बिता देता रहा हूँ। आज पहली बार बाहर निकला हूँ, इस नगर को ठीक से देख लेने के लिए। इसी उद्देश्य से टहलता जा रहा था कि अचानक ही आपके इस निवास-भवन की नामपट्टिका जो देखी, तो मुझे लगा कि निश्चय ही यह किसी बंगाली भद्रपुरुष का भवन है। 'ए.के. चक्रवर्ती' नाम से ही स्पष्ट है कि बंगाली के सिवा और कुछ तो हो नहीं सकते। इसी से थोड़ा ठहर गया था।"

वे महाशय बीच में ही बोल पड़े—"वह मेरे चचेरे भाई का नाम है। पूरे रूप में है—अरुण कुमार चक्रवर्ती। मेरे पिताजी के छोटे भाई, यानी कि मेरे काका के बेटे। यहाँ जबलपुर में जो भारत सरकार का हथियारों का विशाल कारखाना है—ऑर्डिनेंस फैक्टरी—वह उसी में नौकरी करता था। इस भवन का निर्माण उसी ने करवाया था। उसकी आकस्मिक मृत्यु हो जाने के बाद से मैं ही इसका उपयोग करता आ रहा हूँ। कारण यह है कि उसका निजी संबंधी और कोई तो है नहीं, क्योंकि उसने तो विवाह ही

नहीं किया था। मेरा भी शादी-ब्याह कुछ नहीं हुआ। अतएव मैं ही फिलहाल इस मकान का मालिक-मुख्तार हूँ।"

"ऐसी हालत में घर-गृहस्थी की साज-सँभाल कौन करता है?"

उन सज्जन ने कहना आरंभ किया—"उसका भी अपना कोई था नहीं और मेरा भी अपना कोई नहीं है। एक किसी बाहरी व्यक्ति को बुलाकर कुछ खर्चा-पानी देने के बदले में रख लिया है। वही भोजन-छाजन बना देता है। जूठ-काँठ होनेवाला बरतन-वरतन भी वही माँज-धो देता है। बस, इसी सब समय भर के लिए यहाँ रहता है, फिर चला जाता है। उसके बाद तो पूरा-का-पूरा दिन अकेले-अकेले बिताता हूँ। और दिनों तो बस इसी तख्तपोश पर लेटे-लेटे बाहर सड़क की ओर एकटक निहारता रहता हूँ। आज अपने इस साधारण निवासस्थान के सामने आपको जो यों खड़े देखा, तो मेरे मन ने कहा, निश्चय ही संभवतः आप बंगाली ही हैं। इसी से आपको पुकारा।"

"परंतु आपका और सब अपना परिवार?"

वे सज्जन हड़बड़ाकर बोले, "जब मैंने विवाह ही नहीं किया तो फिर बाल-बच्चे, घर-परिवार होंगे कहाँ से? मेरे माता-पिता तो जब मेरी कच्ची उम्र थी, तभी स्वर्ग सिधार गए थे। उस समय मैं पराई सेवकाई यानी कि नौकरी-चाकरी करता था। वह चाकरी मैंने अपनी आयु के प्रायः पैंसठवें वर्ष तक की थी।"

"कौन सी नौकरी करते थे आप? क्या किसी पाठशाला में अध्यापन का काम करने की नौकरी?"

वे महाशय यकायक बिहँस पड़े और बोले, "नहीं भाई, नहीं। दरअसल यह चाकरी एक बड़ी ही आश्चर्यजनक किस्म की चाकरी थी। उस चाकरी के क्रिया-कलाप की तो आप कल्पना भी नहीं कर सकेंगे।"

"इसका मतलब?"

वे भद्रपुरुष बोले, "उसके संबंध में बहुत थोड़े समय में बतला पाना संभव नहीं है। इस पूरी वसुंधरा पर फैली सारी दुनिया में वैसी नौकरी किसी ने कभी भी नहीं की। अगर की है तो बस, केवल हम चार आदमियों ने ही।"

उनकी इस बार कही गई बात का भी गूढ़ार्थ मैं समझ नहीं सका। अतः पूछ बैठा, "कौन सी ऐसी विचित्र नौकरी थी वह?"

गंभीर होकर वे महाशय कहने लगे—"उसी विचित्र चाकारी को करके ही तो मैंने अपना सारा जीवन नष्ट कर दिया, जनाब! नहीं तो क्या फिर मेरी ऐसी अवस्था हो सकती थी? मेरे जैसे महा अभागे-व्यक्ति की ऐसी जो महादुर्गति हुई, उसकी तो आप कभी कल्पना भी नहीं कर सकेंगे।"

"फिर भी बतलाइए न जरा। क्या वह कोई सरकारी चाकरी थी?"

उत्तर में उन सज्जन ने मुझसे ही प्रश्न पूछा, "क्या आप कोलकाता शहर में ही पैदा हुए हैं?"

"जी हाँ।"

फिर तो कुछ आश्वस्त होकर वे महाशय कह उठे—"तब तो आप मेरी पीड़ा को समझ सकेंगे। अच्छा तो कोलकाता के किस विशेष इलाके में आपने जन्म लिया—उत्तरी कोलकाता के अंचल में अथवा फिर दक्षिणी कोलकाता में?"

मैंने कहा, "कोलकाता के उत्तरी अंचल मैं ही। किंतु हाँ, मैंने अपनी उच्च शिक्षा विद्यासागर महाविद्यालय में पूरी की थी। मेरे जन्मस्थान की सटीक जगह का नाम है—हाथीबागान।"

अब की बार उन सज्जन के मुँह पर हँसी खेल गई। बोले, "मैं भी कोलकाता का ही जनमा, पला-बढ़ा व्यक्ति हूँ। शोभाबाजार मुहल्ले की एक गली में मेरे परिवारवालों ने जो भाड़े पर एक क्वार्टर ले रखा था, उसी में जनमा था मैं। पढ़ाई-लिखाई स्कॉटिश-चर्च विद्यालय में की थी। परंतु ऊँची कक्षाओं की पढ़ाई नहीं पढ़ पाया था, क्योंकि अभी मेरी आयु जब काफी कम ही थी, तभी अचानक मेरे पिताजी की मृत्यु हो गई थी। चूँकि अपने पिता की मैं ही एकमात्र अकेली संतान था, अत: पिताजी के स्वर्गवासी होने के बाद अपने घर-परिवार का सारा भार मेरे ही कंधों पर आ पड़ा था।" इतना कह चुकने के बाद वे थोड़ी देर तक चुप्पी साधे रहे। फिर आगे कहने लगे, "परंतु उन सब पुरानी बातों को मैं आपसे क्योंकर बतलाने लगा हूँ? जरा आप ही इसका कारण बतलाइए तो! आपको वह सारा कुछ कह सुनाने से मेरा ही कौन सा लाभ है, अथवा फिर आपका ही कौन सा बड़ा फायदा हुआ जा रहा है?"

मैंने कहा, "आपका ऐसा कहना तो ठीक है, परंतु इसमें आपका कोई हला-भला हो रहा हो अथवा नहीं हो रहा हो, उस संबंध में मैं तो कुछ कह नहीं सकता; परंतु जहाँ तक मेरी बात है, मुझे निश्चय है कि इसमें मेरा तो अवश्य लाभ है।"

"सो क्यों?" उन भद्रपुरुष ने मेरी ओर सवालिया निगाहों से देखा, फिर बोले, "वाह जी, वाह! क्या खूब कही! अरे भाई! मेरी आपबीती सुनकर आपका कैसे लाभ हो सकता है भला?"

मैंने निवेदन किया—"जैसे भी हो, परंतु इससे मेरा लाभ होना निश्चित है। इसी से मैंने आपको बतला दिया। वह लाभ क्या है? इस संबंध में मैं आपको बाद में बतलाऊँगा।"

फिर तो वे बंगाली महाशय कह उठे—"मेरा अपना जीवन सचमुच ही असहनीय पीड़ाओं से भरा हुआ एक महाकष्टकर जीवन रहा है। एक तो मेरी कच्ची उम्र में ही मेरे पिताजी मर गए, दूसरी आफत यह कि परिवार के लिए जीविका का साधन जुटाने के

लिए बचा था एकमात्र मैं ही। मेरे अलावा तब मेरी माँ जरूर थी, किंतु एक विधवा हिंदू स्त्री उस जमाने में भला क्या कर सकती थी? खाने-पीने के ढेर सारे खर्चों के ऊपर से प्रतिमाह किराए के बीस रुपए चुकाने की भी बेबसी थी। ये सारा खर्चा कौन जुटाएगा, पारिवारिक जिम्मेदारियाँ कोई कैसे जुटाएगा? यही सब सोचते-सोचते मेरा मन-मस्तिष्क इतना परेशान रहता कि रातों में नींद नहीं आती थी। पेट जब खाली हो, भूख से नस-नस कुलबुलाती हो, तो भला नींद कभी आती है? कहाँ से मकान की कोठरी का भाड़ा जुगाड़ करूँगा और खाने-पीने-पहनने के अति आवश्यक चावल-दाल, कपड़े-लत्ते का जुगाड़ कहाँ से करूँगा? चिंता करते-करते जब कोई कूल-किनारा नहीं पा सका तो अंतिम कोशिश के रूप में मैंने अपने काकाजी को पत्र लिखा। मेरे काकाजी तब यहीं, इसी जबलपुर में रहते थे। काकाजी का बेटा तब यहीं पर एक नौकरी पा गया था, अतः उसी नौकरी के कामकाज में जुट गया था। फिर तो काकाजी इतना पसीजे कि महीने-के-महीने वे हम लोगों के लिए रुपए भेजने लगे। उनके द्वारा भेजे जा रहे उन रुपयों के सहारे ही हम लोगों का पारिवारिक खर्चा जैसे-तैसे चलने लगा।

"फिर भी पैसों की इतनी कमी थी कि फीस न भर पाने के कारण मेरी पढ़ाई-लिखाई तो बंद ही हो गई थी। सारी कोशिशों के बावजूद हमारे अपने परिवार की एक पैसे की कोई आय कहीं से नहीं हो पा रही थी। किसी तरह खींच-खाँचकर परिवार की गाड़ी घसीटे लिये जा रहा था मैं। जबकि स्थिति यह थी कि परिवार के नाम पर भी कुल मात्र दो ही तो सदस्य थे—मेरी विधवा माँ और मैं। जबकि तब बेहद सस्ताई का जमाना था। उतने सस्ते समय में भी मात्र दो सदस्यों वाले मेरे परिवार के खर्चे नहीं जुट पाते थे। जितना काकाजी भेजते, उसमें काम नहीं चल पाता था। तब मैंने सोचा—क्या कुछ करूँ? कहाँ से रुपए-पैसे जुगाड़ने का उपाय करूँ? काकाजी कोई ज्यादा रुपए तो भेजते नहीं। अधिक-से-अधिक किसी महीने में तीस रुपया, तो किसी में चालीस रुपया मात्र।

"तभी एक समय मेरी हारी-थकी माँ ने साफ-साफ कह सुनाया—'बेटा! कोई चाकरी-वाकरी करने का मन हो तो दौड़-धूप करके जल्दी से करना शुरू कर, क्योंकि अगर तूने ऐसा कुछ नहीं किया, तब तो मैं इस घर का बोझा नहीं ढो पाऊँगी। बाजार में हर एक अति आवश्यक जीवनोपयोगी चीज का दाम हू-हू करके जिस रूप में बढ़ता जा रहा है।'

"यह लाचारी तब थी, जबकि वास्तव में बहुत ही सस्ताई का जमाना था। उस समय सस्ताई ऐसी थी कि आज आप सब तो उसकी कल्पना भी नहीं कर सकेंगे। अब इसी से अनुमान लगाएँ कि हमारी पाठशाला स्कॉटिश, चर्च पाठशाला के सामने जो एक चाय की दुकान थी, उसके ऊपर लाल रेशमी कपड़े के बैनर पर विज्ञापन लिखा रहता था कि 'यहाँ केवल तीन पैसे में मुरगी के एक जोड़े अंडों से बना हुआ सुस्वादु आमलेट

मिलता है।' एक प्याला चाय का भाव तो पूरे बाजार में बस एक पैसा ही था। प्रतिदिन जो समाचार-पत्र बिकते थे, उनका मूल्य था—दो पैसा। फिर भी हालत यह थी कि ये सब इतनी सस्ती चीजें भी खरीद पाने की ताकत हममें नहीं थी। उन दिनों में हमने कितनी विपत्तियों में, कितनी मुश्किलों भरा जीवन बिताया था; उसे मेरे अलावा और कोई नहीं जानता।"

इतनी बात कहते ही वे भद्रपुरुष यकायक रुक गए। फिर कुछ अफसोस-सा जाहिर करते हुए बोले, "अरे वाह! जरा आप इस बात पर ही ध्यान दें कि जब से आप आए हैं, तभी से लगातार मैं बस अपनी ही आपबीती सुनाए जा रहा हूँ। मुझमें इतना शिष्टाचार भी नहीं रहा कि कम-से-कम आप से यह तो पूछूँ कि आप कौन हैं? आपका शुभ नाम क्या है? इतनी दूर से आप यहाँ क्या और किस विशेष काम को करने के लिए पधारे हैं?"

विनम्रतापूर्वक मैंने उन्हें अपना नाम बतलाया। उसके अतिरिक्त मैंने आने का अपना उद्देश्य समझाते हुए उन्हें बतलाया कि किसी विशेष कार्य को अंजाम देने के लिए मैं यहाँ नहीं आया, बल्कि केवल घूमने-फिरने के उद्देश्य से आया हूँ। बस यों समझ लें कि परिपूर्ण विश्राम करने, अपनी अब तक की सारी थकावट दूर कर लेने के अभिप्राय से ही यहाँ आया हूँ। विश्राम लेने का वह उद्देश्य भी पूरा हुआ समझें, क्योंकि कल ही मैं वापस अपने स्थान को चला जाऊँगा। इस बार के इस आगमन के अब तक जो सारे दिन गुजरे हैं, उन्हें मैंने होटल में ही बैठे-बैठे, लेटे-लेटे अथवा सोए-सोए बिताया है। जिसे लोग कहते हैं कि अपने काम-धंधे में जो भारी मेहनत-मशक्कत करनी पड़ती है, उससे छुटकारा लेकर थोड़ा विश्राम कर लेने के मतलब से। यही अवकाश बिताने का चूँकि आज का दिन ही अंतिम दिन है, अत: इस शहर का फेरा लगा लेने के लिए बाहर निकल पड़ा हूँ।"

"अच्छा, तो कई दिन से आए हुए हैं? तो कुल कितने दिनों से यहाँ रह रहे हैं श्रीमान्?"

मैंने बतलाया—"सो तो कुल मिलाकर सात दिन हो गए।"

"अच्छा! तो यह पूरे सात दिनों का समय आपने यहाँ किस तरह बिताया?"

मैंने निवेदन किया, "वस्तुत: मैं ग्रंथों का अध्ययन करने में गहरी रुचि रखता हूँ। उच्च स्तर के अनेक ग्रंथ मैं अपने साथ ले आया था। उन्हीं सब ग्रंथों को यहाँ गंभीरतापूर्वक पढ़ा है।"

"जान पड़ता है कि किताबें पढ़ना बहुत पसंद करते हैं।"

तब मैंने उन्हें समझाया—"हाँ, यह तो मुझे बहुत ही अच्छा लगता है, परंतु ग्रंथों से तात्पर्य आजकल की लिखी हुई, छपी हुई किताबें नहीं। ऐसी किताबों में मेरी कोई दिलचस्पी नहीं है। मैं बहुत पुराने, अतीत काल में रचे हुए और प्राचीन-पद्धति के अनुरूप

भोजपत्रों, भूर्ज-त्वचों अथवा अन्यान्य पुराने फलकों पर लिखे हुए उत्कृष्ट ग्रंथों को पढ़ने में ही आनंद का अनुभव करता हूँ। ऐसे सब ग्रंथ, जो पुराने भले ही हो गए हैं, किंतु मिट नहीं गए, फीके नहीं पड़ सके हैं। अतएव जो अभी भी अतिशय प्रासंगिक हैं। अब इस प्रकार के सद्ग्रंथों का अध्ययन-मनन तो कोलकाता नगर के कोलाहल भरे वातावरण और मेरे अपने ऊपर नाना प्रकार के कार्यों का जो भारी दायित्व चँपा रहता है, उस सबके परिवेश में तो पूरा कर पाना संभव ही नहीं हो पाता है। इसी से मैं अपने उत्तरदायित्वों के भार से अवकाश लेकर कोलकाता शहर से बाहर के किसी दूर के शहर में प्रत्येक वर्ष सात-आठ दिनों के लिए चला जाता हूँ। लेकिन अब आप मेरी चिंता छोड़ें। आप अपनी बातें बतलाएँ। लोगों के मुँह से कही गई बातें, यानी कि 'बतकही' सुनना मुझे इतना अधिक पसंद है कि जिसकी कोई हद नहीं।"

उल्लासित हो वे बंगाली सज्जन मुखर हो पड़े—"मुझे फिर इसमें क्या संकोच हो सकता है? मेरी तो चाकरी ही थी, बातें कह-कहकर सुनाने की।"

"यह आप कह क्या रहे हैं? बातें कह-सुनाने की नौकरी! इसका क्या मतलब?"

वे महाशय समझाने लगे—"क्यों, झटका सा लगा न? दरअसल इसप्रकार की नौकरी, यानी कि बातें कह-कह सुनाने—चाहे वह 'सुविमल बतकही' हो अथवा 'ऊटपटाँग-बतकुच्चन' ही क्यों न हो, केवल बातें कहने के कामवाली नौकरी की बात तो आप लोगों में से किसी ने कभी सुनी भी नहीं होगी और न कोई ऐसी नौकरी के विषय में जानता ही है।"

"इसका क्या यह अर्थ समझूँ कि बिना कोई और काम किए, केवल बात करने भर से किसी ने आपको वेतन देनेवाली नौकरी दे दी होगी? ऐसा भी क्या किसी तरह संभव है?"

"यह सारा कुछ प्रभु की कृपा का परिणाम था, महाशय।" वे सज्जन हुलसकर बोलने लगे, "सभी कुछ भगवान् की दया ही के प्रसाद से हुआ। समझ गए न! बात साफ थी कि मेरे जैसे मूर्ख आदमी का तो कोई भविष्य ही नहीं बन सकता था। यह बात स्वयं मेरे पिताजी कहा करते थे। माँ भी यही कहा करती थी कि 'तुम्हारा कोई भविष्य नहीं। तुम किसी काम के लायक ही नहीं।' माँ की झिड़कियाँ, जो दरअसल मेरी नालायकी पर उसका अपना रुदन ही होता था, सुनकर भी मैं भला क्या कर सकता था? आप ही बतलाइए, मैंने कोई पढ़ाई-लिखाई तो की नहीं थी, न कोई काम-धंधा ही सीखा था। किसी बहुत बड़े जागीरदार-जमींदार या सेठ-साहूकार का अथवा किसी प्रकार के किसी बड़े आदमी का कोई उत्तराधिकारी अथवा बेटा भी नहीं था। ऐसी दशा में फिर मेरे भविष्य की बात ही क्या? परंतु महाशय! एक दिन अचानक ही मेरे जैसे महानिखट्टू आदमी का भाग्य भी खुल गया।"

"वह किस तरह जनाब?"

फिर तो वे सज्जन बतलाने लगे—"वह एक ऐसा समय था, जब मेरे पास करने-धरने को कुछ था ही नहीं। परंतु घर में भी कितनी देर बैठा रहता! सो प्राय: ही अपने जैसे निखट्टुओं के साथ अड्डेबाजी करने के लिए घर से बाहर चला जाया करता था। अड्डेबाजी-पर-अड्डेबाजी करता रहता, जहाँ केवल व्यर्थ की बातें भर होतीं। वह मेरे जीवन की ऐसी वेला थी, जब मेरे बचपन के साथी बड़े होकर अपने उज्ज्वल भविष्य के निर्माण के लिए ऊँची कक्षाओं की पढ़ाई कर रहे थे अथवा तरह-तरह के प्रशिक्षण ले रहे थे। अपने इष्ट मित्रों में मैं ही एक था, जो बिल्कुल बेकार था। परंतु मेरे आसपास के टोलों-मुहल्लों में मेरी उम्र के या मुझसे छोटी या बड़ी उम्र के भी ऐसे ढेर सारे लड़के थे, जो मेरी ही तरह निठल्ले थे। ऐसे ही निठल्ले-निखट्टुओं, बेकार पड़े युवकों के साथ मैं अड्डेबाजी करता था, जिसके चलते जीवन का बहुमूल्य समय वाहियात गँवाते रहने के अलावा और कुछ नहीं हो सकता था।"

इतना कहकर वे महाशय फिर चुप हो गए।

परंतु मेरी तो उत्सुकता बढ़ गई थी। पूछा, "उसके बाद…।"

"उसके बाद ही तो एक अप्रत्याशित अद्‌भुत घटना घटी, महाशय! हुआ यह कि एक दिन घर से कार्नवालिश स्क्वायर (चौक) मुहल्ले के अड्डे पर अड्डेबाजी करने जा ही रहा था कि अचानक पीछे की ओर से कोई व्यक्ति मेरा नाम पुकार उठा, 'अनिमेष! अरे ओ अनिमेष!'—उसकी पुकार सुन मैंने चौंककर पीछे जो देखा, तो पाया कि अरे! यह तो हम लोगों के बसंत भाई साहब हैं।

"बसंत भाई साहब भी हम लोगों की तरह ही बेकार थे। वैसे वे हमारी तरह कम पढ़े-लिखे अथवा बेबस-असहाय नहीं थे, बल्कि उन्होंने बी.ए. कक्षा उत्तीर्ण कर डिग्री पाई थी। जगह-जगह निकलनेवाली रिक्तियों में आवदेन भर-भर के नाना प्रयास कर रहे थे, फिर भी कहीं भी कोई नौकरी नहीं पा सके थे। वह भी बीच-बीच में हमारे अड्डे पर आ शामिल होते और मौका पाते ही नौकरी-चाकरी न मिल पाने का अपना रोना रोते रहते। कहते, 'जानते हो, मेरा जीवन तो पूरी तरह से नष्ट ही हो गया। जहाँ कहीं भी पता लगता है, सभी जगह नौकरी के लिए आवदेन-पत्र भेजता हूँ, परंतु कहीं से दिलासा का कोई उत्तर नहीं आता। जहाँ कहीं से उत्तर आते भी हैं, तो सभी बस एक ही जैसे अभिप्रायवाला उत्तर पठाते हैं—'हमें अत्यंत खेद है कि हम आपके आवेदन पर कुछ नहीं कर पा रहे, क्योंकि हमारे यहाँ सभी जगहें भर चुकी हैं। अब कोई भी पद रिक्त नहीं है।'

"वह समय ही इसप्रकार का चल रहा था। हमारी जान-पहचान का कोई व्यक्ति कहीं कोई नौकरी-चाकरी नहीं जुटा पा रहा था। कहीं कोई नया उद्योग-धंधा लग नहीं रहा था, कोई प्राइवेट-कंपनी भी कहीं शुरू नहीं हो रही थी। फलत: काम-धंधा पा लेने

का कोई अवसर ही नहीं था, परिणामस्वरूप चारों ओर बस हाहाकार ही मचा हुआ था। जितने सारे बैंक थे, सभी बैंक करप्ट हुए जा रहे थे। सभी दिवालिए हो रहे थे। केवल हमारे देश की ही नहीं, इंग्लैंड-अमेरिका जैसे विकसित-प्रतापी देशों में भी यही हाल था। सभी जगह एक ही अवस्था थी। यद्यपि बाजार-भाव बहुत ही सस्ताई का था। एक जोड़ी जूते का मूल्य महज तीन रुपया अथवा अधिक-से-अधिक चार रुपए। एक कमीज की कीमत पाँच चवन्नी अर्थात् सवा रुपया, बस। चावल का बाजार भाव था केवल तीन रुपए मन, यानी चालीस सेर। सारे सामान उतने सस्ते, फिर भी चारों ओर अभाव-ही-अभाव। गल्ला-अनाज, खाने-पीने की चीजें इतनी सस्ती, फिर भी मेदिनीपुर में अकाल पड़ा हुआ था। भूख के मारे लोग बिलबिलाते-किलबिलाते मरे जा रहे थे। कोलकाता के छोर पर स्थित श्याम-बाजार से दूसरे छोर पर स्थित कालीघाट तक पूरे महीने आने-जाने का बस का मासिक किराया था—छह रुपया केवल। प्राइमरी पाठशालाओं के अध्यापक महोदयों का मासिक वेतन था—केवल पच्चीस रुपया। आज के इस जमाने में उन सब विषयों पर विचार करते हुए दाँतों तले उँगली दबानी पड़ जाती है। देश के इतने बड़े नेता देशबंधु चित्तरंजन दास जी 1925 ईसवी में जब स्वर्ग सिधारे, तो देखा गया कि उनके बैंक खाते में केवल आठ हजार रुपए ही जमा थे। इतनी कम धनराशि सँजो पाने पर भी उन्होंने देश की स्वतंत्रता की लड़ाई लड़ने के लिए अपनी अच्छी-भली प्रैक्टिस छोड़ दी थी। स्वयं तो देश की सेवा में लगे ही थे, अपने इकलौते बेटे और उसकी पत्नी को भी अंग्रेज-सरकार द्वारा लागू कानून का विरोध करने के लिए भेज दिया था। उस जमाने के ब्रिटिश-शासकों के अंग्रेजी समाचार-पत्रों में समाचार प्रकाशित हुए कि वे कट्टर कम्युनिस्ट (साम्यवादी) हैं। उनका मुख्यालय संभवतः खास मॉस्को में है। खैर, छोड़िए भी वे सब बातें। इसतरह की बातें सुनना आपको भी संभवतः रुचिकर नहीं लग रहा है। ठीक भी तो है, बूढ़े लोगों की बातें सुनने में भला किस व्यक्ति को आनंद आता है? आप ही बतलाइए न!"

मैंने तुरंत ही विशेष अभिरुचि दिखलाते हुए कहा, "नहीं-नहीं, ऐसी बात नहीं। सभी की रुचि एक जैसी थोड़े ही होती है। पुराने जमाने की बातें सुनने में मुझे तो अतिशय आनंद प्राप्त होता है।"

फिर तो वे सज्जन दिल खोलकर बोलने लगे—"देखिए, ये जो बातें मैं कह रहा हूँ, बातें करने में स्वयं रस ले रहा हूँ, तो यह सब केवल इसलिए नहीं कि बातें करना मेरा सहज स्वभाव है। दरअसल बात करने की मेरी यह जो प्रवृत्ति हो गई है, उसका कारण है कि यही तो मेरी नौकरी थी; आजीविका थी; जिंदगी की गाड़ी को आगे बढ़ा पाने की एकमात्र अवलंब थी। बात करने, अपनी बात कहकर दूसरे को सुनाने की; यही नौकरी तो मैं अपनी तमाम जिंदगी करता आया हूँ। इसी से यह मेरे स्वभाव में रच-बस गई है।

संभवतः इसी से यह अब तक मेरे स्वभाव से गई नहीं। अब यही देखिए न, कि आपको जैसे ही अपने सामने बैठ पाया कि तभी से इकतरफा ही लगातार एक सुर, एक साँस में बकता ही जा रहा हूँ।"

"हाँ, तो अब आगे बतलाएँ न कि आपके बसंत भाईसाहब ने आपको जब पुकारा था, तब आप उनकी बात सुनने को पहुँचे, तो उन्होंने फिर आगे क्या कहा ?"

वे बंगाली भद्रपुरुष अब फिर से सचेत हो बतलाने लगे—"बसंत भाईसाहब ने मुझसे पूछा था—'क्यों रे! आजकल तू क्या कुछ कर-धर रहा है ?' अब उनकी ऐसी पूछताछ में भला मैं कहता भी तो क्या कहता ? मैंने कहा, 'एरेंडी (रेंड) राँध रहा हूँ। नितांत निष्प्रयोजन कामों में सारा समय नष्ट किए जा रहा हूँ, और क्या? किसी काम-कोथरा का हूँ ही कहाँ ? वह तो मेरे एक काकाजी हैं जबलपुर में, जो वहाँ से महीने के महीने रुपए भेजते रहते हैं, इसी से अभी तक भूखों तड़पकर मरा नहीं, अन्यथा कभी का मर-खप गया होता। अब तुम मेरे द्वारा किए जा रहे काम के बारे में पूछ रहे हो, तो लाओ दो न, तुम्हीं मुझे करने को कोई काम दे दो, मेरे लिए कहीं कोई नौकरी-चाकरी दिलवा दो न!'

"बसंत भाई साहब ने गंभीर स्वर में कहा, 'उसी के लिए तो तुझे बुलाया है।'

"मैंने कहा, 'अच्छा, तो आप मुझे नौकरी दिलवा देने के लिए बुलाए हैं ? अरे भाई साहब! आप तो जानते ही हो कि मैंने कोई लिखाई-पढ़ाई तो की नहीं खास। कोई काम-धंधा करने का हुनर भी नहीं सीख पाया हूँ। ऐसी दशा में भला कौन सी ऐसी नौकरी है, जो मैं कर भी पाऊँगा ? हाँ, अगर कुछ लिखना-पढ़ना जानता होता तो कम-से-कम नन्हे-मुन्हे बच्चों को ही पढ़ा सकता था। वैसी हालत में महीने के अंत में कम-से-कम छह रुपए की आमदनी का जुगाड़ तो कर पाता।'

"बसंत भाई साहब बोल पड़े—'नहीं रे! इसकी वजह से तू मत परेशान हो। मैं जिस नौकरी की बात कर रहा हूँ, उस नौकरी में पढ़ाई-लिखाई और किसी भी प्रकार के शिक्षण-प्रशिक्षण या हुनर की कोई जरूरत ही नहीं है।'

"बसंत भाई साहब द्वारा कहीं गई बात मैं ठीक-ठीक समझ ही नहीं पाया। समझता भी कैसे ? इस दुनिया-जहान में कोई ऐसी नौकरी भला कहीं है भी, जिसमें पढ़ाई-लिखाई की कोई आवश्यकता ही नहीं हो ?

"परंतु बसंत भाई साहब ने उतने ही आश्वस्त स्वर में कहा, 'हाँ-रे-हाँ! ऐसी भी नौकरी-चाकरी है। सो भी दूर कहीं नहीं, यहीं अपने पास में ही है। वही बात बतलाने के लिए ही तो तुझे पुकारा था। अच्छा तो तू अब यह बता कि (कोलकाता के) ठनठन मुहल्ले में जो कालीबाड़ी, माने माँ काली का जो मंदिर है, उसे तू जानता-पहचानता है ?'

"हाँ, बड़े मजे में पहचानता हूँ। हमारी जो स्कॉटिश-चर्च पाठशाला है न, उसके बिल्कुल पास में ही तो था वह मंदिर।'

" 'हाँ, बिल्कुल वहीं। तो वहीं पर जो कार्नवालिस-स्ट्रीट के तेरह नंबर का मकान है, उसके कर्ता-धर्ता बाबू माधव मल्लिक जी का नाम कभी सुना है ? अरे भाई, वे लोग तो काफी विख्यात लोग हैं। बहुत बड़े आदमी!'

"मैंने कहा, 'हाँ, हाँ, जरूर सुना है। उन्हें जानता भी अच्छी तरह हूँ। हाँ, इतना जरूर है कि अपनी आँखों से सामने-सामने उन्हें कभी देखा नहीं है। परंतु आप उनके बारे में मुझसे क्यों पूछ रहे हैं ? अच्छा हाँ, क्या उन्हें अपने घर-गृहस्थी में कामकाज करने के लिए किसी घरेलू नौकर की जरूरत है ? अगर उन्हें ऐसे किसी नौकर की जरूरत है, तो कृपया बतला दें कि कौन सा वह विशेष काम है, जिसे करना होगा ?'

" 'कामकाज तो कुछ भी नहीं करना है। करना बस इतना भर है कि, दोनों पहर यानी प्रात:काल की पूर्वाह्न वेला में और फिर दोपहर बाद की अपराह्न वेला में यानी कि सायंकालीन वेला में, दोनों ही समय नियमित रूप में उनके पास जाकर उनके साथ बैठकर उनसे बातचीत करनी होगी। बस वैसी ही, जैसी कि तुम अपने स्वाभाविक ढंग से करते हो।'

"उनकी बात सुनकर तो मैं अवाक् रह गया। भला ऐसा भी कहीं होता है क्या ? इसी ऊहापोह में पड़ जाने के कारण उन्हीं से फिर ठीक-ठीक जानकारी ले लेने के लिए पूछ बैठा, 'क्यों भाई साहब! उनसे बातचीत भर ही क्यों कर करनी होगी ?'

"बसंत भाई साहब ने तब बात को खोलकर समझाया—'इसलिए कि ऐसा ही करने के लिए एक बहुत बड़े वैद्य-चिकित्सक, यानी कि अंग्रेजी ढंग की चिकित्सा करनेवाले एक बहुत बड़े डॉक्टर ने सलाह दी है। इस माधव मल्लिक ने तो अपनी सारी जिंदगी जम के शराब पी है, नानाप्रकार की हसीन औरतों के साथ केलि-क्रीड़ा करता रहा है जीवन भर। उधर स्थिति यह है कि उसकी धन-संपत्ति इतनी अपार है कि उसकी कोई गिनती नहीं कर सकता। अपनी इन्हीं सब आदतों और धन के गुमान में किए गए नाना प्रकार के ऐसे कामों से जो मनुष्य शरीर पर बुरा असर डालते हैं—माधव मल्लिक अत्यंत असाध्य बीमारी की गिरफ्त में आ गया है। वैसे उसकी आयु अभी साठ वर्ष ही पूरी हो पाई है। उसके रोगों में अधिक पीड़ा देनेवाले रोग हैं—(1) रात में नींद आती ही नहीं, (2) जो कुछ भी खाता है, वह ठीक ढंग से हजम नहीं होता। भाँति-भाँति की चिकित्सा करवा चुकने पर भी जब लाभ नहीं हुआ, तो चिकित्सकों ने जलवायु बदलने के लिए बाहर जाने की सलाह दी, जिसे मानकर वह कई-कई बार, कई-कई जगह बाहर भी हो आया है, परंतु उस सबसे भी कोई फायदा नहीं हो सका। अच्छी-से-अच्छी दवाइयाँ खाने पर भी उसके रोगों की पीड़ा में कोई कमी नहीं आई। कोलकाता शहर का तो कोई डॉक्टर बचा ही नहीं है, जिसे कि उसने अपने रोग से छुटकारा दिलाने के लिए न दिखाया हो। हर तरफ से निराश हो जाने पर अंत में वियना (ऑस्ट्रिया, यूरोप) गया

था चिकित्सा करवाने के लिए। वहाँ के एक बहुत ही सम्मानित डॉक्टर ने इसके रोग से संबंधित एक-एक लक्षण, एक-एक परेशानी और तमाम सारी विलक्षणताओं की जाँच-परख करने, सुनने, समझने के बाद व्यवस्था दी है कि 'इस असाध्य रोग की तो कोई चिकित्सा है ही नहीं। किसी भी चिकित्सा-पद्धति में कोई भी दवा इसमें असरदार नहीं हो सकती। इस रोग के उपचार का एकमात्र निदान यह है कि प्रत्येक रोज प्रातः-सायं, पूर्वाह्न-अपराह्न नियमित रूप से उठती जवानीवाले खुशमिजाज छोकरों के साथ बैठकर वाहियात किस्म की, बिना सिर-पैर की, ऊल-जुलूल बातें करें। ऊटपटाँग किस्म की, बिना विशेष चिंतन-मनन की—सार्थक-निरर्थक, चाहे जिस भी प्रकार की बातें कई-एक नवयुवक, जो नित्यप्रति इनसे करें—उन्हीं की बातें सुनना और स्वयं भी दिलचस्पी लेकर उनसे वैसी ही बातें करते रहना होगा। इस रोग का एकमात्र यही एक इलाज है और यह इलाज निश्चय ही इतना असरदार है कि ऐसा करने से इनकी सारी आधि-व्याधि दूर हो जाएगी। शरीर चंगा हो जाएगा। अभी तब तक जो दूध वाली जैसी बच्चों की भी सुपाच्य चीजें खाने पर भी, इन्हें जो नहीं पच पाती थीं, वे सब उपलक्षण समाप्त हो जाएँगे। नवकिशोरों से बतकुच्चन करते रहने, अनाप-शनाप का गप-गपाष्टक करते रहने से यह पूरा-का-पूरा रोग ही सदा-सर्वदा के लिए ठीक हो जाएगा।'

" 'विश्वविख्यात चिकित्सक महोदय द्वारा दी गई इस सलाह को ही मुझे माधव मल्लिक के घर-गृहस्थी के संचालन का सारा कार्यभार चलानेवाले सरकार महाशयजी ने ज्यों-का-त्यों बतलाया, क्योंकि इस काम के लिए उन्हें ऐसे ही नवयुवकों की जरूरत है। वैसे वे किसी नवयुवक की जरूरतों पर रहम खाकर ही उसे नहीं ढूँढ़ रहे, बल्कि ऐसा करने के पीछे उनका भी तो व्यक्तिगत भारी स्वार्थ सिद्ध हो रहा है। उनकी जो ऐसी अच्छी-भली कमाऊ नौकरी चल रही है, माधव मल्लिक के मरकर यमलोक सिधार जाने पर तो उनकी वह नौकरी भी चली जाएगी।'

"उनकी बात के बीच में ही मैं पूछ पड़ा—'तो क्या मैं बस अकेले-अकेले ही बतकही करता रहूँगा?'

"बसंत भाई साहब ने समझाया—'नहीं जी। अकेले क्यों होंगे? मैं भी तो तुम्हारे साथ हूँ। जब तुम्हें भी स्वीकार है तो अब हम दो व्यक्ति तो हो ही गए। मगर इसके बाद भी अभी दो की जुगाड़ और करनी होगी, परंतु उनकी कोई चिंता नहीं। इस समय में बेरोजगारी का जैसा भीषण समय चल रहा है, इस युग में बेकार नवयुवकों का देश में क्या कोई अभाव है रे!'

" 'तो भाई साहब! मल्लिक साहब ऐसे बेमतलब के काम के लिए कितने रुपए मासिक का वेतन देंगे?'

"बसंत भाई साहब ने जानकारी दी—'इस काम में कुल चार नवयुवकों को लगाकर

उनमें से प्रत्येक को महीने के महीने तीस रुपए दिए जाएँगे। इस वेतन के भी ऊपर से जलपान भी पर्याप्त दिया जाएगा। बात यह है कि माधव मल्लिक के पास रुपयों की कोई कमी है नहीं, फिर कंजूसी क्यों बरतेंगे? उस जलपान में भी इतना कुछ मिलेगा कि उसे खाने के बाद तो फिर अपने घर पर कोई भोजन-छाजन करने की जरूरत ही नहीं होगी।'

"उनकी बात सुन तो ली, परंतु शुरू-शुरू में तो उसकी सार्थकता पर मुझे विश्वास ही नहीं हो पाया। आजकल के बाजार की जैसी दशा है, उसमें केवल बातचीत करने भर पर ही महीने के महीने तीस रुपयों की कमाई करते रहना तो 'बौने के हाथों में चाँद' प्राप्त हो जाने जैसी बात है। और फिर ऊपर से जलपान!

"मन को जब सचमुच ही तसल्ली हो गई, तो भाव-विह्वल स्वर में कह उठा, 'बसंत भाई साहब! आपके इतने बड़े उपकार के लिए मैं आपको किन शब्दों में धन्यवाद दूँ, कुछ सोच-समझ नहीं पा रहा? ठीक है भाई, साहब! इस तरह का सुयोग मेरे लिए कर ही दो। जैसी भी हो, फिलहाल नौकरी करना मेरे लिए अत्यंत आवश्यक है। अतः चाहे जिस तरह से भी संभव हो सके, मेरे लिए यह चाकरी तुम्हें लगवा देनी ही पड़ेगी। आजकल रुपयों की मुझे बेहद जरूरत है, ऐसी कि उसके संबंध में जानकारी देनी मुश्किल है।'

"तो महाशय! अंत में एक दिन सचमुच ही मुझे नौकरी मिल गई। केवल मेरी ही नहीं, बल्कि मेरी, बसंत भाई साहब की, वीरेश की और सुधन्य की, यानी हम चारों लोगों की चाकरी लग गई। सभी-के-सभी उस समय महाबेकार तो थे ही। इनमें से एक बसंत भाई साहब तो हमारे अपने हाथी बागान मुहल्ले में ही रहते थे, बाकी वीरेश और सुधन्य दूसरे मुहल्ले पाथुरेघाट के निवासी थे। इस चाकरी के पहले दिन से ही हम लोगों के आदर-सत्कार का बड़ा ही उत्कृष्ट और प्राचुर्य से भरा हुआ बंदोबस्त था। उस विशाल भवन के जिस विस्तृत सभागार में हम सब एकत्र होते, उसमें एक बेशकीमती तख्तपोश पर बिछे अति बेशकीमती बिस्तरे पर मसनद की टेक लगाए माधव मल्लिकजी विराजे रहते थे। उससमय उनकी अवस्था साठ वर्ष की थी। उनका निजी परिचारक (सेवक), जिसका नाम था—विपिन। उनके लिए शाही ठाटबाटवाले फर्शी (हुक्के) की चिलम में तंबाकू जगाकर लाकर उनके सामने सजा देता, फिर उस फर्शी हुक्के की लंबी नलकी के मुखवाले सिरे को ले जाकर वह अपने मालिक के हाथों में थमा देता। विपिन उनके लिए तंबाकू इस कलात्मक ढंग से सजाता था कि मालिक जब अभी पहला ही कश खींचें, तब खूब भारी मात्रा में धुएँ का गुबार निकल पड़े। अगर ऐसा नहीं होता तो मालिक मुख्तार महाशय क्रोध के मारे आगबबूला हो उठते। झिड़ककर बोल पड़ते—'यही तंबाकू सजाया है? इसे क्या तूने केवल राख भरकर बना दिया है?'

"उनकी ऐसी खिसियाई झल्लाहट देखते ही बसंत भाई साहब विनम्र निवेदन

करते—'परवरदिगार! कृपया इतना अधिक क्रोध मत कीजिएगा, नहीं तो आपकी देह का रक्तचाप बढ़ जाएगा।'

"तब हम सबके स्वामी कह उठते—'बढ़ता है तो बढ़ जाए रक्तचाप (ब्लड-प्रेशर)। अरे, आनंद-विभोर कर देनेवाला हुक्के का कश खींचना प्रथम वरीयता की चीज है—पहली पसंद की चीज वह है कि रक्तचाप बढ़ने की चिंता? अरे बेटे! आनंदविभोर कर देनेवाला कश खींचने में ही तो मजा है। परंतु विपिन जब वही मजा नहीं पहुँचा पा रहा है तो, अब विपिन को इस काम से हटाना ही पड़ेगा।'

"ठीक ऐसे मौके पर मैं कह उठता—'अब इसमें विपिन का क्या दोष है, हुजूर! दरअसल शहर के दुष्ट दुकानदार इतने ढीठ हो गए हैं कि आजकल तंबाकू में ही वे बड़े ही निकृष्ट व घटिया स्तर के माल की मिलावट कर दे रहे हैं। अत: यदि अपेक्षित मजा नहीं आ पा रहा है तो इसके लिए विपिन का कोई दोष नहीं है। सच्चाई तो यही है कि पूरा का पूरा दोष माल में मिलावट करनेवाले उस दुकानदार का है।'

"हम सबके स्वामी ने तब व्यवस्था दी—'बात अगर ऐसी ही है तो विपिन दुकान ही बदल दे। उसी दुकान से माल मँगाने की बाध्यता ही क्या है? अब तुम लोग ही बतलाओ कि बाजार में कौन बनिया रद्दी-वाहियात पदार्थों की मिलावट कर लोगों को ठग रहा है और कौन साहूकार शुद्ध व सच्चा माल बेच रहा है? इस बात की खोजबीन करने इतनी बूढ़ी उम्र का आदमी मैं बाजार में चक्कर लगाने जाऊँगा? अगर विपिन स्वयं इस सबकी जानकारी कर विशुद्ध माल नहीं ला सकता, तो फिर उसे सेवकाई में, नौकरी में रखा ही क्यों जाए?—अरे ओ छोकरे! जरा हमारे प्रबंधक सरकार-महोदय को तो बुलाकर यहाँ लिवा ला।"

परिणामस्वरूप सरकार-महाशय को तुरंत बुला लिया गया। मल्लिक-परिवार के घरेलू सारे कार्यों के प्रबंध करने के महत्त्वपूर्ण काम में सरकार महाशय बहुत लंबे समय से नियुक्त थे। इतनी लंबी नौकरी करते आ रहे सरकार बाबू पर हुजूर की जैसे ही निगाह पड़ी, वे हड़काकर पूछ बैठे—"अरे, ओ सरकार रे! हमारे इस विशाल भवन और परिवार में तू क्या करने के लिए है रे? तेरे यहाँ होने की जरूरत दरअसल है क्योंकर? जरा तू स्वयं अपने मुँह से बोलकर बता न, कि तुझे यहाँ किसलिए रखा गया है? जरा मैं भी तो सुनूँ! बाजार से खरीदकर जो ढेर सारा माल हमारी घर-गृहस्थी में आता है, उस माल को बाजार में कौन बनिया उसके विशुद्ध रूप में बेचता है और कौन कपटी-बनिया लोगों की आँख में धूल झोंककर उसमें सड़ी-गली, रद्दी चीजों की मिलावट कर उन्हें औरों के सर मढ़े दे रहा है? अगर इस बात की खोज-परख तुम नहीं कर सकते, अच्छी तरह जाँच-परख करके विशुद्ध माल नहीं मँगा सकते तो तुम यहाँ पर हो ही क्यों? तुम्हारी जरूरत ही क्यों है? जाओ, आज इसी क्षण से तुम्हारी नौकरी खत्म हो गई। अब अपने

घर का रास्ता नापो। आज से तुम्हारा यहाँ का काम समाप्त हुआ।'

"उनकी इस बात के पूरा होते-होते ही बसंत भाई साहब उनके फैसले का समर्थन करते हुए बोल पड़े, 'ठीक ही तो है, सचमुच ही आप बिल्कुल ठीक कह रहे हैं, हुजूर! यह तो खुली हुई बात है कि आज जो इस तरह की लापरवाही हुई, उसमें विपिन बेचारे का तो कोई दोष ही नहीं है। सारा दोष तो असलियत में इन सरकार महाशय का ही था।'

"सुधन्य, वीरेश और मैंने भी ठीक वही बात कही। कहते भी क्यों नहीं? हमारे माननीय मालिक मल्लिक महोदय की इच्छा के विरुद्ध कुछ भी कहने से हमें पहले से मना कर रखा गया था। इन्हीं हुजूर महोदय की दी हुई सेवकाई—नौकरी जब हम लोग करते हैं तो उनकी इच्छा के विरुद्ध यदि हम लोग कुछ कहेंगे, तब हमारी भी नौकरी खत्म हो सकती है।

"उस दिन सचमुच ही उन सरकार महाशयजी की नौकरी चली ही गई। परंतु उसके लिए हम बेबस-लाचार लोग कर ही क्या सकते थे? जबकि साफ बात थी, अपराध तो किया था विपिन ने ही, परंतु उसके लिए सरकार महाशय को दंडित किया गया।

"परंतु नहीं, नहीं। अंतिम रूप से ऐसा कुछ नहीं हो पाया था; दो दिनों बाद ही हमने देखा कि सरकार महाशय अपनी जिस जगह पर पहले बैठकर सारा कामकाज करते-धरते थे, उसी कमरे में, उसी जगह पर बैठकर पहले की ही तरह खाता-बही पर हिसाब-किताब लिख रहे हैं। यह दृश्य देखकर हम चारों के चारों ही आश्चर्यचकित हो गए थे। हम सभी उन्हीं से पूछ रहे थे, 'कहिए, सरकार महाशयजी! आपकी नौकरी क्या खत्म नहीं हुई?'

"सरकार महाशय बोले, 'नहीं भाई! इस परिवार की मालकिन लक्ष्मी माँजी ने हम सबके अन्नदाता मल्लिकजी को अच्छी तरह से समझाया-बुझाया, इसी से मुझे फिर से बुलवाया गया है।'

"हम सब लोग जब अपने उन स्वामी महोदय के दरबार में पहुँचे तो पाया कि विपिन फिर पहले की भाँति सजा-धजाकर हुक्का तंबाकू ले आया है। स्वामी-हुजूर ने बड़े आराम के साथ जो पहला ही कश खींचा था कि उनके मुँह से गल-गल करता हुआ धुएँ का गुबार-सा बाहर उछल पड़ा। हमने देखा कि हमारे स्वामी, हमारे अन्नदाता महोदय अतिशय प्रसन्न हैं। कहने लगे, 'जानते हो, सरकार महाशय को मैंने फिर से अपनी सेवकाई में रख लिया है!'

"वीरेश तुरंत ही कह उठा—'बहुत ही भला काम किया है आपने हुजूर।' फिर तो हम सभी ने वही बात उसी सुर में उनसे कह सुनाई, क्योंकि इसप्रकार की बातें करने का ही नियम था।

"हमारी राय सुनने के बाद मालिक ने बतलाया—'मेरी गृह-लक्ष्मी, मेरी धर्मपत्नी

महोदया ने भी ठीक वही बात कही थी। जानते हो, इतने वर्षों से बेचारा हमारे यहाँ काम करता आ रहा इतना पुराना कर्मचारी है, ऐसे व्यक्ति को नौकरी से निकाल बाहर कर देना उचित नहीं है। अब तुम लोग खुले मन से बतलाओ कि इस पर तुम लोगों का क्या मत है ?'

"सुधन्य ने कहा, 'हम सबकी लक्ष्मी माँ, इस परिवार की पालनकत्री माँ ने बिल्कुल उचित बात कही है। इतने दिनों के पुराने सेवक को उसकी नौकरी से हटाना ठीक नहीं हुआ था।'

"मालिक गद्‌गद हो पूछ बैठे थे—'तो तुम सब लोग भी वही बात कह रहे हो! तुम लोगों का विचार भी उनकी सलाह को ही उचित मानता है ?'

'जी, जी मालिक! हम सभी लोग वही बात कह रहे हैं। इतने दिनों के पुराने सेवक के सेवा-कार्य को उससे छुड़वा देने का निर्णय ठीक नहीं था।'

"तब हमारे संरक्षक महोदय बतलाने लगे—'वस्तुतः हमारी अर्द्धांगिनी मालकिन महोदया ने यही निवेदन किया था कि बाजार का दुष्ट बनिया तंबाकू में अगर आलतू-फालतू घटिया चीजें मिलाकर बेचेगा तो उसमें फिर बेचारे सरकार महाशयजी का क्या दोष है ? सच्ची बात तो यही है कि इसमें सरकार महाशय का तो रत्ती भर भी दोष नहीं है। जो कुछ भी दोष है, वह सारा-का-सारा छल-कपट करनेवाले व्यापारी बनिए का ही है। उसके बाद मैंने भी जो गहन सोच-विचारकर देखा तो इस निर्णय पर पहुँचा कि श्रीमतीजी की बात ही सही है—अब तुम लोग निडर होकर कहो कि तुम लोगों का मन क्या कहता है ?'

"हम सभी ने एक ही सुर में एक साथ ही निवेदन किया, 'मालकिन लक्ष्मी माँ ने सर्वथा उचित बात ही कही है, हुजूर! बड़ी ही अमूल्य राय उन्होंने दी है।'

"उसके बाद से तो फिर सभी कुछ पहले की तरह से ही ठीक-ठाक ढंग से चलने लगा। सरकार महाशयजी की नौकरी भी सुरक्षित बनी रही और हम लोगों की नौकरी भी ठीक-ठाक बनी रही।

"एक दिन अकस्मात् ही हमारे अन्नदाता मालिक महोदय ने कहा, 'अरे ओ छोकरो! जानते हो, आज मेरी दाढ़ी बहुत ही खुजला रही है। अब जरा बतलाओ तो कि क्यों खुजला रही है मेरी दाढ़ी ?'

"बसंत भाई साहब तपाक् से बोले पड़े—'आज अमावस्या की तिथि है, हुजूर! अमावस्या के दिन दाढ़ी में खुजली मचना बहुत ही अच्छा होता है, जनाब!'

" 'अच्छा तो तुम बतला रहे हो कि आज के दिन दाढ़ी में खुजली होना ठीक है ?'

"फिर तो हम सभी ने एक मत से कहा, 'जी हाँ, हुजूर, हम सभी लोगों की दाढ़ी आज खुजला रही है। खुजलाएगी ही, आज अमावस्या जो है।' इतना कहकर हम चारों

के चारों लोगों ने ही अपनी-अपनी दाढ़ी खुजलाना शुरू कर दिया। यह सब अभी हो ही रहा था कि उसी बीच हुक्का गड़गड़ा चिलम सँभाले विपिन आ पहुँचा। हम सबके आश्रयदाता महोदय ने उससे भी पूछ ही लिया, 'अरे ओ विपिन! जरा बतला तो तेरी दाढ़ी खुजला रही है?'

"अचानक दागे गए इस प्रश्न को सुनकर विपिन तो सन्न हो गया। फिर सहमते-सहमते बोला, 'नहीं हुजूर! मेरी दाढ़ी तो नहीं खुजला रही।'

मालिक मारे क्रोध के फट पड़े। डपटकर बोले, 'क्या कहा तुमने? कहा कि तेरी दाढ़ी खुजला नहीं रही? क्या तू यह भी नहीं जानता कि आज अमावस्या है और आज के दिन पुरुषों की दाढ़ी खुजलाती है? तो तू पुरुष है कि स्त्री है?'

मालिक महोदय की ऐसी बात सुनकर वह बेचारा तो हक्का-बक्का हो गया।

"हम सबके स्वामी हुजूर ने आज्ञा दी, 'बुला सरकार महाशय को, अभी इसी क्षण जाकर बुला ले आ।'

आदेश पाते ही सरकार महाशयजी भागे चले आए। मालिक ने तुरंत ही उनसे भी पूछा, 'सरकार महाशय। जरा सच-सच बतलाइए तो कि आपकी दाढ़ी खुजला रही है कि नहीं?'

"सरकार महाशय ने बिना किसी शील-संकोच के झट उत्तर दिया, 'हाँ मालिक। मेरी दाढ़ी खुजला रही है।'

अब कर्ता बाबू ने विपिन की ओर घृणा की दृष्टि से देखते हुए कहना शुरू किया—'अरे ओ विपिन! आ इधर, अब देख न, हम सभी लोगों की दाढ़ियाँ आज खुजला रही हैं और एक तेरी है कि खुजला ही नहीं रही। जानता है, इसका कारण क्या है? वस्तुतः तू पुरुष मनुष्य है ही नहीं। जानता नहीं है क्या कि आज अमावस्या की तिथि है और आज के दिन असली पुरुष मनुष्यों की दाढ़ी खुजलाती है। अगर तेरी दाढ़ी नहीं खुजला रही तो बात साफ है—दरअसल तू हिजड़ा है, हिजड़ा! अतः अब जा इस जगह से विदा हो जा। भाग जा मेरी इस कोठी से। आज से अपनी इस कोठी में मैं हिजड़ा नहीं पोसूँगा।'

फिर सरकार महाशय की ओर पलटते हुए उन्होंने आदेश दिया—'सरकार महाशय! विपिन का नाम हमारे यहाँ नियुक्त सेवकों के नामों के बही-खाते से काटकर निकाल दीजिए। वस्तुतः वह नपुंसक है, हिजड़ा है। उसे अब और अपने यहाँ की सेवकाई में नहीं रखूँगा।'

"इतना सुनना था कि विपिन बुक्का फाड़कर रोने लगा। हिचक-हिचककर रोते-रोते ही कहने लगा—'जी हुजूर! सचमुच में मेरी दाढ़ी भी खुजला ही रही है। अब तक मैं इसे समझ ही नहीं पाया था, इसी से···' इतना कहकर अपने दोनों हाथों से घरर-घरर करके लड़ते हुए अपनी दाढ़ी खुजलाने लगा।

"हमारे स्वामी आश्वस्त हो बोल पड़े, 'चलो, अच्छा ही हुआ। आफत विदा तो हुई। हाँ तो सरकार महाशय! विपिन का नाम सेवकों के नामों में से अब काटना नहीं पड़ेगा। अब तक वह जिस तरह से कामकाज करता आया है, आगे भी करता रहेगा।'

हम सभी ने फुरसत की साँस ली। चलो अच्छा हुआ, विपिन की चाकरी बच गई। उसके बाद वाले दिन से वह ठीक उसी तरह काम करने लगा, जैसे कि पहले किया करता था।

उसके बाद एक दिन मैं जो बतकही किए जा रहा था, उसके आगे के विवरण की ओर बढ़ते हुए हमारे स्वामी ने यकायक मुझसे पूछा, 'हाँ तो अनिमेष, तुम जो बात बतला रहे थे, उसमें आगे क्या कहा था तुमने, जरा फिर से तो बतलाओ।'

मैंने उन्हें बतलाना आरंभ किया—'उसके बाद वह बूढ़ा मर गया और उसकी मृत्यु हो जाने के बाद से उसका बेटा बड़े आराग से दिन बिताने लगा।'

हमारे अन्नदाता स्वामी इतना सुनते ही अचंभे से भरकर दुत्कारने लगे—'सो कैसे संभव है जी? बूढ़े बाप के मर जाने पर बेटा क्या आराम से दिन बिताता है? नहीं, जी नहीं। इसतरह से करने से चलेगा नहीं। ऐसा है कि इस बतकही के अंतिम अंशों की चीजें तुम बदल ही डालो। माने, बाप के मरने पर बेटे ने खाना-पीना सभी कुछ छोड़ दिया। रात-दिन रोते-रोते एकदम अजलस्त हो गया बेचारा, उठने-बैठने तक की ताकत नहीं बची उसमें, बल्कि ऐसी ही पीड़ा भरी स्थितियों में सिसकाते-सिसकाते उस बेटे को भी तुम मारकर फेंक ही दो।'

मैंने कहा, 'कितना सही सोचते हैं आप परवरदिगार! मैं भी ठीक उसी प्रकार की परिणति करने जा रहा था, परंतु...'

मेरी बात को बीच में ही रोकते हुए हमारे स्वामी बोल पड़े—'वह सब परंतु-फरंतु कुछ नहीं। मैं जो सुझाव दे रहा हूँ, तुम ठीक-ठीक वही सब कर दो। उस बेटे को भी मौत के मुँह में ढकेल ही दो। अगर तुम्हें कहीं कोई कठिनाई महसूस हो रही है तो पहले मेरी इस जिज्ञासा का तो उत्तर दो कि बाप के मर जाने के बाद बेटा किस तरह से जीवित बचा रहता है?'

मेरे कुछ मानने से पहले ही बसंत भाई साहब बोल पड़े—'हमारे अन्नदाता स्वामी बिल्कुल सही फरमा रहे हैं। अपने परमपूज्य प्यारे पिता की मृत्यु के शोक में आकुल-व्याकुल हुए बेटे ने अपने गले में फाँसी का फंदा लगाकर ऊँचाई से लटककर आत्महत्या करते हुए पूरी तरह से अपनी जीवन लीला ही समाप्त कर दी।'

उल्लसित होकर हम सबके स्वामी ने फैसला-सा ही सुना दिया, 'वाह बेटे बसंत! तुमने सोलह आने सच बात बतला दी है। दरअसल अनिमेष तो कुछ जानता ही नहीं।'

मेरे बाकी साथियों—सुधन्य और वीरेश ने भी हम सबके स्वामी मल्लिक महाशय

के फैसले का मुक्त कंठ से समर्थन किया, 'जी हाँ अन्नदाता! अनिमेष सचमुच ही कुछ नहीं जानता है; बल्कि इस बतकही का और भी श्रेष्ठ रूप तो यह होगा, जिसमें बाप किसी भी तरह मरेगा ही नहीं। बाप को तो हमेशा बचे ही रहना होगा।'

तब हमारे मालिक ने सलाह सी देते हुए कहा, 'हाँ, बिल्कुल ठीक बात है। ऐसा करो अनिमेष कि बाप को मरने ही मत दो, उसे फिर से बचाकर भला-चंगा कर रखो। आजकल की अति विख्यात अंग्रेजी एलोपैथी चिकित्सा से अगर न बच पाता हो तो होमोपैथी चिकित्सा के जरिए ही उसे बचा लो। अगर उससे भी न सधे तो जरूरत समझो तो भारतीय आयुर्वेद पद्धति के जानकार किसी अच्छे वैद्य महोदय की आयुर्वेदिक औषधियों को खिलाकर ही उसे चुस्त-दुरुस्त रूप में स्वस्थ करके बचा लो।'

अंततः मैंने भी वैसा ही किया। बाप को भी बचा लिया, और बेटे को भी बचाए रखा। बतकही को ऐसा मोड़ दे देने से हमारे मालिक बेहद प्रसन्न हुए। इतने आनंद से विह्वल कि तुरंत ही उन्होंने आदेश दिया कि हम चारों ही सेवकों को खाने के लिए तुरंत मिठाई मँगा ली जाए। वह भी क्या साधारण रूप से बाजारों में पाई जानेवाली मिठाइयाँ? नहीं; घोड़ा जुता इक्का लिये विपिन सीधे ग्रे-स्ट्रीट की सबसे प्रसिद्ध मिठाई की दुकान 'घोष ब्रदर्स' पर तेज रफ्तार से चला गया। सबसे मशहूर मिठाई की इस दुकान से पचास रुपए के तो संदेश (बंगाल की अति लोकप्रिय) मिठाई ही मँगा ली गई। इतनी उत्कृष्ट कोटि की संदेश मिठाई उसके पहले मैंने बस आँखों से देखी भर थी, कभी खाई नहीं थी। बसंत भाई साहब की कृपा से उसे चखने और खाने का भी सौभाग्य मिल गया।

'बस इसी रूप में हम लोगों की सेवकाई का वह काम चल रहा था। महीने-महीने हम सभी लोग रुपए तीस वेतन के भी पाते जा रहे थे। ऊपर से खाना भी पा जाते थे। उससे भी अधिक सुविधा की बात यह थी कि वह काम भी बहुत सीधा-सादा और आसान था। उस सेवकाई या नौकरी में पढ़ने-लिखने की किसी योग्यता की कोई जरूरत ही नहीं थी।

'दिन ऐसे ही बीतते रहे। उसके बाद एक समय, एक दिन मेरी माताजी भी स्वर्ग सिधार गईं। श्मशान घाट पर माँ की चिता जलाकर, उनकी अंत्येष्टि के काम यथाविधि संपन्न करने के बाद मैं फिर पहले की तरह ही मल्लिक महाशय के उस दरबार में तुरंत ही उपस्थिति देने पहुँच गया। इस नौकरी में मैंने एक दिन की भी उपस्थिति कम नहीं होने दी। बड़ी निष्ठा से प्रतिदिन सेवा-कार्य करता रहा; क्योंकि मन में बराबर ही आशंका बनी रहती कि सेवकाई के इस काम में जी चुराने, हीला-हवाली करने से कहीं यह नौकरी ही न चली जाए! इसीप्रकार काम करते-करते किस विधि से यौवन की वेला बिताकर बुढ़ापे की अवस्था में पहुँच गया था, इसका हिसाब-किताब रखने का मौका ही नहीं पा सका।

"हमारी सेवकाई के उस कार्यकाल के दौरान ही हमारे अन्नदाता स्वामी मल्लिक

महाशय के बेटे का विवाह संपन्न हुआ। वह विवाह भी देखने लायक ही था। उस विवाह में जितनी परम सुंदरी बहू आई थी, उसी तरह विवाह का वह उत्सव भी इतने भव्य रूप में हुआ था। राज-राजेश्वरों के यहाँ ही वैसा हो पाना संभव था। लगातार तीन दिनों तक लोगों का भोज-भात का भंडारा चलता रहा, जहाँ अनगिनत लोगों ने छककर भोजन किया। मल्लिक महाशय के समधीजी (बेटे के श्वसुर महाशय) की विशाल कोठी पर भी हमें सादर निमंत्रण दिया गया था। वहाँ भी हमें जो आहार दिया गया, वह राजकीय ठाट-बाट का था। हमारे अपने मालिक के यहाँ जो महाभोज आयोजित हुआ था, उसमें भी हजारों लोगों को राजकीय उत्कृष्ट आहार ही खिलाए गए।

हमारे दिन इसी प्रकार परम सुख-चैन से बीत रहे थे कि एक दिन जब हम लोग सवेरे की वेला में बतकही करने पहुँचे कि अचानक ही महा कष्टकारी संवाद सुना कि उस बीती रात को ही हमारे अन्नदाता स्वामी मल्लिक महाशय ने अंतिम साँस छोड़ी। वे इस धरा-धाम से विदा ले स्वर्ग प्रस्थान कर गए हैं। उस समय उनकी आयु पूरे नब्बे वर्ष हो चुकी थी। असाध्य रोग से जर्जर शरीरवाले जिस व्यक्ति को साठ वर्ष की अवस्था में ही बड़े-बड़े चिकित्सकों ने मर जाने की घोषणा कर दी थी, वे बतकही की अड्डेबाजी में रस लेकर भाग लेते हुए पूरे तीस और वर्षों तक जीवित रहे थे।

'तीस वर्षों बाद जो यह दुःखद स्थिति आ गई तो फिर अब क्या होगा?' सेवकाई के उस कार्य से जुड़े हम चारों-के-चारों ही बड़ी ही दुश्चिंता में पड़ गए। क्या सचमुच ही तब हमारी सेवकाई, यानी कि नौकरी चली गई? बसंत भाई साहब, सुधन्य, वीरेश और मैंने साथ-साथ मिल-जुलकर भी बहुत मूड़ मारा, नाना प्रकार से सोचा-विचारा, किंतु कहीं से भी कोई आशा की किरण कौंधती नजर नहीं आई। हमें सहारा दे सकने लायक कोई आधार, कोई अवलंब नहीं मिल सका। हम चारों ने ही इतना लंबा समय बड़ी मौज-मस्ती से, हर प्रकार के आराम से भरपूर स्थितियों में बिताया है। हम तो यही सोचते रहे हैं कि हमारे अन्नदाता प्रभु मल्लिक महाशय अनंत-काल तक स्वस्थ और सानंद बचे रहेंगे और हम लोग भी उनकी सेवा करने के उस काम को वैसी ही निष्ठा से सदा-सर्वदा करते जाएँगे। केवल सेवकाई या नौकरी भर ही नहीं, बल्कि उसके साथ-साथ जो उत्तम-मध्यम प्रकार का सुरुचिकर और परितृप्त करनेवाला भोजन करने का सुअवसर भी तो है। इस प्रकार की नौकरी इस धरा-धाम पर, पूरे विश्व में किसी भी देश में, कहीं भी, किसी भी रूप में है क्या? इस पृथ्वी के किसी भी व्यक्ति ने, किसी भी समय में इस प्रकार की सेवकाई (नौकरी) की है क्या? यहाँ तक कि इस प्रकार की नौकरी की बात भी सुनी है क्या?

'आपस में बहुत सारा विचार-विमर्श करके भी हम लोग कोई कूल-किनारा नहीं पा सके। हम चारों लोगों में भी सबसे भारी विपत्ति मेरे लिए ही आ पड़ी थी। जबलपुर निवासी मेरे काकाजी, मेरी माँ जब तक जीवित थीं, तब तक लगातार रुपए भेजते रहे थे।

उसके बाद जब उन्हें सूचना मिल गई कि मैं नौकरी पा गया हूँ, उसके बाद से उन्होंने भी रुपए भेजने बंद कर दिए थे। अब तो उधर वे भी दिवंगत हो गए। अत: अब उधर से भी कुछ मिल सकने की उम्मीद नहीं है। ऐसी दशा में मैं करूँ भी तो क्या करूँ ? इस चिंता में परेशान था। परंतु मैं ही परेशान था, ऐसी भी बात नहीं। हम चारों के चारों की कुछ ऐसी ही दुर्दशा थी। जब कभी हम चारों कहीं एक जगह मिल जाते, तब अपने लिए कहीं किसी नौकरी की जुगाड़ करने के संबंध में ही विचार-विमर्श करते। माधव मल्लिक महाशय ने मरने के लिए कोई और समय नहीं पाया ? वियना के मशहूर डॉक्टर ने तो उन्हें यही सलाह दी थी न कि नवयुवकों के साथ बातचीत करते हुए समय बिताते रहने पर वे हर तरह से स्वस्थ बने रहेंगे। ऐसी दशा में फिर यह ऐसा कैसे हो गया ? अपनी मृत्यु के ठीक पहले के दिन भी तो वे पूरा चुस्त-दुरुस्त और आनंद से भरपूर, पूरी तरह से निश्चिंत और प्रसन्नचित्त थे। हम लोग तो पूरे समय उनके साथ हँसी-ठट्ठा करते रहे थे, परंतु उनकी इस तरह अकस्मात् ही मृत्यु आ सकने का कोई अंदाजा तक नहीं पा सके थे। अभी उस दिन भी तो उन्होंने खूब हँस-हँसकर बातें करते हुए अपने शाही हुक्के से कश-के-कश खींचते हुए बतकही की थी। पूरी तरह स्वस्थ और सानंद थे।

'हर तरफ से निराश हो चुकने पर तब मैं एक ज्योतिषीजी के पास गया। वे ज्योतिषशास्त्र के सहारे सलाह देने का काम तो करते थे, परंतु उसके बदले में किसी से भी कोई रुपया-पैसा नहीं लेते थे। उन्होंने गंभीरतापूर्वक मेरा हाथ देखा। फिर आश्वस्त करते हुए बोले, 'नहीं भाई। घबराने की कोई बात नहीं है; क्योंकि अभी फिलहाल तुम्हारी नौकरी जरूर चली गई है, फिर भी; फिर से नौकरी लग जाएगी। चिंता की कोई बात नहीं।'

"मैंने जानना चाहा—'किस तरह नौकरी मिलेगी मुझे ?' उन्होंने बतलाया, 'नौकरी तुम्हें किस तरह मिलेगी ? सो तो मैं नहीं बतला सकता हूँ, परंतु इतना अवश्य है कि अभी भी नौकरी करने का कर्मयोग तुम्हारे हाथों की रेखाओं में वर्तमान है।'

'तो जानते हैं महाराज, क्या हुआ ? आश्चर्य हुआ जी, आश्चर्य! ज्योतिषी की भविष्यवाणी इस तरह सत्य सिद्ध होगी; ऐसा तो मैंने स्वयं भी नहीं भरोसा किया था।

'अकस्मात् ही एक दिन बसंत भाई साहब मेरे क्वार्टर पर आ उपस्थित हुए। उस समय मैं भात राँध रहा था, क्योंकि कुछ-न-कुछ तो खाना पड़ेगा ही। होटल में जाकर भोजन करने के लिए तो रुपए थे नहीं। अत: जो कुछ भी लेई-पूँजी के पैसे बचे थे, उन्हीं से साग-भाजी, अरवी-बन्हा-केरमी साग, जो कुछ भी बन सकता था, खरीद लाता और उसी के सहारे भोजन करने के लिए कुछ रींध-राँध लेता और उसे ही खाकर गुजर कर रहा था। ऐसी ही दारुण-दशा में यकायक बसंत भाई साहब के कंठ से निकली पुकार सुनी तो झटपट बाहर निकल आया।

'बसंत भाई साहब देखते ही कह उठे, 'बाकी सभी को सूचना दे चुकने के बाद

अब तेरे पास आया हूँ। बात दरअसल यह है कि हम सभी लोगों की जो सेवकाई समाप्त हो गई थी, वह अब फिर से उसी रूप में हो जाएगी।'

"'इसका ठीक-ठीक मतलब क्या हुआ, जरा समझाएँ!'

'बसंत भाई साहब ने समझाया, 'आज प्रात:काल की वेला में उसी सरकार महाशयजी ने अपना एक कारिंदा भेजकर हम लोगों को सूचित करवाया है कि हम सभी लोगों को फिर से ठीक पहले की भाँति ही पूर्वाह्न-अपराह्न मल्लिक महाशय की कोठी पर जाते रहना होगा।'

'सो क्या करने के लिए जी?'

'बस वही पहले ही की तरह बतकही की सेवकाई करने के लिए।'

'यह संवाद सुनकर तो मैं आश्चर्य के मारे ठक्क रह गया। स्थिति को और अच्छी तरह समझ लेने के उद्देश्य से पूछा, 'यह क्या बात हुई, भाई? अगर वैसा करना ही हुआ तो वह हो कैसे पाएगा? मल्लिक महाशय तो मर चुके हैं, फिर किसके साथ बतकही करेंगे हम सब?'

'बसंत भाई साहब ने तब सारा रहस्य खोलकर बतलया, 'कल की रात उस परिवार की माँ लक्ष्मी-मालकिन (स्वर्गीय मल्लिकजी की धर्मपत्नी) महोदया ने सपना देखा है। बतलाते हैं कि संभवत: सपने में उन्हें मल्लिक महाशय ने दर्शन देकर पूछा था कि तुमने मेरे द्वारा लगाई गई उस सेवकाई की चाकरी को छुड़वाकर उन सबको भगा क्यों दिया? क्या तुम समझ बैठी हो कि मैं पूरी तरह मर गया हूँ? नहीं, तुम ऐसा नहीं कर सकतीं। वे सब पहले जिस तरह आते थे, ठीक उसीतरह फिर आया करेंगे और ठीक पहले की तरह ही बतकही या बतकुच्चन किया करेंगे। तुम्हें भी सावधान किए दे रहा हूँ कि तुम जिस प्रकार से खाने-पीने के लिए जलपान, भोजन-छाजन उन्हें पहले देती थीं, ठीक उसी भाँति अब भी दिया करोगी। वे सब महीने-के-महीने जिस तरह पहले वेतन पाते थे, ठीक उसी प्रकार अब भी पाएँगे। अब इस काम में कोई देरी मत करना। कल ही उन सभी को संदेश भेजकर बुलवा लेना।'

'बसंत भाई साहब की बात सुनकर तो मेरी जबान ही बंद हो गई। आश्चर्य से सकपकाया हुआ मैं सोच ही नहीं पाया कि कहूँ तो क्या कहूँ? परंतु वाणी के यकायक कुंठित हो जाने से भले ही धक्का लगा हो, परंतु भीतर-ही-भीतर आनंद की हिलोर भी कोई कम नहीं उमड़ी। प्रसन्नता के मारे दिल बाग-बाग हो गया। बंगाली भद्रजनों ने कोई कारोबार करना तो सीखा नहीं; बस केवल नौकरी-चाकरी या सेवकाई करना ही तो सीख सके हैं। इसी से सेवकाई लग जाने की सूचना मिलते ही ठीक उसी समय तुरंत ही हम सभी-के-सभी पहले की भाँति ही मल्लिक महाशयजी की राजप्रासाद जैसी कोठी पर जा पहुँचे।

'इस बार जो उनके उसी दरबार-हॉल में प्रवेश किया तो देखते हैं कि उस विशाल कक्ष की एक ओर की दीवार के सहारे मल्लिक महाशय का एक अति विराट् चित्र टिकाकर रखा हुआ है। पहले मल्लिक महाशय जब स्वयं उस कक्ष के तख्त-पोश पर विराजे होते थे, तब हम चारों जहाँ-जहाँ बैठा करते थे, ठीक उसी-उसी जगह जाकर फिर बैठ गए। मल्लिक महाशय के न होने के कारण अब हम लोग आपस में ही बतकही करने लगे। उनका परिचारक विपिन भी काम पर लगा हुआ था, सो उसने भी अपना काम करते हुए, बड़ी अच्छी तरह चिलम सजाकर विशाल आकार-प्रकार वाला हुक्का लाकर यथास्थान रख दिया। उसकी जो बहुत ही लंबी नली थी, मुँह में डालकर कश खींचनेवाले उसके सिरे को उसने मल्लिक महाशय के चित्र में बने मुख के अंश से छुआ दिया। हम सब ठीक पहले की भाँति ही गप्पबाजी या बतकुच्चन में तल्लीन हो गए। फिर ठीक पहले के समय के अनुसार ही निर्धारित वेला में विपिन ने हमारे लिए गरमागरम लूची (विशेष प्रकार की मैदे की बनी बंगाली पूड़ी), आलूदम, रसगुल्ला, राजभोग मिठाइयाँ लाकर सामने सजा दीं। पहले के दिनों की भाँति हमने उन सबका सद्व्यवहार किया। फिर घड़ी ने जैसे बारह बजने की सूचना दी, पहले की भाँति हम सभी उठ खड़े हुए और अपने-अपने निवासस्थान को चले गए। सायं जब चार बजने का समय हुआ ही था कि हम सभी फिर मल्लिक महाशय के चित्र के सामने पहले की भाँति जा बैठे। विपिन फर्सी का शाही हुक्का चिलम जलाकर सजा लाया और फिर पहले की तरह ही उसकी नलकी उसने चित्र में अंकित मुँह के होंठों से लगा दी। उसके बाद प्रात:कालीन पाली की तरह ही विपिन फिर हमारे लिए जलपान का सामान ले आया। गरमागरम लुची, आलूदम, रसगुल्ला, संदेश वगैरह लाकर उसने हम सबके सामने सजा दिए। हम सबने भी पहले की भाँति ही उसका सदुपयोग करते हुए चाट-चूटकर उन्हें साफ कर दिया।

"अच्छा तो अब आप अच्छी तरह विचारकर बतलाएँ, कि इस प्रकार की नौकरी इस पृथ्वी पर किसी ने कभी भी कहीं की है क्या? हमारी इस अद्भुत प्रकार की सेवकाई में और भी बहुत सारी खूबियाँ थीं, परंतु उन सब बातों का विवरण देने में तो बहुत अधिक समय लग जाएगा। बस संक्षेप में यही जान लें कि हमारे श्रद्धेय अन्नदाता स्वर्गीय मल्लिक महाशय के देहावसान के बाद भी, उनकी श्रीमतीजी, माने कि हम सबकी माँ लक्ष्मी मालकिनजी जब तक जीवित रहीं, तब तक हमारा कामकाज ठीक उसी प्रकार चलता रहा। हम लोग भी उस नौकरी को उसी रूप में चलाते चले गए। इसे वर्षों के हिसाब से गिनकर देखें तो लगभग पंद्रह वर्षों तक सबकुछ इसी प्रकार चलता रहा। हम लोग वहाँ समयानुसार पहुँच जाते। जलपान, भोजन-छाजन करते और सेवा-कार्य के नाम पर बस बातें करते। इस वेला, उस वेला दोनों ही वेलाओं में लगातार। महीने-दर-महीने प्रबंधक सरकार महाशय हम सभी के हाथों में वेतन भी दे दिया करते थे।

परंतु एक दिन अचानक ही हमारी वे लक्ष्मी माँ भी चल बसीं। उनकी मृत्यु होने के साथ-साथ ही हमारे सर पर वज्रपात हुआ—हमारा सारा सौभाग्य ही नष्ट हो गया। वैसे स्वर्गीय माधव मल्लिक महाशय के सुपुत्र विजय मल्लिकजी और उनकी धर्मपत्नी महोदया अभी बचे हुए थे, फिर भी हमारे दिलों में भारी दुःखदायक प्रश्न उभर आया, 'वे लोग हमें इस सेवकाई में बहाल किए रखेंगे क्या?' वे सुपुत्र महोदय अपने स्वर्गीय पिता की भाँति हमें समयनुसार जलपान, भोजन देते रहकर, महीने-महीने वेतन अदा करके पालते-पोसते रहेंगे क्या? ऐसा वह करेंगे भी क्यों, जबकि हम लोगों को तो वह अच्छी निगाह से देखते ही नहीं थे?

घबराहट के मारे बसंत भाई साहब से पूछ बैठा, 'क्यों भैया! अब हम लोगों का क्या होगा? आज की परिस्थिति में क्या हम लोगों की सेवकाई चली जाएगी?'

घबरा तो हम सभी गए थे, परंतु लक्ष्मी माँ की मृत्यु हो जाने के बाद के समय में भी प्रबंधक सरकार महाशय हमें प्राप्त हो सकनेवाला वेतन महीने के महीने ठीक समय पर पहले की भाँति ही देते रहे थे। पूर्व की भाँति समुचित समय पर उनकी अंत्येष्टि और श्राद्ध-कर्म का निमंत्रण भी हमें मिला। फिर हम लोग भी मल्लिक महाशय के चित्र के सामने बैठकर पहले की ही तरह बतकही करने लगे। उधर विपिन भी शाही फर्शीवाला विशाल हुक्का चिलम से सजाए लाकर उसकी लंबी नलकी के सिरे को मल्लिक महाशय के चित्रांकित मुख से पहले की तरह ही छुआ देता रहा। हम चारों के चारों जने पहले के नियम के अनुरूप ही बातचीत का दौर परम निश्चिंत हो चलाते रहने में निमग्न हो रहे थे। फिर पूर्व निर्धारित वेला पूरी हो जाने पर अपने-अपने घर लौट आया करते। उसके बाद दुपहरी के बाद वाली पारी में फिर गए और कथक्कयाड़ी या बतकही का क्रम चलाने लगे, ठीक उसी तरह जैसे कि पहले चलाया करते थे। माँ लक्ष्मी के परलोक चले जाने के बावजूद हमने अपने कर्तव्य-कर्म में कभी कोई ढील नहीं दी। अपने कामकाज में कहीं रंचमात्र भी कोई लापरवाही नहीं बरती, कोई विरुद्धाचरण नहीं किया। उस ओर से भी कोई हीला-हवाली नहीं हुई। महीने की पहली तारीख को ही हम अपना वेतन पा लिया करते थे।

इसी भाँति सबकुछ मजे से चल रहा था। मैं तो यही सोचे हुए था कि इसी भाँति चलते-चलते यही सेवकाई करते हुए मस्ती से सारा जीवन कट जाएगा। परंतु अचानक ही एक दिन एक आश्चर्यजनक घटना घट गई।

उस दिन अपने अन्य सहकर्मियों की अपेक्षा मैं कुछ पहले ही अपने घर लौट आने के लिए चल पड़ा था। तभी विपिन मेरे पास आया और एक बंद लिफाफे में रखी हुई चिट्ठी मेरे हाथ में थमाकर चला गया।

'किस चीज की चिट्ठी है?' स्वाभाविक जिज्ञासा उभरी। सोचा, लिफाफा खोल

चिट्ठी पढ़कर देख ही लूँ, परंतु तभी खयाल आया कि खोल देने से कुछ कठिनाई भी तो आ सकती है, विशेषकर तब, जबकि कोई अति गोपनीय बात इसके अंदर हुई तो! अत: वहीं खोलना उचित नहीं समझा। हाँ, जल्दी-जल्दी कदम बढ़ाता शीघ्रातिशीघ्र अपने निवासस्थान पर जा पहुँचा। पहुँचते ही लिफाफा खोलकर उसके भीतर रखी चिट्ठी पढ़ डाली। यह एक बड़ी ही अद्‌भुत चिट्ठी थी। ऐसी विचित्र कि ऐसी चिट्ठी तो अपने जीवन भर कभी मैंने किसी से पाई ही नहीं थी। उस चिट्ठी में लिखा पाठ इस प्रकार था—

'अनिमेष बाबू! यह चिट्ठी पढ़कर आप मुझे पहचान नहीं सकेंगे कि मैं कौन हूँ और क्योंकर मैंने यह चिट्ठी आपको लिखी है? अतएव अच्छा हो कि आनेवाले बुधवार के दिन, रात के ठीक नौ बजे के समय आप 'ज्योति-सिनेमा हॉल' के सामने आकर खड़े रहिएगा। वस्तुत: आपके साथ मेरी अनेक गोपनीय बातें हैं, जिन्हें चिट्ठी में लिखकर बताना संभव नहीं है। प्रत्यक्ष भेंट होने पर वह सभी कुछ जान सकेंगे। इति।'

'चिट्ठी के अंत में कहीं किसी का नाम-पता कुछ भी नहीं लिखा है। अकुलाहट में उस चिट्ठी को मैं बार-बार पढ़ता गया। किसने लिखी है यह चिट्ठी? परंतु उस पत्र-लेखिका को मैं पहचानूँगा भला कैसे? उसकी लिखावट का जो रंग-रूप है, लड़कियों के हस्तलेखों की बनावट जैसी होने के कारण यह तो स्पष्ट हुआ कि यह किसी लड़की की लिखी हुई है। उस चिट्ठी को बार-बार पढ़ चुकने पर भी मैं उसका कोई तात्पर्य नहीं निकाल पाया। यकायक मन में एक प्रश्न कौंधा, तो क्या यह चिट्ठी स्वर्गीय मल्लिक महाशय की पुत्रवधू के हाथों लिखी हुई है? कौन जाने? वास्तविकता क्या है, मैं कोई निर्णय नहीं कर पाया।

'बुधवार का दिन स्थिर है। परंतु बस दूसरे दिन ही तो बुधवार है। 'ज्योति-सिनेमा हॉल' निश्चय ही वही है—धर्मतला स्ट्रीट वाला (कलकत्ते का) प्रसिद्ध सिनेमा हॉल। इसका मतलब यह कि चिट्ठी मिलने के ठीक दूसरे दिन ही उसी धर्मतला स्ट्रीट के ज्योति सिनेमा हॉल के सामने जा खड़ा रहना होगा, जहाँ पत्र-लेखिका से भेंट होने की सूचना दी गई है।

उस दिन शाम ढलने के बाद से ही बिस्तरे पर जो पड़ा तो पूरी-की-पूरी रात सोए रहने पर भी एक सेकंड के लिए भी आँखों में नींद नहीं आई। सुबह होते-होते तो देह-मन सभी ऐसा कुम्हला गया कि शरीर एकदम अस्वस्थ हो गया। मन में बार-बार इसी बात की व्याकुल प्रतीक्षा उभरती रही कि रात के नौ बजे का समय कब होगा? किस विशेष क्षण में उस चिट्ठी के अंदर छिपा रहस्य खुल पाएगा? उस समय मुझे कितनी असहनीय मानसिक पीड़ा घेर रही थी, उसे आप समझ नहीं पाएँगे और सही हृदय से बतलाऊँ तो वास्तविकता यह है कि उस पीड़ा की अपार वेदना को आपको समझा सकने की मुझमें भी क्षमता नहीं है।

उस दूसरे दिन भी हम लोगों ने प्रात:कालीन पाली में यथासमय पहुँचकर मल्लिक महाशय की कोठी के दरबार हॉल में बतकही का अपना अड्डा जमाया। ठीक वैसे ही, जैसे कि प्रतिदिन जमाया करते थे। उस दिन भी विपिन ने शाही फर्शी का विशाल हुक्का सजाकर उसकी लंबी नलकी का ऊपरी सिरा मल्लिक महाशय के चित्रांकित मुख के होंठों से सटाया। वसंत भाई साहब ने रोज की तरह ही अपना गपाष्टक बघारना शुरू कर दिया। सुधन्य और वीरेश भी अपनी नित्य-नैमित्तिक भूमिका को ठीक-ठीक पहले की ही तरह निभाते चले गए। परंतु मैं उस दिन पहले की भाँति पूरी तरह मन लगाकर सार्थक-निरर्थक, जो कुछ भी बने, बतकही नहीं कर सका। कारण यह था कि मेरा मन काम में न लगकर केवल उस चिट्ठी की ओर ही लगा हुआ था।

वैसे उस दिन भी हमारे जलपान, भोजन-छाजन के लिए सारी सामग्री पहले की तरह ही यथासमय यथामात्रा में आई। हमें आदरपूर्वक खिलाया-पिलाया गया। अड्डेबाजी का समय पूरा हो जाने पर हम चारों के चारों जन यथासमय अपने-अपने निवासस्थान के लिए विदा हो गए। मुझे जो एक विशेष प्रकार की चिट्ठी मिली है, इस बात की चर्चा भी मैंने किसी से नहीं की। उस दिन साँझ वेला में भी मल्लिक महाशय की कोठी की अड्डेबाजी में भाग लेने के लिए पहले की भाँति ही गया। फिर उसी घटना की फिर से पुनरावृति हुई।

इस सबके सामान्य रूप से चलते रहने पर भी मेरा अपना मन बराबर ही ज्योति-सिनेमा हॉल के सामने पहुँचने के लिए छटपटाता रहा था। मेरे मन में बस यही एक भाव बराबर उभरता रहा कि जिससे ऐसा लगता, जैसे कि उस दिन दुनिया की किसी भी घड़ी से रात नौ बजने के समय के हो जाने की जानकारी मिलेगी ही नहीं! उस दिन रात के नौ बजेंगे ही नहीं! बतकही में मन न लगाकर मैं केवल बार-बार लगातार घड़ी की ओर ही निहारता रहा था और बस यही देख रहा था कि घड़ी की सुइयों की स्थिति के अनुसार कितना बजा है!

"बतकही की जमी हुई महफिल समय पूरा हो जाने पर एक समय उठ गई। कुछ व्यग्रतावश बसंत भाई साहब के सामने जाकर मैं बोल पड़ा—'अब मैं चलूँ भाई साहब। आज मुझे जल्दी ही पहुँच जाने की बाध्यता है।'

बसंत भाई साहब ने स्वीकृति जताते हुए कहा, 'हाँ, ठीक है, जाओ।'

तब मैंने घड़ी की ओर जो देखा तो पाया कि आठ तो बज गए हैं। अब और देर करने से काम नहीं चलेगा। अत: जो बस सामने आई, उसी में उछलकर चढ़ गया। बस अपनी सामान्य रफ्तार की अपेक्षा काफी तेजी से चल रही थी, परंतु उस वेला में मेरे अपने मन की अवस्था ऐसी थी कि मुझे लग रहा था कि बस बहुत ही धीमे-धीमे घिसट रही है।

उसके बाद तो जैसे ही 'ज्योति-सिनेमा हॉल' के सामने बस पहुँची, मैं एक ही कुदान में कूदकर सड़क पर उतर गया। वहाँ फिर घड़ी की ओर देखा। पाया कि अभी साढ़े आठ ही बजे हैं। फिर तो सड़क किनारे के पैदल पथ पर खड़ा हो प्रतीक्षा करने लगा। समय तो अपने स्वाभाविक रूप में बढ़ रहा था, मेरे लिए ऐसा लग रहा था कि अब वह बीतना ही नहीं चाहता, मानो उस दिन अब नौ का समय होगा ही नहीं।

अपनी दृष्टि जो इधर-उधर दौड़ाई तो यकायक बसंत भाई साहब दिखाई पड़े। उन्हें देख लेने पर मैंने उनके सामने पड़ना उचित न मानकर, दूसरी ओर मुँह फेरकर उन्हें न देख सकने का आभास देते हुए उनसे बच निकलने की इस कोशिश में इधर-उधर निकल ही रहा था कि उसके पहले ही बसंत भाई साहब ने मुझे अच्छी तरह देख लिया। दूर से ही पुकारते हुए बोले, 'क्यों रे अनिमेष! यह तू ही है न! तो तू यहाँ, इस जगह पर इस समय कैसे उपस्थित है रे?'

उनके इस प्रश्न के उत्तर में मुझे क्या कुछ कहना उचित होगा? इसका कोई ठोस आधार न समझ पाने पर मैंने उत्तर देने की जगह उन्हीं से प्रश्न पूछ दिया, 'भाई साहब आप? मगर इस वेला में, इस स्थान पर आप क्यों?'

बसंत भाई साहब ने समझाया, 'यहाँ पर मेरा एक अति आवश्यक काम आ पड़ा था, परंतु तू इस जगह क्यों आया है रे?'

'अब तो मुझमें भी हिम्मत आ गई थी; उसी सुर में कह उठा, 'मेरा भी एक काम था।'

'कौन सा काम?'

मैंने कहा, 'एक व्यक्ति मुझसे भेंट करने की गरज से यहीं पर आएँगे।' मेरी बात अभी पूरी भी नहीं हो पाई थी कि तभी सुधन्य वहाँ आ उपस्थित हुआ। उस वेला में वहाँ सुधन्य को आया देख तो हम दोनों ही अवाक् रह गए। अब हमने आगे बढ़ उसी से प्रश्न किया, 'अरे सुधन्य! तू? तू यहाँ क्या करने आया है रे?'

"हमारे प्रश्न का उत्तर देने की जगह सुधन्य ने उलटे हम दोनों से ही सवाल पूछा, 'तुम लोग यहाँ कौन सा विशेष प्रयोजन सिद्ध करने आ पहुँचे हो?'

उसके इस सवाल का हम लोग कोई जवाब दे पाते कि उसके पहले ही वीरेश वहाँ आ पहुँचा। उसके हाव-भाव से स्पष्ट लगा कि उस वेला में, उस स्थान पर हम लोगों को देखकर उसे अतिशय आश्चर्य हुआ है। इधर हम सबकी भी दशा ऐसी ही थी कि उसे वहाँ देख हम सब भी उतने ही आश्चर्यचकित हो उठे थे।

तो महाशय! जरा आप उस घड़ी की, उस परिस्थिति पर एक बार गंभीरता से विचार कर देखें तो उस समय हम सभी लोगों की अवस्था कैसी व्याकुलता भरी हो उठी थी? सभी के मन अंदर-ही-अंदर उद्वेलित हो रहे थे। चाहकर भी हम में से कोई किसी

दूसरे से असली घटना बतला सकने की हिम्मत नहीं जुटा पा रहा था। जबकि उस घड़ी तक तो हम चारों-के-चारों ही भली प्रकार जान चुके थे कि हम चारों जनों को ठीक वही एक चिट्ठी दी गई है। सभी को एक ही निर्देश दिया गया है। उस चिट्ठी में सभी के लिए एक ही निर्देश लिखा हुआ है—'ज्योति-सिनेमा हॉल' के सामने उस दिन की रात को नौ बजे पहुँचकर खड़े रहने का।

उस समय तक तो हम सभी-के-सभी उस निर्देश के मर्म को समझ चुके थे कि हम लोगों को हमारी सेवकाई, माने बतकही की उस नौकरी से निकाल बाहर कर भगा देने के लिए ही वह चिट्ठी हरेक को लिखी गई थी। इतनी बुद्धिमत्ता भरा यह काम निश्चय ही हमारे अन्नदाता मल्लिक महाशय के पुत्र की श्रीमती, यानी कि बहूरानी का ही है। ऐसा करने का एकमात्र उद्देश्य हमें सेवकाई से हटा देना ही है। सीधे-सादे ढंग से नौकरी से निकाल बाहर करने की जगह बड़ी बुद्धिमानीपूर्वक इस घुमावदार तिरछे रास्ते का सहारा लिया गया है, जिससे कि—'साँप भी मर जाए, और लाठी भी न टूटे।'"

अनिमेष बाबू अबकी बार ठहर ही गए। एकदम चुप। फिर तो मुझे ही बोलना पड़ा। मैंने पूछा, "उसके बाद? क्या हुआ उसके बाद? कहते जाइए न!"

अनिमेष बाबू ने बतलाया—"उसके बाद फिर और क्या होना था! उसके बाद तो मैंने कोलकाता में अपने जीवन की भूमिका पूरी तरह बिता-बितूकर वहाँ का अध्याय हमेशा के लिए बंद कर दिया और यहाँ इस जगह जबलपुर चला आया। मैंने जो इतने सारे वर्षों तक का समय उस सेवकाई (नौकरी) में बिताया था, अन्यान्य नौकरियों की तरह उसकी कोई पेंशन-वेंशन तो है नहीं। कोई प्रोविडेंट-फंड भी नहीं है। वैसी नौकरी से सेवा-निवृत्ति होने पर जब कुछ भी मिल पाने की कोई व्यवस्था ही नहीं तो फिर वहाँ रहता भी कैसे? इसी से अपने काकाजी के बेटे, माने अपने उस चचेरे भाई के यहाँ आकर आश्रय लिया। जिस समय मैं यहाँ पहुँचा था, तब तक मेरे उस चचेरे भाई का विवाह नहीं हो पाया था। विवाह कर लेने का विचार भर अब पक्का होने लगा था। विवाह करने की प्रस्तुति में ही उसने यह छोटा सा मकान बनवा लिया था। यहाँ वह बड़े आराम से रह रहा था। सो मैं भी आकर उसके साथ मजे से रहने लगा, परंतु मेरे यहाँ आने के कुछ समय बाद ही वह मेरा इकलौता चचेरा भाई एक दिन अचानक ही मर गया। उसकी आकस्मिक मृत्यु हो जाने के बाद से उसके द्वारा बनवाए गए इस मकान में मैं ही निवास कर रहा हूँ।

"अपने पहले के सारे जीवन भर तो मैंने बातें करने की ही, गप्पे हाँकने, बतकुच्चन करने की सेवकाई की है। परंतु आज हालत ऐसी हो गई है कि अच्छी-भली आवश्यक बात करने के लिए किसी आदमी को अपने पास नहीं पाता हूँ। कोई आदमी मेरे पास आता भी नहीं है। मैं भी किसी व्यक्ति के पास नहीं जा पाता हूँ। एक-दूसरे की

आलोचना-प्रत्यालोचना भी करने के लिए अथवा किसी व्यक्ति से कुछ विचार-विमर्श करने के लिए अथवा कुछ कहा-सुनी करने के ही प्रयोजन से, किसी भी रूप में बातें कहकर मन की भावनाएँ दूसरे को सुनाकर जी हल्का कर लेने भर के लिए भी आज किसी को नहीं पाता हूँ कि उससे बातचीत करूँ! अनेक वर्ष इसी प्रकार बीत जाने के बाद आज आप मेरे यहाँ पधार गए, उसी का सुफल हुआ कि इतनी देर तक बातें कह-सुनाने लायक सहृदय व्यक्ति को पा सका।"

उनकी भावनाओं को समुचित सम्मान देते हुए मैंने कहा, "जिस होटल में मैं ठहरा हुआ हूँ, उससे आज ही पहली बार बाहर निकला हूँ, उसी के परिणामस्वरूप आपके साथ बातचीत कर पाया। होटल से निकला था इस नगर को देखने-समझने के लिए, परंतु आपको जो देखा तो सारी पृथ्वी, समूचे विश्व को ही देखने-समझने का पूरा-का-पूरा दर्शन कर लेने का महान् कार्य संपन्न हो गया।"

अनिमेष बाबू गंभीर कंठ से कहने लगे—"आज जीवन की इस घड़ी में पहुँचकर अपने मन में केवल यही अभिलाषा जगती है कि यदि फिर से इस पृथ्वी पर, इस माँ वसुंधरा के किसी भी स्थान पर जनमने का अवसर पाऊँ, तो अपने उस बार के जन्म में ऐसा सुयोग पाऊँ कि विवाह करूँ। इसी जन्म की समुचित वेला में पहले ही अगर विवाह कर लिया होता तो आज अपने जीवन की अपराह्न-बेला की इस पच्चासीवें वर्ष की अवस्था में मुझे इस प्रकार निपट अकेले-अकेले ऐसा संगी-साथी विहीन नीरस एकाकी जीवन नहीं काटना पड़ता। अब तक तो मेरा घर बेटे-बेटियों, नाती-नतिनियों से भरा-पूरा गमगमाता रहता। बुढ़ौती की इस ढलती उम्र में मुझे सहारा देने, मेरी देखभाल करने के लिए कुछेक लोग अवश्य मेरे पास होते। हाय-रे-हाय! उस समय मैंने कितनी भयानक गलती की थी! उसका परिणाम यह है कि आज उसी गलती की वजह से मुझे इतनी यंत्रणा भोगनी पड़ रही है। उस वेला में विवाह करने, घर-गृहस्थी का प्रेम पाने की जगह जैसे-तैसे रुपए कमाने, धन इकट्ठा करने का ही शौक था; सो जीवन के अमूल्य पैंसठ वर्ष बस बतकही करके—बात-बात पर बातें कर-करके मैंने नष्ट कर दिए हैं। जबकि आज स्थिति यह है कि मेरी बात सुननेवाला भी कोई नहीं है। आज एक भी ऐसा आदमी मेरे भाग्य में नहीं जुट रहा, जिससे बातचीत कर सकूँ।

"आज के दिन, आप महाशय, जो अचानक ही मेरे आवास पर आ पधारे, तो उसी सौभाग्य से बहुत लंबे समय के बाद आज का दिन बड़े आनंदपूर्वक बीता। बहुत अधिक समय तक बतकही करने का सुयोग पा गया। जीवन में बस आज, इसी क्षण पहली बार हृदय से अनुभव कर पाया हूँ कि रुपए-पैसे, धन-संपत्ति, वैभव-ऐश्वर्य की अपेक्षा प्रेम-प्रीति अधिक मूल्यवान है।"

उसके ठीक दूसरे दिन ही जबलपुर छोड़कर मैं वापस चला आया। इस बार की

जबलपुर यात्रा में आने तथा होटल में ठहरने के किराए वगैरह में लगभग पाँच हजार रुपए खर्च हो गए थे। मेरे जैसे व्यक्ति का इतना रुपया खर्च हो जाना निश्चय ही बहुत चिंता का विषय हो जाता है। परंतु जबलपुर से जब वापसी की यात्रा करने लगा, तो उस वेला में मेरे मन में ऐसी अनुभूति हुई, मानो इस यात्रा में मुझे पाँच लाख रुपए का लाभ प्राप्त हो गया हो! ऐसी अनुभूति का आधारभूत कारण यह है कि हमेशा से ही मेरी यह पक्की धारणा रही है, कि धन-संपत्ति, रुपए-पैसे की अपेक्षा प्रेम-प्रीति अधिक मूल्यवान वस्तु है।" अपनी इस यात्रा की फलश्रुति रूप में अपनी उस धारणा का ही समर्थन अब और एक बार मैंने पा लिया उन अनिमेष बाबू की जीवनगाथा सुनकर के।

□

खोला दरजार इतिवृत्त

–विभूतिभूषण बंद्योपाध्याय

हम लोगों की मंडली में सबसे बड़े दिलचस्प कथक्कड़ हैं—संतोष दत्त जी। बाहर सावन महीने की साँझ के उमड़ते-घुमड़ते बादलों का रेला चक्कर-पर-चक्कर लगाए जा रहा है। बीच-बीच में भगजोगनी (जुगनू) की रोशनी छिटकती-बुझती फिर रही है। मुकर्जी बाबू की हवेली की बैठक में हमारी इस मंडली का रात्रिकालीन अड्डा जमा बैठा है। नहीं, अड्डे के बैठने के पीछे आप उन सबका अंदाजा कृपया न लगाएँ। हमारे बीच बस एकमात्र चाय ही पीने का तरल पदार्थ होता है। हाँ, उसके साथ गरमागरम लाई-चना-नमकीन के साथ तथा कच्चे खीरे की फँकें और नारियल के कटे हुए टुकड़े, ये सब भी चलते हैं। हमारे कथक्कड़ संतोष भाई साहब आज दो दिन हुए कलकत्ते से लौटे हैं। तभी से वे पारलौकिक-शास्त्र संबंधी अपने अनुसंधानों की चर्चा कर रहे हैं। परलोक के अस्तित्व और उसमें घटनेवाली घटनाओं के संबंध में उन्होंने जो अभूतपूर्व खोजें की हैं, उन पर उन्होंने कई शोध-निबंध प्रकाशित भी किए-कराए हैं। इस पराविद्या विद्या-क्षेत्र में उनका बहुत नाम और महत्त्व प्रसिद्ध हुआ है।

संतोष दत्त बाबू हमारे गाँव के मूल अधिवासी नहीं हैं। यहाँ उनकी ससुराल है, चूँकि उनकी पत्नी महोदया अपने पिता की एकमात्र अकेली कन्या हैं, इसलिए उत्तराधिकार-सूत्र से संतोष बाबू ही उनके यहाँ की सारी विषय-संपत्ति के अधिकारी हैं। उसी की देखरेख करने के लिए वे बीच-बीच में यहाँ आते रहते हैं। वही बस महीने में दो-एक बार।

हमारे इस गाँव में एक नया महाविद्यालय खुला है। यहाँ पढ़ाने के लिए जो नए-नए प्रवक्ता-अध्यापक नियुक्त हुए हैं, और-और शहरों की तरह यहाँ होटल, भोजनालय वगैरह तो हैं नहीं, इसलिए उन नए अध्यापकों ने मिलकर एक मेस चला रखा है। भोजन-छाजन के लिए वे लोग वहीं जुटते हैं। उन्हीं में से पाँच-छह मेधावी प्रवक्ता, जो अपनी शिक्षा की उत्कृष्टता पर सचमुच ही दम भर सकते हैं; मुकर्जी बाबू की हवेली

पर रोज संध्या-वेला में जुटनेवाले और काफी रात तक चलनेवाले इस अड्डे पर प्रायः ही चले आते हैं। मैं भी इन लोगों के दल का एक सदस्य हूँ, परंतु मैं इनके उस मेस का भागीदार नहीं हूँ, क्योंकि मैं उन लोगों की तरह कहीं बाहर से यहाँ नहीं आया हूँ, बल्कि यह गाँव तो मेरी पैतृक निवास भूमि है।

इन मेधावी शिक्षकों में रामबाबू महाशय दर्शन और न्याय के विद्वान् अध्यापक हैं। उन्हें प्रत्येक बात के लिए विश्वसनीय प्रमाण चाहिए होता है, अतः वे फटाक से पूछ बैठे—"क्या आप प्रमाणित कर सकते हैं कि परलोक का अस्तित्व है?"

"नहीं, बिल्कुल नहीं।"

"तब फिर?"

"इसके लिए प्रमाण प्रस्तुत करने जैसी कोई व्यवस्था नहीं है, परंतु आपको अगर विश्वास करने के लिए कुछ निश्चयपूर्वक चाहिए-ही-चाहिए तो मैं आपके समक्ष एक सच्ची घटना का विवरण प्रस्तुत कर सकता हूँ।"

"चलिए, यही सही। आप उस घटना का ही बखान कीजिए, बतलाइए तो वह घटना है क्या?"

"परंतु उसके पहले मुझे आपसे एक बात जान लेने की आवश्यकता है।"

"कौन सी बात है?"

"यही कि क्या आप स्वयं उस पर विश्वास करते हैं?"

"जी हाँ, करता हूँ।"

"आपने परलोक के क्रिया-कलापों के संबंध में किस विधि से ज्ञान प्राप्त किया?"

"दरवाजे पर खटखटाओ, बस; अपने आप ही वह तुम्हारे लिए खुल जाएगा, इसी सिद्धांत के आधार पर।"

"लेकिन महाशय, यह तो बहुत ही अस्पष्ट, उलझी-पुलझी बात हुई।"

"परंतु यह जो सिद्धांत-वाक्य मैंने बतलाया, इससे बड़ी कोई सैद्धांतिक बात बहुत कम महापुरुषों के मुख से कभी-कभार निकल पाई है। प्रमाणित करना इतना आसान तो नहीं है, परंतु एकाध घटनाएँ बतलाता हूँ, ध्यान देकर सुनें। वैसे मेरे इस विवरण प्रस्तुत करने से भी बहुत ज्यादा अच्छा तब होता, जबकि मैं रेखा को किसी एक दिन यहीं अपने साथ ले आकर इस मंडली में आप लोगों के सामने ही, प्रेत को इस भौतिक धरातल पर बुलाकर आप लोगों को दिखला पाता!"

"अब आपने एक नई ही धुन छेड़ दी, अतः अब बतलाए कि कौन है यह रेखा?"

"अरे, वही—रेखा चक्रवर्ती। वस्तुतः वह एक माध्यम-मीडियम, अथवा कार्य-व्यापार के घटित हो सकने की साधिका अथवा उपकरण है। हम लोगों की जो 'परामनोवैज्ञानिक-समिति' है, उसी की वह एक सदस्य है। उसमें यह जो एक महान्

क्षमता या शक्ति है, उसी की वजह से तो हमारी समिति उसके अलावा उसकी माँ और उसके दो भाइयों के पालने-पोसने वगैरह का सारा खर्चा उठाकर उनका पालन-पोषण किए जा रही है।"

"इन रेखा चक्रवर्तीजी की आयु फिलहाल कितने वर्ष की है?"

"यही कोई सत्रह-अठारह वर्ष होगी, परंतु उसकी शक्ति अत्यंत आश्चर्यजनक है। अनेक प्रखर नास्तिकों, किसी भी अदृश्य अथवा अगोचर-सत्ता पर पूरी तरह अविश्वास रखनेवाले बहुत सारे लोगों ने रेखा को देखने के बाद न केवल अपने विचार बदल लिये, बल्कि उनमें से कई तो हम लोगों की इस समिति के सदस्य भी बन गए हैं, किंतु अब हम लोग उसे छोड़ दे रहे हैं।"

"सो क्यों?"

"इसलिए कि इस खुले हुए दरवाजे को पाकर परलोक से बहुत सारे अवांछित, दुष्ट और चांडाल प्रकृति के लोग भी बेरोक-टोक घुसते चले आते हैं।"

"कहाँ घुसते चले आते हैं?"

"अरे, इसी कार्य-साधिका अर्थात् माध्यम की देह के भीतर। रेखा की देह तो बस एक खोल भर हो गई है। इस खोल के भीतर परलोक की ढेर सारी दुष्ट आत्माएँ घुसी चली आती हैं। अब तो उस देह को लेकर उन्होंने उपद्रवपूर्ण खेल-तमाशा करना शुरू कर दिया है।"

"वाह, क्या बच्चों की-सी अद्भुत परीकथा का विवरण देना शुरू का दिया!"

"बच्चों की परीकथाओं की बात भला क्यों करूँगा, आप तो बहुत उच्च शिक्षित विद्वान् पुरुष हैं, आप उसे मानेंगे ही क्यों? परंतु प्रत्यक्ष की तो मानेंगे न, क्योंकि प्रत्यक्ष तो एक मान्य प्रमाण है। जरा बतलाइए कि इस संबंध में आपका न्याय-शास्त्र क्या कहता है?"

"हाँ, हाँ, प्रत्यक्ष को तो जरूर मानेंगे, क्योंकि प्रमाणों में जैसे आप्त-वाक्य या अनुमान प्रमाण हैं, उनकी अपेक्षा तो प्रत्यक्ष-प्रमाण अधिक विश्वसनीय है ही।"

"तो फिर ठीक है, इसका प्रत्यक्ष ही अनुभव कर लें। आइए, चलिए, मेरे साथ चलिए। आप सभी चलिए। 67 नं. नंदन-बागान गली; कलकत्ता चलिए। रेखा और उसकी माताजी तथा उसके छोटे भाई, ये सभी उसी नंबरवाले मकान के ठिकाने पर रहते हैं। बेचारे बहुत ही गरीब हैं। चूँकि एक परामनोवैज्ञानिक समिति उन सबके रहने, खाने-पीने, पहनने का सारा खर्च दे रही है, अत: केवल इस लाभ के लिए एक लड़की तो अपना सभी कुछ दे नहीं सकती। अब तो हालात इस स्थिति में जा पहुँचे हैं कि उसकी अपनी देह ही उसके अपने अधिकार में नहीं रह पा रही है, दूसरे लोग ही उसमें दखल किए ले रहे हैं।"

"आपके इस कथन का मतलब क्या है? कुछ समझ में नहीं आया।"

"इसका मतलब तो बहुत ही सरल है, और वह यह कि रेखा की देह से रेखा को ही निकाल बाहर कर दूसरी दुष्ट आत्मा आकर उसमें अधिकार जमाकर बैठ रही हैं।"

न्याय-शास्त्र तथा दर्शन-शास्त्र के प्रखर विद्वान् अध्यापक राम बाबू इसप्रकार की बातों में अपने तर्कों को परास्त हुआ नहीं मान सके, बल्कि अपने अजीबोगरीब मत को ही अकाट्य समझते रहे। अतएव वे मुसकराकर बोले, "आप लोग जो इसतरह की अनाप-शनाप बातें करते हैं, इसी वजह से तो कोई आप लोगों की बातों पर विश्वास नहीं करता। फिर भी आप चूँकि बहुत रस ले-लेकर कहते जा रहे हैं, अतः कहते चलिए, हम आगे का भी विवरण सुनने को तैयार हैं।"

संतोष बाबू झल्ला पड़े—"नहीं, नहीं, अब मैं कुछ नहीं कहूँगा। मेरे कहने से तो आप विश्वास करेंगे नहीं, इसलिए मैं आप लोगों को कलकत्ते की गलीवाले उस मुकाम पर ही साथ लिये चलूँगा।"

फिर तो मंडली के सभी लोगों ने एक स्वर से कहा, "वैसा करना ही ठीक रहेगा।"

परंतु इसके बाद भी राम बाबू कह उठे, "वैसा करना तो निश्चय ही अधिक अच्छा होगा, फिर भी अभी जरा यह तो बतलाएँ कि वहाँ होता क्या-क्या है ?"

संतोषदत्त बाबू बतलाने लगे—"होगा भला क्या, यही कुछ अति साधारण सी घटनाएँ, जैसे कि उस दिन रेखा की माँ अपने किसी सोच-विचार में डूबी चुपचाप बैठी हुई है कि यकायक रेखा वहाँ आ पहुँचती है और उनका ध्यान अपनी ओर खींचती हुई बड़े खेद भरे स्वर में कहने लगती है—

'मेरी प्यारी बड़ी बहना! तुमने मेरा श्राद्ध तक नहीं किया और न तो परिवारवालों ने ही, फिर आवश्यक श्राद्ध के अन्य उपचार किए। अब तो श्राद्ध करने भर से ही कुछ होगा नहीं, अतः गया धाम जाकर मेरे लिए पिंडदान तो करवा दो। इससे तुम लोगों का भी बहुत भला होगा।'

रेखा की माँ तो घबरा ही गई, अचकचाकर पूछ बैठी, 'यदि तू मेरी बेटी रेखा नहीं है, तो फिर तू है कौन ?'

'मैं पारुल हूँ दीदी! पारुल। वही हेमनगर वाली तुम्हारी पारुल हूँ।'

'परंतु पारुल! तू तो आज से कई वर्ष पहले ही मर गई थी रे!'

'मर गई थी तो उससे क्या हुआ ? मैं तो रोज-रोज ही यहाँ तुम लोगों के इस घर में आती रहती हूँ। फिर यहीं क्यों, मैं तो हेमनगर भी जाती हूँ। हमारी बड़ी बहन के श्वसुर का शीदपुर शहर में जो मकान है, मैं उनके मकान पर भी जाती रहती हूँ। वस्तुतः हम लोगों का आवागमन तो मन की गति के अनुसार ही होता है न, अतः इस प्रकार जहाँ मन होता है, वहाँ आने-जाने में मुझे कोई असुविधा या कष्ट नहीं होता। परंतु जो उचित गति मेरी होनी चाहिए, वह नहीं हो पा रही है; क्योंकि मैं ऊपर नहीं उठ पा रही हूँ। इस धरती ने जैसे

जबरन मुझे जकड़कर अपनी ओर खींच रखा है। गया-तीर्थ में जाकर अगर तुम लोग मेरे लिए पिंडदान कर दो, तब धरती के इस बंधन को काटकर मैं ऊपर चली जाऊँगी।'

'ठीक है, बड़ी बहना! मैंने अपनी विनती तुम्हारे सामने रख दी, तुम इस पर जल्दी काररवाई करो। फिलहाल मैं अब जा रही हूँ, परंतु तुम जरा सजग रहना। अभी थोड़ी देर पहले हिंदी भाषा-भाषी उत्तरी भारत के क्षेत्र की एक कन्या रेखा की इस देह में घुसने के लिए बार-बार कोशिशें कर रही थी, चूँकि मैं यहाँ थी, इसलिए मैंने उस दुष्टात्मा को तो अभी डाँट-फटकारकर खदेड़ दिया है।'

'परंतु तुम तो उसको जान भी गई होगी, जरा बतलाओ तो वह कौन है?'

'उसे तुम भी पहचान सकोगी। प्रायः ही हमारे मुहल्ले में आती रहती थी। उसका चाल-चरित्र ठीक नहीं था। अंततः उसने आवेश में आकर आत्महत्या कर ली थी, परंतु अब उसी का परिणाम भुगत रही है। बड़ी ही दारुण यातना भोग रही है।'

"ठहरिए महोदय, जरा ठहरिए तो; बहुत कह लिया।" प्रखर दार्शनिक राम बाबू बीच में ही बोल पड़े—"आपने अपनी रौ में जो बखान बिना रुके-अटके कर दिया, उसमें एक फाँक बची रह गई। कह तो दिया कि उसका चाल-चरित्र ठीक नहीं था, परंतु इस कथन का मतलब क्या है? आपके उस परलोक में चाल-चरित्र नापने का मानदंड क्या है कि जिसके आधार पर वहाँ भी सु और कु, माने अच्छाई और बुराई अर्थात् सच्चरित्रता अथवा चरित्रहीनता के पक्षों का निर्धारण किया जाता है? अब तो मुझे सबसे पहले इसी का उत्तर चाहिए।"

संतोषदत्त बाबू तनिक भी विचलित हुए बिना कहने लगे—"उस परलोक में वहाँ की आत्माओं का अपना मन ही अनेक कार्यों का न्यायाधीश होता है। कोई भी बाहर से कुछ नहीं करता। अंग्रेजी में जैसा कि एक मुहावरा है 'विल इज दि की', माने इच्छाशक्ति ही मूल-कुंजी है, उस परलोक में यही सबसे बड़ा प्रामाणिक आधार है। परंतु यह सब तो तात्त्विक तर्क आधारों की बातें हैं। इनकी चर्चा अभी स्थगित ही रखें। पहले वह विवरण तो कह सुनाऊँ, जिसे अभी पूरा नहीं किया।

"रेखा की देह में बीच-बीच में जो दुष्ट आत्माएँ आ घुसती हैं, उनमें से कई तो हिंदी-भाषा में, उड़िया-भाषा में, बँगला-भाषा में अथवा और-और भाषाओं में भद्दी-भद्दी गाली-गलौज भी देती हैं। इसमें कोई अचरज की बात भी नहीं है, क्योंकि उसकी देह में प्रवेश करनेवाली आत्माओं में भिन्न-भिन्न भाषा-भाषी क्षेत्रों, भिन्न-भिन्न जातियों, भिन्न-भिन्न श्रेणियों की आत्माएँ हुआ करती हैं। अभी उस दिन तो खास यूरोप की अंग्रेज नस्ल की एक कन्या उसकी देह में बैठकर बहुत देर तक उसे अपने अधिकार में दबोचे रही। उसने जो कुछ कहा, उससे साफ पता लगा कि उसके अंग्रेज माँ-बाप ने भारत आकर कलकत्ते के इसी पार्क-सरकस इलाके में निवास किया था। उसका अपना मकान

पार्क सरकस मुहल्ले में ही था। मैं सच कहता हूँ कि रेखा एक शब्द भी अंग्रेजी-भाषा का नहीं जानती, जबकि यह सारा विवरण और इसके अलावा और भी ढेर सारी बातें वह अंग्रेजी भाषा में ही फटाफट बोलती रही थी।"

उनकी इस बात पर अविश्वास भरे व्यंग्यात्मक सुर में राम बाबू ने पूछा, "क्या वह सब आपने खुद अपने कानों से सुना?"

"निश्चय ही, अच्छी तरह सुना। खुद न सुनता तो क्या बिना सुने ही यह सब आप जैसे विद्वानों से कहने का साहस कर पाता? केवल इतनी ही बात नहीं, मैंने तो ऐसी हालत में रेखा को धाराप्रवाह उड़िया भाषा बोलते हुए भी खुद अपने कानों से सुना है। अत: इस सबमें कोई आश्चर्य की बात नहीं है, बल्कि सबसे बड़े आश्चर्य और बुराई की बात तब होती है, जब परलोक से बड़ी ही नीची श्रेणी की दुष्ट आत्माएँ उसके शरीर में आ जाया करती हैं।"

"वे सब आकर क्या कुछ करती हैं?"

"तरह-तरह के महा-निकृष्ट कोटि के उपद्रव करती हैं वे। जैसे कि कभी उसकी देह को ले जाकर धूल-धक्कड़ में पटक देती हैं, फिर सूरज की प्रखर किरणों की जलन में उसे पड़े-पड़े रखकर भारी कष्ट पहुँचाने लगती हैं। एक बार तो एक दुष्ट-आत्मा ने रेखा को ले जाकर धधकती आग में जला डालने का ही उपक्रम कर दिया था। इससे भी भयावह दशा तब होती है, जब इस पृथ्वीलोक के नीचे की श्रेणी की आत्माओं का आविर्भाव उसमें होता है। धरती के नीचे के लोक की उन आत्माओं का नाम मैं अपनी भाषा में तो नहीं जानता, अंग्रेजी में उन्हें—'एलेमेंटल' अर्थात् भू-तात्त्विक-प्रकृति की आत्माएँ कहते हैं। ये बड़ी ही खूँखार और भयानक प्रकृति की होती हैं। मनुष्य-जाति को नुकसान पहुँचाने के लिए तो ये सदा-सर्वदा मौका ढूँढ़ती रहती हैं। फिर भी रक्षा की बात यही है कि ये कुछ कर नहीं पातीं, क्योंकि स्थूल जगत् में इनकी देह अदृश्य बनी रहती है। पृथ्वी के किसी भी पदार्थ को छू पाने की ताकत इनमें नहीं होती।"

बात आरंभ होने के समय से ही बाहर लगातार हो रही बारिश के इस मौके पर बड़ी ही अजनबी प्रकार की कौतूहल भरी परिचर्चा आज हुई।

"तो फिर तय क्या रहा; चलेंगे आप लोग मेरे साथ नंदन-बागान गली?"

"हाँ-हाँ, क्यों नहीं! चल सकते हैं।"

"बहुत अच्छा है, खुद चलकर अपनी आँखों से प्रत्यक्ष देखें। इसमें भला दोष ही क्या है?"

"नहीं-नहीं, दोष की तो कोई बात ही नहीं। फिर जब चलना है तो देरी करने का कारण ही क्या है? चलिए, कल ही चलते हैं। रेल में अगर असुविधा है तो चलिए बस से ही रवाना हो जाते हैं।"

श्रीमान रामलाल चक्रवर्ती एम.ए., पी-एच.डी. दर्शनशास्त्र के प्रकांड पंडित और अध्यापक इसी तरह से अपने मृत्यु-पथ पर अग्रसर हुए। उनकी मृत्यु के संबंध में समाचार-पत्रों में जो विवरण प्रकाशित हुए थे, वे शत-प्रतिशत झूठे थे। इसके अतिरिक्त उसे लेकर कोर्ट-कचहरी में जो मुकदमा चला और उस पर जो बहसें हुईं, वे सब भी आधारहीन और काल्पनिक थीं। सच्चाई तो यह है कि रेखा चक्रवर्ती बहुत ही शालीन, सुसभ्य और स्वच्छ चरित्र की किशोरी कन्या है।

मुकर्जी बाबू की वह हवेली बशीर-हाट परगना के हथाटरा गाँव में है। वहीं पर हमारा अड्डा प्रतिदिन बैठता है। जिस दिन के अड्डे की बात अभी मैं थोड़ी देर पहले बता रहा था, उसके ठीक नौ दिन बाद जन्माष्टमी की छुट्टी के दिन साँझ की वेला में श्रीमान रामबाबू को साथ में लेकर हम कई एक साथी कलकत्ता-शहर के नंदन बागान की गली में स्थित रेखा वगैरह के मकान पर गए। उस दिन रेखा वगैरह के उस मकान पर जैसी घटना घट गई, वैसी प्रेत-तत्त्व-चर्चा के इतिहास में उस प्रकार की कोई घटना कहीं और घटी हो, ऐसा तो मुझे आज तक ज्ञात नहीं हो सका है।

उस घटना के बारे में कुछ बतलाने के पहले रेखा और उसके परिवारवालों के उस मकान के संबंध में थोड़ा कुछ विवरण बतला दूँ। उस मकान के एक किनारे के फाटक से भीतर जाते ही, उन लोगों के मकान में प्रवेश करते ही ठीक सामने एक खुला हुआ बरामदा है। बरामदे के सामने दक्षिण दिशा की ओर मुँह किए हुए दो बड़े-बड़े हॉल हैं, उनके पीछे की ओर एक छोटा सा कमरा है। उस छोटे कमरे के पीछे की ओर छोटा सा एक और बरामदा है। उस बरामदे को देखकर लग रहा है, जैसे कि पहले यहाँ रसोई पकाई जाती थी। उसके कोने में खाना बनानेवाला चूल्हा बना हुआ है, परंतु फिलहाल वहाँ पर कई एक गमले रखे हुए हैं, जिनमें फूल लगाए गए हैं। इसके अलावा वहाँ एक तरफ एक तिपहिया साइकिल भी पड़ी है, जिसे संभवतः रेखा का छोटा भाई चलाता होगा। इस तरह उस मकान का एक संक्षिप्त विवरण दिया गया। इस विवरण में जिस छोटे कमरे की स्थिति और उसके पीछे के बरामदे के बारे में जो बातें बतलाई गईं; उसे स्मरण रखना उचित होगा; क्योंकि उसी से बाद में होनेवाली घटनाओं को समझ पाने में सहूलियत होगी। घटना को पूरे विस्तार से घुमा-घुमाकर फेंटते हुए कहने से कोई विशेष लाभ नहीं होने का, अतः अति संक्षेप में सीधे-सीधे बतलाना ही ठीक रहेगा।

मेरे साथ पहुँचे सभी साथियों को जलपान के साथ रेखा ने अपने हाथों से चाय लाकर दी। नाश्ता-पानी और चाय पीकर हमें वहाँ ले जानेवाले संतोष दत्त बाबू ने रेखा को संबोधित करते हुए कहा—"देखो बेटी! आज हमारे साथ ये कई लोग आए हैं। इनमें विशेष रूप से ये श्रीमान रामलाल चक्रवर्ती बाबू बड़े ही तीक्ष्ण-बुद्धि के विद्वान् व्यक्ति हैं। उनका आना बहुत महत्त्वपूर्ण है। आज उन्हें कुछ दिखाना होगा।"

रेखा नाम की वह किशोरी-कन्या इकहर बदन की श्यामवर्णा, दुबली-पतली सुंदर, सुडौल शारीरिक गठन की कन्या है। जब वह बोलती है तो गले से निकले हुए सुर की झनकार वीणा की झनकार की तरह ही बड़ी मनोहर लगती है। उसकी दोनों आँखें आकार में बहुत बड़ी-बड़ी हैं, यद्यपि उसके देखने की दृष्टि बड़ी ही निरीह, गाय की बछिया की तरह बड़ी ही भोली-भाली और बेचारी-बेचारी सी लगनेवाली है। इस प्रकार की अबोध, बालकों की सी छल-कपट, चातुरी से रहित अति साधारण बेचारगी भरी निष्पाप दृष्टि के कारण ही उसकी सौंदर्य-सुषमा को भारी आघात लगा है।

संतोष दत्त जी की बात सुनकर रेखा बोल उठी—"इधर पिछले कई दिनों से उसने मुझ पर भयानक अत्याचार करना जारी रखा है, हालाँकि ये कौन है? मनुष्य है अथवा कोई जानवर है? मैं अभी तक यह भी समझ नहीं पा रही हूँ। जिस तरह का क्रम चल रहा है, उससे तो लगता है कि वह आज भी आएगा। इसी के कारण मुझे इतना डर लग रहा है कि प्राण सूखे जा रहे हैं।"

साँझ ढल जाने के बाद रेखा की माँ हम सभी लोगों को उसी छोटे कमरे में लिवा ले गई। फिर वहाँ धूप-धूना जलाया गया, जिस चबूतरे पर आयोजन किया जाना था, उसे फूलों से सजाया गया। कमरे में भी फूलों की बंदनवार लगा दी गई। मेरे साथ आए सभी साथी एक बहुत बड़ी मेज के चारों ओर जमकर बैठ गए। बत्ती बुझाकर कमरे में अँधियारा कर दिया गया। तभी रेखा की माँ ने किसी से कहा, "बाबा! ग्रामोफोन रिकॉर्डर पर जरा एक रिकॉर्ड तो चला दो।"

ग्रामोफोन रिकॉर्डर पर शहनाई बजानेवाला एक रिकॉर्ड चढ़ा दिया गया। शहनाई की धुनों से कमरा मंद-मंद स्वर में भर गया। एक बहुत ही दुर्बल पतला सा स्वर घर के एक कोने से उभरता हुआ सुनाई पड़ा। ऐसा लगा, जैसे कोई फुसफुसा-फुसफुसाकर जाने क्या कह रहा है!

संतोषदत्त बाबू ही पूछ बैठे—"कौन है, जी?"

बहुत ही पतली कमजोर सी लाचारगी भरी, लड़की के सुरों जैसी एक औरताना आवाज उभरी, "देखिए बाबा लोग! आज आप लोग रेखा को उस गोलाकार चबूतरे पर मत चढ़ने दीजिएगा।"

"क्यों? इसमें कौन सी परेशानी है? परंतु पहले आप यह तो बतलाएँ कि आप कौन हैं?"

"मैं रेखा की फूफी हूँ, नाम है 'नीरद बाला'। मैं अच्छी तरह जानती हूँ कि आज रेखा का शरीर उतना ठीक नहीं है, जबकि इधर अनेक फालतू किस्म के दुष्ट लोग उसकी देह में प्रवेश करने की घात लगाए बैठे हैं।"

"आप चुप क्यों हो गईं? बोलिए, अब यहाँ आप हैं भी या नहीं?"

कई बार पूछने पर भी उत्तर में फिर कोई भी शब्द या संकेत सुना नहीं जा सका। ऐसे ही सन्नाटे के बीच कुछ समय और बीत गया। तभी ऐसा लगा कि उस अंधकार में उस कमरे की हवा भारी हो गई है। रेखा चक्रवर्ती अपनी जगह पर तो है, परंतु उसका कोई भी अंदाजा देनेवाला शब्द नहीं निकल रहा है, सभी कुछ बिल्कुल शांत है। जरा सी भी चूँ-चपड़ नहीं। बस बीच-बीच में सोए हुए आदमी की नाक बजने से जैसा शब्द निकलता है बस, उस शब्द के अलावा कोई ध्वनि-गुंजार नहीं है। थोड़ी ही देर बाद घोर निद्रा में सोई हुई उस रेखा चक्रवर्ती के मुख से जाने कौन एक व्यक्ति मोटे गंभीर स्वर में पुकार उठा, "मालती! अरे ओ मालतीऽऽऽ!"

"मालतीजी तो आज यहाँ नहीं आई हैं।" संतोषदत्तजी बोल पड़े थे, "परंतु जरा बतलाइए तो आप कौन हैं?"

"मैं उसका पति हूँ। नहीं आई हैं तो कोई बात नहीं, परंतु आए तो उससे कहिएगा कि मैं उसे ढूँढ़ रहा हूँ। उससे कुछ जरूरी बातें कहनी हैं, उसे जिस चीज का पता करना था, उसकी खोज मैंने कर ली है। आज इस कार्य साधिका-मीडियम या माध्यम को आप लोग उठा दीजिए। आज बहुत ही बड़ी विपत्ति का दिन है।"

"क्यों?"

रेखा फिर गहरी नींद में खो गई। इन कुछ शब्दों के आगे फिर उसके मुँह से कोई भी शब्द बाहर नहीं निकला। उधर रात क्रमशः भारी होने लगी। हम सब बाट जोहते रहे, परंतु और कोई तो आ नहीं रहा। इसी प्रकार आधे घंटे का समय और बीत गया। हम सभी इसी विचार पर पहुँचे कि आज के दिन यहीं तक रहने दिया जाए, फिर कल देखा जाएगा, कि अचानक ही उस कमरे के पीछेवाले कमरे से उठा हुआ एक शब्द सुनाई पड़ा। परंतु वह शब्द भी बहुत दबा-दबा सा था। हमारे कमरे की हवा दुबारा फिर से बहुत भारी हो गई और साथ-ही-साथ बहुत ठंडी भी हो गई। हम लोगों ने जब कहा कि प्रत्येक बार जब कभी उस परलोक का कोई आदमी आता है तो उस समय इस कमरे की हवा ऐसी ही ठंडी हो जाती है, तब संतोष दत्त ने हमारी यह बात स्वीकार नहीं की।

इसके बाद जो घटना घटी, उसे मैं अब अपनी ओर से बतला रहा हूँ। उस अंधकार में दूसरे लोगों का क्या हो रहा है, यह जानने का कोई उपाय मेरे पास नहीं था।

मेरे मन में ऐसा कुछ अनुभव हुआ, जैसे किसी ने मेरे माथे के चारों ओर और ऊपर बर्फ के टुकड़ों से भरी हुई कोई झोली बाँध दी है। बर्फ की इस भारी-राशि में से ही जाने किस अद्‌भुत उपाय से बर्फ की एक मोटी धार झूले की डोरी की तरह नीचे की ओर लटकती हुई मेरी नाक के दोनों छेदों में जा घुसी है, जो धीरे-धीरे नाक के अंदर गूँजती चली जा रही है। मेरा सारा शरीर नर्वस हुआ जा रहा है। अपने आप पर जैसे नियंत्रण कर पाने में असमर्थ हो गया हूँ। जान पड़ा, जैसे इस कमरे के पीछे जो कमरा है, उसमें

बर्फ बनाने की मशीन ही बैठा दी गई है। इतनी भारी और इतनी ठंडी हवा उस कमरे से ही यहाँ आ रही है।

एक बहुत ही दबाव में पिसती हुई कराह भरी आवाज रेखा चक्रवर्ती के गले से निकल पड़ी।

इस कमरे के पीछे जो कमरा है, जान पड़ता है कि उसमें कोई मशीन लगाई हुई है। उस ओर कोई शब्द नहीं हो रहा है। गहरे अंधकार में उस घर में कुछ भी दिखाई नहीं पड़ रहा है; परंतु स्पष्ट महसूस हो रहा है कि सारा कांड-कारखाना, गरम-मसाला उसी छोटे कमरे में बन रहा है। इस दमघोंटू वातावरण में अचानक ही साधु बाबा बोल उठे—"कमरे में बत्ती जला दे, जल्दी से बत्ती जलाएँ, और अब यह देखें कि—

मैंने तब जो कुछ देखा, उसे बतला रहा हूँ—"कमरे की दीवार पर एक भारी काली छाया पड़ी हुई है। देखने में वह ठीक वैसी ही लगती है, जैसे मनुष्य के शरीर पर दाद और खुजली के दाग, मोटे चकत्ते-सी पड़ी दिखाई पड़ती है। आदमी के शरीर के दाद के निशान अथवा फिर बरसात के दिनों में बाँस के शरीर पर जैसे कुकुरमुत्ता के छाते जैसी फफूँद दिखाई पड़ती है, ठीक उसी तरह उभरनेवाले मशरूम जैसी काली छाया ही दीवार पर दिखाई पड़ी।

परंतु यह फफूँद की तरह चिपकी ही नहीं रही, बल्कि जिस तरह गुब्बारे में हवा भरते जाने से वह क्रमशः फूलता जाता है, उसी तरह यह काले मशरूम सी छाया क्रमशः फूलती-बढ़ती चली गई। इधर कमरे में ठंडक बहुत बढ़ गई, मानो चारों ओर बर्फ-ही-बर्फ आ जमी हो—मेरी चेतना सुन्न पड़ने लगी। लगा, जैसे धीरे-धीरे बेहोशी होने लगी है। अब तो मैं ठीक तरह से जान भी नहीं रहा कि कहाँ क्या हो रहा है ? किसी निःस्तब्ध घने जंगल के बीच कोई एक महाभयानक जंतु अथवा दानव सारी सृष्टि का विध्वंस कर देने की साधना में मग्न है। वह दानव एकदम गूँगा और बहरा है। उसके मुँह से कोई भी भाषा, कोई भी आवाज नहीं निकल रही। ऐसा लगता है कि उसके मुँह भी नहीं है। देख सकने की बहुत तेज, बर्बर और संहारक नंगी निगाह तो है, परंतु आँख नहीं है। वह वस्तु किसी मनुष्य अथवा चित्र में आँके गए दानव-भूत या प्रेत जैसी तो बिल्कुल भी नहीं है। क्रमशः बढ़ते जा रहे कुकुरमुत्ते के छत्ते की तरह अथवा शरीर पर दाग और खुजली के धब्बे की तरह वह बढ़ती ही जा रही है। फैलती ही जा रही, क्रमशः बढ़ रही है, चौड़ी हो रही है; दाएँ-बाएँ सभी ओर बढ़कर मानो वह सभी कुछ को निगल जाएगी। दाद का यह धब्बा पूरे कमरे में ही फैल जाएगा। इस घर में जितने मनुष्य हैं, सबके शरीर पर मढ़ जाएगा। अत्यंत गहरे काले रंग का यह दाद का धब्बा सब पर छा जाएगा। रबड़ के गुब्बारे की तरह फूलता-फैलता यह क्रमशः बढ़ता जा रहा है। जबकि यह इतना भयानक खूँखार, उग्र, क्रूर, निर्मम, बुद्धिहीन, ध्वंस का विकराल दूत जान पड़ रहा है, लगता है कि

उसकी गिरफ्त से बच निकलने का किसी के सामने कोई उपाय नहीं है।

इतने में ही एक बड़ी दर्द भरी चीत्कार उसी घर में सुनाई पड़ी। मैंने देखा कि पीछे की ओर का वह छोटा घर उस काले दाद के फफूँदवाले धब्बे के छाते से भर गया है। घर की दीवारों को भेदते हुए वह घिनौना दाद का धब्बा चारों ओर फैल जाएगा। काले भयानक रूप से ठंडा फफूँद युक्त मशरूम जैसा वह धब्बा···

मैंने स्पष्ट अनुभव किया कि मेरे माथे पर पड़ी वह चीज अब नीचे मुलायम मोम की तरह ढुलकती हुई बढ़कर मेरी आँखों और नाक पर झूलते हुए उन्हें बंद किए दे रही है। मैं कोई भी बात मुँह से निकाल नहीं पा रहा हूँ। यहाँ तक कि नाक के छिद्रों से साँस भी नहीं खींच पा रहा हूँ। जाने कहाँ, मानो टन-टन की आवाज में दस तक की ध्वनि बज रही है। मैं बस उसे सुनता भर चल रहा हूँ एक···दो···तीन···चार···पाँच···छह···सात··· इसके बाद तो मुझे फिर कोई होश रहा ही नहीं।"

संभव है, उस समय रात के दस बज रहे हों।

□

जब मेरी चेतना लौटी, मैंने पाया कि अभी भी रात ही फैली हुई थी, परंतु घर में अंधकार नहीं है, बल्कि घर के जंगले की ओर से रात के पिछले पहरों के चाँद की चाँदनी का प्रकाश घर के अंदर तक आकर उसे प्रकाशित कर रहा है। हम सारे-के-सारे साथी, जो जिस कुरसी पर भी बैठा था, उस पर बैठे-बैठे ही बेहोश-से हुए पसरे हुए हैं। रेखा चक्रवर्ती भी बेहोश होकर हाथों और पैरों को झुलाते हुए फैलाकर कुरसी पर लुढ़की पड़ी है। पहले जितने सारे लोग वहाँ उपस्थित थे, उनमें से बस एक संतोष दत्त ही फिलहाल इस कमरे में नहीं है। थोड़ी देर तक मैंने जोर लगाकर यह याद करने और समझने की कोशिश की कि वहाँ क्या कुछ घटित हुआ था? फिर तो सभी कुछ याद हो आया। वह भयानक दाद के धब्बे-सा काला मशरूम जैसा चकत्ता अब कहाँ है?

कार्य-साधक, मीडियम अथवा माध्यम, जो रेखा चक्रवर्ती है, उसके घर में ही आज संध्या-वेला में यह चक्र (सर्किल) बैठा था। घर में तब घनघोर अंधकार था, अब इस वेला में चंद्रमा की चाँदनी के प्रकाश से अँधियारा थोड़ा छँटा है। घर को काफी गंभीर दृष्टि से देखने पर ऐसा जान पड़ा, जैसे यहाँ पर कोई एक बड़ा ही निष्ठुर हत्याकांड हो गया है। तभी बाहर किसी मोटरकार की जोर की आवाज सुनाई पड़ी।

उसके कुछ देर बाद ही संतोष दत्त जी ने उस कमरे में प्रवेश किया। मैंने देखा कि उसके साथ एक डॉक्टर साहब भी अंदर आए हैं।

शेष सभी लोगों को क्रमशः होश में ले आने का प्रयास सफल हुआ। सभी लोग पहले ही की तरह सहज-सजग और सचेतन हो उठे। श्रीमान रामलाल बाबू अध्यापक महोदय के प्राण काफी देर के लिए उनके शरीर को छोड़कर चले गए थे। डॉक्टर ने

उनकी हर तरह से परीक्षा-निरीक्षा की और अंत में अपना निर्णय घोषित किया कि 'दम घुँटने की वजह से, साँस बंद हो जाने के कारण ही यह मृत्यु हुई है।' उनका सारा चेहरा काला पड़ गया है, जीभ बाहर की ओर निकल आई है। आँखें ठीकरे की तरह बाहर आ गई हैं।

पुलिस दल आ गया, काफी हो-हल्ला मचा। लोगों की भीड़ इकट्ठा हो गई, विद्वान् अध्यापक रामलाल बाबू के शरीर की हरेक विधि से परीक्षा की गई। इन सभी जानकार लोगों ने अपना यही फैसला सुनाया कि साँस-प्रश्वास बंद हो जाने के कारण ही मृत्यु हुई है। जब उनके शव का व्यच्छेदन (पोस्ट मार्टम) करवाया गया तो पाया गया कि उनके फेफड़े में एक नए प्रकार की गैस पाई गई थी। ऑर्गन-जाति की एक ऐसी गैस, जो बड़ी आसानी से आग पकड़ लेती है।

□

इस घटना के घटित होने के बहुत दिनों बाद एक दिन मैंने संतोष दत्त जी से बहुत आत्मीयता से पूछा कि उस रात में जो कांड घटित हुआ था, उसकी जड़ में कौन सा सूत्र था?

तब संतोष दत्तजी ने समझाते हुए कहा, "उस रात में तो वहाँ उपस्थित हम लोगों में से कोई एक भी आदमी नहीं बच पाता। शुरू-शुरू में जो आत्मा आई थी, उसने पहले ही हम लोगों को इसके लिए सतर्क और सावधान कर दिया था। उसके उस परामर्श पर ध्यान देना ही हमारे लिए उचित था।"

तब मैंने उन्हें याद दिलाते हुए कहा, "एक आत्मा नहीं, बल्कि दो आत्माएँ आई थीं। एक तो रेखा चक्रवर्ती की फूफी की और दूसरी मालती के पति की। हमें तो दोनों ने ही सावधान किया था।"

"हुआ क्या था, क्या सचमुच ही आप जानते हैं? कहीं कोई दुष्ट आत्मा तो नहीं आई? रेखा की फूफी ने तो अंततः यही बतलाया था, परंतु वास्तव में चीज वैसी नहीं है। उस दिन भूलोक का एक खूँखार, विशेष किस्म का जीव, जिसे अंग्रेजी में 'एलीमेंटल' अर्थात् भूतात्त्विक कहते हैं, वही आया था। वे सब भूलोक के बाघ, भालू जैसी हिंसक जातियों के प्राणी हैं। मनुष्य जाति की अपेक्षा बहुत ही निचले स्तर के हैं, जबकि बल-विक्रम और क्रूर, खूँखार बुद्धि के माने में मनुष्य से बहुत भारी होते हैं। उसने उस दिन क्या किया था, क्या आप जानते हैं? उसने हम लोगों के शरीर से स्थूल अर्थात् ठोस उपादानों का संग्रह करके अपने उस 'एलीमेंटल' या भूतात्त्विक उस छोटे सी अदृश्य-देह को स्कूल या ठोस आकारवाले प्राणियों के जैसा बनाकर उस छोटे से घर में भयानक रूप से तैयार कर लिया था। उसने उस अंधकारपूर्ण घर का एक प्रयोगशाला की तरह प्रयोग किया था।

"परंतु उसकी इस काररवाई के संबंध में उस समय क्या हम लोग कुछ जान पाए थे? अगर कहीं उस समय इसे जान गए होते, तो बहुत आसानी से उसे भगाया जा सका होता!"

मेरे मन में एक हड़बड़ाहट सी उभर आई। मैंने भारी कौतूहल के भाव से पूछा, "सो किस तरह?"

"अत्यंत सहज सरल ढंग से।"

"आप बतलाइए न बिना किसी संकोच के। लगता है, आप निश्चित रूप से इसके भीतर छिपे रहस्य को अच्छी तरह जानते हैं।"

"बस बिजली के बल्ब को जला देने के लिए जो स्विच घर में लगा हुआ था, अगर उसके बटन को जरा सा नीचे दबाकर ऑन कर देते—बस इतने मात्र से।"

ऐसी मामूली सी कोशिश कर देने से ही उस महाडरावनी अंधकारपूर्ण रात और उस रहस्यमय परलोक-जगत् के सारे भीषण, भयावह-संत्रास तथा सबके ऊपर छाए उस सारे कोहरे को काटकर भगा देने में हम लोग उसी समय समर्थ हो गए होते एवं क्षण भर में ही सारी आपदाओं से मुक्त होकर रक्षा पा गए होते। अगर प्रकाश भरकर उजाले से जगमगाकर उस कमरे को खोल सके होते!*

* (ढाका से प्रकाशित 'सोनार बांग्ला' पत्रिका का आश्विन, 1357 बंगाब्द का एकमात्र अंक, जिसमें यह कहानी प्रकाशित हुई। जिसका उद्धार श्री देवप्रिय बंदोपाध्याय के सहयोग से हो सका। विभूतिभूषण के सुपुत्र श्री तारादास बंदोपाध्याय की सहमति से इसका प्रकाशन संभव हुआ।)

—रूपांतरक

□

दूध का दाम

—बनफूल*

रेलगाड़ी के आने का अंदाजा स्पष्ट होने लगा था। अब जब कभी भी वह प्लेटफॉर्म पर पहुँचने ही वाली थी। उसे पकड़ने के लिए अत्यंत बेशकीमती सुंदर वस्त्रों में सजी-धजी, सुंदर-सुडौल तन्वंगी सुदर्शना, सुरूपा युवतियाँ इठलाती, बलखाती हुईं स्टेशन के उस प्लेटफॉर्म पर आ पहुँची थीं। सुंदर युवतियों के उस झुंड के आसपास चारों ओर कई बंगाली नौजवान भी घिरने शुरू हो गए थे। कोई-कोई तो इस तरह के भाव अपने चेहरों पर बनाए हुए थे, जैसे कि कहीं आ-भिड़ने में उनकी अपनी कोई दिलचस्पी नहीं है। जबकि कुछ तो अपनी पूरी समझदारी और चतुराई के साथ उन्हीं के इर्द-गिर्द चक्कर लगा रहे थे। सुंदर युवतियों के उस मधु-गुंजार भरे माहौल में एक ढली हुई अवस्था की वृद्धा-महिला भी उसी रेलगाड़ी को पकड़ने की आशा में बढ़ती चली आई थी कि तभी वहाँ ढीले-ढाले ढंग से बाँधकर रखे किसी व्यक्ति के बिस्तरबंद के फीते में उनका पाँव जा उलझा और वह वहीं धड़ाम से गिर पड़ी। उससे उन्हें काफी चोट आई। वह जोर-जोर से कराहने लगीं, परंतु उसकी ओर किसी ने देखा तक नहीं। उनकी सहायता करने के लिए किसी ने भी न कुछ कहा, न कुछ किया। करने की कोई बात भी तो नहीं थी। कारण, स्त्रियों के प्रति सभ्य-शिष्टाचार निभाने की भावना की जो बात है, वह तो विदेशियों के प्रभाव के रूप में वहाँ आई है, लेकिन वह केवल उनके अपने देश की युवतियों के लिए ही कार्य रूप में परिणत होती है।

इसलिए जो स्त्रियाँ युवती नहीं हैं, उनके प्रति शिष्टाचार दिखाने की आवश्यकता नए जमाने के नवयुवकों में कहाँ है? वैसे वहाँ जितने मुसाफिर थे, वे सभी-के-सभी केवल उन युवतियों के झुंड को लेकर ही प्रकट रूप में अथवा छिपे-छिपे तौर पर व्यस्त नहीं थे। जिन सज्जन महोदय के बिस्तरबंद के फैले फीते में पैर के अटक जाने से वह

* ब्लाईचाँद मुखोपाध्याय—'बनफूल' उपनाम से—पेशे से मेडिकल डॉक्टर। साहित्यिक रचनाएँ, विशेषत: अत्यंत छोटी कहानियाँ लिखते थे—महेंद्रनाथ दुबे

वृद्धा गिर पड़ी थीं, वे अच्छे-खासे पढ़े-लिखे शिक्षित और सुसभ्य समाज के सम्मानित पुरुष थे। वे भी वहाँ पास में ही खड़े थे। उन्होंने उस वृद्धा को डाँट-फटकार भरे लहजे में एक उपदेश वाक्य झाड़ दिया—"रास्ते पर निगाह गड़ाकर चल नहीं सकती, अगर जरा और तेज का झटका लगता तो मेरे बिस्तरबंद का फीता ही टूट जाता!"

पक्के फर्श पर गिर पड़ने के कारण उस वृद्ध-महिला के दाहिने पैर में गहरी चोट आई थी। फिर भी जैसे-तैसे खड़ी होकर वह लँगड़ाते-लँगड़ाते प्लेटफॉर्म पर तेजी से आगे बढ़ने लगी; क्योंकि गाड़ी प्लेटफॉर्म पर आ लगी थी। इस डिब्बे-उस डिब्बे में दौड़-धूप करते हुए भी वह किसी एक में घुस नहीं पा रही थी। हालाँकि चाहे जैसे भी हो, किसी-न-किसी डिब्बे में अपने लिए उसे एक ठिकाना जुटाना ही था। रेलगाड़ी ज्यादा देर तक अब रुकेगी नहीं, जबकि किसी भी डिब्बे में घुसना असंभव हो रहा था। जैसे-तैसे, गिरते-पड़ते वह एक इंटरक्लास (उस जमाने में रेलगाड़ियों में प्रथम, द्वितीय एवं तृतीय श्रेणी के अलावा एक इंटरक्लास का ड्योढ़ा डिब्बा भी होता था, जो आजकल के आरक्षित द्वितीय श्रेणी के शयनयानों जैसा होता था) के डिब्बे में घुस आई। उसे उसमें चढ़ते देख उस डिब्बे में बैठे सारे-के-सारे यात्री विरोध में चीखने-चिल्लाने लगे।

डिब्बे में चढ़ आने के बाद भी, उसे बैठने की कोई जगह नहीं मिली। वैसे उस डिब्बे में जगह की कोई कमी नहीं थी। सुसभ्य समाज के एक माननीय बंगाली-महोदय अपने सारे बंडल-बिस्तर और सामान को बैठने की सीट पर फैलाकर ही पाँव पसारे बैठे थे। अगर वे जरा सा भी सरक जाते तो उस वृद्धा को बैठने की जगह बहुत आसानी से दे सकते थे। सरककर जगह तो उन्होंने नहीं दी, परंतु उपदेश देने से नहीं चूके, "घुसने को तो डिब्बे में घुस आई, अब जरा यह तो बताओ बुढ़िया कि बैठोगी कहाँ?"

"मैं आप लोगों के पैरों के पास फर्श पर ही जैसे-तैसे बैठ जाऊँगी, भाई साहब! बस दो ही स्टेशनों की तो बात है, उसके बाद रेलगाड़ी जहाँ रुकेगी, बस वहीं उतर जाऊँगी। आप लोगों को बहुत अधिक देर तक असुविधा नहीं पहुँचाऊँगी।"

उन्हीं सज्जन के जूतों के जोड़ों को थोड़ा सा सरकाकर वह उनके पैरों के तलवों के पास ही बैठ गई। उनके बैठ जाने से भी कोई खास असुविधा किसी को नहीं हुई, क्योंकि एक तो वह वृद्धा काफी दुबली-पतली और साधारण कद-काठी की थी, दूसरे वह अपने उस शरीर को भी काफी सिकोड़-मरोड़कर बैठी थी। उस तरह बैठे रहने से उसे खुद ही काफी असुविधा थी। उधर प्लेटफॉर्म पर उस आदमी के बिस्तरबंद के फीते में पाँव उलझ जाने के कारण गिर पड़ने से पैर में जो मोच आ गई थी; अब घाव के ठंडा पड़ने पर वह अधिक टीस पैदा करने लगी। अब वह सहज-स्वाभाविक ढंग से बैठ भी नहीं पा रही थी। मोच आए पैर को उसने जो फिर ध्यान से देखा, तो पाया कि घाव लगी जगह पर सूजन आ गई है। पैर के फूलने और दर्द के लगातार बढ़ते ही जाने के कारण

अब उसके मन में एक भारी दुश्चिंता उठने लगी कि ऐसी हालत में वह इस डिब्बे से नीचे कैसे उतरेगी? बस दो स्टेशन बाद ही तो उतरना पड़ेगा! आनेवाले उस स्टेशन के प्लेटफॉर्म पर केवल उतरना ही तो नहीं है, बल्कि वहाँ से फिर दूसरे प्लेटफॉर्म पर जाकर एक और रेलगाड़ी पकड़नी है। जबकि अभी हालत यह है कि वह अपने पैर को हिला भी नहीं पा रही है; ऐसी हालत में तो खड़ा भी नहीं हुआ जा सकेगा। एक बार उसने उस डिब्बे में चारों ओर निहारा। डिब्बा अनेक बंगाली नागरिकों से भरा हुआ था। हालाँकि उनमें से ज्यादातर युवक थे, जो उसके बच्चों की उम्र के ही थे, कुछेक तो उसके नाती की उम्र के बराबर के भी थे। डिब्बे में उपस्थित लोगों को निहार लेने के बाद और अपने पहले के विभिन्न अनुभवों के आधार पर उसने अच्छी तरह समझ लिया कि आगे स्थिति क्या होगी! उनमें से कोई भी उसे खड़ा होने और फिर डिब्बे से नीचे उतरने में सहायता करेगा? इसकी उम्मीद वह नहीं लगा सकी। फिर भी अब तो यह मजबूरी ही थी कि उन्हीं लोगों से सहायता करने की याचना करनी पड़ेगी। नहीं तो और कोई उपाय ही कहाँ रहा?

उस वृद्धा को जिस स्टेशन पर उतरना था, रेलगाड़ी उस स्टेशन पर जा पहुँची। डिब्बे में बैठे वे सभी लोग हड़बड़ी में उतरने लगे, जिन्हें वहाँ उतरना था। परंतु उस वृद्धा की ओर किसी ने आँख उठाकर देखा तक नहीं।

"अरे, ओ भाई लोगो! जरा मुझे भी नीचे उतार दो न, मैं अपनी चोट लगी टाँग के कारण खड़ी नहीं हो पा रही हूँ।" वृद्धा ने जो यह करुण विनती की थी, वह डिब्बे में उपस्थित सभी लोगों के कानों में पहुँची। परंतु उनमें से अधिकांश सज्जनों ने ऐसी मुद्रा बनाई, जैसे लगा कि वे कुछ सुन नहीं सके।

एक सज्जन, जिनकी मुद्रा ऐसी थी कि उन्होंने सुन लिया है, बोल पड़े—"इस भिखमंगी औरत का साहस देखा आप लोगों ने? अरे, कहाँ तो बिना टिकट के ही इस इंटरक्लास डिब्बे में चढ़कर जा रही है और अब यह हम लोगों से सेवा भी करवाना चाहती है!"

हालाँकि उस महोदय ने उस वृद्धा को भिखारी समझा, परंतु वह वृद्धा-महिला न तो भिखारी थी और न ही पहनावे-ओढ़ावे या शक्त-सूरत अथवा आचार-व्यवहार में किसी भी तरह भिखारी दिखाई दे रही थी। उनके पास भी रेलवे का टिकट था; वह भी साधारण सेकंड क्लास का न होकर रिजर्व टाइप के इंटरक्लास का ही टिकट था।

एक अन्य सज्जन ने उससे भी और समझदारी भरा विचार प्रकट किया, "इस असहाय बूढ़ी-औरत को रास्ते पर छोड़ दिया है घरवालों ने। इसका कोई पति अथवा बेटा नहीं है क्या? कितनी हैरानी की बात है यह?" इतना कहकर सिगार के लंबे-लंबे कश खींचते और धुआँ उगलते हुए वह भी नीचे उतर गए। डिब्बे में जो लोग बाकी बचे रह गए थे, उनमें से दो-चार लोगों ने अपने टिफिन-कैरियर खोलकर भोजन करने में

अपना मन लगा दिया था। उस वृद्धा की दर्द भरी विनती उन लोगों के कानों में भी गई थी; परंतु उसकी ओर ध्यान देना उन लोगों ने उचित नहीं समझा। थोड़ी देर में वह वृद्धा अपने दोनों हाथों की टेक देकर किसी तरह घिसटते-घिसटते डिब्बे के दरवाजे के सामने पहुँच गई थी, परंतु नीचे उतरने का साहस नहीं कर पा रही थी।

"अरे ओ बुढ़िया! दरवाजे पर से हट जाओ।"—एक मारवाड़ी-सज्जन इतना कहकर उसके हटने का इंतजार किए बगैर ही अपने पैरों से उसे धक्का मारते हुए डिब्बे के अंदर जा घुसे। उसके पीछे-पीछे एक बहुत ही हट्टा-कट्टा बलिष्ठ शरीर का कुली भी चला आ रहा था। उसके सिर पर एक बहुत भारी सूटकेस और बँधा हुआ बिस्तरबंद रखा था। कुली के पीछे एक छोकरा भी चढ़ता चला आ रहा था, जिसने अपनी आँखों पर नीला चश्मा लगा रखा था तथा पैरों में चप्पल पहने हुए था। उसकी साज-पोशाक रंग-बिरंगी और बड़े विचित्र प्रकार की थी। उसने एक विचित्र प्रकार की मुद्रा बनाते हुए कहा, "दयामयी! कृपया रास्ता तो छोड़ें। ठीक दरवाजे पर क्यों विराजी हुई हैं?"

"अब तुम्हें कैसे बतलाऊँ, बेटा! पैर में बहुत जोर से मोच आ गई है। इसी वजह से मैं नीचे उतर नहीं पा रही हूँ।"

"ओह, अच्छा तो यह बात है। ठीक है, जरा मैं देखकर आता हूँ कि कहीं से अस्पताल का स्ट्रेचर उठाकर ला पाता हूँ।" कहकर वह विचित्र हाव-भाववाला छोकरा प्लेटफॉर्म की उस भीड़ में ऐसा खो गया कि फिर उस दरवाजे पर लौटा ही नहीं।

थोड़ी देर पहले जो बलिष्ठ शरीरवाला कुली अपने सिर पर बक्सों का बोझा लिये हुए डिब्बे में घुसा था, वह बाहर जाने के लिए अब खुले माथे होकर लौट रहा था। बाहर उतरने के लिए जगह खाली न देख वह वहाँ आकर खड़ा हो गया और बोला—"माई जी! जरा कृपा करके थोड़ा हटकर बैठो न! आप नाहक आने-जाने के रास्ते पर क्यों बैठ गई हैं?"

उसकी बात सुनते ही वृद्धा कुहर-कुहरकर रो पड़ी—"मुझे बैठना नहीं है, इस स्टेशन पर अभी उतरना है; मगर उतर नहीं पा रही हूँ। मेरे पैरों में इतनी गहरी चोट लगी है कि क्या बताऊँ बेटा!"

"ओह, यह बात है? आपको जाना कहाँ है?"

"गया शहर।"

"अच्छा तो अभी आगे दूसरी गाड़ी में चढ़ना भी है। कोई चिंता-फिक्र नहीं। आइए, मैं आपको ले चलता हूँ।" जिस तरह से एक हृष्ट-पुष्ट बड़ा पुरुष एक नन्हे बच्चे को हाथों में घेरकर गोद में उठाकर अपनी छाती से लगा लेता है, ठीक उसी प्रकार उस कुली ने उस वृद्धा को अपनी दोनों बाँहों में भरकर गोदी में उठा लिया। फिर उसी तरह उठाए-उठाए ही वह उन्हें सीधे प्रथम-श्रेणी के प्रतीक्षालय वाले कमरे में लेकर चला गया। वहाँ उसे एक जगह पर बैठाते हुए बोला, "माईजी! आप यहीं पर आराम से बैठिए। गया

शहर जानेवाली रेलगाड़ी के आने में अभी थोड़ी देरी है; परंतु आप घबराइए नहीं, मैं ठीक समय पर आकर आपको ले जाकर आपकी रेलगाड़ी के डिब्बे में चढ़ा दूँगा।"

प्रतीक्षालय के फर्श पर ही वृद्धा थोड़ी आराम की मुद्रा में बैठ गई। उस कमरे में लंबे हत्थों पर पैर फैलाकर आराम से बैठी जा सकनेवाली दो आरामकुर्सी पर अंग्रेजी सूट-बूट में सजे-धजे दो बंगाली सम्मानित व्यक्ति अपने-अपने पैर पसारे लंबी ताने लेटे हुए थे। एक सज्जन दैनिक समाचार-पत्र पढ़ने में व्यस्त थे, जबकि दूसरे के हाथ में अंग्रेजी-भाषा की एक मोटी सी किताब थी। उस किताब के मुख पृष्ठ पर मुसकराती हुई मुद्रा में एक अर्धनग्न युवती की तसवीर छपी हुई थी। उसकी मुसकान को देखते हुए उस वृद्धा के मन में आया, जैसे वह युवती उसकी ओर देखकर उसकी दुर्दशा पर व्यंग्य की हँसी हँसती जा रही है।

उन दोनों सज्जनों के बीच जो बात शुरू हुई, उससे लगा कि वह अभी इसी क्षण आरंभ नहीं हुई है, बल्कि उसके संबंध में काफी कुछ आलोचना-प्रत्यालोचना पहले से होती चली आ रही थी। अब बात इसतरह शुरू हुई, "सभ्य-समाज का नागरिक शिष्टाचार का रिवाज, कोई उन्हीं पश्चिमी देशों की जागीर थोड़े ही है। स्त्रियों के प्रति अति शालीन शिष्टाचार निभाने की प्रथा हमारे अपने इस देश में बहुत प्राचीनकाल में भी थी—यत्र नार्यस्तु पूज्यन्ते, रमन्ते तत्र देवता (स्त्री जाति की जिस स्थल पर पूजा होती है; वहीं देवता लोग प्रसन्न मन से निवास करते हैं)—यह सुविचार हमारे पुराने स्मृति-शास्त्र में महाराज मनु ने ही लिख रखा है, महाशय!"

जो सज्जन नग्न-स्त्री के चित्रोंवाली अंग्रेजी-भाषा की पुस्तक पढ़ रहे थे, उनकी हड़बड़ाहट देख ऐसा जान पड़ा, जैसे यह वाक्य उनके लिए पहली-पहली बार सुनी हुई कोई खबर हो, जिसके बारे में पहले से वे कुछ जानते ही न थे। वे आवेश में उठ खड़े हुए, "अरे वाह! यह आप क्या कह रहे हैं? आपने पहले क्यों नहीं बताया? यदि मैं इस बात को पहले से जानता होता, तो फिर उस अंग्रेज साले को यों ही छोड़ देता क्या? भला बतलाइए, महाराज मनु के जमाने में भी हमारे देश में स्त्री-जाति के प्रति अतिशय शिष्ट और शालीन शिष्टाचार निभाने की परंपरा थी। हम लोग महा पिछड़े हुए बर्बर और जंगली नहीं थे। यह बात मैं उस छोकरे को अच्छी तरह समझा देता।"

वृद्धा ने अनुमान लगाया कि लगता है कि इससे पहले अंग्रेज-जाति का कोई ब्रिटिश साहब यहाँ बैठा होगा, जिसकी भारतीयों के व्यवहार पर और उनकी सभ्यता पर की गई किसी टिप्पणी से ये लोग आहत हो गए थे। उसे लगा कि इन लोगों को उससे तर्क-वितर्क में अवश्य ही मुँह की खानी पड़ी होगी। संभव है कि उस गोरी चमड़ीवाले साहब ने अंग्रेजी पोशाक पहननेवाले काली-चमड़ी के इस बंगाली नौजवान को जंगली और बर्बर कहकर व्यंग्य कर दिया हो! यह सोचकर उन्होंने मन-ही-मन बुदबुदाते हुए

कहा, 'इसमें कुछ गलत ही क्या है ? मेरे प्यारे नौजवान बालको! तुम लोग अभी भी बर्बर, हिंसक, जंगली और असभ्य ही हो। वैसे शिष्टाचार तुम लोगों में है भी; विशेषकर स्त्रियों के प्रति अति शालीन नागरिक शिष्टाचार तो है ही, परंतु वे सब केवल युवतियों-कन्याओं के साथ व्यवहार करते समय ही दिखाई पड़ता है, औरों के मामलों में वह हवा हो जाता है।' बँगला-भाषा के अलावा वृद्धा संस्कृत और अंग्रेजी का भी सामान्य ज्ञान रखती थी, क्योंकि उस जमाने में अंग्रेजी-माध्यमवाले बेथुन-स्कूल में उसकी शिक्षा-दीक्षा हुई थी।

तभी उस दूसरे बंगाली सज्जन की दृष्टि इस वृद्धा पर पड़ी। वे यकायक उबल पड़े, "अरे-अरे! ये औरत इस जगह पर कहाँ से आ घुसी ?"

"लगता है, कोई भीख माँगनेवाली होगी, कुछ पाने की तलाश में घुस आई होगी!" दूसरे बंगाली भद्रपुरुष ने अपने द्वारा लगाए गए अनुमान का खुलासा किया।

"सच कहते हो, भाई! हमारा यह पूरा देश ही भिखारियों से भर गया है। स्वतंत्रता मिलने के बाद से तो भिखमंगों की संख्या बड़ी तेजी से और भी बढ़ गई है। कुछ तो माँग-माँगकर परेशान कर देते हैं, परंतु सभी तो वैसे नहीं हैं। कुछ ऐसे भी होते हैं, जो मुँह खोलकर नहीं माँग पाते।"

फिर तो दिखाई पड़ा कि बंगाली सुसभ्य नागरिक महोदय ने अपनी जेब से एक पैसा निकालकर फेंक दिया।

उनके ऐसा कर गुजरने पर भी वृद्धा पहले की ही तरह निर्विकार भाव से बैठी रह गई।

"अरे, ओ बुढ़िया! वह पैसा उठा लो, वह पैसा मैंने तुम्हें दिया है।"

इतना होने भी वृद्धा ने अपने मुँह से जबान नहीं खोली।

ऐसा होते देख उस दानदाता सभ्य-सुसंस्कृत सज्जन के मन में यह संदेह हुआ कि संभव है, यह बुढ़िया बंगाली नहीं है, इसलिए परिष्कृत बँगला-भाषा में कही हुई उनकी बात को समझ नहीं पा रही है। तब उसने राष्ट्रभाषा हिंदी का व्यवहार किया। राष्ट्रभाषा का ज्ञान उन्हें अभी कुछ पहले ही तब हुआ था, जब अपनी नौकरी में सुविधा पाने के उद्‌देश्य से उन्होंने राष्ट्रभाषा-हिंदी की एक परीक्षा उत्तीर्ण की थी।

"उस पैसे को मैंने तुम्हें ही दिया है। तुम बिना डरे ही उसे उठा लो।"

उसकी यह बात सुनकर इस बार वृद्धा चुप नहीं रह सकी। वह परिष्कृत बँगला भाषा में कह उठी, "हे महाशयो! मैं कोई भीख माँगनेवाली नहीं। जिसतरह से आप लोग भारतीय रेल के यात्री के रूप में यहाँ हैं, मैं भी भारतीय-रेल की एक यात्री हूँ।"

"अच्छा, तो फिर इस प्रतीक्षालय में क्यों आ गई हो ? तुम्हें यह तो पता ही होगा कि यह कोई साधारण कमरा नहीं है, बल्कि यह उच्च-श्रेणी के टिकटधारकों का प्रतीक्षालय है।"

"जी महाशय! मुझे सब मालूम है और मेरा अपना रेल-टिकट भी उसी श्रेणी का है।" इतना वह कह ही पाई थी कि दूसरे ही क्षण बलिष्ठ कायावाला वह कुली दरवाजे पर आता हुआ दिखाई पड़ा और वहीं से चिल्लाया, "उठिए माईजी! अब चलिए। गया शहर को जानेवाली रेलगाड़ी प्लेटफॉर्म पर आ लगी है।" फिर करीब आकर उसने अपनी बलिष्ठ-भुजाओं में फिर से एक नन्हे बच्चे की तरह उस वृद्धा को गोदी में उठा लिया और उन्हें सँभालकर बाहर लिये चला गया।

गया शहर जानेवाली यात्री रेलगाड़ी में थोड़ी भीड़ थी; परंतु कुली बहुत ही मजबूत कद-काठी का था। आज के जमाने में शारीरिक-शक्ति की सभी जगह विजय होती है, अतः अपनी इस क्षमता का लाभ उठाते हुए अन्य यात्रियों को डाँट-डपटकर उन्हें सरकाते हुए डिब्बे की एक बैंच के कोने के स्थान में आराम से बैठने की एक अच्छी जगह पाने में सफलता प्राप्त कर ली। उसने वृद्धा को बहुत आराम से वहाँ बिठा दिया। वह जैसे ही डिब्बे से बाहर जाने लगा, वृद्धा ने उसका हाथ पकड़कर उसे दो रुपए दिए।

वृद्धा के इस व्यवहार पर उस कुली के साथ हिंदी-भाषा में जो उनका वार्त्तालाप हुआ, उसका सारांश इस प्रकार है—

"नहीं माँजी! मैं इतने पैसे नहीं ले सकता। मेरी मजदूरी वस्तुतः कुल आठ आना की ही हुई। फिर आप मुझे आठ आने की जगह ये दो रुपए क्यों दे रही हैं?"

"अरे, वाह! तुमने मेरे लिए इतना कुछ किया। उसका क्या कोई मूल्य नहीं? ले बेटा! मैंने जानबूझकर ही थोड़ा अधिक दिया है।"

"नहीं माँजी! आप मुझे कृपया क्षमा करेंगी। मैं एक मजदूर हूँ और अपनी मजदूरी की ही रोटी कमाता हूँ। मैं अपना धर्म बेचनेवाला नहीं हूँ।"

"नहीं रे! तू तो मेरा बेटा है, बेटा! बेटे का ही तो काम तुमने किया है। जबकि माँ होकर भी मैंने तुम्हें अपना दूध नहीं पिलाया था। आज इस घड़ी में जो ये मामूली से अधिक पैसे दे रही हूँ, उन्हें उस दूध का दाम समझकर ही रख लो, बेटा! जाओ खुश रहो। सुखी रहो। दीर्घायु हो। भगवान् तुम्हारा मंगल करें।" कहते-कहते वृद्धा का गला भर आया। उनकी आवाज काँपने लगी। उनकी दोनों आँखों के कोनों में आँसू की बड़ी-बड़ी बूँदें झिलमिलाने लगीं।

कुछ देर के लिए तो वह कुली आश्चर्यचकित हो काठ-सा खड़ा ही रह गया था, परंतु उसके थोड़ी ही देर बाद उसका सिर अपने आप वृद्धा के चरणों में झुक गया। बड़े आदर के साथ उस वृद्धा को प्रणाम कर वह रेलगाड़ी के उस डिब्बे से नीचे उतर गया।

□

एक झाँक देव शिशु

–ज्योतिरींद्र नंदी

साहब लोगों की मोटर-कारें प्राय: बीच रास्ते में ही अटक जाया करती हैं। यंत्र ही तो हैं। यंत्र कोई मनुष्य तो है नहीं, कि मनमाफिक चला करे। अलावा इसके मनुष्य भी क्या नहीं अटकता है? खूब अटकता है। मनुष्य के भीतरी कल-पुर्जों के बिगड़ जाने पर डॉक्टर बुलाना पड़ता है। एंबुलेंस लानी पड़ती है, अस्पतालों की दौड़-धूप लग जाती है; क्योंकि मनुष्य का जीवन बहुत मूल्यवान् है।

फिर भी साहब लोगों की एक-एक कार का मूल्य क्या कुछ कम है? कल-पुर्जों के बिगड़ जाने पर कार जब बीच रास्ते में अचल हो जाती है, तब साहब लोग मनुष्यों की खोज करते हैं। अनेक मनुष्य आकर, अनेक हाथों का जोर लगाकर कार को ठेलते हैं। ठेलते-ठेलते उसे गैरेज में पहुँचाते हैं, जिसे कारों का अस्पताल कहते हैं।

प्रखर दुपहरी की वेला है यह। बीच रास्ते कार के अटक जाने पर साहब लगातार पसीने-पसीने हो रहे हैं। किंतु मनुष्य कहीं है ही कहाँ? इस जगह चील-कौए भी तो कहीं नहीं दिखाई पड़ते। अन्य दिनों तो सड़क के किनारे लटके लैटरबॉक्स की छाया में एक देशी कुत्ता पड़ा-पड़ा सोता रहता था। आज वह जगह भी सूनी है।

साहब चिंतित हुए। मुँह पर, विशेषकर आँखों में उद्वेग छा गया।

लाल लैटरबॉक्स की छाया में जब वह लाल देशी कुत्ता नहीं है तो मानना पड़ेगा कि वे सब भी आसपास में नहीं हैं। यह अनुभव करके साहब ने रूमाल से ललाट का पसीना पोंछा।

उस कुत्ते का नाम है 'लालू'। उन सभी ने ही उसे यह नाम दिया है। कुत्ता उनका दोस्त है। लालू उन्हें छोड़कर कहीं एक मिनट भी नहीं रह सकता। लालू को छोड़ वे भी कहीं नहीं रह सकते। तो फिर?

साहब आँखें घुमा-फिराकर इधर-उधर देखते हैं। इसी समय गरमी की भरी दुपहरी में वे सब, साहब जिन्हें मन-ही-मन खोज रहे हैं—घेनू, नानू, हूदा, भोंदा, बेंदा, छोटका

एवं उनके और भी कौन-कौन से साथी—चिल्ल-पों मचाते हुए हाइड्रांट (सड़क के किनारे के बंबू) से बहते पानी के पनाले के मटियाले पानी में छपक्-छपक् नहाते हैं। ही-ही हँसते हैं, जिससे उनके दाँत दिखाई पड़ते हैं, चित्र-विचित्र—झाईं पड़े पीले दाँत, कीड़ा खाए दाँत, टूटे हुए दाँत! दाँत हैं सबके ही। एक-एक के बत्तीस-बत्तीस दाँत। दाँतों से काट बैठें तो कितने ही दिनों के लिए खाट पकड़वा दें; किंतु किसी को भी काटते नहीं वे। नहाते हुए पानी छिटकारते हैं और बाकी समय धूल। ज्यादा-से-ज्यादा एक-दूसरे के शरीर पर थूक छिटकाते हैं, लेकिन अन्य किसी के ऊपर कभी नहीं थूकते। अपने में ही यह सब खेल खेलते हैं। बिना गंजी-कमीज के नंगे, खुले पेट-पीठ, उन्मुक्त देह, झाड़ू की तीलियों की तरह खोंचे-खोंचे खड़े बादामी बाल और धूप में जले रूक्ष शरीर को भिगो-भिगोकर, नंगे होकर जब वे स्नान करते हैं तो देखने लायक होते हैं।

आज वह जगह एकदम खाली है। साहब रुमाल से गरदन का पसीना पोंछते हैं। एक झुंड कौवे नाचते-नाचते हाइड्रांट के करीब आ गए हैं। वे सब नहीं हैं तो कौए ही जी भर नहा रहे हैं। यही तो बात है, गए कहाँ सब? साहब गाड़ी से बाहर निकल आते हैं। सड़क के किनारे गुलमोहर की छाया में खड़े होकर अनुसंधानी आँखें घुमा-घुमाकर इधर-उधर देखते हैं।

तभी तो; साहब फिर सोचते हैं। इस समय कुली-मजदूर कहाँ मिलेंगे कि उनकी कार ठेलकर गैरेज में पहुँचा दें। कुली-मजदूर तो इस समय कारखानों में, रेलवे-स्टेशनों पर, जहाज-घाटों पर अथवा इस बाजार से उस बाजार तक व्यापारियों के गोदामों में बिखरे हुए हैं। माल चढ़ा रहे हैं, उतार रहे हैं। रास्ते की एक ऐंबेसडर कार ठेलने वे क्यों आएँगे? अतएव वे सब, नानू, घेनू, हूदा, भोंदा एवं उनके संगी-साथी, दोपहर, संध्या रात जब भी कोई मोटरगाड़ी अटक जाती है, सीटी बजाकर बुलाने पर वे सब दौड़े चले आते हैं। वे सब तभी दस, पंद्रह, बीस हाथ लगाकर कार ठेलना शुरू कर देते हैं। इनमें से एक-एक की उम्र आठ, दस, तेरह वर्ष है, इससे अधिक नहीं। थोड़ा और बड़ा होने पर वे जवान मर्द होकर बाजार में, स्टेशन पर अथवा जहाज-घाटों पर फैल जाएँगे और तब उन्हें पाया नहीं जा सकेगा।

भले ही उनके चिचके-पिचके शरीर हों, बगुले की ठोर की तरह लिक-लिके हाथ-पैर हों, मुरगे की चोंच की तरह पतले मेरुदंड हों, फिर भी वे मजे में कार को ठेल सकते हैं। जहाँ दो कुली से ही काम चल जाता है, वहाँ उनके तो एक झुंड की जरूरत होती है। साहब लोगों ने इसी से नाम रखा है, मनुष्यों के बच्चे होना तो खैर संभव ही नहीं—बस, केवल देवता ही जिनके बाप हो सकते हैं, ऐसे देवशिशु यानी कि जिन्हें अपने द्वारा पैदा किया हुआ माननेवाला कोई मनुष्य न हो वे देवता से उत्पन्न अनाथ आवारा 'एक झुंड आवारा बच्चे!' कहाँ से वे आए हैं? कौन उनके पिता हैं? कौन माँ हैं? कुछ भी जबकि

जाना नहीं जा सकता। यह एक झुंड आवारा बच्चे दस, बीस, पच्चीस हाथ लगाकर गड़गड़ करते कार को जब ठेलते रहते हैं, साहब स्टीयरिंग पर हाथ रखे आह्लादपूर्वक आँखें बंद किए बैठे रहते हैं और वे सब भी तब सीटी बजा-बजाकर गाना गाते हैं। उनके भी आह्लाद की सीमा नहीं रहती। साहब लोगों की कार सड़क पर अटक जाने से वे बेहद खुश होते हैं। उसका कारण भी है। ऐसी अनमोल चमकदार कार चीज को जो वे छूने का अवसर पा गए हैं! केवल छू पाना ही क्यों? कुछ क्षणों के लिए कार उनकी मुट्ठी में आ जाती है। केवल क्या वे उसे गैरेज में ही पहुँचा सकते हैं? चाहने पर भी वे उसे ठेल-ठेलकर मैदान में नीचे उतार सकते हैं। जंगल में घुसा सकते हैं। पोखरे के पानी में गिरा देने से भी उन्हें कौन रोक सकता है? किंतु ऐसा क्या वे करते हैं? कभी नहीं। साहब आँख मूँदे बैठे रहते हैं। कार ठीक जगह पहुँच जाती है। गैरेज में पहुँचते ही रुक जाती है।

वैसे दिन-रात वे अवश्य ही कोई कम गाड़ियाँ नहीं देखते। उनके कानों को घिसती हुई, सिर को छूती हुई, बों-बों करती गाड़ियाँ भागती हैं। उत्तर से दक्षिण भागती हैं, तो पूरब से पश्चिम। दाएँ-बाएँ, आगे-पीछे—हर समय गाड़ियाँ दौड़ती ही रहती हैं; क्योंकि सड़क ही उनका घर है। सड़क पर ही उनकी रसोई होती है। खाना-पीना, टट्टी-पेशाब सभी कुछ का आश्रयस्थल सड़क ही है; और यह सड़क ही उनके खेलने का मैदान भी है।

दोपहर के समय थोड़ा खालीपन होता है। गाड़ी-घोड़ा कुछ कम चलते हैं। उस समय सिर के ठीक ऊपर सूर्य जलता रहता है। सड़क की पिच पिघलती रहती है। वे उसे कुछ भी नहीं गिनते। उत्तप्त पिघलती पिच के ऊपर पैरों के चट-चट शब्द गुँजाते वे परम आनंदपूर्वक कबड्डी खेलते हैं। किसी-किसी दिन आँख-मिचौनी खेलते हैं। विशेषकर जिस दिन रिम-झिम बूँदें पड़ती हैं, उस दिन का तो कहना ही क्या? सड़क पर छपा-छप पानी उछाल-उछालकर वे एक-दूसरे का हाथ पकड़ वृत्ताकार हो नाचते हैं। ही-ही हँसते हैं। लालू नामक वह कुत्ता भी तब उनके संग मिलकर नाचता है। अपनी लाल जीभ बाहर निकालकर पूँछ हिला-हिलाकर इन आवारा बच्चों के चारों ओर अनवरत दौड़ता रहता है। उस समय तो वे ही सड़क के राजा होते हैं।

किंतु आज वे सब कहाँ चले गए? एक भी नहीं दिखाई पड़ता! बिगड़ी हुई कार के पास खड़े हो अत्यंत विवर्ण-मुख से साहब चिंता कर रहे हैं। हाइड्रांट के पानी में कौए नहा रहे हैं। एक कटी पतंग बिजली के तार में फँसकर चरखी की तरह चक्कर लगा रही है। यह सब देखते हुए साहब सोचते हैं—'अपना यह राज्य छोड़ वे सब संभवतः अन्यत्र चले गए हैं।' इस बात पर विश्वास नहीं किया जा सकता। फिर भी बीच-बीच में ऐसा होता है। यहाँ की खेल-कूद छोड़ वे पतिंगे पकड़ने इधर-उधर चले जाते हैं अथवा कभी कंधे-से-कंधा मिलाए गोलाकार खड़े होकर कहीं बंदर का नाच या भालू के खेल देखते हैं। खेल खत्म होते ही तुरंत लौट आते हैं। लौटते ही यदि वे किसी साहब को बिगड़ी

कार लिये बीच सड़क पर खड़े हो आकाश-पाताल की चिंता करते देखते हैं, तब तो कुछ कहना ही नहीं। बिना देर किए ही कार को चारों से घेरकर पकड़ लेते हैं। तब ऐसा लगेगा, जैसे भौंरों का एक झुंड कार को गड़गड़ाते हुए लिये चला जा रहा हो।

ऐसा होने पर भी भौंरे की तरह वे हिंसक बिल्कुल ही नहीं हैं। काटना वे नहीं जानते, बल्कि काटने के स्थान पर बचाना ही उनका स्वभाव है। मैले, झिल्ली पड़े दाँतों को बाहर निकालकर वे केवल हँस सकते हैं। अपनी रक्त-शून्य, फीकी, बड़ी-बड़ी आँखें फाड़े एकटक पृथ्वी की ओर ताकते हुए प्रसन्न हो सकते हैं। वे सभी कुछ देखकर खुश होते हैं। साहब लोगों की कार अटक गई है। यह देखकर जैसे आनंदित होते हैं, उसी प्रकार धूल, ऐराफेल्ट के चिकने कणों को उड़ाते हुए उनकी आँखों को काना बनाते सों-सों करती एक-एक कार जो भागी जा रही है, उसे देखकर भी वे कम आनंदित नहीं होते।

और फिर साहब लोगों के घर के लड़के-लड़कियों को देखने पर! विशेषकर जब उनकी अपनी उम्र के बच्चे फिट-फाट सजे हुए, किताबों के बैग, टिफिन के बक्से, पानी की बोतलें हाथ में झुलाते हुए स्कूल जाते हैं। सड़क के एक किनारे खड़े हो ये उन्हें देखते हैं। इन्हें ऐसा जान पड़ता है, जैसे कोई आश्चर्यजनक अतिशय रंगीन शोभायात्रा देख रहे हों। कैसे रंग-बिरंगे परिधान एक-एक बच्चे के शरीर पर होते हैं! दूध-छेना, माखन-मिश्री खाए हुए कमनीय समुज्ज्वल शरीर। जिस प्रकार साहब लोगों की चक-चक, झक-झक कारें छू पाने पर इनके आह्लाद की कोई सीमा नहीं रहती, उसी प्रकार बहुमूल्य पोशाक धारण किए अपनी उम्र के इन सुंदर शिशुओं को भी यदि वे छू पाते तो कृतार्थ हो जाते। किंतु वह तो कभी संभव नहीं होता। उनके साथ नौकर या दरबान रहते हैं। किसी-किसी के अभिभावक भी। इन बालक-बालिकाओं को छूने की चेष्टा करने पर पकड़े जाने पर ये भीषण रूप से धमकी खाते हैं, गाली-गलौज सुनते हैं। इसके अतिरिक्त सुंदर-सुंदर वस्त्र धारण किए हुए, दूध-मक्खन खाए हुए, माखन की मूर्ति से वे बच्चे भी इस ओर, इन सबकी ओर बिल्कुल भी देखना नहीं चाहते। आँख-से-आँख मिलते ही मुँह फेर लेते हैं, नाक सिकोड़ते हैं।

किंतु इसके लिए ये सब, उनके परवाह करने की चीजें नहीं हैं। रास्ते के ये आवारा बच्चे, कभी भी मन खराब नहीं करते, अभिमान नहीं करते, क्रोध नहीं करते। ये समझते हैं कि फटे-मैले-कुचैले तार-तार चिथड़े कपड़े जो इनके शरीर पर हैं, वह भी तो सभी के शरीर पर नहीं हैं। उन्मुक्त दिगंबर मूर्ति है इनकी। मलिन, घृणित हाथ, पाँव, नाखून और बाल हैं इनके। अन्न के लिए तरसती हुई जर्जर देह है। भौंरे की भाँति मलिन, काला रंग है। साहब लोगों के बालक-बालिकाएँ अपने करीब इन्हें क्यों सटने देंगे? इसी से दूर से ही उन चमकते-दमकते बच्चों को देखकर ये प्रसन्न होते हैं। जब तक आँखें समर्थ होती हैं, ये उनकी ओर विस्मय-विमुग्ध हो देखते रहते हैं। कभी रिक्शे से, कभी कार पर चढ़कर ये आश्चर्यजनक बच्चे स्कूल जाते हैं। स्कूल से घर लौटते हैं।

और भी ललसाई असहाय चाहत भरी सतृष्ण नजरों जाने कैसे-कैसे सुंदर-सुंदर दृश्य वे देखते हैं। साहब लोगों की गृहिणियाँ, इन चमकते-दमकते चेहरोंवाले बच्चे-बच्चियों की माताएँ, आडंबरपूर्ण चमचमाती साड़ियाँ, जूता-सैंडिल, दमकते गहने पहने—नहीं, अनेक ऐसी होती हैं, जो गहना पसंद नहीं करतीं—हाथ में घड़ी पहनती हैं—रंग-बिरंगे बैग झुलाती टहलती हैं। जब वे घर से बाहर जाती हैं या बाहर से घूम-फिरकर घर लौटती हैं, तो उन्हें देखकर भी ये सब बेहद खुश होते हैं। इन गृहिणियों के साथ कितना कुछ होता है! नई साड़ियों के पैकेट, कुरता, कमीज, पैंटों के पैकेट, संदेश (मिठाई) का डिब्बा, सेब-अंगूर के दोने और बच्चों के लिए भाँति-भाँति के खिलौने। इन आवारा बच्चों में इन विभिन्न पदार्थों को छूकर देखने के लिए बड़ा लालच उपजता है। यहाँ तक कि कभी-कभी तो छूने के लिए ये हाथ बढ़ा भी देते हैं तथा गृहिणियों के पीछे-पीछे काफी दूर तक चले जाते हैं। यदि वे पैदल चलकर जाती हों, तभी। यदि कारों पर जाती हैं तो ये कारों के पीछे भी दौड़ते हैं, पर कुछ देर में इन्हें ठहर जाना पड़ता है। हाथ सिकोड़ लेने पड़ते हैं। इनकी इस स्पर्धा पर महिलाएँ दाँत किटकिटाती हैं, आँखें लाल करती हैं। डाँटकर कहती हैं—"भागो, भाग जाओ घिनौनो!"

ऐसी स्थिति में ये सब खड़े हो जाते हैं। फिर भी मुँह नहीं लटकाते। मूर्खों की तरह केवल हँसते हैं और फटी-फटी आँखों से गृहिणियों के हाथों में पड़े साड़ी, जूतों के पैकेट, संदेश मिठाई के डिब्बे, फलों के ठोंगों, गुड़ियों एवं खिलौनों को देखते हैं। स्वच्छ, चमकदार चेहरोंवाली मोटी-सोटी माताएँ मुँह घुमाकर चली जाती हैं, किंतु तब भी उन्हें सबकुछ अच्छा ही लगता है। मानो और एक सुंदर शोभायात्रा देखने का आनंद पाते हों! इनकी रक्त-शून्य फीकी आँखें कुछ क्षणों के लिए चमकदार हो उठती हैं और कुछ दूर तक रास्ते में इन बहुमूल्य गृहिणियों के पीछे दौड़ने का जो सुयोग ये पा गए हैं, इसी से परम तृप्त हो जाते हैं।

एक दिन, केवल एक दिन ही, एक गृहिणी के हाथ की एक चीज छूने का सुयोग इन्हें मिला था। किंतु सभी को नहीं। दल के केवल एक व्यक्ति को। भोंदा को।

एक दिन एक भद्र महिला रिक्शे पर चढ़कर घर लौट रही थी। साथ में बहुत सारे ठोंगे, डिब्बे और पैकेट लदे थे। कुछ गोदी में चँपे हुए थे, कुछ हाथों में पकड़े हुए थे। हठात् रिक्शे को एक झटका लग जाने से उनकी गोदी में का एक डिब्बा छिटककर सड़क पर गिर गया। संभवत: महिला इसका ध्यान ही नहीं कर पाई। रिक्शा जैसे टुन-टुन घंटी बजाता जा रहा था, उसी तरह चला गया होता। किंतु भोंदा ने उस गिरी हुई वस्तु को देख लिया, तत्क्षण लपककर उस डिब्बे को उठा लिया और रिक्शे के पीछे दौड़ने लगा; साथ-ही-साथ चिल्लाने लगा—

"हेइ रिक्शा, ओ रिक्शावाला!" रिक्शा खड़ा हुआ। परम आह्लादपूर्वक मुख को

अनेक प्रकार का बनाते हुए उस रंग-बिरंगे डिब्बे को महिला के हाथ में उसने पकड़वा दिया। डिब्बा पाकर वह महा आनंदित हुई। किंतु इतना होने पर भी, कि सड़क के एक छोकरे ने इतना बड़ा उपकार किया, यह समझते हुए क्या उन्होंने एक बार के लिए भी भोंदा के मुख की ओर देखा? बिल्कुल नहीं। उस समय तो गोदी में अन्य और पाँच डिब्बों और ठोंगों के संग इस खोए हुए डिब्बे को यत्नपूर्वक ठीक से रखने में वह व्यस्त हो पड़ी थी और देखते-देखते ही रिक्शा उसे लेकर दूर चला गया।

महिला भले न देखे, किंतु भोंदा की ओर देखनेवाले बहुत सारे लोग थे। उसके सभी साथी उसे परमातुर हो देख रहे थे। सभी दौड़े आए और भोंदा को हाथ फैलाकर गोदी में उठाकर आकाश में ऊपर उछालकर कंधों पर बैठा लिया। उसे जी भरकर देखा। उस क्षण तो भोंदा एक दर्शनीय व्यक्ति हो गया था; क्योंकि साहब लोगों की एक गृहिणी का एक मूल्यवान् डिब्बा छूने का सौभाग्य उसे मिला था। ऐसा अवसर चेष्टा करने पर भी आज तक किसी और को अभी तक नहीं मिला था। सच, भोंदा भाग्यवान् है! जिस हाथ से भोंदा ने सड़क पर गिरे डिब्बे को उठाकर महिला के हाथ में थमाया था, उस हाथ को लेकर न केवल साथियों में परस्पर छीना-झपटी होने लगी, बल्कि सभी भोंदा के उस हाथ को नाक के पास ले जाकर सूँघना चाहते थे। सचमुच भोंदा के हाथ में एक विशेष प्रकार की सुगंध बस गई थी। इस सुगंध से उनका कोई पूर्व परिचय नहीं था। भोंदा के हाथ को सूँघ-सूँघकर भी उनकी साध मिट नहीं रही थी।

"ओ भोंदा! उस डिब्बे में क्या था, किस चीज का डिब्बा था वह?"

"मैं क्या जानूँ? मैं भी तो सोच ही रहा हूँ। डिब्बा खोलकर तो मैंने देखा नहीं।" हँसते हुए भोंदा स्वयं अपना हाथ नाक के पास लाकर सूँघने लगा। उसके बाद पूरी साँझ उन्होंने सड़क के किनारे के कदंब वृक्ष की छाया में बैठकर इसी सोच-विचार में गुजार दी कि महिला के उस डिब्बे में संदेश मिठाई थी कि अमावट था अथवा साबुन वगैरह कुछ अन्य चीज? साड़ी या जूते का डिब्बा यदि होता, तब तो आकार में कुछ और बड़ा होता, लंबा-चौड़ा होता, आदि-आदि।

किंतु फिर आज इस समय वे सब कहीं चले गए? साहब मुँह उदास किए चिंतित खड़े हैं। गृहिणी को वचन दे आए थे कि कार लेकर जल्दी ही घर लौट आएँगे, तब दोनों जने मिलकर सिनेमा देखने जाएँगे।

अब यदि इसीतरह बीच रास्ते कार पड़ी रह जाए? अत्यंत चिंतित हो साहब नई सिगरेट सुलगाते हैं। नहीं, साहब नहीं जानते कि इस खरी दुपहरी में एक प्रगल्भ पुरवा हवा बह चली है। कार्तिक का महीना है। इस समय पुरवा हवा चलने की संभावना नहीं होती। किंतु कहते हैं न कि हवा की मरजी। कब किस दिशा की ओर बहेगी, कई बार उसका कोई ठीक ठिकाना नहीं होता।

इससमय दरअसल हुआ क्या ? यही पुरवा हवा एक आश्चर्यजनक सुवास उड़ाती ला रही थी। पहले तो वे—हूदा, भोंदा आदि समझ ही नहीं सके, यह किस वस्तु की मीठी मदमस्त कर देनेवाली सुगंध है। बाद में वे समझ पाए कि पूड़ी-कचौड़ियों के पकने की सुगंध है, मानो विशुद्ध गाय के घी में तल-तलकर हजारों-हजारों पूड़ियाँ कहीं पकाई जा रही हैं। तुरंत उन्हें याद आया कि बहुत दिन हुए उन सभी ने पूड़ी नहीं खाई। 'कभी खाई भी हैं'—यह भी याद नहीं कर सके। केवल सुना है। गरम-गरम पूड़ियाँ! गरम हलुवा! पूड़ी और मांस। पूड़ी और मछली की कलिया!

ऐसी वेला में आश्चर्यजनक घटना हुई। सोचने के साथ-साथ ही उनकी जीभ पर पानी आ गया। लार टपकने लगी और साथ-ही-साथ उन्हें प्रचंड भूख लग गई। भूख क्या लगी, मानो पेट में धू-धू कर आग जलने लगी। जलन का यह अहसास एकदम नया है। ऐसा और कभी नहीं हुआ। कितने ही लोगों को कितनी ही वस्तुएँ खाते वे देखते हैं। कितने ही मनुष्य अच्छे-अच्छे खाद्य पदार्थ खरीदकर ले जाते हैं, बराबर वे देखते हैं। सारा-का-सारा दिन वे रास्ते पर ही तो घूमते हैं। एक-एक दुकान पर न जाने कितने प्रकार की खाने की चीजें सजी रहती हैं। उन्हें देखकर भी उनकी जीभ पर पानी नहीं आता। पेट में इस तरह की आग भी नहीं जलती। वे अपना मनमाना खेल खेलते रहते हैं। नंगे होकर हाइड्रांट के पानी में नहाते रहते हैं। इसके-उसके शरीर पर पानी छिड़कते हैं, कीचड़ छिड़कते हैं और ही-ही हँसते हैं। जिस तरह थोड़ी देर पहले एशफेल्ट के ऊपर कबड्डी खेल रहे थे।

हठात् सबकुछ उलट-पलट गया। सारा खेल थम गया। एक साथ ही सभी खड़े हो गए। जिस दिशा से सुगंध आ रही थी, उसी पूरब की ओर मुख घुमाकर खड़े हो गए। उनका साथी कुत्ता, जिसका नाम लालू है, उनकी देखा-देखी वह भी पूरब दिशा की ओर मुँह उठाकर भौंकने लगा था। अर्थात् इशारे से उसने बताया कि उसने भी वह गंध पाई है। लगता है, कुछ अधिक ही टेर पाई है; क्योंकि कुत्ते की घ्राण-शक्ति अति प्रबल होती है। फिर एक सेकंड बाद ही लालू ने गरदन घुमाकर इन सभी अपने साथियों की ओर देखा, तत्पश्चात् पूरब की ओर दौड़ने लगा।

लालू का इशारा नेनू, घेनू, हूदा, भोंदा आदि को समझने को कुछ बाकी नहीं रहा। उन सभी ने भी तुरंत लालू के पीछे-पीछे दौड़ना शुरू कर दिया। लगभग चौथाई मील दूर तक एक साँस में दौड़ते हुए जाते-जाते वे एक अत्यंत चाकचिक्यपूर्ण भवन के सामने खड़े हुए। भवन के सामने के प्रांगण में एक विशाल मंडप छाया हुआ है। अनेक लोग दल-के-दल उसमें प्रवेश कर रहे हैं। कतार-की-कतार मोटरगाड़ियाँ खड़ी हैं। गाड़ियों से साहब लोग उतर रहे हैं, उनकी धर्मपत्नियाँ उतर रही हैं, उनके बालक-बालिकाएँ उतर रहे हैं, फिर फाटक को पार करते हुए अंदर चले जा रहे हैं।

जान पड़ता है, सभी निमंत्रित हो भोजन करने आए हैं। क्या विवाह है? जनवासा है? यज्ञोपवीत है या श्राद्ध?—कुछ तो निश्चय ही है। ऐसा न होने पर क्या इतने लोग खाने आते? इतने सुंदर व्यंजनों की मदमाती सुगंध फैलती? घेनू, नेनू, होंदा, भोंदा ने केवल पूड़ी-सब्जी की ही नहीं, अपितु मछली के विविध व्यंजनों, गोभी की रसदार तरकारी, चने की दाल, मछली और मांस की कलिया, पुलाव, चटनी तथा दही, रबड़ी, रसगुल्ला आदि की भुरभुरी गंध अनुभव की। लालू ने सबका पहले पता पाया। लंबी जीभ निकालकर वह होंठ पोंछ रहा था। उसे देख वे सब भी होंठ चाटने लगे। उनकी जठराग्नि पुनः नए रूप में धू-धू जल उठी। लालू की देखा-देखी सभी फाटक से सटकर खड़े होने गए। तभी दरबान एवं नौकर-चाकर 'हे-हे' करके उन्हें खदेड़ने दौड़े।

"ऐ, इधर मत आओ, इधर नहीं, हटो, जाओ भागो।"

डरकर सभी पीछे हट गए। थोड़ी देर बाद फिर वे फाटक की ओर बढ़े। नौकर-चाकर पुनः दौड़े आए, "फिर तुम सब आ गए यहाँ, यदि कुछ खाना चाहते हो, कुछ पाने की इच्छा है तो घर के सामने से दूर हटकर खड़े हो, नहीं तो मारते-मारते ठंडा कर देंगे।"

नौकरों की फटकार सुनकर फिर वे उस ओर बढ़ने का साहस नहीं कर सके। कुछ देर तक रास्ते के उस ओर खड़े रहने के बाद वे सोच-विचारकर भवन के पीछे हट आए।

किंतु यह उनकी मौलिक सूझ नहीं थी। लालू ही उन्हें इधर रास्ता दिखाते ले आया था। अब तो भोंदा इत्यादि की आँखें ही जैसे फटी की फटी रह गईं। उन्होंने देखा, जूठे पुरवों, परइयों, (मिट्टी की तश्तरियों) और केले के पत्तों का पहाड़ जम गया है। ऐसा लगा, जैसे कई हजार आदमी अब तक खाना खा चुके हैं। अलावा इसके और भी खाएँगे। फाटक के सामने कारों-पर-कारें आकर रुक रही हैं। दल-के-दल साहब लोग, उनकी पत्नियाँ और बेटे-बेटियाँ गाड़ी से उतर रहे हैं। जो भी हो, जूठे पत्तल और मिट्टी के बरतन चाटने वे यहाँ नहीं आए हैं। उन्हें जरूर कुछ इंतजार करना होगा। दो-दो बार भगाए जाने पर भी अंततः नौकरों से यह आश्वासन मिला है कि अंत में उन्हें भी कुछ खाने को दिया जाएगा। साहब लोगों की तरह वे भी पूड़ी-सोहारी, मांस, पुलाव और कलिया का कुछ भाग पाएँगे। संभव है, कुछ कम पाएँ। फिर भी बिना मुँह जुठारे उन्हें लौटाया नहीं जाएगा। थोड़ा कम खाना पाने पर भी वे संतुष्ट हो जाते हैं।

किंतु इधर की जगह कैसी अँधेरी-सी है। होगी ही। केवल एक ही घर तो नहीं है। कम-से-कम दसों घर आसमान में गला ऊँचा उठाए खड़े हैं और इन कई घरों का यह पिछवाड़ा है। सभी घरों का जंजाल यहाँ आकर जमा हुआ है।

'कुछ वे पाएँगे अवश्य।' भोंदा इत्यादि ने सोचा। उनका पाना उचित ही है। वे कोई बाहर के आदमी तो हैं नहीं। समझें तो इस मुहल्ले के लड़के हैं। साहब लोग, मालकिनें, उनके घर के बच्चे-बच्चियाँ, उनके सगे-संबंधी एवं साथी; भोंदा, हूदा के दल को रात-

दिन रास्ता-घाट में देखते रहे हैं। चौबीस घंटे सड़क पर ही वे खेलते-कूदते रहते हैं। लालू भी बराबर इस मुहल्ले में घूमता रहता है। अतएव उसको भी कुछ पाने की आशा है। कोई दूसरा दिन होता तो इस क्षण तक तो लालू जूठे पत्तलों में मुँह डुबो देता, किंतु आज उसने ऐसा नहीं किया। उसी ऊँचे भवन की ओर मुँह उठाए खड़े होकर निरंतर पूँछ हिलाने लगा। इस तरह काफी कुछ समय बीत गया। धैर्यपूर्वक वे इंतजार कर रहे थे। कूड़े-कचरे के जंजाल के टीले के बीच खड़े होने से कुछ बुरा लग रहा हो, ऐसी भी बात नहीं। इस मुहल्ले का अनेक जंजाल वे उलटते-पुलटते ढूँढ़ते रहते हैं। ढूँढ़ते-ढूँढ़ते कभी-कभी मणिमुक्ता भी पा जाते हैं, जैसे कि नेनू एक दिन एक पूरी पावरोटी पा गया था। भले ही बासी थी। सूखकर चिपक गई थी और पीठ की ओर से पूरी तरह जली हुई थी, फिर भी थी तो पूरी रोटी। घेनू एक दिन ढूँढ़ते-ढूँढ़ते एक टूटी हुई अंगूर की लच्छी पा गया था, केवल कमी यही थी कि उसमें दाग लग गया था, नहीं तो अंगूर अच्छा ही था। हूदा एक बार बीयर की खाली एक बोतल पा गया, कितनी चमकदार थी वह देखने में! विशुद्ध विलायती बोतल थी। दो दिन अपने पास रख लेने के बाद बोतलवाले को बेच देने पर हुदा ने पाँच पैसे पाए। क्या कोई कम लाभ हुआ? उस दिन तो भोंदा एक प्लास्टिक की उतनी बड़ी गुड़िया पा गया। मुँह और पेट जरूर कुछ पिचक गए थे। इतने पर भी कितनी बड़ी गुड़िया थी! इस प्रकार अनेक बार अनेक चीजें वे पा जाते हैं। बेंदा एक दिन स्प्रिंग कटी हुई टिन की मोटरगाड़ी (खिलौना) गंदगी का ढेर खोदते समय पा गया। किंतु सबसे ज्यादा अच्छी चीज मिली थी बेंदा के भाई मेंदा को। एक चेन लगी हुई गंजी! वैसे यहाँ-वहाँ कई जगह चूहे ने काट दिया था। इससे भी कोई हानि नहीं हुई। लगातार छह महीने तक मेंदा उस टकाटक लाल गंजी को पहन सका था। यद्यपि उसके शरीर के नाप से कुछ बड़ी थी। फिर भी ऐसी एक गंजी वह और कहाँ पाता? कौन उसे देता? इसी वजह से इस आशा में कि कुछ-न-कुछ वे पा जाएँगे, वे बराबर गंदगी के जंजाल को कुरेदते रहते हैं।

निश्चय ही आज का जंजाल केवल जूठे केले के पत्तलों और मिट्टी के गिलास, पुरवों आदि का है। उसमें कुरेदने लायक कुछ नहीं है। एक और भी विशेष बात है। भोजन की सुगंध एक वस्तु है और उच्छिष्ट-जूठन की गंध दूसरी वस्तु है। पत्तों पर लगी हुई कटी-फटी पूड़ियाँ, मांस का झोल, मछली के काँटे, चटनी, दही इत्यादि इतनी ही देर में जैसे सड़े से हो गए हैं और अत्यंत कुत्सित खट्टी शराब की दुर्गंध छोड़ रहे हैं।

इतना होने पर वे इस दुर्गंधपूर्ण आवर्जना के नाक के सामने होने पर भी प्रतीक्षा कर रहे हैं। इस बीच कम-से-कम कई हजार कौए उड़ते हुए आकर जूठन के इस पहाड़ पर बैठ यह-वह टटोलते हुए ठोंक-ठोंक खा रहे हैं। बहुत ज्यादा भोजन सामने छिंटा पड़ा था, इसी से कौओं के दल का भोजन समाप्त नहीं हो पा रहा था। जितना वे खा रहे हैं,

उससे अधिक काँव-काँव चिल्ला रहे हैं। उनकी आवाज क्रमशः बढ़ रही थी। फलतः उत्सव मनानेवाले घर की बातें, चिल्ल-पों अच्छी तरह सुनाई नहीं पड़ रही थी, समझ में कुछ नहीं आ रहा था। इन आवारा बच्चों के एक-एक व्यक्ति के आठ, दस, बारह, तेरह वर्ष के जीवन में इस प्रकार के जंजाल के सामने खड़े होकर कौओं और कुत्तों का चिल्लाना सुनने का अवसर कोई कम नहीं पड़ा था। जहाँ भी जंजाल होगा, वहीं कौए और कुत्ते होंगे ही। इस शहर में तो है ही, पृथ्वी पर सर्वत्र ऐसा ही नियम है।

जो भी हो, एक ही स्थिति में, एक ही स्थान पर खड़े-खड़े दस, पंद्रह, बीस मिनट—आधा घंटा बीत गया। उसके बाद भी वे खड़े रहे। वे समझ नहीं पा रहे थे कि अंततः उन्हें कुछ मिलना भी है कि नहीं? इधर भूख के मारे पेट की शिरा-शिरा मुख में आ जाने के उपक्रम में थी। इसके साथ ही सभी की उल्टी आने, माथा दर्द करने, आँख के सामने अँधेरे छाने जैसी अवस्था हो गई। वे इस विषय पर सोचने- विचारने लगे कि पुनः घूम-फिरकर वे फाटक के सामने जा खड़े हों या नहीं? नहीं, ऐसा नहीं हो सकता। नौकरों के दाँत किटकिटाने और दरबानों की लाठी का दृश्य याद आते ही वे अपने इस उत्साह से निरस्त हो गए। वे इस निर्णय पर पहुँचे कि यही बुद्धिमत्तापूर्ण कार्य होगा कि हम जहाँ हैं, वहीं रहकर प्रतीक्षा करें।

वाह- वाह! यहाँ ठहरे रहने से भी उन्हें लाभ हुआ ही। अन्यथा साहब लोगों के घर की यह सब कीर्तियाँ देखने का अवसर वे पाते नहीं। पूड़ी के बदले जलते हुए सिगरेट का टुकड़ा उनकी खाली देह पर गिरा। यह देख वे किंकर्तव्यविमूढ़ हो गए। इतनी बड़ी इमारत में क्या राखदानी का अभाव है? उन्होंने सोचा, 'हो भी सकता है, निमंत्रण खाने के लिए अनेक साहब लोग एक ही जगह पर इकट्ठा हुए हैं। मकान-मालिक कितनी राखदानी इकट्ठी करेगा?'

अतएव, साहब लोगों ने सोचा होगा कि रेलिंग से उछालकर जलते सिगरेट का टुकड़ा इधर के जंजाल की ओर फेंक देना बुद्धिमानी का कार्य होगा। भले ही साहब लोगों ने ऐसा मान लिया हो, किंतु साहब लोगों की गृहिणियाँ क्या कर रही थीं? निमंत्रित करनेवाले इस प्रासाद में अनेक महिलाओं की भीड़ हो गई थी। लगता है, गले तक पूड़ी-मांस-दही और रसगुल्ला ठसाठस भरकर वे लगातार पान चबा रही थीं और थोड़ी-थोड़ी देर पर प्रासाद के पिछवाड़े की ओर के बरामदे में आकर जर्दा-सुरती और पान की पीक उगल रही थीं। पान की सुट्ठी नीचे फेंक रही थीं। सिगरेट के जलते टुकड़ों की आग से नानू के कंधे और बेंदा के पीठ के चमड़े पर फफोले पड़ गए। इस बार पान की पीक पड़ने से भोंदा के सिर के सारे बाल और अचानक ऊपर मुँह उठाकर देखते समय मेंदा के कपाल, गाल सभी लाल हो गए। देखने से ऐसा लगा, जैसे एक साथ ही तीन-तीन पिचकारियों से छूटता हुआ रंग आकर उन दोनों के शरीर पर पड़ गया हो! इसके

अतिरिक्त और होता ही क्या? वस्तुतः तीन-चार गृहिणियाँ एक साथ ही पान की पीक और सुट्ठी फेंकती चली गईं, हालाँकि वे अच्छी तरह देख रही थीं कि नीचे बच्चों का एक झुंड इकट्ठा खड़ा है।

फिर भी इन आवारा बच्चों ने कोई गुस्सा नहीं किया। शुरू में थोड़ी देर वे अवाक् रह गए, उसके बाद फिर अवाक् भी नहीं हुए, बल्कि एक-दूसरे के मुँह की ओर देखकर बिना शब्द किए हँस रहे थे। उसके बाद भी और जो कांड घटित हुआ—अत्यंत अविश्वसनीय प्रकरण—भला, ऐसा किसी से कहा जाता है? उनकी ही उम्र के दस-बारह वर्ष के बड़े-बड़े लड़के—जैसे कि उस प्रासाद में मूत्रालय का अभाव हो—इस ओर के बरामद में दौड़ते आकर पटापट पैंट की बटन खोलकर रेलिंग के छिद्रों से छपाछप पेशाब करने लगे। जानबूझकर भोंदा आदि का मुँह, कपाल लक्ष्य कर पेशाब किया। एक बार कर चुकने पर भी उनका मन नहीं भरा। दो बार, तीन बार, बार-बार घूम-घूमकर आकर साहबों के लड़के पतलूनों की बटन खोल रहे थे, पेशाब कर रहे थे, मानो अत्यंत आमोद-प्रमोदपूर्ण खेल खेल रहे हों!

यह सब देख-सुनकर एक बार तो भोंदा-बेंदा आदि की इच्छा हुई कि खूब जोर से ठठाकर हँसे। यद्यपि वे हँसे नहीं। हँसकर करते भी क्या? तो फिर क्या मन के इस परिताप से वे रोने लगें? रोने से भी क्या होता? जो होना था, वही हुआ। वरन् जैसा कहा गया कि एक भारी लाभ ही उन्हें हुआ। वे परस्पर एक-दूसरे का मुँह ताक रहे हैं। जैसे कि एक व्यक्ति दूसरे से प्रश्न कर रहा हो कि क्या इसलिए जब ये साहब लोग महामूल्यवान् कारों पर चढ़कर घूमते हैं तो उन्हें देखकर हम सभी को इतना आनंद आता है? सज-सँवरकर जब मालकिनें बाहर निकलती हैं तो उन्हें छूने के लिए, उनके करीब सटने के लिए हममें इतनी अकुलाहट-व्याकुलता होती है? और स्कूलों में पढ़नेवाले उनके फूल जैसे सुकुमार लड़के-लड़कियों को, इन सुनहले चाँदों को आँख भरकर देखने की हम में इतनी साध होती है?

"ओ बेंदा! कुछ बोलता क्यों नहीं? भोंदा, कुछ तो जवाब दे।" इस समय तो भोंदा, हूदा, बेंदा, घेनू किसी के मुँह में जैसे जबान ही नहीं—सभी एकदम निःस्तब्ध। उन्हें आभास हुआ, जैसे पूड़ी-मांस आदि की भूख एकदम खत्म हो गई है। अतः घर के पिछवाड़े और खड़े रहने का अब कोई प्रयोजन नहीं रहा। घर का पिछवाड़ा छोड़ मुख्य-द्वार से घूमते हुए वे सड़क पर चले आए। फिर भी वहीं से हटकर आते समय और एक बड़ी घटना घट गई। नौकरों में से किसी ने हड़बड़ाकर दो कलसा गरम पानी ऊपर से नीचे उनकी ओर फेंक दिया। किसी और की देह पर तो पड़ा नहीं, पड़ा जाकर लालू की पीठ पर। गरमागरम छौंक लगने से लालू भयानक आर्तनाद करता हुआ काँय-काँय करने लगा। किंतु अपने साथियों की चुप्पी देख लालू भी तुरंत चुप मार गया। समझ गया

कि यहाँ रोने-चिल्लाने से कुछ नहीं होने का। सड़क पर आकर भोंदा आदि की देखा-देखी—कुत्ता होने पर भी लालू सबकुछ समझता है—दाँत निकाल-निकालकर सबके साथ वह भी ही-ही हँसने लगा; क्योंकि भोंदा, नेनू, घेनू की भाँति वह भी चमकते आईने के घृणित मैले पृष्ठ भाग को आज देख आया। एक ही साँस में दौड़ते हुए वे अपनी जगह लौट आए।

बिगड़ी हुई गाड़ी को पास में छोड़कर साहब बीच सड़क पर लँगड़े की तरह खड़े हैं। उन्हें देखकर साहब के मुँह पर हँसी फूटी—"तुम सब बच्चे अब तक कहाँ थे? तुम्हारी राह देखते-देखते साँझ हो गई।" एकदम काले शरीरोंवाले भौंरों के (इस) झुंड ने कार को तुरंत घेर लिया। साहब निश्चिंत हो, दरवाजा खोलकर भीतर घुस गए। दसों हाथों के धक्के से कार गड़गड़ाते हुए चलने लगी।

"तुम सब बातें करो। गाने गाओ। दूसरे दिनों क्या बातें नहीं करते, गाना नहीं गाते?"—कार में बैठकर साहब अत्यंत आह्लादित स्वर में बोले।

किंतु बात करने का समय कहाँ है? गाना भी वे किस क्षण गाएँगे? वही जो हँसी शुरू हुई थी, अभी भी वे अनर्गल ही-ही हँसते जा रहे हैं।

साहब ने खिड़की के बाहर गरदन निकाली—"आज तुम सबको क्या हो गया?" उन्हें ऐसा लगा, आज गाड़ी अधिक जोरों से दौड़ रही है। वे आज अधिक जोर लगाकर ठेल रहे हैं।

सूर्य का ताप कम हो गया है। इस समय घरों, वृक्षों, लताओं की छाया बड़ी हो गई है। छायाओं को पकड़ती हुई कार दौड़ रही है। पक्षियों की चहचहाहट बढ़ रही है। धीरे-धीरे साहब को डर लग रहा है। आगे-आगे पूँछ उठाकर लालू दौड़ रहा है। लालू के पीछे-पीछे गाड़ी लेकर ये आवारा बच्चे परस्पर ठेला-ठेली करते हुए दौड़ रहे हैं।

"अरे, गैरेज तो आ गया देख रहा हूँ।" साहब व्याकुल होकर कार के भीतर से चिल्लाते हैं, "हाँ, गैरेज आ गया।"

गैरेज पीछे छूट जाता है। वे खिक्-खिक् हँस रहे हैं।

"मेरा घर आ गया। आ गया। ओ, सुनो, रुको, खड़े हो।" साहब लगातार चिल्लाते हैं, किंतु वे उनकी बात पर ध्यान नहीं देते। रुकते नहीं, ठहरते नहीं। साहब का घर पीछे छोड़ कार लिये भाग रहे हैं।

"तुम सब मुझे कहाँ ले जा रहे हो?" साहब आर्तनाद कर उठे, "बताओ, भला मैं भी तो सुनूँ, कहाँ जाकर तुम सब रुकोगे?"

"लालू जहाँ ले जाए। लालू जहाँ जाकर ठहरे।" हँसते हुए उन सबने उत्तर दिया। हँसते-हँसते वे जैसे टूट-टूट पड़ रहे हों।

"तुम सबों का मतलब है क्या? ऐ नीचों के गिरोह!" किंतु नीचों का गिरोह कोई

बात नहीं करता। पतले, लक-लक हाथ-पाँव, बगुले के ठोर की तरह के मेरुदंड! एक-एक रत्ती के इनके शरीर में जैसे इस समय असुर का बल आ गया है। साँस टानते हुए उसे ठेलते जा रहे हैं, जैसे उनके लिए एक खेल हो! मानो कार उनके हाथों का एक खिलौना है। तोड़-फोड़कर सत्यानाश करके ही छोड़ेंगे अथवा इनका मतलब इसे सड़क के उस तरफ खड्ड के भीतर फेंक देने का है?

"ऐ, ऐ," साहब कूदकर कार से बाहर हो जाना चाहते हैं। उससे पहले ही कुत्ता एक ही कूद में एक भारी खड्ड को लाँघ जाता है और कार अंत में एक बहुत बड़े इमली के वृक्ष के तने से टकराकर झन-झन करती हुई थम जाती है। इसका मतलब कि विंडसील का शीशा चूर-चूर हो गया, बोनट टूट-फूट गया; साहब का सिर थोड़ा फट गया, खून बहने लगा। रुमाल से सिर बाँधकर दबाए हुए वे कार से बाहर उतरे।

"आँय," वे हाथ-पैर झटकते हुए गरज रहे हैं, "ऐ सूअरो के झुंड! भिखमंगों के छोकरो! तुम सबने साँप के पाँच पैर देख लिये हैं क्या? किस वजह से तुम लोगों का दिमाग खराब हुआ है? बोलो, तुम सबको अभी पुलिस से पकड़वाता हूँ।"

वे खड़े रह जाते हैं। कुछ बोलते नहीं। डरकर भागते भी नहीं।

"क्या हुआ था? सुनूँ, भूख लगी थी? मिजाज क्यों गरमा गया तुम्हारा?"

साहब चिल्लाते जा रहे हैं।

डबडबाई आँखों से एक बार उन सभी ने साहब को देखा, तत्पश्चात् एक साथ ही हाउ-हाउ करके रोने लगे, सभी के सभी।

□

जोदि

–सुनील गंगोपाध्याय

बाहर बच्चों का बढ़ता हुआ शोर-शराबा सुनकर बेगम जहाँनारा इमाम कमरे से बाहर निकलकर बरामदे में आ खड़ी हुईं। बेगम की उम्र अब सत्तर वर्ष हो चुकी है, फिर भी अभी बढ़ी हुई उम्र के निशान चेहरे पर नहीं उभरे हैं। अभी भी उनका मुखमंडल मृसण, माखन सा मुलायम बना हुआ है। उनके शरीर का रंग सफेद कमल जैसा है और मुँह पर संध्याकालीन सूर्य की ईषत लाल आभा चमकती है। आज चूँकि उत्सव-त्योहार का दिन है, अतः उन्होंने एक स्वच्छ सफेद सिल्क की साड़ी पहन रखी है।

अचानक ही भारी बरसात शुरू हो गई है। आँगन में उनके अपने नाती-नातिनों के अलावा मुहल्ले के जो तमाम लड़के-लड़कियाँ आतिशबाजी की फुलझड़ियाँ जला रहे थे, बम-पटाखे फोड़ रहे थे, वे सारे-के-सारे बरामदे में चढ़ आए। आँगन में ही एक बड़ी सी डलिया में बहुत सारी आतिशबाजी की चीजें रखी थीं, यकायक आई बारिश में सभी भीग गईं; इससे सभी बच्चों का मन दुःखी हो गया।

जहाँनारा बेगम की सबसे छोटी नातिन मिलि दौड़ी-दौड़ी आई और अपने नन्हे-नन्हे हाथों से उसने बेगम को अँकवार में जकड़ लिया। गाल फुलाते हुए दुःखी स्वर में बोली, "अइया! (दादी माँ) मेरी फुलझड़ी में रोशनी जल ही नहीं रही है। यह बारिश बहुत पाजी है। एकदम गंदी कहीं की!"

जहाँनारा बेगम हँस पड़ी। बारिश देखकर उनका मन खुशी से भर गया है। आज पूरे दिन असहनीय गरमी रही है। शब-ए-बारात के शुभ दिन पर यह बारिश न हो तो किसी-न-किसी अमंगल की आशंका होने लगती है। आज की रात में बहिश्त (स्वर्ग) से फरिश्ते धरती पर उतरेंगे, उनके उतरने के पहले-पहल बारिश के पानी से धुलकर इस धरती का स्वच्छ और पवित्र हो जाना ही उचित है। जहाँनारा बेगम को जहाँ तक याद आती है, प्रायः प्रत्येक शब-ए-बारात की साँझ को उन्होंने बारिश होते देखी है।

उन्होंने मिलि के माथे पर हाथ फेरते-फेरते बड़े दुलार से कहा, "अब तक तुमने

बहुत सारी आतिशबाजियाँ छोड़ लीं, बेटी! अब चलो, चलकर संदेश (एक प्रिय मिठाई) खाओ। क्या अभी भी तुम्हें भूख नहीं लगी?"

मिलि ने जवाब दिया—"नहीं, बिल्कुल नहीं। रेहाना ने तीन रंगीन रोशनियाँ जलाई हैं, मैंने अभी तक केवल एक ही जलाई है।"

जहाँनारा बेगम ने अपने एक दूसरे नाती को पास बुलाया और उससे कहा, "फिरोज! मिलि को दो-एक और रंगीन रोशनियाँ दो।"

"अरे, इस तेज बारिश में भला दुकान पर वह कैसे जाएगा?"

"छाता लेकर चला जाऊँगा। पैसा तो दो, अइया।"

आज के हँसी-खुशी के दिन बच्चे तो आनंद मनाएँगे ही। बारिश में भीगेंगे ही। कुछ-न-कुछ नियम-विरुद्ध करेंगे ही। इस उम्र में सबकुछ ठीक-ठीक बैठ जाता है। आज यदि कोई भी कुछ माँगे तो उससे इनकार करना ठीक नहीं है। उन्होंने कुछ जोर-जबरदस्ती से ही मिलि को गोद में उठा लिया। मिलि छूटने के लिए हाथ-पाँव फेंकने लगी। वह भी फिरोज वगैरह के साथ आतिशबाजी के सामान खरीदने दुकान पर जाना चाहती है। जहाँनारा बेगम ने समझाया—"तू मेरे साथ अंदर चलकर, मेरे करीब बैठकर ही जितना चाहो आतिशबाजी छुड़ाना।" फिर फिरोज से बोली, "फिरोज, तुम मेरा नाम बताकर कमरुद्दीन से बीस रुपए माँगकर ले जाना और ढेर सारी आतिशबाजी की चीजें लाकर मिलि को दे देना।"

मगर तभी (साँझ) की अजान (नमाज के लिए अल्लाह का नाम पुकारना) की आवाज हवा पर तैरती चली आई। नए मुआज्जिन (अजान देनेवाले) का गला बड़ा सुरीला है। कुछ देर तक जहाँनारा बेगम ठिठकी खड़ी सुनती रहीं। आज का दिन बड़ा ही मनभावन सुंदर है।

मिलि को साथ लेकर जहाँनारा बेगम घर की दूसरी मंजिल पर चली आईं। सफेद रंग का यह महल काफी बड़ा है। अभी कुछ वर्षों पहले ही यह जगह काफी खुली हुई, एकांत थी। इस महल के ठीक पीछे ही धान के खेत दूर-दूर तक फैले थे। बाईं ओर एक पोखरी थी और दाहिनी ओर चौधरी लोगों का आम का बाग। परंतु अब तो कलकत्ता शहर अपनी लंबी लपलपाती जीभ बाहर की ओर बढ़ाता, चारों ओर से ग्रामीण अंचल को ग्रास बनाता, निगलता बढ़ा चला आ रहा है। बारासात (बंगाल का एक शहर) तक तो पाताल रेल ही आ पहुँची है। चौधरी लोगों के आम के बगीचे को नेस्तनाबूद कर वहाँ अब टेलीफोन का कारखाना बना दिया गया है। दूसरी ओर की जो पोखरी थी, उसे पाट-पूटकर वहाँ कर्मचारियों के लिए छोटे-छोटे मकान बनाए जा रहे हैं।

आज से लगभग पाँच साल पहले जहाँनारा बेगम के पति का इंतकाल हो गया। पति काजी हसन हबीब महोदय बंगाल-पुलिस के डी.आई.जी. (पुलिस उप-महानिरीक्षक)

पद से सेवानिवृत्त हुए थे। उसके बाद भी उनके पास कई गैर-सरकारी संस्थानों से अच्छे-अच्छे पदों पर सेवा करने के प्रस्ताव आए, किंतु उन्होंने किसी को मंजूर नहीं किया। पूरी जिंदगी पुलिस की सेवा में लगा देने के बाद अपने अंतिम समय में उन्हें बागवानी करने का बड़ा शौक हो आया। महल के सामने जो थोड़ी सी जमीन थी, उसी में नाना प्रकार के रंग-बिरंगे फूल, बेलें-पौधे लगाकर वे उसी में बराबर मशगूल रहते थे। उसी की मस्ती में डूबे रहते थे। सवेरा होते ही उठकर एक हाथ में खुरपी और दूसरे हाथ में पानी देने का हजारा लिये, वे फुलवारी में आ जुटते थे। ऐसे ही एक दिन सवेरे-सवेरे ही अपनी इसी प्यारी फुलवारी में अचानक हृदयगति रुक जाने (हार्ट-अटैक) से वे उन्हीं प्यारे फूलों पर ही लुढ़क पड़े थे।

उस दुर्दिन के बाद से ही इतने बड़े परिवार की नौका की पतवार जहाँनारा बेगम ही सँभालती चली आ रही हैं। उनके चार पुत्र और तीन पुत्रियाँ हैं। अब तक सभी का विवाह हो चुका है। बड़ा लड़का लाहौर में नौकरी करता है। अब तो उसने वहीं पर एक मकान भी खरीद लिया है। उसकी दिली तमन्ना है कि माँ को कम-से-कम एक बार अपने पास ले जाए। इस घर से हवाई अड्डा कोई खास दूर नहीं है। हवाई जहाज से कुल दो घंटे में ही लाहौर पहुँचा जा सकता है, परंतु जहाँनारा बेगम तो पूरी जिंदगी में बस एक बार ही हवाई जहाज पर चढ़ी हैं—अपने पति के साथ अजमेर शरीफ की तीर्थयात्रा के दौरान। वह हवाई यात्रा भी उन्हें ठीक से रास नहीं आई थी। कानों में भारी आघात लगा था। उसके बाद से फिर हवाई जहाज में चढ़ने की उनकी इच्छा नहीं होती। रेल से जाने पर लाहौर पहुँचने में डेढ़ दिन लग जाता है, लेकिन सही बात तो यह है कि यह मकान और इस परिवार को छोड़कर जहाँनारा बेगम को कहीं भी जाने की इच्छा नहीं होती।

मझली लड़की सेलिना लंदन में रहती है। वहाँ उसने सिलहट (पहले असम अब बांग्ला देश का एक जिला) के रहनेवाले एक डॉक्टर से शादी कर ली है। अपने बाल-बच्चों के साथ वे दोनों परसों के दिन यहाँ आ पहुँचे हैं। सबसे छोटी बिटिया नीलोफर पिछले साल विधवा हो जाने के बाद से ही अपने दोनों बच्चों को साथ लेकर माँ के पास ही आ गई है। बड़ी बेटी हमीदा बनारस में रहती है। वह इस वर्ष नहीं आ सकेगी। उसका स्वास्थ्य ठीक नहीं है। बाकी सारे बेटे और उनकी बहुएँ सभी आ पहुँचे हैं। फलतः बहुत सारे लोगों से घर भर गया है।

छोटे बेटे सिराज ने एक हिंदू-कन्या से शादी कर ली थी। इस लड़के के लिए जहाँनारा बेगम को नानाप्रकार की परेशानियों का सामना करना पड़ा था। सिराज जब पाठशाला का एक साधारण विद्यार्थी था, तभी वह एक बार घर छोड़कर भाग गया था। बड़ी मुश्किल से किसी तरह ढूँढ़ने पर हरिद्वार में पाया गया था। जाँचने-पूछने पर मालूम हुआ कि उसने अकेले-ही-अकेले हिमालय की किसी चोटी पर चढ़ने का निश्चय किया

था। जब महाविद्यालय में पढ़ाई करने पहुँचा तो वहाँ एक उग्रपंथी राजनीतिक के दल में शामिल हो गया। जिसका बाप स्वयं पुलिस का एक बड़ा अधिकारी था, वही प्रशासन के खिलाफ जहाँ-तहाँ सभाएँ करता जुलूस निकालता फिरता था। काजी हसन हबीब ने एक दिन इसी बात को लेकर अपनी औरत से कहा, "जहाँनारा बेगम! बहुत संभव है कि एक दिन खुद मुझे ही तुम्हारे लड़के को गिरफ्तार कर जेल में ठूँस देना पड़े।" अपने पिता के हाथों तो सिराज को गिरफ्तार नहीं होना पड़ा, परंतु बिहार में किसान-आंदोलन में बढ़-चढ़कर हिस्सा लेने पर वहाँ गुंडों के हाथों बुरी तरह पीटे जाने पर तीन महीने चिकित्सालय में भरती रहकर किसी तरह प्राण बचा सका था।

विवाह के बाद सिराज काफी ठंडे दिमाग का हो गया है। वैसे अभी भी वह बाकायदा राजनीति करता है, लेकिन साथ ही एक उत्तरदायित्वपूर्ण नौकरी भी करता है। उसकी पत्नी दीपा 'बारासात महाविद्यालय' में पढ़ाती है। विवाह के बाद वे दोनों (पति-पत्नी) एक अलग मकान लेकर रहना चाहते थे, परंतु जहाँनारा बेगम इस पर एकदम खफा हो गईं। डाँटते हुए बोलीं, "तुम लोगों की यह सब मनमानी नहीं चलेगी। अपने इस महल में इतने सारे कमरे खाली पड़े हैं। इतने पर भी तुम्हें अलग से कमरा लेकर दूर जाकर रहने की इच्छा है। ऐसा हरगिज नहीं···!"

सिराज और दीपा की यही एकमात्र कन्या है—मिलि, जिसका पूरा नाम है मिलिता। जहाँनारा बेगम को यह नातिन बहुत ही पसंद है। बड़ी ही नटखट और शरारती लड़की है, मगर डाँट-डपट सुनकर बस खिलखिलाकर हँस पड़ती है। इधर कई दिनों से उसे सर्दी-खाँसी ने पकड़ लिया है, काफी कष्ट पा रही है। इस पर भी अगर आज कहीं बारिश में भीग गई। तो निश्चय ही बीमार पड़ जाएगी, इसी वजह से जहाँनारा बेगम उसे अपने पास रखना चाहती हैं। मिलि की माँ (दीपा) एक सम्मेलन में भाग लेने के लिए ढाका गई हुई है, दो दिन बाद ही लौट सकेगी।

अपने कमरे में आकर जहाँनारा बेगम ने मिलि के दोनों हाथों में नारियल से बने दो संदेश (बंगाल की प्रसिद्ध मिठाई) रख दिए। यह लड़की वैसे रसगुल्ला तो खाना पसंद ही नहीं करती, लेकिन नारियल से बनी मिठाइयाँ बहुत पसंद करती है।

इसके बाद जहाँनारा बेगम ने एक नन्ही-सी मेज पर 'कुरान शरीफ' खोलकर रखा और उसका पाठ करने बैठ गईं। शब-ए-बारात के दौरान बारंबार कुरान शरीफ का पाठ कर-करके मन को शुद्ध रखना पड़ता है। उधर बाहर बहुत जोरों से बारिश शुरू हो गई है। लड़के-लड़कियों का आतिशबाजी जलाने का तो सारा मजा ही खत्म हो गया है।

कुरान शरीफ का एक पन्ना पढ़ते-पढ़ते ही जहाँनारा बेगम का मन गंभीर रूप से उसमें तल्लीन हो गया। धुर बचपन से ही वह माता-पिता से कुरान शरीफ का पाठ सुनती रहीं। उन्होंने खुद भी उसे खूब मनोयोग से पढ़ा है। उसकी बहुत सारी सूरा (कुरान का

कोई अध्याय) तो उन्हें कंठस्थ हो गई हैं। फिर भी जितनी बार उन्हें पढ़ती हैं, उतनी बार वे और अच्छी, और अच्छी लगती हैं।

कुरान शरीफ की यह किताब उन्हें अब्बाजान ने खुद दी थी। यह कोई मामूली छपी हुई किताब नहीं है, बल्कि हाथों से लिखी-पांडुलिपि है। प्रत्येक पृष्ठ के किनारे सोने के पानी से रँगे हुए, अलंकृत हैं।

नारियल की दोनों मिठाइयाँ खा चुकने के बाद मिलि उनकी पीठ पर चढ़ गई और बोली, "अइया! आप क्या पढ़ रही हैं?"

जहाँनारा बेगम ने जवाब दिया—"मैं तो कुरान शरीफ पढ़ रही हूँ, बिटिया। तुम अपने खिलौने लेकर खेलो, मैं तब तक थोड़ा और पढ़ लूँ।"

मिलि ने दुलार भरे कुछ रूठे स्वर में कहा, "वे सब तो अभी तक कुज्जे-पटाखे वगैरह लेकर आए नहीं। अच्छा अइयाजी, आप मुझे कहानी सुनाइए।"

"ठीक है, सुनाती हूँ। तुम शांत होकर बैठो तो!"

"यह कौन सी किताब है? इसमें क्या राजा-रानी की कहानी है?"

"हाँ, वह भी है। पहले तुम मेरी पीठ से नीचे उतरकर मेरे करीब बैठो तो! हाँ, ठीक है, यही तो मेरी अच्छी बिटिया है। अच्छा सुनो—

" 'एक देश में नोमरूद नामक राजा रहता था। वह बड़ा ही घमंडी था, भयंकर रूप से नास्तिक और ईश्वर-विद्रोही था।' "

"ईश्वर-विद्रोही का क्या मतलब है, अइया?"

"ईश्वर है अल्लाह, भगवान्! जो इस अल्लाह से शत्रुता करता है, वही ईश्वर-विद्रोही कहलाता है। तो यह जो राजा नोमरूद था, वह सर्वशक्तिमान ईश्वर को तो मानता ही नहीं था, उलटे अपने को ही अल्लाह बतलाता था। उसका हुक्म था कि लोग उसे ही ईश्वर मानकर उसी की पूजा करें। सो उसके राज्य की सारी प्रजा उसी को अल्लाह समझकर उसकी पूजा-इबादत करती थी अथवा सब उसी की मूर्ति बनाकर उसे ही पूजते थे; लेकिन यह सब बहुत बुरी बात है।"

"क्यों? बुरी बात क्यों है?"

"अरे, राजा कोई अल्लाह तो नहीं है। उसके अलावा भी सुनो; उसी राजा के राज्य में इब्राहिम नाम का एक नागरिक रहता था। उसने राजा की इन बातों को मानने से इनकार कर दिया। वह राजा की पूजा भी नहीं करता था। एक दिन राजा ने उसे पकड़वाकर अपने पास बुलवाया और उससे पूछा, 'तुम मेरी पूजा क्यों नहीं करते?' इब्राहिम ने जवाब दिया—'मैं अपने अल्लाह के अलावा और किसी की भी इबादत नहीं करता।'

"इस पर राजा ने बड़े घमंड से कहा, 'मैं ही तो अल्लाह हूँ। फिर मेरी पूजा क्यों नहीं करते?' इस पर इब्राहिम ने कहा····"

तभी दरवाजे के करीब जूते चरमराने की आवाज हुई। जहाँनारा बेगम ने मुँह फेरकर उधर देखा। उनका बेटा सिराज एक दंपती (पति-पत्नी) के साथ इसी ओर आ रहा है। बेगम को किताब पढ़ने के लिए चश्मा लगाने की जरूरत पड़ती है, लेकिन पढ़नेवाले को इस चश्मे से दूर की चीजें दिखाई नहीं पड़तीं। दूर स्थित आदमियों को पहचाना नहीं जा सकता। अत: बेगम ने चश्मा उतारकर निहारा, तब पहचान पाईं कि सिराज के साथ दीपा के ही भाई और भाभी—जय और शाश्वती आए हुए हैं।

जहाँनारा बेगम जल्दी-जल्दी में खड़ी हों कि तभी जय और शाश्वती आगे बढ़ आए; आकर उन्होंने उनके पाँव छुए और कुशल-मंगल पूछी, "कैसी हैं मौसीजी ?"

जहाँनारा बेगम ने दोनों के सिर पर हाथ फेरकर उन्हें आशीष दिया, परंतु सिराज ने माँ को प्रणाम नहीं किया, वह कुछ फासले पर ही खड़ा रहा। उसे यह सब आडंबर पसंद नहीं है। दीपा के ये जय भाई साहब एक नामी परमाणु भौतिक वैज्ञानिक (न्यूक्लियर फिजिसिस्ट) हैं। अभी पिछले साल उन्हें चीन देश की सरकार ने 'माओत्से तुंग स्मृति पुरस्कार' से सम्मानित किया है; लेकिन उनके आचार-व्यवहार में कहीं रत्ती भर भी अहंकार नहीं है। वे जब भी इस घर में आते हैं तो सबसे पहले जहाँनारा बेगम के पाँव छूते हैं।

जहाँनारा बेगम ने खुद ही उनका स्वागत किया, उन्हें मिठाइयाँ परोसकर उनके परिवार का कुशल-मंगल पूछा, समझा। शाश्वती ने कहा, "ओह मौसीजी! आप तो कुरान शरीफ पढ़ रही थीं, हम लोगों ने बीच में ही आकर आपको परेशान कर दिया। अरे ओ चलो, हम लोग किसी दूसरे कमरे में चलकर बैठें।"

जय ने कहा, "मौसीजी! जैसा कि आप जानती ही हैं कि हर साल इस महीने हमारे घर पर देवी लक्ष्मी की पूजा होती है। अनेक पीढ़ियों से युग-जमाने से यह रस्म चली आ रही है। इस साल इस शुभ अवसर पर यहाँ दीपा नहीं है। मिलि को और बाकी सभी बच्चों को, मतलब कि आप सभी लोगों को माँ ने इस पूजा में निमंत्रण भेजा है। कृपया आप सभी लोग पधारिए, वैसे आपको तो पूजा में आने को मैं कह नहीं सकता…"

जहाँनारा बेगम ने कहा, "ठीक है। लेकिन तुम लोग अब रात का खाना खाकर ही जाओगे। शब-ए-बारात के दिन मेहमानों को बिना कुछ खिलाए जाने देना ठीक नहीं होता।"

जय ने जवाब दिया—"हाँ-हाँ, निश्चय ही खाकर ही जाएँगे। निचली मंजिल पर मांस राँधने की कितनी बढ़िया गंध आ रही थी।"

शाश्वती ने कहा, "आप लोगों के घर तो चावल के आटे से इतनी आश्चर्यजनक रोटी बनती है कि…"

सिराज ने मिलि को अपने पास बुलाया, "ओ मिलि! इधर आओ, हमारे कमरे में चलो।"

मिलि ने कहा, "मैं अभी नहीं चलूँगी। यहाँ अइयाजी मुझे किताब पढ़कर बहुत अच्छी कहानी सुना रही हैं।"

उन लोगों के वहाँ से हटते-न-हटते ही मिलि ने उत्सुकता से तुरंत पूछा, "हाँ, तो फिर क्या हुआ ?"

नातिन के इस उत्साह को देखकर जहाँनारा बेगम बहुत खुश हुईं और बड़े चाव से उन्होंने आगे की कहानी कहना शुरू कर दिया—

"अरे हाँ! कहाँ तक कहा था ? अच्छा, नोमरूद राजा और इब्राहिम। तो नोमरूद की घमंड भरी बातों को सुनकर इब्राहिम ने कहा, 'मैं किसी भी राजा को अल्लाह कबूल नहीं करता। मेरे विचार से अल्लाह केवल वही है, जो मनुष्य को प्राण दान कर सकता है और प्राण ले सकता है।'

"राजा ने कहा, 'अरे, यह तो मैं भी कर सकता हूँ। मेरी इस शक्ति को तू प्रत्यक्ष देखेगा। ठीक है देख!' उन्होंने तभी जेलखाने से दो कैदियों को पकड़ मँगवाया। उनमें से एक कैदी को दूसरे ही दिन फाँसी पर लटका दिया जाना था। राजा ने उसे फाँसी की सजा से मुक्त कर दिया और इब्राहिम से कहा, 'देखा, मैं प्राणदान भी कर सकता हूँ!' और उस दूसरे कैदी, जिसे न्यायालय के निर्णय के अनुसार दूसरे दिन ही दंड-मुक्त हो जाना था, रिहा हो जाना था, का सिर तलवार के एक वार से ही धड़ से अलग कर दिया। तब इब्राहिम से कहा, 'देखा, मैं प्राण ले भी सकता हूँ!'"

"तब फिर उस नागरिक ने क्या कहा ?"

"इब्राहिम ने अबकी बार असली बात कही, 'हे राजा! मेरे अल्लाह तो प्रतिदिन सूर्य को आकाश की पूर्व दिशा से उगाते हैं। अब क्या तुम सवेरे-सवेरे पश्चिम दिशा से उगा सकोगे ?'

"उसकी इस बात पर राजा चुप रह गया। हारकर उसने अपना सिर झुका दिया। समझी बिटिया! जो कोई भी अल्लाह की ताकत के संबंध में संदेह करता है, उस पर सवाल उठाता है…"

चौखट के पास फिर जूते चरमराने का शब्द उभरने लगा। जय और उसकी बहू को अपने कमरे में बिठाकर सिराज अकेला-अकेला लौट आया है। पतलून के ऊपर आधी बाँह की कमीज पहने हुए अत्यंत स्वस्थ-बलिष्ठ वह युवक इस वक्त बहुत ही गंभीर जान पड़ा।

माँ के कमरे के अंदर दाखिल होते ही उसने जैसे हुकुम करने के सुर में कहा, "मिलि, तेरे मामाजी तुम्हें बुला रहे हैं, जाओ! जरा मिल तो आओ।"

कहानी सुनने का काम समाप्त हो चुका है। इसके अलावा अपने पिता की इस प्रकार की आवाज सुनते ही वह बहुत डर जाती है, इसी से मिलि दौड़ती हुई-सी वहाँ

से भाग गई। तब माँ के ठीक सामने खड़े होकर सिराज ने कुछ कठोर आवाज में पूछा, "अम्मा! क्या तुम मिलि को कुरान शरीफ पढ़ा रही थीं?"

जहाँनारा बेगम एकदम से सकपका गईं। हड़बड़ाकर बोलीं, "नहीं तो। अरे मिलि के पटाखे वगैरह पानी में भीग गए थे, अतः तरह-तरह से माँग-फरमाइशें कर रही थी, इसी से मैं उसे एक कहानी सुनाकर फुसलाए हुए थी। लेकिन बात क्या है? ऐसे क्यों पूछता है रे, हुआ क्या?"

"क्या हुआ का मतलब?" माँ को जैसे धमकाते हुए सिराज ने कहा, "दीपा के भइया-भाभी खुद आकर देख गए कि तुम मिलि को कुरान शरीफ पढ़ा रही हो। दीपा घर पर नहीं है, सो उसकी अनुपस्थिति का लाभ उठाते हुए तुम उसे इसलाम मजहब की शिक्षा दे रही हो। छिह-छिह अम्मा! मैंने कई मर्तबा तुमसे कहा है कि इस प्रकार की हरकतें यहाँ नहीं चलेंगी।"

इस बार भी जहाँनारा बेगम ने अत्यंत सरल आश्चर्य भाव से पूछा, "यह तू क्या कह रहा है, सिजू बेटा? अरे, मिलि तो इस खानदान की ही बेटी है। बाप-दादों की मजहबी कहानियाँ एकाध क्या नहीं जाने-समझेगी? अरे, उसने तो खुद ही कहानी सुनाने के लिए मुझसे जिद-पर-जिद की थी।"

"देखो अम्मा! दीपा के साथ मेरी जो शादी हुई, उसमें सबसे पहली शर्त ही यह थी कि हम में से कोई भी किसी पर अपने धर्म-विश्वास को जबरदस्ती नहीं लादेगा। जिस तरह दीपा से शादी करके मैं हिंदू नहीं बना, उसी तरह मुझसे शादी करके दीपा भी मुसलमान नहीं बनी है और हमारे बेटे-बेटियाँ भी जब तक सयाने नहीं हो जाते…"

"तो क्या मैंने कभी दीपा को मुसलमान बन जाने के लिए जोर-जबरदस्ती की है?"

"नहीं, सच ही दीपा पर जोर-जबरदस्ती तुमने नहीं की, लेकिन मिलि को…अम्मा, आखिर यह बात तुम क्यों नहीं याद रख पातीं कि इस समय पूरे देश में धर्मांतरण करवाना गैर-कानूनी है।"

"इस तरह पागलों की तरह चिल्ला क्यों रहे हो, सिजू? मैंने तो ऐसा कुछ भी नहीं किया है।"

सिराज की बातों में एक प्रकार का भाषण करने का जोश-सा उमड़ पड़ा था, उसे बीच में ही रोकते हुए अबकी कठोर स्वर में जहाँनारा बेगम ने कहा, "अरे, अब तुम चुप भी तो होओ। लगता है बड़े सर्वज्ञ, सबकुछ के केवल तुम्हीं जानकार रह गए हो! यही बात है न? सभा-मंचों और मैदानों में चीख-चिल्लाकर बोलते-बोलते क्या तुम समझने लगे हो कि वही बातें तुम मुझे भी सुनाओगे? क्या तुम बता सकते हो कि दीपा बहू पर मैंने कभी किसी भी मामले को लेकर कोई जोर-जबरदस्ती की है? मेरे इस घर में रहते हुए भी यदि वह हिंदू मत के अनुसार पूजा-अर्चना करना चाहती तो…"

"दीपा किसी भी प्रकार की पूजा-अर्चना में विश्वास ही नहीं करती, यह तुम अच्छी तरह जानती हो।"

"न करने पर भी दीपा के नैहर में महालक्ष्मी, महासरस्वती की पूजा होती है, उन सब देवी-देवताओं के बारे में क्या वह कुछ नहीं जानती? वह क्या अपनी बेटी को रामायण-महाभारत की कहानियाँ नहीं सुनाती? मैं तो खुद भी रामायण-महाभारत की कहानी जानती हूँ। ऐसी हालत में मिलि भी कुरान शरीफ की कहानियाँ, विशाल सिंधु की कहानियाँ क्यों नहीं जाने-समझे? क्या धर्म बदले बिना किसी को किसी अन्य धर्म की बातें नहीं जाननी चाहिए? सिजू! क्या एक हिंदू लड़की से शादी करके तुम अंततः जोरू के गुलाम बन गए हो?"

"अम्मा, अम्मा, तुम क्या सच में मुझ पर ऐसा आरोप सोच-समझकर लगा पा रही हो?"

जहाँनारा बेगम को भी एकाएक जोर का गुस्सा चढ़ आया था। सिराज के घबराए हुए चेहरे को गौर से देखने पर अबकी वे धमक गईं। उन्होंने अनुभव किया, नहीं, सिराज के लिए ऐसी बातें कभी लागू नहीं हो सकतीं। दीपा से शादी रचा लेने पर भी वह अपनी ससुराल कभी जाना ही नहीं चाहता। वह कतई हिंदुवाई में नहीं फँसा। दरअसल अपने बचपन के पढ़ने-लिखने के दिनों से ही वह नास्तिक है। वह न तो रोजा रखता है, न ही नमाज पढ़ता है और दीपा के घर भी कभी पूजा-पाठ करने या उसमें हिस्सा लेने नहीं जाता।

वे अपनी जगह से उठीं और अपने लड़के के माथे पर प्यार से हाथ फेरते हुए बोलीं, "अरे, सिजू! क्यों बिना वजह माथा गरम कर रहे हो? शब-ए-बारात (मुसलमानों का एक त्योहार) के दिन ऐसा नहीं करते, बेटे! तेरी बिटिया को तो मैं महज राजा-रजवाड़ों की कहानी भर सुना रही थी।"

"लेकिन जय और शाश्वती दोनों ही देख गए कि तुम मिलि को कुरान शरीफ पढ़ना सिखा रही हो।"

"क्या उन्होंने खुद ऐसी बात कही है?"

"नहीं, उन्होंने ऐसा कुछ कहा नहीं, लेकिन उन्होंने अपनी आँखों से देखा तो!"

"देख लेने से हुआ क्या? मिलि यदि कुरान शरीफ पढ़ना सीखे भी, तो इसमें कौन सा दोष है? सभी कुछ पढ़े-सीखे, जाने-समझे!"

"और अम्मा, तुमने आज शब-ए-बारात के उपलक्ष्य में उन्हें खाना खाने की दावत दी। वे खाकर जाने को तैयार भी हो गए। जबकि आज घर में बना है बड़ा गोश्त। वे खा भी लेंगे। किंतु क्या तुम कभी उनके घर जाकर लक्ष्मी-पूजा का प्रसाद खा सकोगी? जहाँ कहीं ऐसी पूजा-अर्चना होती है, वहाँ तो कभी भूलकर भी पाँव धरने नहीं

जाओगी। तो फिर तुमने क्यों हमारे घर के धार्मिक त्योहार की दुहाई देकर उन्हें खाना खाकर जाने को कहा?"

"तो क्या उनसे ऐसा कहने में मुझसे कोई भूल हो गई है? अरे बेटे! आज के दिन किसी मेहमान को बिना खिलाए नहीं जाने दिया जाता।"

"संभवत: वे लोग भी अपने त्योहारों के दिन ऐसे ही व्यवहार की आशा रखते हैं।"

"अच्छी बात है। तुम जाकर जय और शाश्वती से कह दो—उनकी महालक्ष्मी पूजा के दिन मैं खुद उनके घर जाऊँगी। दीपा यहाँ नहीं है तो क्या हुआ, मैं ही मिलि को साथ लेकर जाऊँगी।"

ठीक नौ दिन बाद महालक्ष्मी पूजा का दिन आ गया। घर के कुल सात लड़के-लड़कियों को साथ में लेकर जहाँनारा बेगम रवाना हुईं। आज काफी अरसे बाद वे महल से बाहर निकली हैं। हाँ, वैसे कोई बहुत दूर नहीं जाना पड़ेगा। दीपा के पिताजी का घर यशोहर जिले के सातक्षिरा शहर में है। सिराजुल ने एक छोटी मोटरगाड़ी का इंतजाम कर दिया है। बारासात से सातक्षिरा मोटर से केवल एक घंटे का रास्ता है।

दोनों शहरों के बीच इच्छामती नामक नदी पड़ती है। अभी हाल में ही वहाँ एक बहुत ही अच्छा एकदम नए जमाने का पुल बना है। पुल के दोनों ओर खंभों की कतारों में झूलते गमलों में भाँति-भाँति की नागफनियों के पौधे लटक रहे हैं। सड़क और फूलों की कतारों के बीच में पैदल चलनेवालों के लिए सुंदर ऊँची-सी पगडंडी है। उन्नीस सौ सत्तावन में इस पुल का निर्माण कार्य आरंभ हुआ था, लेकिन उसके काफी वर्षों बाद तक यह पूरा हुए बगैर यों ही अधबना पड़ा रहा। हाँ, इसके पीछे एक विशेष कारण रहा है। चीन और भारत दोनों ही देश दो प्रकार के समाजवादी शासनों को लेकर परीक्षण-निरीक्षण कर रहे थे, फलत: उनमें एक स्पर्धात्मक प्रतिद्वंद्विता चल रही थी, पिछले कई सालों से। ये दोनों ही पड़ोसी देश बहुत विशाल हैं। इनकी जनसंख्या भी लगभग बराबर-बराबर है। इन दोनों देशों के इस प्रतिद्वंद्वितात्मक मन-मुटावपरक संघर्ष में अन्य दो महाशक्तियों ने खूब ईंधन का जुगाड़ किया है। परिणामत: इसी बीच दोनों देशों के बीच एक बार भयंकर लड़ाई भी हो चुकी है। अभी केवल चार साल पहले इन दोनों ही महान् देशों के राष्ट्राध्यक्ष कश्मीर में एक शिखर वार्त्ता कर अंतत: एक ऐसे निष्कर्ष पर पहुँचे हैं और तदनुरूप ऐसा निर्णय-सिद्धांत स्थिर किया है, जिसे एक साधारण बच्चा भी अच्छी तरह समझता है। ये दोनों देश यदि आगामी पचास सालों के लिए एक संधि स्वीकार कर लें और अपनी-अपनी सीमाओं से अपनी सेनाएँ हटा लें तो देश की प्रतिरक्षा के लिए जो भारी खर्च होता है, उसमें हजारों-हजारों करोड़ रुपए बरबाद होने से बच जाएँ। विकासशील देश यदि आसपास खड़े होकर कदम-से-कदम मिलाकर चलें तो बड़ी-बड़ी महाशक्तियाँ भी काँपने लगेंगी।

उस संधि के हो जाने के बाद से ही भारत में बड़े-बड़े राजपथ, सड़कें, बड़े-बड़े पुलों के निर्माण का कार्य बड़े जोर-शोर से शुरू हो गया है। कलकत्ते के पास गंगा नदी पर ही तीन-तीन बड़े पुल हैं। सिंधु-ब्रह्मपुत्र महानदी पर तो हर बीस-बीस मील के अंतर पर पुल बन गए हैं। बंबई-करांची का महाराजपथ तैयार हो गया है और इधर कलकत्ते से ढाका पहुँचने में रेलगाड़ी से बस चार घंटे का समय लगता है।

इच्छामती नदी के पुल पर से जब मोटरगाड़ी गुजर रही थी, तब फजल ने उत्साहित होकर कहा, "दादी माँ, दादी माँ! देखो, उधर देखो, वहाँ तो आदमी लोग पाँव-पाँव पैदल नहीं चल रहे हैं, बल्कि रास्ता खुद ही चल रहा है।"

इस स्वयं चलनेवाले रास्ते को देखकर जहाँनारा बेगम भी अवाक् रह गईं। अपनी इस सत्तर वर्ष की उम्र में उन्होंने जाने कितना सारा परिवर्तन देखा-परखा! सन् उन्नीस सौ छियालीस के दंगे में उनके सगे बड़े भाई ने प्राणों की आहुति दी थी। उस समय लोगों ने सोचा था कि भारतवर्ष का विभाजन होकर रहेगा। कलकत्ता या बारासात में फिर रहा नहीं जा सकेगा। कहीं-न-कहीं दूर अनजानी जगह पर जाना ही पड़ेगा। 'स्टेफोर्ड क्रिप्स कमीशन' असफल हो गया। उसके बाद ही तो माउंटबेटन आए···उस समय जहाँनारा बेगम एक बहुत बड़े संयुक्त परिवार की गृहवधू थीं, फिर भी अच्छा लिखना-पढ़ना जानती थीं। अखबार नियमित रूप से पढ़ती थीं। एक तरफ कांग्रेस और हिंदू महासभा, तो दूसरी तरफ से मुसलिम लीग के बराबर बढ़ते-चलते आंदोलन को देख उनका खून खौलने लगा था। धीरे-धीरे उन्होंने भी मन-प्राण से हिंदुओं से घृणा करना शुरू कर दिया था कि तभी अचानक गांधी और जिन्ना में समझौता हो गया। दोनों महापुरुषों ने साथ-साथ मिलकर घोषणा की, 'हम अंग्रेजों की चालबाजीपूर्ण दलील नहीं मानेंगे, किसी भी दशा में देश का बँटवारा नहीं होने देंगे।'

···शुरू-शुरू में पहले कुछेक साल तक थोड़ा झगड़ा-फसाद जरूर हुआ, लेकिन धीरे-धीरे सब थम गया, शांत हो गया। गांधी और जिन्ना ने एक साथ शपथ ली कि किसी भी प्रकार के राजनीतिक भाषण के समय या गणतंत्रात्मक चुनावों में वोट के समय कोई भी रंचमात्र भी धर्म की बातें नहीं चला सकेगा। भारतीय संविधान में भी यह बात दृढ़तापूर्वक रखी गई है। अब तो ऐसा दिखाई देता है कि मंदिर- मसजिद अथवा गिरजाघर वगैरह वीरान पड़े रहते हैं, विशेषकर कोई वहाँ जाता ही नहीं। सरकार की ओर से घोषणा की जा रही है कि उन सब जगहों को राष्ट्रीय स्मारक के रूप में संरक्षित कर दिया जाएगा।

सोचते-सोचते जहाँनारा बेगम कुछ अन्यमनस्क हो गई थीं। फजल की बातें सुनकर बोलीं, "अरे, तुम लोग अभी अपने जीवन में और भी जाने कितना कुछ देखोगे। अभी तो देख रहे हो कि आदमी खड़ा हुआ है, रास्ता चल रहा है। हो सकता है, एक दिन देखोगे

कि आदमी आकाश-मार्ग से उड़ता चला जा रहा है, जैसा कि अरबी की आश्चर्यजनक कहानियों में था।"

थोड़ी देर चुप रहकर वे फिर बोलीं, "अरे प्यारे बच्चो, जरा सुनो तो! हम सब मिलि के मामा के घर महालक्ष्मी पूजा की दावत खाने जा रहे हैं। तो जरा यह तो बतलाओ कि क्या तुम सब जानते हो कि लक्ष्मी-पूजा है क्या चीज? बिटिया मिलि, जरा तुम ही बता दो न!"

मिलि ने उनकी गोद में सिर रखकर विनती की, "दादी माँ, तुम्हीं इसकी कहानी कहो।"

अतः जहाँनारा बेगम ने ही कहना शुरू किया—"हिंदू धर्म में महादेव शिव नामक देवता हैं। उनके चार बेटे-बेटियाँ हैं—गणेश, कार्तिकेय, लक्ष्मी और सरस्वती।

फजल ने कहा, "हाँ-हाँ, दादी माँ। एक सूँड़वाले हाथी, जैसे व्यक्ति को हिंदू लोग कहते हैं गणेश भगवान्। ऐसी ही बात है न?"

जहाँनारा बेगम की भौंहें तन गईं। उन्होंने उसे डाँटते हुए कहा, "फजल, तुम चुप रहो। मूर्खों की तरह बातें मत करो। अपने रिश्तेदार के घर जाकर इस प्रकार की बदतमीजी मत कर बैठना।"

सिराज चालक की बगल में बैठा है। वह सारी बातें चुपचाप सुन रहा है और मन-ही-मन मजे ले रहा है। फजल की बातों में उसे कुछ दोषपूर्ण चीज नहीं दिखाई पड़ी। उसके मतानुसार वास्तविक रूप में धार्मिक स्वतंत्रता तो तभी आएगी, जब एक धर्म के लोग दूसरों के धर्म की भी खुल्लम-खुल्ला आलोचना मुक्त भाव से कर सकेंगे।

यदि एक सूँड़वाले देवता के प्रसंग में फजल को हँसी आती है तो फिर जबरदस्ती उसकी हँसी को रोक देने का कोई उपयुक्त कारण नहीं हो सकता। जैसे कि शब-ए-बारात की वह कहानी सुनने के बाद रात में मिलि जब उसके साथ सो रही थी तो उसने पूछा था, "अब्बाजी, जब एक दुष्ट राजा ने एक भले आदमी का सिर यों ही काट दिया तो फिर अल्लाह ने उसे बचाया क्यों नहीं?" तब सिराज ने उसे समझाया था, "आदमी जब आदमी को मारता है, तब उसके इस कार्य में बाधा डालने, उसे ऐसा करने से रोकने की शक्ति-सामर्थ्य न किसी अल्लाह में है, न भगवान् में; समझी बिटिया! यह बात तो आदमी को ही सीखनी पड़ेगी कि दूसरे आदमियों को इस तरह बिना किसी दोष-अपराध के नहीं मारना चाहिए।"

सिराज ने मन-ही-मन सोचा कि दीपा के मायके जाने पर फजल या दूसरे बच्चे महालक्ष्मी पूजा का सारा धूम-धड़ाका देखकर यदि उसका हँसी-मजाक उड़ाएँ तो खूब मजा आएगा। जरा देखा ही न जाए कि हमारे बच्चों के ऐसा करने पर उन लोगों की क्या प्रतिक्रिया होती है? यदि वे चिढ़ जाते हैं, गुस्सा होते हैं और कुछ खरी-खोटी सुनाते हैं तो

सिराज खुद ही उनसे कहेगा कि आप लोगों ने मुसलमान लड़के-लड़कियों को बुलाया ही क्यों था? इस निमंत्रण के लिए किसने आप लोगों को कसम खिलाई थी? दीपा तो कभी भी इन सब बातों को लेकर माथा-पच्ची करती नहीं। इन सब विषयों की चिंता ही नहीं करती।

ढाका की विद्वत् गोष्ठी में भाग लेने के बाद दीपा सीधे अपने मायके सातक्षिरा चली आएगी। उसके मायके में उसकी सासजी स्वयं पधार रही हैं। यह खबर पाते ही दीपा ने राँगामाटी, काक्स-बाजार का अपना दौरा अधूरा ही छोड़ दिया है और सीधे सातक्षिरा लौटकर आ रही है।

सातक्षिरा में दीपा के पिताजी का पीढ़ियों पुराना मकान है। मकान क्या है, पूरा राजप्रासाद-सा ही है। मुख्य द्वार पर नौबतखाना है, जहाँ शहनाई बज रही है।

जहाँनारा बेगम का कलेजा धक-धक कर रहा है। वे हृदय के अंतरतम से मूर्तिपूजा नापसंद करती हैं। अपने लड़के की बातों की प्रतिक्रिया में सहसा खुद ही यहाँ आना स्वीकार कर लेने के कारण आज उन्हें बेबसी में बाध्य होकर अपनी जुबान की रक्षा करने के लिए यहाँ आना पड़ा है। वैसे जब कच्ची उम्र थी, बचपन में हिंदुओं के मुहल्लों में उन्होंने ऐसी पूजा-अर्चना वगैरह करीब से देखी थी। पढ़ाई के दिनों में पाठशाला में अपनी हिंदू सहेलियों से उन्होंने हिंदू धर्म की कहानियाँ भी सुनी थीं। सत्रह वर्ष की उम्र हो जाने पर, सयानी हो जाने पर, फिर तब से आज तक कभी भी हिंदुओं की इस प्रकार की पूजा-अर्चना में वे नहीं गईं। अब तो इन्हें इस बात का भी कुछ पता नहीं कि ऐसे अवसरों पर इनके क्या नियम-विधान, आचार वगैरह हैं? कब क्या करना चाहिए? कौन जाने एक मिट्टी की मूर्ति के सामने प्रणाम करना पड़ेगा! लेकिन यह काम तो मर जाने पर भी वे नहीं कर सकेंगी। अब इस उम्र में पहुँचकर आज अपने विश्वास को वे तिलांजलि नहीं दे सकेंगी। अपना आचार-नियम नहीं छोड़ सकेंगी।

ज्यों ही मोटर सदर दरवाजे पर पहुँची, त्यों ही जय दौड़ा-दौड़ा आया और स्वागत में कहने लगा—"आइए, आइए मौसीजी, आपके आने की खबर सुनकर तो हम लोग अवाक् रह गए।"

जय सारी दुनिया में सफर करता रहता है। अपनी यात्राओं में तो वह अंग्रेजों की पोशाक पैंट-शर्ट पहने रहता है, परंतु आज उसने धुली हुई धोती और रेशमी कुरता पहना हुआ है, ललाट पर चंदन का टीका भी लगाए हुए है। इतना बड़ा वैज्ञानिक है वह, परंतु कुल-परिवार की प्रथा का पालन पूरी तत्परता और होशियारी से करता है। सिराज की तरह गुस्सैल स्वभाव का नहीं है। अपनी सफेद साड़ी के आँचल को अच्छी तरह सँभालती हुई वह बाल-बच्चों को साथ लेकर एक-एक कदम बढ़ाती हुई आगे चलीं। उन्हें याद आया, हिंदुओं की इस पूजा में तो एक बड़ा सा मंडप होता है, जहाँ मिट्टी की

प्रतिमा रखी होती है। आखिर वह मंडप यहाँ कहाँ है?

जहाँनारा बेगम के मुँह की ओर देखते-देखते मानो उनकी आँखों में समाई भाषा को समझकर ही जय ने कहा, "मौसीजी! इस साल हम लोग प्रतिमा गढ़वाकर नहीं ला सके। उसकी स्थापना नहीं कर पाए। हम सभी भाई घर से दूर बाहर-ही-बाहर रहते हैं, घर आने का मौका पाते ही नहीं। अब तो कह नहीं सकते कि अगले साल से पूजा भी हो पाएगी कि नहीं? इसी कारण इस वर्ष प्रतिमा की जगह मात्र घट-स्थापन कर उसी की पूजा किसी तरह नमो-नमो करके अपना कर्तव्य-निर्वाह भर कर लिया जा रहा है।"

उसकी बात सुनते ही बिना कुछ बोले-चाले ही जहाँनारा बेगम धम्म से जमीन पर बैठ गईं, फिर तुरंत ही वहीं पसर गईं। दूसरे ही क्षण बेहोश हो गईं। लगता है, अचानक ही इस्कीमिया रोग ने दिमाग में भयानक दर्द पैदा कर दिया है।

उनके बेहोश होते ही चारों ओर से भारी शोर-गुल, दौड़-धूप शुरू हो गई। 'डॉक्टर बुलाओ, डॉक्टर बुलाओ' की पुकार होने लगी। जहाँनारा बेगम को उठाकर घर के भीतरी हिस्से में ले जाया गया। इस सब भाग-दौड़ में सबसे ज्यादा सिराज ही व्यस्त हो गया। उसकी इस ससुराल में उसकी माँ कभी आई नहीं। आज पहली बार आई हैं, सो भी एक पूजा-त्योहार के दिन। अगर उनके साथ कोई बुरी दुर्घटना हो गई, तब तो...

करीब आधे घंटे के अंदर ही जहाँनारा बेगम को होश आ गया। परंतु अपनी इस कमजोरी को समझकर वे मारे लाज के गड़ गईं। भला ऐसा भी क्या? रिश्तेदार के घर आने पर, वह भी उत्सव-त्योहार मनानेवाले घर में इस्कीमिया के रोग का झटका! इसके उठने के लिए और कोई समय नहीं बचा था क्या? अगर उनकी वजह से कहीं उनका पूजा-पाठ, उत्सव-त्योहार खराब हो जाता तो? छिह-छिह! उनके जीवन में ऐसी बुरी नाटकीय घटना कभी नहीं घटी।

जब सँभलकर उन्होंने अच्छी तरह आँखें खोलीं तो उन्हें अपनी छोटी पतोहू दीपा दिखाई पड़ी। चटक लाल रंग की रेशमी साड़ी पहने हुए, भरे माथे पर उठे हुए घुँघराले बाल, माँग में लाल सिंदूर और ललाट पर बिंदी...। जहाँनारा बेगम को याद आया—बचपन में हिंदुओं के मुहल्ले में जाने पर उन्होंने ऐसे ही अवसरों पर लक्ष्मी-सरस्वती की प्रतिमा देखी थी, हूबहू बंगाली-कन्याओं जैसी ही उनकी गढ़न थी। जरीदार चौड़ी पाड़ (किनारी) की साड़ी पहनाई हुई, सिर के बाल दीपा के बालों की तरह, थोड़ा सा घूँघट निकाले हुए, दरअसल वे किसी देवी-देवता जैसी नहीं दिखाई पड़ती थीं, बल्कि देखने पर ठीक-ठीक बंगाली लड़की जैसी ही लगती थीं, लेकिन देखने में बहुत ही भली लगती थीं। बहुत ही अच्छा महसूस होता था।

दीपा ने बड़ी घबराहट में पूछा, "अब कैसा लग रहा है, माँजी, तबीयत कैसी है? क्या अभी भी बहुत दर्द हो रहा है?"

जहाँनारा बेगम ने दोनों ओर सिर हिलाया। दीपा ने उनके पाँव के तलवों में तेल मलते-मलते कहा, "माँजी! आप घबराइए नहीं। आपको कुछ भी नहीं हुआ है। डॉक्टर आकर देख गए हैं।"

जहाँनारा बेगम ने हलकी फुसफुसाहट भरी आवाज में पूछा, "मिलि कहाँ है?"

दीपा ने बताया, "मिलि अभी तक तो आपके पास ही बैठी थी। अभी-अभी उठकर कहीं गई है। अभी बुला रही हूँ। माँजी! क्या आप कुछ खाना पसंद करेंगी? थोड़ा गरम-गरम दूध लाकर दूँ। जरा सा दूध पी लेंगी तो अच्छा लगेगा।"

धीरे-धीरे कोशिश करके जहाँनारा बेगम उठ बैठीं। यह किसका बिस्तरा है, कौन जाने? वे दीपा के मुँह को एकटक निहारती रह गईं। फिर उनके होंठों पर एक पतली सी मुसकराहट खेल गई। वह धीमे स्वर में, फुसफुसाते हुए कुछ लजाई-लजाई सी बोलीं, "तुम लोगों की पूजा-अर्चना ठीक-ठाक ढंग से पूरी हो गई? गरम-गरम चावल, केला और बतासे को मिलाकर तुम लोगों की पूजा का कोई प्रसाद बनाया जाता है न? जब बच्ची थी, तब खाया था। बहुत ही स्वादिष्ट और भला लगता था। उसी प्रसाद में से क्या थोड़ा सा लाकर दे सकती हो?"

□

दिन की फुलवारी में

—संजीव चट्टोपाध्याय

विधान ने मुझसे कुछ रुपए उधार माँग थे। मैंने नाना प्रकार से उससे समझा-बुझाकर छुटकारा पा लिया और भाग आया। उधार देने लायक मेरे पास रुपए नहीं थे, ऐसी बात नहीं। बैंक में मेरे रुपए जमा हैं, जमा होते रहते हैं। होते-होते काफी कुछ जमा हो गया है। जमा करने का भी एक नशा है। दो से तीन, तीन से चार। बीच-बीच में बैंक की पासबुक देखता हूँ और प्रफुल्लित हो जाता हूँ—वाह! कितने सुंदर ढंग से बढ़ता चला जा रहा है, बारिश के पानी में बाल्टी रख देने की तरह! धीरे-धीरे बढ़ रहा है। जमा-पूँजी में से कुछ निकालता नहीं। जहाँ से जो कुछ भी आता है, सभी जमा कर देता हूँ। अचानक अपना ही कोई जरूरी प्रयोजन आ पड़ता है, तो भी दूसरे से उधार लेकर काम चला लेता हूँ। बाद में कर्ज चुका देता हूँ।

विधान कहता ही गया था—"बहुत विपत्ति में पड़ गया हूँ रे! यदि पैसे पा जाता, तो बहुत भला होता।"

मैंने मुँह बहुत उदास करते हुए सब सुना। मुँह पर एक ऐसा भाव बनाया, जैसे इसी क्षण मुझे ही कुछ रुपए उधार मिल जाते; तो बड़ा उपकार होता। अपने दूर के किसी रिश्तेदार की गंभीर बीमारी की बात झूठ-मूठ में ही उसे सुना दी। लगा कि मैंने बड़ी पटुता से अच्छा नाटक किया। झूठ बोलने का भी एक कौशल है। उसे सभी अच्छी तरह नहीं निभा पाते। पकड़ में आ जाते हैं। झूठ को इस प्रकार बोलना चाहिए कि सच से भी ज्यादा सच लगने लगे। इसके लिए प्रखर कल्पना और अद्‌भुत स्मरणशक्ति चाहिए। आज क्या कहा है, कल अच्छी तरह याद रहना चाहिए।

विधान की स्त्री मरने को है। प्रसव में कुछ ऐसी गड़बड़ी हो गई है कि बस अब गई कि तब गई। नर्सिंग-होम में पड़ी हुई है। दरअसल विधान का भाग्य ही खराब है। यह युवक अच्छी-खासी नौकरी कर रहा था। वेतन भी कोई खराब नहीं था। समाज में मान-प्रतिष्ठा थी। विवाह भी स्वयं देख-सुनकर किया था। पत्नी भी कोई खराब नहीं

मिली थी, किंतु अचानक हड़ताल शुरू हो गई। बढ़ते-बढ़ते तालाबंदी। वही तालाबंदी अभी चल रही है। बेचारा वेतन पाता नहीं। वर्ष पूरा बीत गया। जो जमा-पूँजी थी, खाने-पीने में खत्म हो गई। ऐसे आदमी को रुपया उधार देने को मन भी हो तो कोई उपाय नहीं है। आखिर विधान का भविष्य ही क्या है ? कुछ भी नहीं। पूरी तरह कौड़ी-हीन-कपर्दक शून्यावस्था! जो कुछ उधार लेगा, उसे फिर कभी चुका नहीं पाएगा; चाहने पर भी; चेष्टा करने पर भी नहीं। देने का मतलब, सदा-सर्वदा के लिए दे देना होगा। दान-ध्यान करना अच्छी बात है। लेकिन कौन लोग करेंगे ? जिनके पास काली-कमाई का पैसा है। हमारे जैसे आदमियों के पास है ही क्या ? जो थोड़ी सी संचित जमा-पूँजी है, वही तो अंतिम अवस्था का सहारा है। उस समय तो कोई देखेगा नहीं। साथी-सोहबती, आत्मीय-स्वजन तब कहाँ ? विधान को ये सब गूढ़ बातें कौन समझाए ?

विधान उसी समय जो चला गया, फिर दिखाई नहीं पड़ा। मैंने भी कोई खोज-खबर नहीं ली। वास्तविक संसार का यथार्थ अनुभव मुझे कुछ कम नहीं। बुद्धि की भी मुझमें कमी है, ऐसी भी कोई बात कभी महसूस नहीं हुई। कितनी अच्छी तरह परिवार चला रहा हूँ। परिवार चलाना और युद्ध करना प्राय: एक ही बात है। मैं जानता था, विधान के साथ पुन: भेंट होने का अर्थ ही है, रुपए के विषय में रोना-धोना सुनना। सुनने का मतलब ही है, हृदय में चुभन महसूस करना। विवेक भाव कहेगा, तेरे पास है, तू दे सकता है, फिर भी तूने दिया नहीं; बड़े ही स्वार्थी हो बेटे! विवेक एक बेकार की चीज है। होंठ काट खानेवाला समालोचक है। विधान के सामने जाकर खड़ा होने का मतलब है, एक अपराध-भाव मन में लेकर लौटना।

दूसरा कारण, मैं साहबी (प्रदर्शनात्मक) प्रथा में विश्वास नहीं करता। विपत्ति की घड़ी में यदि मनुष्य के लिए कुछ कर सकी, तब तो उसके निकट जाकर खड़े होओ; ऐसा न हो, तो वह व्यर्थ की दिखावटी भद्रता कि "क्या है रे विधान! तुम्हारी पत्नी कैसी है ?" यह प्रश्न जैसे व्यर्थ का नखरा है। इसी वजह से मेरा कोई आत्मीय संबंधी विपत्ति में पड़ता है तो भी मैं उसके करीब जाकर खड़ा नहीं होता। आजकल के युग में कुछ करने का मतलब है, पैसे से करना। जब खूब जी खोलकर कुछ दे सकोगे, तभी सभी कहेंगे—वाह! खूब किया। कार्य-प्रयोजन-संस्कारादि में भी देखा है, विवाह, अन्नप्राशन, यज्ञोपवीत आदि में किसने कितना दिया है ? इसी विचार के आधार पर आत्मीयता का अपना समाज बन रहा है; अपनी बिरादरी तैयार हो रही है।

एक नई बात मैं और भी तत्त्व की समझ गया हूँ। सामाजिक बनने की चेष्टा करने से कोई लाभ नहीं है। क्या होगा सामाजिक बनकर ? नुकसान छोड़, लाभ बिल्कुल नहीं होगा। आज फलाँ, कल फलाँ! आज यह आ रहा है, कल वह आ रहा है। अंत में सब खाली-खाली। संसार में कोई किसी का नहीं है। पैसा ही हो गया है, सार की भी

सारवस्तु। बैंक-बैलेंस रहने के माने ही हैं—मान-सम्मान, सद्भाव, बंधुत्व, प्रेम-प्रणय, आदर-यत्न, आदि-आदि। अंतिम समय में यदि वही नहीं रहा, तो पाँव में रस्सी बाँधकर वहीं फेंक आएँगे, जहाँ मरे हुए पशु फेंके जाते हैं—"मर साले बूढ़े!"

रुपया पास रहने पर अजनबी, अनजाना-अनपहचाना सड़क का आदमी भी रुपए के लोभ में आकर सेवा करेगा और जेब खाली पड़ जाने पर अपना करीबी आदमी भी आँख उठाकर देखेगा नहीं। दुनिया के हाल-चाल का मुझे पता चल गया है। नाना प्रकार के कष्ट, नाना प्रकार की मशक्कत से मेरा रोजगार चला है। कुछ रुपए मेरे फिक्स डिपॉजिट में पड़े हैं। पंद्रह वर्ष बाद दुगुने होकर पुनः मिल जाएँगे। विकास बाबू की सलाह मानकर यूनिट खरीदना शुरू कर दिया है। यूनिट का दाम कभी कम नहीं होता, बढ़ता ही जाता है। इन सबके अलावा आजकल अनेक ऐसे प्रतिष्ठान, बड़े-बड़े व्यापारी, कारोबार कंपनियाँ आदि हो गए हैं, जहाँ रुपया लगा देने से उसके सूद से ही परिवार का भरण-पोषण होता रहता है, मूल धन में फिर हाथ ही नहीं लगाना पड़ता। मेरा सुखी जीवन व्यतीत हो रहा है। मेरा भविष्य पूरी तरह रंगीन है। जिस प्रकार सुनियोजित ढंग से चल रहा हूँ, उसे देखते हुए किसी में ऐसी ताकत नहीं कि मुझे रास्ते पर बैठने को बाध्य करे। हड़ताल, तालाबंदी, पूरी तरह ठप्प कर देना, निकाल बाहर कर देना, किसी भी बात की मैं कोई परवाह नहीं करता।

अब निश्चय किया है, एक छोटा सा मकान बनवाऊँगा। मध्यस्थ दलालों को भिड़ा दिया है। जगह, जमीन देख-सुन ली गई है। ठीक दाँव देखकर मार दूँगा; बिल्कुल पक्का। विधवाओं की या झगड़े-झंझट की संपत्ति कभी-कभी बहते पानी के भाव मिल जाती है। खोज-खबर लेते रहना होता है। कचहरी में मेरे अपने आदमी हैं। वे खिला-पिलाकर आदर-आराम से रखे हुए हैं। बँगला में एक मुहावरा है—'धैर्य रखे रहने से मेवा फलता है।' मेरी अभी ऐसी कोई खास उम्र नहीं हुई है कि जल्दबाजी मचानी होगी। अभी भी बहुत सा समय पड़ा है। मेरे तो बस एक ही लड़का है। अब और अधिक परिवार नहीं बढ़ा रहा हूँ। यदि मौज ही लूटनी होगी, तो टेढ़े रास्ते से करूँगा। उसमें खर्चा भी बहुत कम है। मैंने हिसाब-किताब करके देख लिया है। मेरी नीति के अनुसार संयम का अर्थ देवता जैसा चरित्र नहीं है। मैंने इसे भलीभाँति समझकर अनुभव किया है कि मनुष्य कभी भी देवता नहीं हो सकता। उसका सौभाग्य भी रहेगा, दुर्भाग्य भी रहेगा। लोभ-लालसा भी होगी। घर-संसार बसानेवाले आदमी के लिए हजारों प्रकार की बहानेबाजियाँ हैं। संयम का अर्थ है—'खूब हिसाब करके सँभलकर, अपने पैसे को खर्च करना।'

लगभग छह दिन बाद बाजार में विधान के साथ भेंट हो गई है। उसका चेहरा अस्त-व्यस्त हो गया है। उसे देखते ही मैं समझ गया कि समाचार ठीक नहीं है। इसी फिराक में था कि किसी तरह बगल काटकर निकल जाऊँ। क्या जाने बाबा, पत्नी यदि

मर ही गई हो, तो भी अंत्येष्टि वगैरह हुई है भी या नहीं? अभी भी संभव है, उसी बहाने का सहारा ले रुपया माँग बैठे! सामने ही एक गाय आ पड़ी; अत: विधान ने पकड़ ही लिया। फिर बाध्य होकर पूछना ही पड़ा, "कहो भाई! क्या खबर है?"

संसार में अपने को सुरक्षित बनाए रखने के लिए थोड़ा नाटक करने की क्षमता रहे तो अच्छा ही रहता है। उससे बदनामी कुछ कम होती है। आँख-भौंह सिकोड़कर इस भाव से प्रश्न किया, मानो इधर कई दिनों से उसका समाचार जानने की उत्कंठा में सो ही नहीं पाया हूँ।

बड़ी करुणा भरी हँसी हँसते हुए विधान ने कहा, "सबकुछ समाप्त हो गया भाई! अब तुम लोगों के लिए कोई डर नहीं रहा।"

'व्यर्थ की बकवास! पत्नी कोई ऐसी परम दुर्लभ वस्तु नहीं है। एक यदि चली गई, तो दूसरी आ जाएगी। भला बंगाल-देश में लड़की की कमी? तुम यदि आज ही स्वीकृति दे दो, तो तुम्हें कल ही विवाह वेदी पर बैठा दूँ। बेकार की पें-पें मत करो बाबू! मैं ऐसे अनेक पतिदेवों को अच्छी तरह पहचानता हूँ। सभी दूसरी बार विवाह कर दूसरी स्त्री, तीसरी बार विवाह कर तीसरी स्त्री के साथ संसार का सुख लूट रहे हैं। प्रथम बार की परिणीता पत्नी तसवीर बनकर खूँटी पर झूल रही है। करीब जाकर शीशे पर, उँगली रगड़ने पर, कहीं जाकर शरीर का कोई एक अंश दिखाई पड़ पाता है, अन्यथा सब धूल से ढँका हुआ। सभी बहुएँ अच्छी तरह जानती हैं कि पति नामक प्राणी क्या वस्तु है! जिंदा रहते-रहते तो समझ में आता नहीं, मर जाने पर तो फिर कुछ पूछो मत। विधान तो प्रेत-तत्त्व के बारे में कुछ जानता-वानता नहीं। अरे, बहुएँ मरकर भूत हो जाती हैं। भूत बनकर सब देख-समझ लेती हैं। उसके बाद पुन: बहू के रूप में जन्म लेती हैं। इसी से तो बहुएँ पति महोदयों की पहले नंबर की शत्रु हो जाती हैं। जितने दिन बीतते हैं, उतना ही प्रबल रूप धारण कर लेती हैं। बहू एक प्रकार का असाध्य रोग है। वह मर गई है। तू बच गया है विधू! तुम्हारी क्रॉनिक बीमारी दूर हो गई है। खुशी में पूजा-पाठ कर, पूजा-प्रसाद चढ़ा!'

लेकिन यह बात तो कही नहीं जाएगी। मुख बहुत दयनीय बनाकर! 'चच्च, चऽ,' शब्द उच्चारण करके दु:ख प्रकट किया।

विधू चुपचाप चला गया और करेगा क्या! कौन किसके कष्ट की करुण बात सुनता है? मनुष्य के पास अब इतना फालतू समय नहीं है। सभी-के-सभी बहुत ज्यादा व्यस्त हो गए हैं। मृत्यु दर में भी अब तेजी नहीं रही। मुझको भी जल्दी है। दलाल के माध्यम से खबर मिली है कि 'उत्तरपाड़ा' के एक परिवार में क्षय रोग लगा है, बस टूटने को है। पैतृक-संपत्ति बेच-बेचकर एक बंगाली बाबू मौज-मस्ती उड़ा रहे हैं। उधार-खाते में छाती तक डूब गए हैं। थोड़ी और मदद की गई तो पूरी तरह डूब जाएँगे। सबकुछ उड़ा चुकने के बाद अब बाबू साहब का एकमात्र सहारा उनके रहने का मकान भर रह

गया है। वह यदि बेचेंगे नहीं तो देनदारों के हाथों जान से मारे जाएँगे। इस समय यदि थोड़ा सा सहारा मिले तो काम सफल हो सकता है। दुनिया का यही तो नियम है। एक आदमी घटता है, नष्ट होता है तो दूसरा एक आदमी बढ़ता है, पूर्ण होता है। नदी का एक किनारा टूटता है और एक किनारा ऊपर उठता है। एक चौरस जमीन उभर आती है, साथ-ही-साथ ढूँढ़ने में कुशल आदमियों के दल-के-दल आकर उसे देखकर बस जाते हैं। ककड़ी और तरबूजे की खेती-बाड़ी होने लगती है।

मेरे शरीर में फिर जाने कौन सी बीमारी पनप गई है! कौन जानता है? डॉक्टर-वैद्य को दिखाने का मतलब है कि हजारों प्रकार की फेहरिस्त निकलने लगेगी। खूब डराकर काफी रुपए-पैसे का श्राद्ध करके छोड़ देंगे। आदमीं को धराशायी कर देने के लिए लोग शाप देते हैं—'तुम्हारे घर में वकील घुसे, वैद्य घुसे।' किसी आदमी को पूरी तरह नेस्तनाबूद करने के लिए मामला-मुकदमा और बीमारी, दो अकाट्य अस्त्र हैं। अतः उस रास्ते पर इतनी आसानी से मैं पाँव बढ़ानेवाला नहीं हूँ। उस पथ पर नहीं जा रहा हूँ। कुछ टोटका-टोटकी मेरी जानकारी में हैं, कुछ होम्योपैथिक भी जानता हूँ। उसी के सहारे खुद को सँभाल लेना पड़ेगा। मैं कोई बुरा आदमी तो हूँ नहीं। किसी के उपकार में नहीं हूँ, यही तो मेरा एक दोष है। इसके अतिरिक्त बाकी सब तो मेरा अच्छा ही है। नशा भी नहीं करता। बुरी प्रवृत्ति का हूँ नहीं, तो फिर होम्योपैथिक से सफलता क्यों नहीं मिलेगी?

पुल पार कर बस से 'उत्तरपाड़ा' में ज्यों ही उतरा, पेट का पुराना दर्द आकस्मिक रूप से इस प्रकार चुभन पैदा करने लगा कि सीधे खड़े होना भी संभव नहीं रह गया। यह फिर क्या हो गया? जा तो रहा हूँ एक शुभ कार्य में। एक बंग-संतान विपत्ति में पड़ा है। उसे रास्ते पर बैठना होगा। सब चले जाने पर ही तो उसे समझ आएगी। वैसे यह ठीक है कि इस जन्म में फिर उठ पाने की क्षमता उसमें नहीं आ सकेगी; किंतु अगले जन्म में, इस जन्म के अनुभव की शिक्षा अवश्य काम आएगी। शुरू से ही समझना सीखेगा, कि क्या करने से क्या होता है?

परंतु जब शरीर इस प्रकार से परेशानी खड़ी कर देगा तो मनुष्य को क्या कुछ अच्छा लगेगा? पेट में जाने कौन सा दुश्मन घुस गया? शरीर जब गोलमाल करने लगता है, धर्माचरण भी नहीं हो पाता, अधर्म भी नहीं होता। मेरी पीड़ा क्रमशः बढ़ती जा रही है। जैसे-जैसे रिक्शा उछल रहा है, पेट की व्यथा भी तेज होती जा रही है। वैसे बीच-बीच में यह पीड़ा कष्ट देती रहती है, किंतु आज कुछ अधिक ही कष्ट पहुँचा रही है।

किसी प्रकार चेष्टा करके गोलक साँतरा के मकान पर पहुँच आया। वही मुझे निर्दिष्ट स्थान पर ले जाएगा। साँतरा तैयार ही बैठा था। मेरा चेहरा देखते ही बोल पड़ा—"क्या हुआ है आपको? शरीर कुछ अस्वस्थ लग रहा है। आँख-मुँह सब काले पड़ गए हैं!"

उस समय तक मुझमें बोलने की ताकत नहीं रह गई थी। पेट को जोर से पकड़कर एक कुरसी पर बैठ गया। साँतरा डर गया। उसकी जगह मैं होता तो मैं भी इसी तरह डर जाता। कोई किसी के घर आकर भीषण बीमार हो जाए तो क्या अच्छा लगता है? व्यर्थ के काम बढ़ जाते हैं। ऊपर से उससे कहा भी नहीं जा सकता—"जाइए महाशय, घर जाइए। मरना है तो अपने घर जाकर मरें।" मनुष्य अभी इतना निर्लज्ज-मुँहफट नहीं हो पाया। रास्ता-घाट में कोई गिरकर छटपटाए भी तो बिना देखे चला जा सकता है? हम तो बाइबिल पढ़े क्रिश्चियन पादरी नहीं हैं। जान-पहचान का आदमी घर आकर गले पड़ जाए तो मिजाज चिड़चिड़ा हो जाता है। मुँह पर भले न कुछ कह पाएँ, किंतु पीठ पीछे तो कहा जाता है—'कैसी आफत है? हरामजादे ने आज का रविवार ही माटी कर दिया। लो, अब करो मजा!' मैं यदि होता तो मैं भी ऐसा ही बोलता। मेरा छोटा साला गत वर्ष घूमने के लिए आया तो अचानक चेचक की बीमारी ले बैठा। ओह्! वह भी कितनी बड़ी यंत्रणा थी! तीन दिन के लिए तो घूमने आया था, पर डेढ़ महीने तक पड़ा रहकर पूरी तरह बरबाद कर गया। उस समय तो मेरा मिजाज बिगड़ गया था। ऐसा प्रतीत हुआ, पत्नी यदि गुलाब का फूल होती है तो साले सब गुलाब के काँटे ही हैं।

गोलक ने कहा, "विश्वास महाशय! गाड़ी बुला दूँ, अच्छा हो, आप घर जाकर सोएँ। शरीर स्वस्थ हो जाएगा तो विषय-संपत्ति सब होगी।"

'बेटा, संस्कृत श्लोक झाड़ रहा है!' मैंने पूछा, "आसपास में कोई डॉक्टर नहीं है?"

गोलक ने कहा, "अपने डॉक्टर को दिखाना ही ठीक है। वे तो आपका सबकुछ ठीक से समझे हुए हैं। एक पुड़िया से ठीक कर देंगे।"

गोलक के गोलोक-धाम से किसी प्रकार बाहर निकलकर घर पहुँच पाया। मुझे यह क्या हो गया? घर के लोगों में सभी कुछ को अति साधारण कर देने की एक अद्भुत क्षमता होती है—"अरे, यह तो तुम्हारा अम्ल-विकार है, साधारण-सा पेट दर्द है। वह तो तुम्हारे पेट में आँव बनने से आमाशय की गड़बड़ी है।" कहकर जो जैसे बना, बगल काटकर खिसक लिया। "थोड़ा गरम पानी पियो। थोड़ा सा अजवाइन का अर्क पियो।" नाना प्रकार भिन्न-भिन्न लोगों की भिन्न-भिन्न सलाहें!

साँझ होते-होते किसी तरह पैदल चलकर डॉक्टर बाबू के पास जाना ही पड़ा। पहले डिस्पेंसरी में बिना पैसे के काम होता था। अब तो सबका लोभ बढ़ गया है। दस रुपए दिखाने की फीस लगती है। कैसा समय आ गया है! प्रवीण डॉक्टर बाबू ने खूब ध्यान से सारी बात सुनीं।

उन्होंने पूछा, "कितने दिनों से इस प्रकार हो रहा है?"

"हो तो बहुत दिनों से रहा है, लेकिन पिछले लगभग एक साल से ज्यादा बढ़ गया

है। कुछ खा नहीं पाता। कुछ खाता भी हूँ तो हजम नहीं होता। ऐसा लगता है कि सबकुछ गले के पास आकर अटक गया है।"

"हूँऽऽ।" एक लंबी हुँकारी भरकर डॉक्टर बाबू मानो बहुत ज्यादा चिंता में डूब गए। मुझसे बढ़कर कुशल अभिनेता हैं। देंगे तो वही हजम करने की दवाई, पर उसके पहले कुछ ऐसा रूप बना रहे हैं, जैसे कोई बड़ी भयानक चीज हो गई हो। जाने कितनी सारी व्यावसायिक चालबाजियाँ हैं।

"अच्छा चलिए, सो जाइए।"

लेटते-लेटते मन-ही-मन विचार किया, 'एक बार जब चुंगल में आ गया हूँ तो फिर आप बिना सुलाए छोड़ेंगे? कितने परिवार-के-परिवार इसी तरह सो गए हैं। एक-एक को पकड़ते हैं और सुला देते हैं। जैसे ही सुलाना आरंभ करते हैं तो फिर बिना भारी धन-संपत्ति के जोर के 'उठा सके', ऐसी शक्ति किसके बाप में है?'

चारों ओर ठोक-ठाककर, छाती देखकर, ब्लड प्रेशर नापकर, लगभग एक फीट लंबा एक प्रिस्क्रिप्शन घसीटकर दे दिया।

'इतनी अधिक दवाएँ कौन खाएगा? पागल तो नहीं!' साहस करके पूछा—"डॉक्टर बाबू, इन दवाओं में से काम की कौन सी है?"

"मतलब?"

वे क्रोध से आगबबूला हो गए। क्रोधित होने से क्या लाभ होगा? मैंने सुना है, 'शीशे की खिड़की की ओर एक मुट्ठी कंकड़ फेंकने की तरह वे लोग भी जिस किसी रोग की ओर एक मुट्ठी कैप्सूल फेंकते हैं; चाहे जो लग जाए।'

"मेरा मतलब है कि किस दवा के खाने से पेट दर्द कम होगा?"

"आप क्या समझते हैं, लोग यहाँ खेल खेलने के लिए बैठे हुए हैं? तब तो जाकर अपनी दवा खुद कीजिए। हमारे पास आने की क्या जरूरत है?"

दवा विक्रेता ने बताया, "पेट दर्द कम करने की दवा तीसरे नंबर पर लिखी है।"

"तो फिर वही चार-पाँच दे दें।"

"ऐसा करना क्या ठीक रहेगा?"

"ठीक-बेठीक मैं क्या समझता हूँ?"

तीन दिन तक कुल मिलाकर एक प्रकार से ठीक ही गुजरा। उसके बाद फिर भयानकता बढ़ती गई। जो कुछ भी खाता हूँ, सब बाहर निकल आता है। एकदम लस्त-पस्त हो गया। मरने से मैं नहीं डरता। मुझे डर इसी बात का है कि इतना कष्ट सहकर, रास्ता-घाट बाँधकर, असाध्य साधन कर, सब सजाया सुश्रृंखलित ढंग से निर्माण किया, इसका भोग कौन करेगा? धूर्त-चालाक सब लूट खाएँगे। मर जाने पर भी शांति नहीं पाऊँगा। ऐसे अनेक आदर्शवादी मूर्ख हैं, जो पत्नी के लिए समाधि बनाते हैं। बच्चे के

लिए बैंक में रुपया जमा रखते हैं। लड़की के विवाह के लिए खाता खोलते हैं। उन्होंने संभवत: रामप्रसादजी का वह गाना नहीं सुना—

"जिसके लिए चिंता करते-करते मर रहे हो, वह क्या तुम्हारे संग जाएगी? अमंगल की आशंका से वही प्रेयसी गोबर छींटेगी।"

"मेरा तो भाई उड़ाऊ दिमाग है। अपना कमाया, अपने ही सामने उड़ा जाओ। उपभोग कर लो। मरने के बाद की भी अपनी सारी व्यवस्था स्वयं ही कर डालो।"

अबकी बार एक बड़े डॉक्टर साहब आए। इन महाशयों के बीच भी दस आना, छह आना वाला विभेद है। ये हुए चौंसठ परगना के अधिकारी। पहले दूर से देखा-परखा। देखते-देखते ही सुनते रहे। उसके बाद पेट के एक विशेष भाग को कसकर पकड़ लिया।

लगभग दस मिनट में राय प्रकट की, "मैं ठीक से समझ नहीं पा रहा हूँ और अच्छी तरह से समझना पड़ेगा। संदेह हो रहा है कि कैंसर है।"

"आँयऽऽ! क्या कह रहे हैं?"

चौंसठ रुपए पॉकेट में ठूँसते-ठूँसते चिंतामुक्त मुख से बोले, "आजकल बहुत हो रहा है। शुरू-शुरू में पकड़ में नहीं आता। पेट में होने पर तो एकदम ही पकड़ में नहीं आता। काफी बढ़ जाने पर ही पकड़ में आता है, और तब···?" डॉक्टर बाबू उठ खड़े हुए। नियति की तरह हँसते हुए बोले, "और तब कुछ भी करने को बाकी नहीं रह जाता।"

अचानक पृथ्वी पर का सारा प्रकाश जैसे कम हो गया। ऐसा लगने लगा, जैसे जो कुछ भी किया है, सभी मानो साँझ के झुटपुटे में ही तेल चुकी हुई बत्ती मानो आँखों के सामने जल रही है। समय की आवाज जैसे सुन पा रहा हूँ। चल रहा है, निरंतर चल रहा है—टिक्-टिक्-टिक्।

सायंकाल के लगभग विधान आया। किसी के द्वारा उसे सूचना मिल गई थी।

"मैंने सुना, संभवत: तुम्हारा स्वास्थ्य खराब हो गया है रे! देखा, बड़े भारी डॉक्टर आए थे।"

कोई दूसरा समय होता तो अपने स्वभाव के अनुरूप विधान को कुछ भी गंध नहीं लगने देता। परंतु इस समय तो अपने को एकदम अकेला महसूस कर रहा हूँ। जान पड़ता है, जैसे मृत्यु नदी के तट पर, गाल पर हाथ रखे बैठा हूँ! एकदम अकेला! मृत्यु के पथ पर कोई संगी-साथी नहीं मिलता। मृत्यु तो सभी को एक ही साथ बुलाती नहीं। बस एक-एक करके बुला लेती है। यह कोई तीर्थयात्रा की तरह यात्रा तो नहीं है। पिकनिक जाने की तरह जाना नहीं है कि सभी एक साथ झुंड बनाकर हल्ला-गुल्ला, गाना-बजाना करते हुए साथ-साथ जाएँ। इस अंतिम यात्रा की सूनी राह पर मनुष्य को अकेले ही जाना होता है।

विधान के चेहरे के भाव ठीक से देख लेने पर निश्चय हो गया कि मेरे साथ कोई

हँसी-ठिठौली करने नहीं आया है। अभी हाल में ही मृत्यु उसके पास आई थी और उसके सर्वाधिक प्रिय व्यक्ति को उठा ले गई है। मृत्यु के क्रूर हाथों की खरोंच अभी भी उसके चेहरे पर बनी हुई है। बहुत दूर की यात्रा पर जानेवाले अपने प्रिय आत्मीय व्यक्ति को विदा करके लौटने पर, आदमी के मुख पर जैसा अवसाद घिर आता है, विधान के मुख की वैसी ही दशा है।

आज मैंने विधान को बैठने के लिए कहा, 'आर्थिक दुर्गति में पड़ा भुगत रहा है'; यह सोचकर आज उससे घृणा नहीं कर सका।

विधान ने पूछा, "तुम्हें क्या हो गया है?"

"डॉक्टर बाबू को संदेह है कि कैंसर है। अभी कह गए हैं कि और अच्छी तरह से जाँच कर देखना होगा।"

"यह कैसी बात है रे!"

ऐसा कतई प्रतीत नहीं हुआ कि विधान नाटक कर रहा है। उसके कथन-आचरण में पर्याप्त आत्मीयता का भाव है।

विधान ने कहा, "अरे वाह! कैंसर होना इतना आसान है क्या?"

"मैं क्या कहूँ, तुम्हीं बताओ! डॉक्टर तो ऐसा ही बतला गए हैं।"

"तुम मेरे साथ एक जगह चलोगे?"

"कहाँ, होम्योपैथिक?"

"नहीं, नहीं, कैंसर के सामने तो वे सब बच्चे हैं। तुम्हें एक बार कैंसर-अस्पताल में ले चलूँगा। वहाँ मेरे जाने-पहचाने एक सज्जन हैं।"

विधान के साथ दूसरे दिन ही कैंसर अस्पताल गया। जिनके पास गया था, वे डॉक्टर नहीं थे, तो भी डॉक्टर बाबू लोग उनकी मुट्ठी में हैं। वे विधान की ससुराल के संबंधी हैं। उन्होंने उसी समय सारी व्यवस्था कर दी। शरीर के भीतर की स्थिति को ठीक ढंग से समझने-बूझने के लिए जिन-जिन पदार्थों को लेना आवश्यक था, वह सबकुछ अस्पतालवालों ने खींच-खींचकर ले लिया। अंत में बताया कि निश्चित जानकारी कुछ दिन बाद मिल पाएगी।

अस्पताल से बाहर आने पर मुझे बड़े जोर से रोना आया। रो लेने से मनुष्य का अंतरतम काफी हलका हो जाता है। रोने का मन है, किंतु रो नहीं पा रहा हूँ, इस प्रकार की दारुण-दशा और कोई नहीं है। अंतरतम न जाने कैसे फटा जा रहा है!

विधान को उस समय यदि कुछ रुपए दे दिए गए होते तो संभव है कि उसकी पत्नी बच गई होती! वैसे भाग्यवादी लोग कहेंगे, 'जीवन-मृत्यु पर मनुष्य का अधिकार नहीं है, किंतु इस कथन से भी मेरा अपराध-बोध कुछ कम नहीं होता।' मैं चाहता तो दे सकता था, पर दिया नहीं। विधान की अपेक्षा मैं अधिक नीच हूँ। दोनों व्यक्तियों की ऊपरी

चमड़ी में कोई विशेष अंतर नहीं है। अंतर है तो यही कि विधान का मन बहुत विशाल है।

विधान से मैंने कहा, "मैं इस समय संदेश (मिठाई) खाना चाहता हूँ। नरम-नरम सुंदर ढंग से पका संदेश कहाँ मिलता है? संदेश तो खाया ही जा सकता है।"

विधान ने कहा, "खूब खाया जा सकता है, पर तुम अभी से इतना घबरा क्यों रहे हो? कैंसर कह देने से ही कैंसर हो जाएगा? मुझे तो ऐसा लगता है, तुम्हें अलसर हुआ है। समयानुसार खाते-पीते हो नहीं। कैसे स्वभाव के आदमी हो, किसी की बात मानते नहीं।"

एक अच्छी सी दुकान में जाकर दो-तीन प्रकार के संदेश (मिठाई विशेष) ले आने का ऑर्डर दिया। मन में विचार था कि खूब खाऊँगा। पर दो खाने के बाद ही पेट एकदम भारी हो गया। पैसा देने गया तो विधान ने किसी भी तरह दाम नहीं देने दिए। मैंने कहा, "भाई! इस समय तुम्हें बड़ी किल्लत उठानी पड़ रही है, तुम्हें भयंकर अभाव है।"

विधान ने कहा, "तुम्हें एक शुभ समाचार दूँ। मेरी फैक्टरी खुल गई है, बकाया कुछ रुपया भी पा गया हूँ। यही रुपया यदि कुछ महीने पहले पा गया होता, तो हो सकता···"

जेब से एक दस रुपए का नोट निकालकर उसी की ओर फटी-फटी आँखों से देखता हुआ विधान बैठा रहा। मैं उसी समय समझा कि अपने प्रिय व्यक्ति के चले जाने पर मनुष्य को जो वेदना होती है, उसमें नाटकीयता नहीं होती। मनुष्य सचमुच कष्ट पाता है। कोई उसे प्रकट करता है, कोई दबाए रखता है। विधान से कुछ कहने का अधिकार मुझे नहीं है।

'हो सकता है'—एक ऐसा शब्द है, जिसे खोलकर देखा नहीं जा सकता। 'होने जाने के बाद ही' समझा जा सकता है, पेट की संतान की तरह।

विधान ने मुझे गाड़ी का किराया भी चुकाने नहीं दिया। बड़े यत्न से घर पहुँचा गया। यह भी कह गया कि 'साँझ के बाद फिर आऊँगा।'

घर में पाँव रखते ही समझ में आया कि जितना कुछ उत्सव-आनंद, जीत में दिखाई देता है, वह सब छलना है, जादू का करिश्मा है। पुकार पड़ जाने पर कोई किसी को रोक नहीं सकता। मनुष्य मानो बगीचे का फूल है—खिला, गंध बिखेरा, एक सौंदर्य-सृष्टि को शोभा प्रदान की, फिर दिन बीतते-बीतते ही झर गया।

अस्वस्थ, रोगी मनुष्य यदि सोचे कि सभी लोग उसे घेरकर बैठे हुए—'आहा', 'ऊहू' करेंगे, उसके दुःख के भागीदार होंगे, मारे कष्ट के चौबीसों घंटे मुँह लटकाए विषादयुक्त रहेंगे, तो वह मूर्ख है। दुःख का कोई भागीदार नहीं होता। भागीदार होते हैं सुख के, आनंद के। मैं अपने घर में अकेला ही बैठा रहा। सामने रखा रेडियो चलाते ही समाचार गूँजने लगे। स्थानीय समाचार सुनानेवाले महोदय ने मेरी ओर जैसे घूँसा तानकर मारा—"एक जगह मेरा बहुत सा पैसा लगा हुआ था। वही कंपनी नीलाम हो रही है।

उसको चलानेवाले प्रबंधक पुलिस की हिरासत में हैं। लोग हाय-हाय कर रहे हैं।"

मन का बाँध यकायक टूट गया। बहुत दिन पहले मैंने एक आदमी को अचानक मरते हुए देखा था। वह दृश्य अभी तक भूला नहीं है। वे महाशय एक दुकान से बहुत सारे पैकेट छाती से चिपकाए बाहर निकल रहे थे, अचानक हृदयाघात, हार्ट फेल! हाथ का बंधन खुल जाने से एक-एक करके सभी पैकेट गिरने लगे।

एक और घटना याद आई। एक बार एक आदमी की फुलवारी से एक नन्हीं उम्र की बच्ची ने सवेरे-सवेरे बहुत सारे फूल चुराकर अपने खोंइछे (पहने हुए वस्त्र का अगला भाग, जिसे किसी सामयिक रूप से समान रखने लायक बना लिया जाता है) में भर लिये थे। अचानक पीछे से उस घर की मालकिन आ गई और डपटकर बोली, "फेंक, फेंक दे सब फूल। यहीं रख जा।"

हम लोग जिंदगी के दिन जैसे अनचाहे ही एक-एक कर फेंकते जाते हैं, उसी प्रकार उस लड़की ने अत्यंत बेबसी में करुण मुख बनाते हुए, दोनों हाथों से पकड़े फ्रॉक के खोंइछे को कुछ नीचा किया। पहले तो डगराता-डगराता सा एक-एक फूल गिरा, उसके बाद हरहराकर सारे फूल ओस से भीगी घास पर जा गिरे।

उस बच्ची की उन दोनों आँखों को मैं आज तक भुला नहीं पाया हूँ। मुझे ऐसा जान पड़ता है कि मैं वही बच्ची हूँ। मृत्यु की फुलवारी में दिन के खिले-खिले सुगंधित फूल जुटाने आया था, पकड़ लिया गया हूँ। एक दिन, दो दिन, करते हुए खोंइछे से सारे दिन गिरे जा रहे हैं, ओस से भीगी घास पर।"

□

जीवन-यौवन

–अशेष चट्टोपाध्याय

जरा उस आदमी को देखें। पूर्वी एस्पेलेनेड (कोलकाता शहर के बीचोबीच सबसे बड़े मैदान) के खुले मंच पर रीढ़ की हड्डी सीधी ताने हुए सीधा बैठा है। उसके साथ-साथ और भी कई बैठे हैं। उन सभी ने मिलकर इस पिच-सड़क को ही जैसे घर का फर्श बना रखा है। कहीं पर कोहिमा में द्वितीय युद्ध में मारे गए सैनिकों के समाधिस्थल के संबंध में पढ़ा था; उनके स्मृति-फलक पर लिखा है—'तुम्हारे कल के लिए उन्होंने अपना आज न्योछावर कर दिया।' इनका बैठना ऐसा लगता है, जैसे—जंगल-जंजाल से ढँके कब्र के पत्थरों पर पड़ी रंगहीन क्रॉस की कतार-की-कतारें। सभी मुखों पर एक प्रकार की मटमैली छाया, झँवाई-सी आँखें। देखते ही मन में एक अपराध-बोध चुभता है—'तुम्हारे कल के लिए हमने अपना आज समर्पित कर दिया।'

उस आदमी को देखें। औरों के सिर जिसके कंधों तक ही पहुँचते हैं, जिसके बालों पर उम्र ने चूना पोत दिया है, जो कमर से गरदन तक एकदम सीधा है, जिसका मुँह एक भारी कड़े पत्थर के लोंदे जैसा लगता है। उस आदमी को पहले मैं पहचानता था। बहुत दिन पहले। उस समय तो सारे रास्ते ही गलीचों-से थे। जीवन बड़ी कोमलता से माँड़कर बनाए गए मिट्टी के ढेले-सा था, जिससे जैसा मन हो, वैसी मूरत बनाई जा सके। क्रोध, दु:ख, मान-अभिमान, प्रेम सभी एक-दूसरे से जुड़े हुए, गुँथे हुए थे। एक दूसरे से दबा पड़ा नहीं रहता था।

उस आदमी को देखें! उसके संगी-साथियों को देखें! सभी के चेहरे राजभवन की ओर हैं। उनमें से कुछ आदमी स्मारक-पत्र (मेमोरेंडम) लेकर राज्यपाल से मिलने की कोशिश में गए हैं। मैं जानता हूँ, राज्यपाल इस समय कलकत्ते में नहीं हैं। एक फीता काटने के लिए कलकत्ते से बाहर गए हुए हैं। फलत: उन्हें अपना माँग-पत्र या स्मारक-पत्र उनके सेक्रेटरी के पास ही रख आना पड़ेगा। उस रद्दी कागज के निचले हिस्से में हैं—अनेक काँपते हुए हाथों के दस्तखत—'आपके कल के लिए हमने दे दिया है अपना आज।'

जब हम बच्चे थे, तब भूगोल के नक्शे पर भारतवर्ष का रंग लाल-गुलाबी था। अब दोनों हाथ कटे हुए इस देश के दोनों हिस्से और रंग अलग-अलग हैं। 'गवर्नर्स हाउस' का नाम बदलकर हुआ है, राजभवन। दल बाँधकर वहाँ तब भी जाना संभव नहीं था, अब भी नहीं है। एक समय जो लोग इनके सामने खड़े होने में ही डरते थे, वे ही अब आगे बढ़ने के सारे रास्ते रोके खड़े हैं। कलकत्ते में बिना पैसे के तमाशा देखनेवालों की कमी नहीं है। आसपास भारी भीड़ इकट्ठी हो गई है। उनके साथ हैं—कपड़े का एक बैनर और कुछ चटाइयों के ऊपर चिपकाए हुए पोस्टर। उन सबको हटा देने पर दरिद्र बूढ़ों—कुछ बूढ़ियाँ भी हैं—की जमात भर ही है। इधर-उधर से रह-रहकर छोटे-मोटे विचारों के छींटे सुनाई पड़ते हैं। कुछ तो निरे मजाक भर हैं, किसी-किसी में मिथ्या-सहानुभूति के पुलिंदे चढ़े हैं।

भीड़ के आदमी के रूप में ही खड़े रहना मेरे लिए निरापद है। उस काले-पत्थर के लोंदों मार्का मुख की ओर देखने की हिम्मत मुझमें नहीं है।

"अरे ओ भाई साहब! आप यहाँ हैं और मैं चिंतित हूँ कि जाने कहाँ चले गए?—एक ही साथ अनेक बातें माथे में चक्कर काटने लगीं। बड़े ही प्रभावशाली कोण से उस बुड्ढे का फोटो लिया है। रूपाकार तो प्रकाश के विपरीत दिशा से आया है, लेकिन पीछे के पोस्टर के अक्षर सब धूप में चमक रहे हैं। बहुत अच्छा वैपरीत्य (कंट्रास्ट) बना है। अब भाई साहब एक अच्छा-सा मौजूँ—सभी तरह से सही शीर्षक सोचें तो इस गिरफ्तारी का।"

'तुम्हारे कल के लिए हमने अपना आज न्योछावर कर दिया।'—अपने अनजाने में ही मैंने एक सत्य को खोदकर बाहर रख दिया। जैसे किसी दूसरे व्यक्ति ने मेरे गले से बात उगलवा दी हो! मैं स्वयं ही सकपका गया। सामने खड़ा फोटोग्राफर दिलीप भी हक्का-बक्का हो गया।

मेरे पेशे में—और मेरी उम्र में भी—विह्वलता का, आर्द्रता का भाव अधिक देर तक ठहर नहीं पाता। कल के अखबार में, बहुत हुआ तो भीतर के पृष्ठ में एक तीन कॉलम की गिरफ्तारी की कहानी भर छप जाएगी। मेरी जेब में पड़ा है, दिल्ली से अभी-अभी लौटे एक युवक नेता का वक्तव्य। अपने ही दल के दूसरे ग्रुप के नेता के विरुद्ध की गई क्रोधपूर्ण धमकियों भरा। वह पहले पृष्ठ पर निश्चय ही छपेगा। और तो और, यह दूसरा अग्रलेख भी हो सकता है।

उस काले कड़े पत्थर के लोंदे जैसे मुखवाले उस आदमी से जिस समय मेरा प्रथम परिचय हुआ था, उस समय उसकी जो उम्र थी—मैं उसी जगह पहुँच गया हूँ। उस समय तो मैं भी सपनों का सौदागर था। अपने उस 'मैं' को आज मैं पहचानना भी नहीं चाहता। अब तो पीछे की ओर लौटकर निहारने में ही मुझे डर लगता है। फिर भी वही 'मैं' आगे आया और आकर उसने मेरे कंधे पर हाथ धर दिया।

□

'कफे-दि-अजित' पर्यंत जाने की जरूरत नहीं पड़ी। उसके पहले ही समीर से भेंट हो गई। उस समय के कलकत्ता में भी साँझ की वेला में ट्राम-बस का शोर-गुल होता था, भीड़ होती थी। सुंदर प्रकाश की शोभा से सज्जित दुकानों में सीढ़ी चढ़ते-उतरते लोगों का आना-जाना अनवरत जारी है। हमारे दोनों पाँव इसलिए चलते जा रहे हैं, क्योंकि अभी कहीं ठहर पाने को कोई ठिकाना नहीं है। समीर तो वैसे ही बहुत हड़बड़ी वाला लड़का है। प्राय: हर वक्त बहुत व्यस्त रहता है। इस तरह ढीले-ढाले रूप में चलना उसके एकदम विपरीत है। एक-ब-एक आमने-सामने पड़ जाने पर सचेत हुआ।

"क्यों रे, लौट रहा है?" आश्चर्यचकित होते हुए सुई सी चुभोकर उसे जीवंत करने की चेष्टा की।

"ओऽ, अरे तू है!" मुझे देख लेने पर अपने बिखरे मन को समीर ने समेटा। एक फीकी-सी हँसी हँसा। फिर बोला, 'कफे-दि-अजित' की धर्मशाला में तीन दिन की जगह, तीन सप्ताह तक मस्ती उड़ाने दिया। उधार में ली गई चार कप चाय में चौदह लोगों द्वारा प्रत्येक संध्या को प्राय: ढाई घंटा रोज अड्डा मारना। दुकान के मालिक अजित साँपूई ने सारी घटना तिरछी नजर से देखी-भाली है। आज उसने खुल्लम-खुल्ला कह दिया, "हेथा नय, हेथा नय, अन्य कोथा, अन्य कोन खाने।" (यहाँ नहीं, यहाँ नहीं, और कहीं; अन्य किसी स्थान पर।") अतएव जाओ, निकलो बाहर उठो, मुसाफिर गठरी बाँधो खोजो नूतन डेरा।

"लेकिन और सब?" मैं हड़बड़ाकर बोला, "श्यामल, बबलू, सुरजीत, मंटू, न्यापा दादा?"

"कोई चिंता नहीं।" समीर ने उत्फुल्ल होकर कहा, "सभी को देशप्रिय-पार्क के दक्षिण की ओर की बेंचों की ओर रि-डायरेक्ट (फिर से भेज देने) कर देने का महान् उत्तरदायित्व अजित साँपूई ने स्वेच्छा से और आनंदपूर्वक स्वयं ग्रहण कर लिया है।"

फुटपाथ पर लोगों के आने-जाने का प्रवाह उसी प्रकार तेज गति से प्रवहमान है। एक स्थान पर खड़े होकर बात करना बहुत कठिन है। फलत: हमें जल्दी-जल्दी अपने खड़े होने की स्थिति बदलनी पड़ रही थी। मेरे दोनों कंधों को पकड़कर समीर ने पीछे की ओर मोड़ दिया। फिर 'स्लो मार्च' के ढंग पर हम दोनों मंथर गति से बढ़ने लगे।

यह जिस समय की बात है, उस समय कलकत्ता के दक्षिण में नाकतला, बॉश ट्रोनी, यूँटियारी, बड़िशा, इन सब जगहों में ज्यादातर मैदान था; दूर-दूर कहीं-कहीं एक-दो घर थे और उत्तर में लेक टाउन, बांगर एवेन्यू, साल्ट लेक आदि किसी की कल्पना में अभी नहीं थी। दक्षिण का गँवार बतास बहुत दूर तक निर्बाध चला जाता था। उसकी सुगंध बतास जैसी ही थी। काफी रात चढ़े दूर अलीपुर चिड़ियाखाना से कभी-कभार

बाघ-सिंह की दहाड़ तिरती आती थी। मारने-पीटने की योजना बनाने के पहले लोग थोड़ा सोचते-विचारते थे। हम जो दक्षिण के बाशिंदे थे, उत्तर के बंधु-बांधवों को कनिष्ठ लोगों की प्रजा समझते थे।

'कफे-दि-अजित'—को मिलाकर देखें तो हम इसे लेकर मोटे तौर पर अपनी पक्की जगहों से चार बार विताड़ित हो चुके थे। इसके पहले 'मनोहर कैबिन, टी हाउस और भजू दादा की चाय की दुकान पर अड्डा जमाने की कोशिश हम लोगों ने की थी। एक जगह दस दिनों तक टिक सके थे। अंततः एक दिन दुकान-मालिक ने हाथ जोड़ दिया। इन सब जगहों की खोज समीर करता था। काफी वर्षों से बी.ए. की परीक्षा दे रहा है, इसी से उसका चेहरा कुछ चटकदार हो गया है। उसकी परीक्षा फीस जमा करने को हम सब कहते थे—कलकत्ता विश्वविद्यालय का वार्षिक चंदा। एक अच्छे उद्यमी पिता की संतान होने के कारण साज-पोशाक की दशा ठीक ही थी। कैप्स्टन—उस समय इस ब्रांड की सिगरेट, जो सचमुच उत्कृष्ट थी—छोड़कर और कोई सिगरेट नहीं पीता था। परंतु पूरा-का-पूरा एक सिगरेट अकेले-अकेले पी लेना संभव नहीं होता था। हमारे जैसे खाली टेंटवाले गणेश कई थे। पहली और अंतिम कश खींचने के बीच वह नीलमणि सिगरेट कम-से-कम दो आदमियों का ओठ जरूर छू लेती थी।

उस समय हम सबकी आयु—'सँभालो-सँभालो'—प्रकृति की थी। बीस वर्ष के चौखटे के थोड़ा इधर-उधर। किसी का एम.ए. क्लास में नाम लिखा है, तो किसी के नाम के बाद एम.ए. लिख सकने की योग्यता हो जाने पर भी नौकरी के लिए उतनी व्यस्तता नहीं थी। घर पर तो मुफ्त का रहने का स्थान और भोजन-पानी मिलता ही था। दो-एक ट्यूशन के जोर से थोड़ी-मोड़ी मासिक आमदनी भी हो जाती थी। उसी से चाय-पानी का खर्च किसी-न-किसी तरह चल जाता। वैसे बेकार रहने के कारण भरण-पोषण करनेवाले गुरुजनों की डाँट-फटकार कभी-कभार सुननी पड़ती। लेकिन उस सबकी हम कुछ परवाह नहीं करते थे।

हमारे सारे ध्यान-ज्ञान और अड्डेबाजी का मूल आकर्षण का केंद्र था—जिस भाँति भी संभव हो सके, एक पत्रिका प्रकाशित करना। नामी-गिरामी मासिक पत्रों तथा साप्ताहिकों की ऊँची-ऊँची इमारतों से हमारी रचनाएँ प्रायः ही फिर से बाँध-बूँधकर वापस आ जाती थीं। वही सब अस्वीकृत कहानियाँ, कविताएँ, निबंध आदि इस पत्रिका को भर देते थे। छापेखाने के अक्षरों में अपनी रचना की सुषमा देख-देखकर मन भरता नहीं था। पत्रिका का नाम था—'मृगशिरा'। मलाट पर लकड़ी का ब्लॉक, डिमाई साइज (23×36) के दो या तीन फर्मे भर की पत्रिका, कोई विज्ञापन नहीं। अगर कभी कोई विज्ञापन पाते भी और छापते भी, तो भी उनके दुष्ट बदमाश मालिकों से उसका पैसा नहीं ले पाते थे। हमारा उद्देश्य था कि वर्ष में कम-से-कम चार बार पत्रिका प्रकाशित हो,

किंतु तीन बार प्रकाशित करने में ही जीभ बाहर निकल आती थी। "कलकत्ता-संस्कृति के दो टिमटिमाते प्रदीपों को हम प्रभामंडित तेजपुंज बनाने में साहाय्य कर रहे थे। पहली, छोटी पत्रिका प्रकाशित करना और दूसरी, विलायती किताबों की गप्पें पढ़कर मस्ती लूटना।" (यह बात पहले-पहल संभवतः समीर ने ही कही थी।)

एक खुली जगह यदि संभव हो तो गली के भीतर, जहाँ लोगों का आवागमन कम, किंतु कुरसी-मेज और यदि वह भी नहीं, तो कम-से-कम बैठने की बेंच हो। ऐसी चाय की दुकानें हम ढूँढ़-ढूँढ़कर बाहर करते थे। इस प्रकार के अनुसंधान में समीर की दृष्टि क्लब के बाज की तरह अत्यंत तीक्ष्ण थी। दुकान का मालिक हम लोगों को खरीदार-ग्राहक के रूप में पाकर पहले-पहले अपने को अत्यंत कृतार्थ समझता था। लेकिन स्क्रू की चूड़ी हम धीरे-धीरे कसते थे। पहले दिन पूरे दल-बल के साथ नकद पैसा चुकता कर चाय-टोस्ट, आमलेट खरीदते थे। दूसरे दिन आमलेट को विदा कर देते थे। तीसरे दिन टोस्ट भी छोड़ देते थे। फिर कई दिनों तक केवल चाय, लेकिन वह भी कई-कई बार। तब तक भी सारा कारबार नकद देकर। उसके बाद 'उधार का फंदा' बड़ी निपुणता से दुकान के मालिक के गले में डाल दिया जाता था। कभी-कभार दो-चार रुपया उधार का चुकाकर कुछ ढीला छोड़ दिया जाता। इसी कौशल से कुछ दिन बीत जाते थे। अंत में निश्चय ही पूर्व नियमानुसार उस अड्डे का समय समाप्त हो जाता। जैसा कि आज हुआ—'कफे-दि-अजित' का।

उसके बाद का दूसरा अड्डा तलाश करने में कुछ समय लगता। उतने दिनों तक देशप्रिय-पार्क के दक्षिण ओर के एक बेंच पर जमता हमारा अस्थायी अड्डा। वहाँ भी बूढ़े पेंशनभोगियों को वहाँ से भगाकर ही बैठने का अवसर मिलता था। इस प्रकार की जबरदस्ती दखल करने की कारगुजारी और बूढ़ों को हटाने का भार समीर के ही ऊपर था। वह होंठों में सिगेरट दबाए हुए, सबसे अधिक वृद्ध सज्जन के सामने पहुँचता और अत्यंत मुलायम स्वर में कहता, "नाना! जरा सा एक काठी और दियासलाई देंगे।" इसके बाद तो क्रुद्ध विक्षुब्ध होकर क्रोध से देखते हुए वहाँ से चले जाने के अलावा बूढ़े लोगों के लिए और कोई उपाय नहीं होता था। बस, केवल एक बार एक वृद्ध ने, जिनकी पकी हुई दाढ़ी छाती तक लटकी थी, किटकिटाकर कहा था, "अपने बाप से ही जाकर क्यों नहीं माँगते दियासलाई?" परंतु जरा भी गुस्सा हुए बगैर बहुत शांत गले से समीर ने उत्तर दिया था, "नानाजी, मेरे पिताजी तो मुझसे भी कुछ अधिक ऊँचे दर्जे के हैं। वे तो यह चीज—यहाँ उसने दाहिने हाथ की दो उँगलियों से गोला बनाकर दिखाया—भी (माने गाँजा) दूसरे के सिर पर कटहल फोड़कर खाते हैं। मैं तो उन्हीं पिताजी का सपूत हूँ। केवल दियासलाई ही तो माँगी है!"

'कफे-दि-अजित' से भगाए जाने पर कुछ दिनों तक हमारा कुछ समय बहुत बुरा

बीता। नए अड्डे पर बैठते-न-बैठते ही परेशान कर भगा देने का उपक्रम। सभी जगह कुरसी-मेज-दुकान के मालिक के दिमाग, सभी दोपहर की धूप में तपे हुए टिन की तरह। दो दिन बीतते-न-बीतते अपना प्रसार समेट लेना पड़ता। तब तक समीर की टेकनीक भी भोथरा गई थी अथवा यह भी हो सकता है कि दुकानदार सब पहले से अधिक सयाने हो गए होते थे। हम लोगों का ऊँट की तरह 'पहले नाक घुसेड़कर दुकान पर दखल कर लेने का कौशल'—शायद अधिक प्रसारित हो गया हो। एक जगह तो महानिष्क्रमण के समय छोटी-मोटी मारपीट ही हो गई। हमारे दल के सबसे निरीह और उम्र में बड़े सदस्य न्यापा दादा का चश्मा टूट गया और समीर के भारी हाथों के घूँसे से दुकान मालिक की नाक से खून टपकने लगा। थाना पुलिस तक की नौबत पहुँचने के पहले ही हम लोग हवा हो गए।

न्यापा दादा यद्यपि हम लोगों के साथ थे, फिर भी जो हमारा खास अंदर-महल था, उसके बाहर-बाहर थे। हम सब 'डिलान टामस', रयांबो, हाइने, रिल्के, सार्त्र, किर्कगार्द, इन सब नामों के ईंट-पत्थर लेकर उछल-कूद करते थे। उस समय न्यापा दादा की आँखें ऐसी लगती थीं, जैसे घर में भूल से जला रखे दीये की बत्ती। तीस वर्ष की अवस्था में ही उनका विद्यासागर जैसा कपाल, सिर के बाल सँवरते-सँवरते प्रायः ब्रह्मतालु तक पहुँच गए हैं। ऐसे ही प्रायः हर वक्त जैसे चोट खाए केंचुए जैसे। किंतु दो अवसरों पर वही न्यापा दादा हमारे लिए केंचुए की जगह शंखचूड़ पहलवान थे। एक अँधेरी गली में उनके पिताजी का ट्रेडिल-मशीन का एक प्रेस था। वहाँ हमारी पत्रिका के छपने की पक्की व्यवस्था थी। प्रेस के बकाया बिल और हमारे बीच अनेक बार न्यापा दा मध्यस्थ दीवार सदृश थे। उस उम्र में बहुतों के मन लड़कियों के शरीर के सौंदर्य की खोज में नाक से सूँघते रहते थे। सिद्धांत की बातें तो जानी हुई थीं, किंतु प्रयोग अभी भी बहुत दूर-दूर था। किंतु न्यापा दादा जैसे ललचाए पागल व्यक्ति—कौन जाने लालची पागल होने से ही—को तीन-तीन बार प्रायोगिक अनुभव हो चुका था। इसके अतिरिक्त वह पैदाइशी ताक-झाँक करनेवाला पट्ठा था। अड्डे की तंद्रालसता को दूर करने का सर्वोत्तम उपाय था—न्यापा दा का अतिक्षीण स्वर में रस ले-लेकर कथा-वर्णन। वैसे सदा सलज्ज मुखचोर बने रहनेवाले न्यापा दा उस समय आश्चर्यजनक कथावाचक हो उठते। थोड़ी-थोड़ी भी जगह वर्णन से छूट जाने का कोई उपाय नहीं। सबकुछ तिल-तिलकर बखानते और उस पर भी समीर की—"बार-बार हुँकार, और विस्तार से सर, और विस्तार से।"

एक समय पर न्यापा दा की सारी कहानियाँ बासी पड़ गईं। देशप्रिय-पार्क की अवस्था एकदम अस्थिर हो चली। आज यह आ रहा है, तो कल वह नहीं आ रहा। ठीक ऐसे ही समय में हम सब एकदम तरोताजा स्वर्ग का ही अधिकार पा गए। मानो दक्षिण प्रशांत सागर का प्यागो प्योगो द्वीप; परिपूर्णतः चिरंतन बसंत की बहार। इस बार भी कैप्टन कुक की भूमिका में समीर ही था। उस दिन संध्या समय सबके मुँह की बोली

मानो झर गई थी। सबकी जबान पर ताला पड़ गया था। दो-एक व्यक्ति उठ जाने के लिए विकल थे। समीर जाने कहाँ लापता हो गया था। लौटा तो जैसे पाँवों में पहियोंवाला जूता पड़ा हो! पहले तो एक बार जमकर किरात-नृत्य किया। हम सब तो स्तंभित रह गए। उसके बाद बड़े गर्व से बोला, "चलो।" शेष रहस्य रास्ते में जाते हुए ही सुना गया। लगातार चाय मिलने की व्यवस्था तो है ही, बैठने के लिए कुरसी-मेज की भी कोई कमी नहीं है और ऊपर से माथे पर मुक्त आकाश। उन्मुक्त वायुमंडलमय (ओपन एयर) कॉफी-पान स्थल (कैफे)। लगता था, जैसे बैबिलोनियाँ की झूलती वाटिका का आभास दे रहा था।

हाँ, तो सराहने लायक है समीर की प्रखर दृष्टि। पूरे क्षेत्र की सूक्ष्म खोजबीन कर यह अत्यंत उपयुक्त स्थान ढूँढ़ निकाला है। लेक-मार्केट के समीप ही एक मंजिला अकेला भवन। अभी शीघ्र ही बनाए गए दुमंजिले पर एक बड़ा सा हॉलनुमा कमरा, जो खुली छत के मस्तमौला पहरेदार की भाँति खड़ा था। उसी कमरे में अभी जल्दी ही आरंभ किया गया भोजनालय—'लेक व्यू होटल एंड रेस्टोरेंट'—सुदृश्य झील भोजनालय एवं विश्रामगृह। अभी दूसरा भाग आरंभ नहीं हुआ था, किंतु समीर ने पहले से ही भूमिका बाँध रखी है।

इस दुकान के मालिक का चेहरा देखकर तो कइयों ने सोचा कि चलो, देशप्रिय पार्क ही फिर लौट चलें, परंतु इस प्रकार की गड़बड़ी और अनिर्णय की दशा में समीर ही हम लोगों की रक्षक-ढाल के सदृश है। चेहरा और गले की आवाज दोनों ही भारी हैं, किंतु सर को कंपित कर देनेवाले समीर के रूखे बाल तक इनकी दाढ़ी के नीचे ही हैं। यदि ये पीछे भी खड़े हों, तो भी समीर उन्हें पूरा-पूरा ढक नहीं पाएगा। दोनों ओर से दो-दो इंच बाहर ही निकला रहेगा। यदि इनकी देह का रंग काला कहा जाए तो पूरी तरह बखाना नहीं जा सकेगा। मुख के साथ समता रख सकता है—ताप में झुलसा हुआ, पानी में भीगा हुआ खुरदुरा ग्रेनाइट का काला कड़ा पत्थर। शरीर के रंग के साथ शोभा दे रहा है, धुलाई के चूर्णों वाशिंग पाउडर के विज्ञापनों में चित्रित श्वेत-शुभ्र पैजामा और कमीज। देह की बनावट भी ग्रेनाइट पत्थर जैसी ही मजबूत है। देह की बलिष्ठता सहज ही दृष्टि को आकर्षित कर लेती है। उम्र का हिसाब लगाने की इच्छा नहीं होती। फिर भी इतना तो स्पष्ट लगता है कि हमारे और इनके मध्य एक पूरी पीढ़ी पसरी हुई, फैली हो सकती है। आयु के साथ निर्भर करनेवाले सिर के बाल पक जाने से अधिक साथ नहीं दे सके। किसी-किसी तरह ललाट के आसपास थोड़ी सी झलक मारकर ही रह गए हैं, परंतु मुँह पॉलिश छुटे ग्रेनाइट पत्थर की तरह पतला, मोटा, नाना जगहों से मुड़ा चुड़ा और गड्ढों-भरा है।

समीर ने बड़े आदर से उनसे हम सबका परिचय करवा दिया। हम लोगों ने फिर

नए सिरे से सुना कि हममें से कोई कवि है अथवा कोई कहानीकार है। यहाँ तक कि न्यापा दा भी प्रबंध लेखक हैं, यह भी पता चला। अब दूसरी ओर का परिचय सुनकर हम सबके गले उतारने की बारी आई। इन महाशय का नाम है—गोकुलानंद मुखोपाध्याय। नाम ही बता देता है कि वे पुराने जमाने के व्यक्ति हैं। परंतु पूरी पृष्ठभूमि जान लेने के बाद एक भोजनालय चलानेवाले व्यापारी के रूप में उनकी कल्पना ही नहीं की जा सकती। 'अनुशीलन समिति', 'युगांतर दल' इन सब नामों के छापामार दस्तों के पिस्तौल-बम लेकर किए जानेवाले क्रियाकलाप के बारे में थोड़ा-थोड़ा पुस्तकों में पढ़ा है। इतिहास पढ़ते समय तो जाने कितने नाम याद करने पड़े थे। अब वह सब बीत जाने के बाद कौन उन सबको तसवीर की तरह फ्रेम में मँढवाकर मन में सँभाले रखे है? परंतु ये महापुरुष उन्हीं इतिहास की पुस्तकों में से निकल आकर बाहर स्थित एक जीवंत चरित्र हैं। मछुआ-बाजार बमकांड के विषय में हल्का-हल्का-सा कहीं सुना या पढ़ा था। उस कांड को लेकर जो मुकदमा चला, उस मुकदमे में फँसने और सजा पानेवालों में से एक ये भी हैं। जितने दिनों तक जेल में खटते रहे, यदि उस सब समय को जोड़ा जाए, तो लगभग हमारी उम्र के बराबर का समय इनका जेलों में बीता। पृथ्वी सिमटकर एक छोटी कोठरी भर रह गई थी। किसी-किसी तरह आकाश का एक छोटा-से-छोटा टुकड़ा देख लेना ही एक महत्त्वपूर्ण घटना होती थी। इसी प्रकार वर्ष-पर-वर्ष बीतते गए। कुछ अंडमान के तथाकथित काले पानी में, कुछ अपने देश की लाल ऊँची दीवारों के घेरों में।

हम सबके जन्म के कुछ ही वर्षों बाद मानचित्र में हमारे देश के रंग और चेहरे में परिवर्तन हुआ। परंतु मानचित्र पर जिन्होंने भारतवर्ष के रंग को ललछौंहा गुलाबी बना रखा था, उनके ऊपर हमारा कोई रोष नहीं है। उन्हें देश से भगाने के लिए हममें से किसी ने एक ढेला भी नहीं फेंका। हम सबकी सुविधा के लिए लड़ाई-भिड़ाई का सारा कार्य बहुत पहले ही दूसरों ने कर दिया था। फलत: देश-विभाजन का दारुण-दाह हम लोगों के शरीर को जरा सा भी छू नहीं गया। पुलिस की लाठी, आँसू-गैस आदि की बातें हमने सुनी हैं। बाद में इनसे आमने-सामने का परिचय भी हुआ है। उन्नीस सौ अड़तालीस में 'काला काल-मुर्दाबाद, मुर्दाबाद।' का नारा लगाते हुए अन्य अनेक लोगों के साथ हम भी विधानसभा भवन तक गए थे। उस समय 'पी.डी. ऐक्ट' पास हुआ था। मेरी पीठ पर एक घुड़सवार सिपाही की लाठी की चोट लगी थी। उस दिन जो नौजवान लड़का पुलिस की गोली से आर-पार छिदकर चूर्ण-विचूर्ण हो धज्जी-धज्जी हो गया, उसे किसी ने याद तक नहीं किया। वह था शिशिर मंडल। ढेले, ईंट-पत्थरों के बीच उसके रहने की कोई उपयुक्तता नहीं थी। वह इन सबके बीच था भी नहीं। वह तो धनात्मक लाल निशानवाली आर.डब्ल्यू.ए.सी. (रेडक्रॉस सोसाइटी) की चिकित्सा (एंबुलेंस) गाड़ी के साथ था, कटे-फटे, टूटे-फूटे रक्तरंजित शरीरों पर दवा लगाकर महरम-पट्टी बाँधने के लिए।

किंतु फिर ऐसा कार्य उसे कभी नहीं करना पड़ा। उसी दिन मैंने पहली बार देखा, एक छोटे से शीशे के टुकड़े की कितनी संहारक क्षमता है! जबकि उसी टकटक लाल शीशा (गोली) को उगलने वाले उस यंत्र (बंदूक-पिस्तौल) से इनकी जान-पहचान शुरू से ही जाने कितने वर्ष पहले से है। उस जमाने में पुलिस के माथे पर लाल पगड़ी बँधी होती थी। जब हमारा निरा बचपन का समय था, तब जो लोग हमसे कुछ ही अधिक उम्र के थे, वे प्राय: ही एक कहावत को नारेबाजी की तरह चिल्ला-चिल्लाकर कहते थे, "वंदेऽऽऽ मातरम्। लाल पगड़ी का माथा गरम।" हम लोगों ने तो इतना भर भी नहीं किया।

ग्रेनाइट पत्थर जैसे मुखवाले उन सज्जन के और हमारे बीच जो आयु की दूरी थी, वह बड़ी जल्दी ही मिट गई। समीर ने ही जैसे जंग खाए हुए, सिकुड़नेवाले फाटक के दोनों पल्लों को खींचकर मिला दिया। पुराने किले के कील-पेंचवाले फाटक जैसे उस चेहरे की ओर हम लोग बहुत कम ही देखते थे, जबकि हम ठीक समझते थे कि एक जोड़ी आँखें हमें बराबर देखती रहती हैं, कान हमारी बातों को रिकार्ड-सा सँजो रहे हैं।

एक दिन अचानक ही झनकारते हुए समीर पूछ बैठा, "अच्छा गोकुलानंद बाबू! आपने अपने नाम के भीतर 'आनंद' शब्द को घुसा रखा है। जबकि आपको देखने से तो ऐसा लगता है, जैसे यह शब्द सिंदबाद की गरदन पर बैठा हुआ बुड्ढा हो। जीवन में आप अंतिम बार कब हँसे थे, जरा बताएँ तो?"

समीर की आगा-पीछा सोचे बगैर की गई इस लापरवाह बात से तो पूरा कमरा ही ऐसा हो गया, जैसे एस्किमो का बनाया हुआ इगलू घर! चारों ओर से घुप्प गाल फुलाए! मुझे तो ऐसा लगा, जैसे पिनपिनाकर सिर के सारे बाल खड़े हो रहे हों। यहाँ तक कि बड़े रास्ते पर चलती ट्रामों, बसों की गड़गड़ाहट भी जैसे धमकी खाकर अचानक चुप हो गई हो। संभवत: इसी स्थिति को कहते हैं, 'गर्भवती निस्तब्धता।'

"समीर बाबू।" अपने घरघराहट भरे गले पर बिना कोई जोर दिए, गोकुलानंदजी ने कहा, "हँसी के भी नाना प्रकार हैं। आप लोगों की हँसी भी कोई हँसी है? ऐसा लगता है, जैसे मुँह में पानी भरकर कुड़कुड़ाते हुए कोई कुल्ला कर रहा हो। जो आरंभ हो पाती ही नहीं कि समाप्त हो जाती है। मैंने एक बार लगातार घंटे भर तक हँसी हँसी थी।"

"हँसी की किसी प्रतियोगिता (कंपटीशन) में भाग लिये हुए थे क्या?" दोनों आँखों को मजाकिया आश्चर्य से समीर ने लड्डू की शक्ल का बना लिया। हम सबको तो जैसे काठ मार गया। साँस रोककर इन दो तलवारबाजों की लड़ाई के दर्शक भर बने रहे। पूरा घर तब भी इगलू-सा घुप्प बना रहा। ऊपर से कानों के पास जैसे आग की लपट झलमला रही हो।

"हाँ, उसे एक प्रकार की प्रतियोगिता कह सकते हैं। किंतु हँसी की नहीं, सहनशक्ति की प्रतियोगिता।"

"उसके साथ आपकी उस राक्षसी हँसी का क्या संबंध ?"

"राक्षसी-भूख जो लग गई थी।"

ऐसे जवाब ने तो जैसे समीर के मुख में ठेंठी (काग) लगा दी और इधर इगलू गलते-डगरते एक भारी बर्फ की दरार के निकट जा पहुँचा। अब तो सारी बातचीत की दशा पूरी तरह गोकुलानंद की मुट्ठी में बंद थी। अब तो चाहे पार उतारें या बीच नदी में डुबोएँ; सभी उन्हीं के हाथ में है। समीर जैसा साहसी पट्ठा भी दुविधा में पड़ गया है। ग्रेनाइट पत्थर के लोंदे पर रुई फेरने से उसे गुदगुदी नहीं आती; तो भी अत्यंत चकचकाती दो आँखों की बढ़ती चमक को हँसी न कहें तों क्या कहे ?

"राक्षसी-हँसी, राक्षसी-भूख इत्यादि शब्दों से आपने जो रहस्य पैदा कर दिया है, वह मोनालिसा की मुसकान सदृश अति सूक्ष्म, फिर भी अति जटिल है।" संशय के भाव को और अधिक सह न पाने के कारण सुरजीत बोल पड़ा, "आप जब तक और अधिक खोलकर स्पष्ट नहीं करते, तब तक हम लोगों की त्रिशंकु की दशा दूर नहीं हो पाएगी।"

श्यामल की आवाज बहुत सुरीली है। वह भी एक पंक्ति गा उठा, "आर रेखो न आँधारे, आमाय देखते दाओ।" (देखने दो हमें, और अँधियारे में मत रखो।) और इस एक पंक्ति के गाते ही इगलू गायब हो गया। मेरे सिर के बाल फिर सो पड़े। सुनाई पड़ने लगा—नीचे जाने किन लोगों में आपस में झगड़ा हो रहा है।

बाहर का समाप्तप्राय सांध्य-प्रहर घर के भीतर से प्रकाश को सोखता जा रहा था। ग्रेनाइट के मुख पर लिखा हुआ पढ़ा नहीं जा सकता। बिजली बत्तियों के तमाम स्विचों का बोर्ड उसी मुख के पीछे था। पीछे की ओर हाथ घुमाते ही सारी बत्तियाँ जल उठीं। हम सभी उन्मुख हो उठे हैं।

"आप लोग जिस प्रकार का जटिल रहस्य सोच रहे हैं, वस्तुतः उस प्रकार का कोई रहस्य नहीं है।" हमारे उत्तेजित भावों को एक तरफ धकेलते हुए गोकुलानंदजी बोले, "जेल काटते हुए अनेक बार उपवास-अनशन करना पड़ा था। यह घटना पहले बार के उपवास की है। उस समय मेरी अवस्था आप लोगों के ही समान थी। भूख लगते ही भोजन को हथिया लेने की प्रबल इच्छा होती। जेल की लंबी अवधि को जानते हुए भी अभी जेल को ही घर-द्वार मानना नहीं सीख पाया था। उपवास के आरंभिक तीन-चार दिन काटना ही बहुत कठिन कार्य है। उसके बाद तो सहने की एक प्रकार की शक्ति आ जाती है। कम-से-कम यह आश्वासन मेरे बड़े भाई लोग जरूर देते थे। परंतु उपवास के पाँच दिन बाद पहले आँख बंद करते ही गरमागरम भात से भरी हुई थाली दिखाई पड़ने लगती, जिसकी भाप से भात की सोंधी गंध उठ रही होती। उस भात से भरी थाली के भात के बीचोबीच बने गड्ढे में मसूर की पतली दाल, थाली के एक किनारे पर एक मुट्ठी प्याज और कच्चे हरी मिर्च की कतरनों से सना हुआ एक गोला आलू का चोखा। यदि

मैं संन्यासी होता तो कहता—"अरे, दूर भागो। माया और अविद्या के सब चोंचले! दूर भगो।" सचमुच मैंने वैसा ही कहा भी। परंतु वह भात की थाली तो तनिक भी हिली-डुली तक नहीं। उसके और दो-एक दिन बाद तो खुली आँखों से भी वही सब देखने लगा।"

"भ्रमदशा।" अपने अनजाने ही सुरजीत कह गया।

"ठीक ही कह रहे हैं।" सुरजीत की बात को सहज ढंग से, जैसे चलती हुई बस का यात्री नन्हे बच्चे को उठाकर अपनी गोद में रख लेता है, उसी तरह गोकुलानंद बाबू ने अपनी कथा की गाड़ी में बैठा लिया। बोले—"पेट की बत्तीस नाड़ियों को निचोड़कर अपनी गरदन सीधी रखने की प्रतिज्ञा के ललाट को झुकाकर जलती हुई भूख की आँच में तपाकर तैयार की हुई भ्रमदशा, परंतु वही भ्रम यकायक एक ऐसे भयंकर यथार्थ के रूप में परिणत हो गया कि यह जानते हुए भी कि यह एकदम झूठ है, उस पर झपट्टा मारने की इच्छा होती है, और एक दिन सचमुच ही मैंने उस भातों से भरी थाली पर जोरदार झपट्टा मारा। फिर क्या था? अचानक ही आरंभ हो गई हँसी की तरंग। उपवास के सात दिन बीत चुके थे। वैसे मेरा स्वास्थ्य सदा से ही अच्छा रहा है। सात दिन तक भोजन छोड़ देनेवाले में हँसने की क्षमता हो सकती है क्या? परंतु मैंने अपना सारा कष्ट, सारी भूख उसी हँसी के तालाब में डुबो देनी चाही। कितनी देर तक हँसता रहा, नहीं जानता। सभी साथियों ने मिलकर मुझे दाब रखा था। मेरे सिर पर बराबर पानी गिराते रहे थे। तब भी वह राक्षसी हँसी बंद होने का नाम नहीं लेती थी। गले से आवाज निकल नहीं पा रही थी। ऐसा लगता, कलेजा और हृदय सभी कुछ फटकर चूर्ण-विचूर्ण हो जाएगा। फिर भी हँसी जैसे एक भारी कटे घाव से बहती रक्त की धारा के समान लगातार बहती चली आ रही थी। हाँ, उस समय मुझे होश नहीं था। हँसी बंद करवाने में साथियों को लगभग एक घंटा समय लगाना पड़ा था। यह सब जानकारी बाद में दूसरे साथियों के मुँह से सुनकर जान सका था।

वह घर फिर इगलू-सा हो गया था। समीर के मुख को देखने से लगता था कि जैसे किसी ने उसके पेट को सँड़सी से भींच रखा है। हम सबके मन भी इन बातों की चोट से चूर्ण-विचूर्ण हो एकदम स्तंभित हो गए थे। मंटू जरा अधिक भावुक है। सड़क पर यदि कुत्ते को भी मोटर से दबते देखता है तो रोने लगता है। उसने तो इसी बीच अपना मुँह दोनों हाथों से ढक लिया है। सुरजीत की उँगलियों में फँसी सिगेरट जलते-जलते इतनी करीब पहुँच गई है कि उँगलियाँ अब जलीं कि तब। इस घर में पुनः वही गर्भवती निस्तब्धता व्याप गई है। वह भी टूटी; उसी ग्रेनाइट से खुदे मुख की ही बात से।

उसके बाद भी चौंतीस दिनों तक उपवास व्रत रखा था, परंतु फिर उस गरम भात की थाली का भ्रम नहीं हुआ। राक्षसी-हँसी के धकिया देने से वह भागा, तो भाग ही गया।"

यदि कोई केवल मूकों का स्कूल हो, तो हम सब इस समय तक उसी के गूँगे विद्यार्थी थे। अधिक देर तक चुप रहना समीर के लिए गोकुलानंद बाबू के उपवास की भाँति ही कष्टकर है, किंतु जब उसी के होंठ सिले हुए हैं तो औरों के मुँह भला किस तरह खुलेंगे? परंतु वह जो कहावत है—'जहाँ देवदूत प्रवेश करने में ही हिचकते हैं, मूर्ख वहाँ तेजी से दौड़े जाते हैं।'

"इतनी देर तक उपवास की बातें सुनते तो मुझे बड़ी जोर की भूख लग गई।" जो न्यापा दा सात थप्पड़ लगने पर भी चीं तक नहीं करते, वे चट से बोल पड़े थे।

परंतु इससे शाप जैसे वरदान ही सिद्ध हुआ। हमारे पाँव काफी समय से युधिष्ठिर का रथ (जो पृथ्वी से ऊपर उठा रहता था) बने हुए थे। न्यापा दा की बात पर समीर के अट्टहास से वे फिर धरती पर लगे। अचानक श्यामल अपने सुरीले कंठ से गा उठा, "आलो, आमार आलो, ओगो आलोय भुवन भरा।" (प्रकाश ओ मेरे प्रकाश, अरे प्रकाश से तीनों भुवन भर उठे हैं।) यह गाना श्यामल बस, एक ही व्यक्ति के लिए स्वागत-गान के रूप में गाता था और वह भी सिर्फ यही एक पंक्ति। वे धन्य पुरुष हैं—आलोक बाबू। किसी-किसी तरह पाँच फीट तक पहुँचे, फिर इससे ऊँचे नहीं बढ़ सके। उम्र भी जैसे अनेक वर्षों से एक ही स्थान पर अटक गई है। सदा-सर्वदा साफ-सुथरा कुरता-पाजामा पहने हुए। आलोक बाबू रेस की घुड़दौड़ के मैदान की अनधिकारिक बुकिंग के आधिकारिक क्लर्क हैं। इस मुहल्ले के सभी रेस्टोरेंटों में उनके ग्राहक हैं। हम लोग भी आलोक बाबू के बहकावे में आकर कभी-कभार दो-एक रुपए की बाजी खेलते हैं। समीर ने एक बार पाँच रुपया जीता था। और सभी के भाग्य में बस कटहल मतलब कि शून्य। जीत के एक रुपए में एक आना कमीशन आलोक बाबू का बँधा था। चेहरे से सदा चमकते-दमकते आलोक बाबू के मुँह के एक कोने में हमेशा एक विशेष प्रकार की मुसकान बसी रहती थी। बस, आज ही जाने क्यों वह हँसी वे बाहर छोड़ आए हैं। आते ही धपाक् से एक कुरसी पर बैठ गए।

हम लोगों ने दूर से ही रेस का मैदान देखा है। उसके अंदर के क्रियाकलाप हमारे लिए घड़ी के सूक्ष्म कल-पुर्जों की तरह अदृश्य हैं। आलोक बाबू ही छोटा-मोटा उपहार देते रहते हैं। रुपए के बदले पेंसिल से अनाप-शनाप लिखे हुए कागज के टुकड़े। समीर दो-एक बार मैदान में गया है। वहाँ का हाल-चाल कुछ समझता है। आलोक बाबू के मुँह की उस सदाबहार हँसी के उड़ जाने का कारण वह कुछ अनुमान कर सकता है।

"ओगो मोर आलो! केन तब वद्नारविंद आज बेगुन पोडार समकालो?" (अरे मेरे आलोक! आज तुम्हारा मुखकमल जले हुए बैंगन जैसा झँवाया क्यों है?) समीर ने यात्रा-दल की तरह हाथ-मुँह अधिकाधिक नचाते हुए कहा। यह बात कहकर उसने फिर अपना स्वर बदलते हुए पूछा, "आज जुलाब हुआ है क्या? वैसे मैं इस जुलाब का

मतलब समझता हूँ। अर्थात् टिकट काटने में आय से अधिक खर्चा!" आलोक बाबू ने गरदन हिलाई।

"अच्छा!" समीर ने कहा, "तो भाग्यवान पुरुष कौन है? हम लोगों में से ही कोई?" इस बार पीछे की ओर आलोक बाबू ने सिर हिलाया।

"भाग बेटे!" समीर झुँझलाकर बोला, "बस घटर-घटर सिर हिला रहा है। क्या बात है? जीभ पर फालिज (पक्षाघात) मार गया है क्या?"

"बारे-बारे घूघू तुमी खेये जाओ धान। एबारे घूघू तोमार बधिबो परान।" (हर बार तो ऐ उल्लू खा जाते रहे धान। अबकी बार घूघू जी तुम्हारा लेंगे परान।) सुरजीत ने उच्छ्वासित हो कहा—"हमारे कपाल तो तुम्हारे द्वारा फोड़े गए कटहलों के लासे से चिपककर चटिया गए हैं, अब तुम्हारे कपाल पर कटहल किसने फोड़ा?"

किसी-किसी तरह आलोक बाबू ने नाम उगल दिया—"गोकुलानंद बाबू।"

"आँऽऽ!" एक ही शब्द पर हम सभी के द्वारा दिए गए जोरदार उच्चारण से बाहर के सब खरीदार चौंक पड़े।

"आपने आलोक बाबू के साथ भी खेल किया था?" मैंने कुछ इस तरह पूछा, जैसे मैंने गोकुलानंद बाबू को किसी बदनाम बस्ती से निकलते हुए देख लिया हो! उसके बाद फिर पूछा, "कितने रुपए उन्होंने लगाए थे दॉव पर?"

"अधिक नहीं, बस पाँच रुपए।" ग्रेनाइट पत्थर का लोंदा जैसे बोला, "आखिर क्यों? आप लोगों को दाँव लगाते देखकर मुझे भी खेलने की इच्छा हो गई।" समीर ने झपटते हुए पूछा, "कितने रुपए अदा करने हैं?"

"साढ़े सत्तासी। आरंभकर्ता का भाग्य।" आलोक बाबू की बात हवा में मिल गई। "तब तो निश्चय ही परम भाग्यशाली।" समीर उछल पड़ा, "किला जीत लिया।"

"तुम तो कुछ जीते हो नहीं।" मैंने चिकोटी काटी—"फिर बकरी के तीसरे बच्चे की भाँति क्यों उछल रहे हो?"

"यह जीतना हमारा ही जीतना है।" समीर ने मेरी बात की परवाह किए बगैर कहा, "यह तो हमारे अड्डा मालिक साधु पुरुष की जीत है। क्यों भाई न्यापा दा, तुमको ही तो भूख-भूख सी लगी थी?"

न्यापा दादा ने कहा, "मांस पकने की खुशबू आ रही है।"

"अच्छी बात है, एक-चौथाई प्लेट मांस और दो स्लाइस रोटी प्रत्येक को।" समीर गरजकर बोला, "नहीं, आलोक बाबू नहीं, तुम्हें भी हम छोड़ नहीं रहे हैं। तुम भी हमारी पाँत में ही हो।"

इसके बाद से ही हमारा अड्डा उसी होटल से लगी छत पर आ जमा। गोकुलानंद बाबू भी बीच-बीच में कभी-कभी आ बैठते थे। बातें बहुत कम करते थे, सुनते अधिक

थे। उस दिन जब श्यामल गा रहा था, 'आजि ए आनंद संध्या।' तब गोकुलानंद बाबू बोले, "हम लोगों के समय रविबाबू के संगीत का इतना प्रचलन नहीं था। हम समझते भी नहीं थे। अब श्यामल बाबू का गाना सुनकर मन करता है कि कहें—'आमि अवाक् होये शुनि, केवल शुनि।' (मैं विस्मयविमूढ़ हो सुनता रहूँ। केवल सुनता ही रहूँ।)" इतना कहकर वे हँसे पड़े, फिर बोले, "देखिए, रवि बाबू के गीत अच्छे लगते हैं, यह बात कहने के लिए भी गंगाजल से गंगा-पूजा करनी होती है।"

"आप कभी गाना नहीं गाते थे?" श्यामल ने जानना चाहा।

"नहीं, उस लायक गला भी नहीं था और सीखने का सुयोग या परिवेश भी नहीं था। फिर सुयोग पाकर भी क्या करता? उसके पहले ही तो···" फिर उन्होंने बात रोक ली, पूरी नहीं कही।

"उसके पहले क्या हुआ?" श्यामल पूरी बात जानने को उत्सुक हो उठा। बड़ी सड़क के बिजली के खंभे से छिटककर छत पर आते प्रकाश को अँधेरे ने थोड़ा सरककर जगह दे दी है। उसी से मैं समझ सका कि गोकुलानंद बाबू का मुँह फिर ग्रेनाइट पत्थर का लोंदा बन गया है। मुझे मन-ही-मन ऐसा लगा, जैसे श्यामल गाना तो अच्छा गाता है, परंतु उसकी बुद्धिलब्धि (आई.क्यू.) कसरती पहलवानों सी ही है। वातावरण के भारीपन को दूर करने के अभिप्राय से मैंने श्यामल से अनुरोध किया कि वह वही गाना गाए, 'दुःखेर बरषाय, चक्षेर, जल जेइ नामल। बक्षेर दरजाय बंधुर रथ सेइ थमल।' (दुःख की बरसात में आँखों के आँसू ज्यों ही बरस पड़े, हृदय के द्वार पर परमप्रिय का रथ तभी आ खड़ा हुआ।)

"यह भी क्या रवींद्रनाथ का गीत है?" गले की आवाज से हम चकित हो गए।

"हाँ।" श्यामल ने उत्तर दिया।

"दुःख की बरसातें तो न जाने कितनी आई-गईं। उनके थपेड़ों को भी जीवन में कम नहीं भोगा, परंतु हृदय-मंदिर के द्वार पर प्रियतम का रथ सचमुच क्या कभी आकर ठहरता है? अथवा कभी आया भी था, ठहरा भी था; मैं ही पहचान न सका, आहट न पा सका।" इस ग्रेनाइट की कड़ी चट्टान से निचुड़कर बह रही है विषादमय दुःखानुभूति। अनुभूति मनुष्य को जलाकर झाँवा बना देती है। उम्र के साथ-साथ झाँवें का अस्तर और मोटा एवं स्थूल होता जाता है। दुःख को छकाने के लिए एक मजबूत ढाल बन जाती है, फिर किसी विशेष क्षण में एक-दो बातें, एक-दो कविता या गानों की कड़ियाँ। वही सात स्वर ही तब सितार के सात तार बन जाते हैं, वे ही झनझना उठते हैं। ग्रेनाइट पत्थर का लोंदा भी रक्त-मांसयुक्त चेहरे में बदल जाता है।

किंतु श्यामल ने गाया, एक दूसरा ही गीत, 'दुःख आमार असीम पाथार पार होलो; जे पार होलो।' (दुःख का हमारा अनंत पारावार पार हुआ) निहारकर देखता हूँ तो पाता

हूँ कि ग्रेनाइट पत्थर की दोनों आँखों की पलकें जाने कब की बुझ गई हैं।

परंतु यह तो हुई एक विशेष पक्ष की चर्चा। हम लोग उस समय तक तो होटल के नए खुदवाए गए तालाब के आमंत्रित मगरमच्छ थे। रेस्त्राँ की चाय तो है ही, होटल के भोजन वगैरह का भी उधार रखने का पल्ला शुरू हो गया। होटल के काउंटर पर एक छोटा-नाटा सा, फूले-फूले गालोंवाला मोटी-मोटी मूँछोंवाला आदमी बैठता था—धोती के ऊपर हाफ कमीज पहने हुए। सभी उसे 'मैनेजर बाबू' कहते थे। सामने पड़ी रहती थी एक चार नंबरी जिल्दबंद कॉपी। उसमें हम सबके नाम पर अलग-अलग हिसाब का खाता था, परंतु उस हिसाब में निश्चय ही उधारवाले खाते में ही पंक्ति-दर-पंक्ति लिखा होता था। प्राप्ति या चुकता किए गए कॉलम में कदाचित् ही एकाध जगह कलम चली हो, वह भी विशेषकर समीर के खाते में।

एक साथ ही भोजन-व्यवस्था का होटल और रेस्टोरेंट भी। बीच में विभाजक दीवार के उस पार होटल की रसोई। सभी कुछ समीर के लिए अपने घर के समान है। जब चाहे तब उस ओर रसोईघर में जा घुसता। क्या-क्या पकवान बन रहा है, इसे जानने का बड़ा उत्साह उसके मन में बराबर भरा रहता। रोहू मछली की बड़ी मूड़ी (सर) देखते ही उसकी आँखें जैसे सर्चलाइट हो जातीं! खुद ही थाली उठा लाता। उस थाली में ही मछली की बड़ी मूड़ी चली आती। जोर से कहता, "मैनेजर बाबू। मेरे नाम पर चढ़ा लीजिएगा।"

उस चार नंबरी कॉपी के दो पन्नों पर समीर के नाम उधार-लिस्ट भर गई थी। मैनेजर बाबू ने उसी के भीतर मछली की मूड़ी को भी घुसेड़ दिया और खँखारकर गला साफ करने लगे। फिर बोले, "समीर बाबू! इसे मिलाकर कुल बासठ रुपया, बारह आना हुआ।"

समीर तब तक रोहू मछली की मूड़ी फोड़ चुका था। हम लोगों को इतनी ज्यादती अच्छी नहीं लगती। जब-तब होटल की मछली और मांस पर झपट्टा मारना! लेकिन समीर तो एकदम स्वच्छंद है। हम लोगों की भौहें सिकोड़ने की वह कुछ भी परवाह नहीं करता। मैं कहता—'तू तो कालिदास की संतान है, जिस डाल पर बैठा है, उसी डाल पर कुल्हाड़ी की चोट-पर-चोट मारे जा रहा है। जबकि हम सब भी उसी डाल के असवार हैं। तू स्वयं तो मरेगा ही, हम लोगों को भी मारेगा।' हम लोगों की आपत्ति और सलाह समीर के निकट पानी पर थप्पड़ मारने के समान है, बल्कि उलटा ही प्रभाव पड़ता। कम होने की जगह उसकी माँग और भी अधिकाधिक बढ़ जाती। एक चक्र चाय—कहने की जरूरत नहीं कि उधार की ही—हो चुकी है। छत के अड्डे पर से ही समीर ने आवाज लगाई, "मैनेजर बाबू, शिबू को भेजकर एक पैकेट कैप्सटेन मँगा लें तो।" समीर की इस प्रकार की घोषणा का सीधा मतलब है—होटल की नकद बिक्री के पैसे से होटल के नौकर से सिगरेट मँगानी होगी और नियम-रक्षार्थ खर्चे को समीर के खाते में चढ़ा देना होगा।

एक दिन साँझ को कुछ पहले ही आ गया। हाँ, सूर्य जरूर दिखाई नहीं पड़ रहा। फिर प्रकाश की गठरी अभी भी आकाश काफी कुछ सँभाले हुए था। खुली जगह में आदमी अच्छी तरह पहचाने जा सकते थे। समीर और एक युवा लड़की छत पर कुरसी पर बैठे हैं। हमारे अड्डे पर पहली बार किसी लड़की का आगमन हुआ। यह अवश्य है कि पहले के अड्डों की जो श्री-शोभा और गठन-भंगिमा थी, उसमें किसी खदेरू की माँ भी चौखट लाँघने का साहस नहीं करती।

समीर के साथ की वह लड़की कोई ऐसी सुंदरी नहीं थी कि उसे देखकर किसी के होश हवा होते। परंतु थी वह न ज्यादा दुर्बल, न अधिक मोटी, मँजा हुआ चमकता रंग, झलकता गठा हुआ मुख और काजल-टानी बड़ी-बड़ी आँखें। इस प्रकार के चेहरे की कोई भी लड़की, बातचीत में यदि कुछ निपुण हो तो एक खास उम्र में अच्छी लगती है। उस समय मेरी भी वही उम्र थी। लड़की को यदि अकेले-अकेले पाता तो छत ही झील का किनारा जान पड़ती। दो-चार दिन साथ-साथ घूमने से प्रेमपाश में बँधना भी असंभव नहीं था, किंतु अपनी अधिकार-सीमा के बाहर होने से ही ईर्ष्या की दाह जल उठती।

समीर और उस युवती को देखकर ईर्ष्या तो हुई ही, उससे अधिक जलन हुई उनके सामने पड़ी मेज को देखकर। उस पर सटाकर रखी थीं दो थालियाँ। उस पर सरसों के तेल के तरलायित झोल (रस) में डूबी हुई बड़ी-बड़ी पावदा बहुत स्वादिष्ट मानी जाने वाली दो मछलियाँ। उनकी मूड़ी और पूँछ थाली को आर-पार कर बाहर निकल आई हैं। पीठ की ओर से मछली काट-काटकर दोनों जने खा रहे हैं और खूब हँस रहे हैं।

"आओ, परिचय करवा दूँ।" मुझे देखकर समीर बोला, "मेरी छोटी बहन की सखी है यह, शिप्रा। कहने लगी कि समीर भाई बड़ी जोर की भूख लगी है, कुछ खिलाएँ।"

"अरे! मैंने कब आपसे खिलाने के लिए कहा।" लड़की तो मारे आश्चर्य और लाज के असहाय-सी गड़ने लगी। उसने थाली से हाथ खींच लिया।

"अरे, मुँह की भाषा से क्या सारी बात समझी या समझाई जा सकती है?" जैसे दहकता, सड़क दबाने का रोलर चलाकर समीर ने लड़की की सारी आपत्ति दबा दी। कहने लगा—"यदि ऐसा ही होता तो मन नामक इतने बड़े सम्माननीय पदार्थ का अस्तित्व किसलिए है? इसके अलावा, यह अलौकिक स्वर्गीय मछली पावदा क्या परम स्वार्थी की तरह अकेले-अकेले खाने की वस्तु है? अकेले खाना अच्छा लगेगा? नहीं, हरगिज नहीं। हाथ मत समेटो। कौन जानता है कि उस परलोक-सिधारी मछली की आत्मा तुम्हारी इस अवहेलना से दुःखी हो रही है या नहीं?"

अबकी बार तो लड़की भी हँस पड़ी। मैं भी हँसा। समीर तो उसी प्रकार का है। उसके ऊपर हुआ किसी का भी क्रोध दो मिनट बाद ही भागने-भागने को उद्यत हो जाता है। कोई भी बहुत देर तक उससे गुस्सा नहीं कर सकता।

उसके बाद शिप्रा कभी-कभी अकेली ही अड्डे पर आती थी। समीर ऐसा व्यवहार प्रदर्शित करता, मानो वह उसके एकाधिकार की संपत्ति हो! ईर्ष्यावश, हम में से अनेक-अनेक रंगों के हरे-पीले होते रहते, अपनी पूरी जानकारी में ही शिप्रा बहुत दिनों तक मक्खीरानी की भूमिका निभाती नहीं रह सकी। उसके साथ और भी दो-तीन ऐसी लड़कियाँ आईं तो लड़कों को देखते ही सिकुड़ते-ठिठुरनेवाली छुई-मुई नहीं थीं। तब हमारा अड्डा पहले से अधिक रंगीन हो गया। लड़कियों को देखकर गोकुलानंद बाबू मन-ही-मन दीपक और पतंग की उपमा विचारते। वे शुरू-शुरू में अपने आप में सिमटे ही रहते। लड़कियाँ उन्हें बोधिसत्त्व अथवा करुणा की प्रतिमूर्ति भर समझतीं।

उन्हीं सब में से एक लड़की थी—बासवी। इंगलिश में एम.ए. पढ़ रही थी। कविता लिखती थी बँगला में।

"ओ, आप एक क्रांतिकारी हैं? कितनी आश्चर्यजनक प्रसन्नता की बात है।" गोकुलानंदजी से परिचय कराने पर अंग्रेजी मंत्रों से प्रायः उनकी पूजा ही उसने कर डाली।

"आपने गलती की।" ग्रेनाइट पत्थर के लोंदे से खसखसाती आवाज निकली। "आपने जो कुछ कहा, वह सब भूतकाल में बिला गया। अब वह सब किसी को याद नहीं। इस समय मैं एक भोजनालय चलाता हूँ। चाय बेचता हूँ।"

"ओह, नहीं-नहीं। आप अतिशय विनम्र हुए जा रहे हैं।" बड़े अंदाज से गरदन हिला-हिलाकर बासवी ने कहा।

"विनम्रता भी तो एक गुण है, जबकि मुझमें कोई भी गुण नहीं है।" खसखसाते गले की आवाज में विषाद भरा हुआ था।

बासवी की कविता को अपनी पत्रिका 'मृगशिरा' के लिए हमने माँग लिया और गोकुलानंद बाबू से अंतिम कवर पृष्ठ का विज्ञापन। इसके बाद इन युवतियों को सिरगेट पीना सिखाने का अध्याय शुरू हुआ। शुरू-शुरू में तो उन्हें खाँसी आती थी, परंतु बासवी ने ही पहले-पहले धुएँ का छल्ला बनाना सीखा। वह भी खुले आसमान में। गोकुलानंद बाबू की आँखों को देखने से लगता कि बासवी की तारीफ कर रहे हैं। एक दिन अचानक बोल-बोल पड़े, "जरा एक सिगरेट मुझे भी दीजिए न, देखूँ पीने में कैसा लगता है?" समीर ने तत्काल सिगेरट देकर उसमें आग लगा दी, परंतु दो-चार कश खींचकर ही उन्होंने फेंक दिया। फिर संकुचित होकर बोले, "कभी सिगरेट पी नहीं थी, संभवतः इसी से अच्छा नहीं लगा।"

"प्रत्येक वस्तु की साधना होती है।" समीर ने श्रेष्ठ ज्ञानी की भाँति कहा, "कदम-कदम चलकर सिद्धि लाभ करना होता है। आप लोग निश्चय ही पहले-पहल किसी जीर्ण-शीर्ण हवेली में पिस्तौल लेकर लक्ष्य भेद की प्रैक्टिस करते थे। क्या पहली ही बार में निशाना लगाने के चक्कर में आँख में गोली मार सके थे?"

होटल के कमरे का उफनता प्रकाश छत पर भी थोड़ी सी जगह में भी अँधेरा नहीं जमने देता था। थोड़ी ही देर पहले गोकुलानंद बाबू का मुँह एक जैसे कोमल प्रकार का हो गया था, जो हमारे विचारों और खुशियों से मेल खाता था। अब फिर से पूरी तरह ग्रेनाइट पत्थर के लोंदे जैसा हो गया। समीर द्वारा उन आरंभिक दिनों की चुभन पैदा कर देने पर हड़हड़ाते हुए अनेक बातें बतला गए, लेकिन उस दिन के बाद से बहुत नाप-तौलकर कम-से-कम बातें करने लगे।

अपने बीते दिनों की घटनाओं को वे बहुत सावधानी से छिपाए रखते थे।

हम समझते थे कि उनकी जिंदगी के अनेक वर्ष वृक्ष, लतादि, खुला आकाश देखे बिना ही बीते थे, और उस समय का 'अंडमान' तो जैसे यमराज का दक्षिणी दरवाजा ही था। डेविल्स आइलैंड (भूतों का द्वीप) का समान गोत्रीय भाई! हम लोगों ने बहुत बार उन्हें हीरो (नायक) बनने का अवसर प्रदान किया। बम-पिस्तौल के कारोबार के बारे में जानने की कोशिश की। सेलुलर जेल में वर्ष-पर-वर्ष कैसे बीते? इस संबंध में जानना चाहा। परंतु इन सब प्रश्नों पर उनकी दो प्रकार की प्रतिक्रियाएँ थीं। अधिकतर तो ग्रेनाइट पत्थर के लोंदे के मुख के होंठों को सिल लेना। इस पर भी अधिकाधिक जोर देने पर कह पड़ना, "उपेंद्र बैनर्जी की 'निर्वासित की आत्मकथा' पढ़ लेना।"

बस एक दिन मात्र के लिए एक परिवर्तन देखा था। बस उसी दिन, उसी दफे उन्होंने कुछ भिन्न रूप में उत्तर दिया था। उस दिन उन्होंने कहा था, "आप लोगों में से किसी एक ने उस दिन एक आधुनिक कवि की कविता गाकर सुनाई थी। 'जोदि एकइ बर्षाय बृष्टिते, यदि मुछे जाय नाम। एतो पथ हेंटे, एतो जल घेंटे, की तबे पेलाम।' (एक हलकी सी पहली-पहली बारिश की बौछार से ही यदि दीवार पर लिखा नाम धुल-पुँछ जाए, तो फिर इतने लंबे रास्ते की पदयात्रा से, इतने घाट-घाट का पानी मथ-मथकर, छान-घोंटकर कठिन रास्ता पार करके फिर पाया क्या?" फिर कुछ क्षणों तक मौन हो रहे, फिर अचानक ही गला ऊँचा कर कहने लगे—"तब क्या पाया? बता सकते हैं कि तब क्या पाया?" ग्रेनाइट पत्थर के लोंदे की आँखों के कोओ मैं प्रज्वलित अग्निशिखा-सा प्रश्न धधकने लगा। आज देश का शासन-भार किन लोगों के हाथ में है? इन सबमें से अधिकांश ने स्वतंत्रता-प्राप्ति के पहले—गंदगी फैलाने के अलावा देश के लिए और क्या किया था? कुछ बतला सकते हैं? कुछ देर तक साँस लेकर फिर बोले, "पहले इतना पूछने पर भी कभी आप लोगों को बतलाया नहीं; परंतु आज बता रहा हूँ।

उन्नीस सौ बावन के चुनाव में मैंने भी प्रत्याशी (निर्दलीय) के रूप में चुनाव लड़ा था। मैं कौन हूँ? देश की स्वाधीनता के लिए कितनी यातनाएँ भोगी हैं? क्या-क्या किया है? सारा विवरण प्रचार-पत्र (पैंफलेट) पर छपवाकर हजारों-हजार की संख्या में सर्वत्र भिजवाया था। परंतु उस निर्वाचन में जो व्यक्ति जीता था, वह असल में एक

बहुत संपत्तिशाली व्यापारी था। रातोरात भारी समाज-सेवक बनकर बड़ी पार्टी का टिकट पाकर उसका प्रतिनिधि प्रत्याशी बन गया था। और अधिक लज्जा की बात तो यह कि उसका पिता अंग्रेजी राज्य का बहुत बड़ा हितैषी और कृपापात्र था। उसे 'रायबहादुर' की पदवी भी मिली थी। उसका बड़ा चाचा पुलिस का डिप्टी सुपरिंटेंडेंट था, परंतु उसे भी रायबहादुर की पदवी मिली थी। क्योंकि स्वतंत्रता के लिए आंदोलन करनेवालों को बुरी-से-बुरी सजा देने में वह माहिर था, पीटते-पीटते उन्हें मार ही डालता था। पूरी तरह वंश-परंपरा से अंग्रेजों का पुश्तैनी नमक-हलाल कुत्ता था वह।"

एक सुर में इतनी सारी बातें कह जाने से गोकुलानंद बाबू हाँफने लगे थे। ऐसे समय में समीर बड़ा ही चतुर है, उसने ठीक मौका देखकर बिल्कुल ठीक निशाने पर चोट की—"तो भी आप हार गए?" उसने छोटी सी जिज्ञासा की।

"हाँ, यह कहने की जरूरत ही नहीं थी।" अपने गले की तेज कर्कश आवाज से हमारा परिचय कराते हुए से बोले, "हार ही नहीं गया, पूरी तरह से नेस्तनाबूद हार हारा। कितने वोट पाया था, जानते हैं?" पूछकर सभी के चेहरे पर गरम निगाह फेर ली। इस बार तो समीर की भी घिग्घी बँध गई।

"दो सौ उनसठ। और जो जीता था, उसने पाया था—चौदह हजार सात सौ तिरानबे।" विष बुझी तीखी आवाज में उन्होंने खुद ही उत्तर दिया।

उस दिन हम लोगों का अड्डा फिर जम नहीं सका। हममें से प्रत्येक ने ग्रेनाइट पत्थर के इस लोंदे का अपनी-अपनी तरह से भिन्न-भिन्न अर्थ समझा था, भिन्न-भिन्न रूपों में इसके प्रति धारणा बनाई थी। लगा कि संभवत: किसी की भी धारणा ठीक नहीं थी। इसके अतिरिक्त यह भी संभव है कि सभी की कुछ-न-कुछ ठीक ही थी। अंधा आदमी हाथी की पूँछ पकड़कर कहे कि यही हाथी है, तो इससे पूँछ अवश्य हाथी नहीं हो जाती या फिर हाथी पूँछ नहीं हो जाता। परंतु यदि पूँछ को हटा दें तो हाथी भी तो बाँड़ा हो जाएगा। हमारे सारे उपद्रवों को एक रंगीन गेंद समझकर एक व्यक्ति खेल खेलते हैं। उन्हीं के मन के भीतर बनैले अतिशय तिक्त फल की झाड़ी पसरी है। इनमें असली आदमी कौन है—हम समझ ही नहीं पा रहे। मस्तिष्क संशयाच्छन्न हो गया।

दुर्गा-पूजा, सरस्वती-पूजा के नाम पर चंदा इकट्ठा करने की उम्र हम सभी पार कर चुके थे, बहुत पहले ही। अब तो हमारा एकमात्र उत्सव था, बस पतली-सी पत्रिका 'मृगशिरा' का प्रकाशन। उसकी विगत अंतिम संख्या साढ़े चार महीने पहले निकल सकी थी। अब अधिक विलंब होने से सम्मान नष्ट हो जाने का भय था। छपने के लिए रचनाओं की कोई चिंता नहीं थी, परंतु रचनाओं को छपवाने के लिए देय रुपयों को जुटाने की बड़ी समस्या थी। पत्रिका के चौथे कवर-पृष्ठ के लिए तो 'लेक व्यू होटल एंड रेस्टोरेंट' के नाम का विज्ञापन निर्धारित था ही। हम सभी को आश्चर्यचकित कर

दिया गोकुलानंद बाबू ने विज्ञापन के प्राप्य रुपयों का पूरा-पूरा अग्रिम पेमेंट करके। खाने के लिए हाथ-पाँव धोकर तैयार होने के पहले ही भोजन की रसभरी थाली। परंतु इससे और आश्चर्यजनक जो बात हुई, उसकी हमने कल्पना तक नहीं की थी। गोकुलानंद बाबू गरदन सीधी करके बातें करते थे। परंतु उसी दिन कुछ झुकते हुए बोले, "मेरी भी एक रचना आप लोग छापेंगे?"

"बहुत अच्छी बात है।" मैंने कुछ संकुचित होते हुए कहा, "आपका ऐसा नानाविध घटनाओं से भरा जीवन रहा है। कितने विचित्र-विचित्र अनुभव हुए हैं। मुँह से तो आप कुछ विशेष कहते नहीं। अच्छा हो, लिखकर ही दे दें। परंतु जिस प्रकार से आप बातें करते हैं, ठीक उसी प्रकार से लिखिएगा।"

दो दिन के भीतर ही उनकी रचना हम पा गए। हाथ की लिखावट ऐसी सुंदर कि ब्लॉक बनवाकर छापने लायक थी। पढ़कर देखा तो पाया कि एक अति सुंदर लिपिकर ने बटतला की भाव-विह्वल भाषा में एक असफल प्रेम की हृदय विदारक कहानी लिखी है। कहानी के नायक की आयु उन्नीस वर्ष है, जो अभी शीघ्र ही कॉलेज में प्रविष्ट हुआ है। नायिका चौदह वर्ष की है। कुछ दिनों तक तो वह गाँव की पाठशाला में आती-जाती रही, परंतु अब माँ के साथ रसोईघर में कलछुल-पौना पकड़े भोजन बनाने में सहयोग करती है। अगर जरा सा भी अवकाश पाती है तो नायक के कमरे को, जो उसके घर के पास ही था, सजा-धजा देती है। दोनों की जाति भिन्न-भिन्न है, इसी से खलनायक की भूमिका में दोनों जनों के अभिभावक लोग ही हैं।

एक तो विज्ञापन के पैसे का अग्रिम भुगतान, दूसरे मैनेजर बाबू के रजिस्टर में हम सबके नाम के आगे उधार खाए पैसों की लंबी लिस्ट। करें क्या? समीर को वह रचना दिखलाई। परंतु उसके जैसे अति स्पष्ट कटु सत्यवक्ता की भी जीभ अटक गई। अंततः मैंने ही अनुरोध किया—"कोई एक दूसरी रचना दें न! अपने जीवन में जो कुछ आपने स्वयं देखा है, अनुभव किया है, उस पर आधारित।"

गोकुलानंद बाबू ने हमें अनेक बार चमत्कृत कर हतबुद्धि, किंकर्तव्यविमूढ़ किया है। अबकी उस रचना को हमारे हाथ से वापस लेकर उन्होंने तुरुप का ताश फेंका। हमें आश्चर्यचकित करते हुए ख-ख, ख-ख का अट्टाहास कर ग्रेनाइट पत्थर का मुखौटा हँसी की हथौड़ी से टूट-फूट गया। हमारे मुँह, पर तो जैसे मछली की आँखें जड़ दी गई हों!

"क्यों, बम-पिस्तौल और जेलखाने के अतिरिक्त, इनके बाहर क्या मेरा कोई जीवन ही नहीं था?" ग्रेनाइट पत्थर के टूटे-फूटे टुकड़े फिर से जुड़ गए। वही पुराना, खरखराहट भरा रिकॉर्ड फिर बजने लगा—"जो मैंने इसमें लिखा है, वह मेरे जीवन की सर्वाधिक बहुमूल्य स्मृति भी तो हो सकती है।" उसके बाद मानो अपने को ही सुनाते हुए

बोले, "ठीक ही तो है। प्रेम का मैं क्या-कुछ जानता हूँ? समझता ही क्या हूँ?"

हम सभी घर का फर्श देख रहे हैं। उस समय भी, जानकर भी हम जानना नहीं चाहते थे कि हमारे सुख के दिन अब समाप्ति की ओर पहुँच रहे हैं। 'लेक व्यू होटल एवं रेस्टोरेंट'—की उस जीर्ण-शीर्ण नौका में हम लोगों ने अनेक छेद कर दिए। उसके बाद उधार की असीम-नदी में वह चलनी मार्का-नौका एक दिन घुप्प से डूब गई। कुछ दिनों से गोकुलानंद बाबू आ नहीं रहे थे। टाट उलटने की सूचना मैनेजर बाबू ने दी—"आज ही अंतिम रात है।"

समीर तत्क्षण यों ही न्यापा दा, सुरजीत और मंटू को लेकर बाहर चला गया। शिप्रा इधर बहुत दिन बाद आई थी। उसके हाथ में हममें से प्रत्येक के नाम से अंकित 'शुभ-विवाह'—चिह्नित कार्ड थे। वह भी सिर झुकाए बैठी थी। समीर वगैरह करीब आधा घंटा बाद लौटे। चारों के हाथ में चार बोतलें थीं। उनमें घने गाढ़े सफेद रंग का तरल पदार्थ ढल-ढल कर रहा था। यह समीर की विशेषता थी। दवाओं की दुकान से विशुद्ध अल्कोहल खरीद लाकर पानी मिलाकर सस्ते में तैयार की गई मदिरा। उस दिन हम सभी ने उसे पिया। नाक-भौं सिकोड़ते हुए शिप्रा ने भी दो-एक घूँट उतारी। फिर श्यामल के सुर-में-सुर मिलाकर मेजों को टेबल की तरह बजा-बजाकर हम सबने गाया, 'आज खेला भाङार खेला, खेलबी आय।' (आज तोड़-ताड़कर खेल को खत्म करने का खेल है; खेलोगे, आओ!)

छह महीने से कुछ ही कम दिनों तक हम लोग वायुमंडल में लगातार रंगीन गुब्बारे उड़ाते रहे थे। बंद हुए होटल का साइनबोर्ड उसके बाद भी धूप में तपता, बारिश में भीगता रहा। उधर से आते-जाते समय हम उसकी ओर निहारते रहते। नष्ट-साम्राज्य की बातें याद कर-करके दीर्घ निःश्वास निकल पड़ते। अचानक एक दिन देखा कि होटल के उसी मकान में किसी बैंक का शुभ-उद्घाटन बड़ी तड़क-भड़क से हो रहा है। इसके कुछ दिनों बाद हमारा अड्डा टूट-फूटकर बिखर गया।

सूर्य को साक्षी बनाकर पृथ्वी ने पाँच परिक्रमाएँ पूरी कीं। हम सबने अपनी आयु के साथ पाँच और जोड़ लिया। मन की ओर से तो किसी का चालीसा पहले ही आ पहुँचा। एक समीर ही अपनी इच्छा से अब तक बेकार पड़ा है। अपने से दस वर्ष कम उम्रवाले लड़कों के साथ ही डोलता रहता है, बाकी लगभग सभी जैसी-तैसी किसी एक नौकरी के घाट पर नैया का लंगर डालकर स्थिर बैठ गए हैं। दो-एक तो विवाह वगैरह करके बच्चों के बाप बन गए हैं। एक वह समय था, जब रचना करना, पत्रिका प्रकाशित करना आदि इतना महत्त्वपूर्ण था कि उसी के लिए मतवाले बने रहते थे। जबकि हम सभी सस्ते किस्म की आतिशबाजी के पटाखे हैं। कभी-कभी अकेले में होने पर उसके सुंदर-सुरीले गले की याद हो आती है। मैं अब सूट-टाई पहने हुए चक्कर लगानेवाला, एक

बृहत् राष्ट्रीय संस्था (मल्टीनेशनल कंपनी) का साबुन और डिटरजेंट पाउडर वितरित करनेवाला फेरीबाज (एजेंट) हूँ। हिंदीभाषी व्यापारी का लड़का मुझे देखते ही चिल्लाता है—"पिताजी! साबुन बाबू आया है।"

एक बार रामपुरहाट बंगाल का एक कस्बा बाजार में टूर पर गया था। अचानक गोकुलानंद बाबू से मुलाकात हो गई। ठीक वही चेहरा। पहले की तरह ही श्वेत शुभ्र कमीज-पाजामा पहने हुए। केवल चमड़े का एक ब्रीफकेस, एक अधिक उपादान हाथ में लटका था। आकार-प्रकार में मेरे ब्रीफकेस के कुछ छोटा। उनकी बढ़ती उम्र की छाप बस सिर के पके बालों पर ही दिखाई दी और ग्रेनाइट पत्थर के लोंदे पर अब एक कठोर रबर का आभास चढ़ गया था।

उसी क्षण कभी के दिवालिया हो गए असफल होटल के रजिस्टर में उधार खाते में अंकित रुपयों के अंक जैसे टिड्डी के झुंड की तरह घिर आए। पूरी तरह एकदम आमना-सामना हो गया। पासवाली गली से खिसक जाने का भी कोई उपाय नहीं बचा था। फलत: एक हँसी-खुशी का मुखौटा लगाना ही पड़ा।

"अरे, अरुणांशु बाबू हैं।" ब्रीफकेस समेत दो बलिष्ठ भुजाओं के घेरे में मैं उस चौड़ी छाती में जैसे चिपका लिया गया।

ग्रामीण कस्बे की सँकरी सड़क। सिर के ऊपर सूरज की प्रखर किरणों की चिलचिलाती धूप। सड़क के किनारे की गंदी नाली की तीखी दुर्गंध की जलन। साइकिल-रिक्शों की लगातार गूँजती टुन-टुन, प्याँक-प्याँक। पतली सड़क पर आगे निकल जाने की चेष्टा में थोड़ी ही दूर पर ट्रक और बस की घिसा-घिसी-रगड़। ठीक पैर के पास ही एक आदमी एक टोकरा बैंगन लिये बैठा है। चारों ओर आसपास लोग अपने-अपने मतानुसार अकेले-अकेले ही बचे रहने के लिए जीवन-संग्राम लड़ रहे हैं। मैं भी उन्हीं में से एक हूँ। बातें करने का वक्त कहाँ है? अभी-अभी मुझे बस से सिउड़ी (एक कस्बा शहर) जाना अत्यावश्यक है।

गोकुलानंद सभी का समाचार पूछ रहे थे। श्यामल नहीं रहा, सुनकर एकदम स्तब्ध रह गए। बहुत धीमे स्वर में पूछा, "कैसे हुआ?"

"यदि अतिशय संक्षेप में कहें तो कहेंगे कि उसने आत्महत्या की थी।"

"कितना मधुर गान गाते थे!" सड़क की भीड़-भाड़, झगड़ा-टंटा, धूल- धक्कड़, धक्का-मुक्की की परवाह न करते हुए गोकुलानंद बाबू ने कहा—"दु:ख आमार असीम पाथार; पार होलो; ये पार होलो। (दु:ख का पारावार मेरा, हुआ पार, अरे पार पार हो गया जी।) जबकि अंतत: उसी दु:ख के आगे हार मान गए? वह भी इतनी कम उम्र में!"

"एक प्रकार से श्यामल ने अच्छा ही किया था।" मेरे मुँह से पट से बात निकल गई।

"इसका मतलब?" गोकुलानंद जैसे मेरी भाव-भंगिमा का अंदाज नहीं लगा पा रहे थे।

"जीवन की सबसे उत्तम-अवस्था कि उम्र में स्थायी रूप से स्थिर हो गया है। हम लोग बूढ़े होंगे, परंतु उसकी उम्र तो अब बढ़ेगी नहीं। हमारे पुनः लौटने का रास्ता पूरी तरह बंद है। चाहें या न चाहें, उम्र के धक्के-खा खाकर आगे बढ़ना ही पड़ेगा। आगे की ओर। जबकि आगे की ओर बढ़ने पर और आगे सामने कोई हमें वरण करने के लिए आरती उतारने का थाल सजाकर तो कोई बैठा नहीं है।"

'लेक व्यू होटेल ऐंड रेस्टोरेंट' की छत पर के अड्डे के नष्ट हो जाने के समय से ही अब तक इसप्रकार की बात कहने की शैली खत्म हो गई थी। इस समय मैं भूल ही गया था कि मैं एक साबुनवाला एजेंट हूँ।

काले कड़े रबर के टुकड़े के एक किनारे चिंता के जाल से जकड़ी एक टुकड़ा हँसी चमक उठी। फिर कहने लगे, "अभी इस आयु में इस प्रकार की पागलों जैसी बातें करते हो।" इतना कहकर ही उन्होंने घड़ी देखी और फिर इसकी सकारण व्याख्या भी दी, "मुझे फिर जल्दी ही रेलगाड़ी पकड़नी होगी। बोलपुर शांतिनिकेतन के पास का शहर जाऊँगा। इसी प्रकार फिर राह चलते रास्ता-घाट में कहीं, कभी फिर मुलाकात हो जाएगी।"

"हम लोगों ने ही उधार में खा-खाकर आपका होटल उजाड़ दिया।" जब उनसे भेंट हुई थी, तभी से यह बात मन में सुई-सी चुभ रही थी। अब जब एक झटके में कह गया तो विवेक-बुद्धि के शरीर पर पड़ी एक परत कालिख अपने आप झड़ गई।

"अरे, चुप करें, चुप करें। क्या अनाप-सनाप कह रहे हैं आप।" दोनों पैरों के बीच ब्रीफकेस फँसाकर नीचे रखते हुए गोकुलानंद बाबू बोल पड़े—"ये सब बातें भूल जाइए। अलावा इसके, क्या बस आप लोगों ने ही उधार खाया था? मेरा मैनेजर, रसोईघर का प्रबंधक और नौकर-चाकर आदि सभी ने मिलकर क्या मेरी तलैया नहीं चुराई थी?"

गोकुलानंद बाबू होटल के फेल हो जाने का धक्का सह चुके हैं। अब फिर से कर्मठ हो चले हैं। पूरे प्रदेश में इस समय उच्चतर माध्यमिक विद्यालय और बहुधंधी स्कूलों की बाढ़ आ गई है। अब वे उन्हीं सभी को नाना प्रकार के यंत्रों-उपकरणों की सप्लाई का काम कर रहे हैं। यह व्यवसाय कोई खराब नहीं चल रहा है, यह भी उन्होंने समझाया। उनका चेहरा देखकर भी मुझे ऐसा ही लगा।

"अच्छा भाई, चलूँ।" कहकर गोकुलानंद बाबू ने कदम बढ़ाए।

"जाने से पहले बस एक बात का जवाब देते जाएँ।" अत्यंत दीन-हीन, कातर-सा मैं बोल पड़ा—"इतने दिनों से इस पहेली का जवाब ढूँढ़ रहा हूँ। उत्तर का पता नहीं पा

सका। मन यह भी कहता है कि आज के इस सुयोग के बीत जाने पर फिर कभी पाऊँगा भी नहीं?"

"कहिए!" पाँव बढ़ाने को उद्यत हो जाने पर भी उन्होंने पाँव आगे नहीं बढ़ाए।

"हम लोगों ने दिन भर आपके होटल में बिना पैसा चुकाए खाया-पिया।" मेरे गले की आवाज कब इतनी तेज हो गई थी, मैं स्वयं भी नहीं जान सका—"आपके अन्य नकद ग्राहक कुरसी खाली न होने के कारण लौट गए, बार-बार। हम लोगों ने छत पर होटल की कुरसियाँ अटका रखी थीं। इससे बहुत कम अत्याचार करने पर भी हम लोगों को अन्य होटलवालों ने मार भगाया था, परंतु आपने ही क्योंकर और किस विधि से हमें सहन किया? हम लोगों को बहुत पहले ही विदा क्यों नहीं कर दिया?" एक ही रौ में ऊँचे स्वर में इतनी सारी बातें कहकर मैं हाँफने लगा था।

काले-कठोर रबर के टुकड़े के ऊपर एक आश्चर्य रूप की हँसी खेल गई। उस हँसी जैसी कोई हँसी मैंने कभी और कहीं भी नहीं देखी थी। बाद में भी कभी नहीं देख पाया। वे बोल पड़े—"जब बीस वर्ष की आयु थी, तभी जेल चला गया। जब जेल से छूटा तो चालीसवाँ वर्ष पूरा होने में ज्यादा देर नहीं थी। आप सब लोग जिस आयु-वेला में साहित्यिक आलोचना-प्रत्यालोचना करते थे, अड्डेबाजी करते थे, पत्रिका प्रकाशित करते थे, युवती-मित्रों के साथ गप्प मारते थे, उसी आयु-वेला में मैं पूरी तरह जेलखाने की दीवारों के भीतर कैद था। मुक्त-समाज से एकदम छिपा हुआ। चहारदीवारियों में फँसा था।"

कुछ देर तक मौन रहने के बाद पुनः कहने लगे—"पहले आप लोग कई बार अत्यंत आग्रहपूर्वक मुझसे जानना चाहते थे कि अंडमान की जेल में मेरे यौवन का जीवन किस तरह कटा, कैसे बीता? वहाँ मुझे क्या करना पड़ा, जानते हैं? कभी तो पत्थर तोड़ता था तो कभी नारियल की छाल हाथों से उधेड़-उधेड़कर साफ कर उससे रस्सी बुनता था। इसतरह प्रतिदिन दो सेर तौलकर रस्सी बुनकर तैयार करनी पड़ती थी। यदि इससे जरा भी कम होती थी तो जेल के पठान चौकीदारों के चाबुक पीठ को छलनी बना देते थे। नारियल की सूखी हुई छाल की कितनी मात्रा से दो सेर भार की रस्सी बनाई जा सकती है? इसका कुछ अनुमान आप कर सकते हैं?"

उनका प्रश्न हवा में लटका रहा, परंतु उत्तर का ज्ञान मुझे नहीं हो सका। यदि उत्तर की जानकारी होती, अंदाजा लगा पाता, तो भी उत्तर देने का साहस मुझमें नहीं था। उनकी ओर आँख उठाकर देखने में भी असुविधा हो रही थी। फिर भी उनके गले की जो आवाज पुनः सुनाई पड़ी, उसमें मुसकराहट का आभास था।

"आपके उस आधुनिक कवि की कविता, लेकिन मुझे अभी तक याद है—'ऐतो पथ हेंटे; एतो जल घेंटे, की तबे पेलाम?' (इतनी लंबी राह पैदल चलकर, इतने घाटों

का पानी मथ-मथकर हींड-हाड़कर फिर पाया क्या?) अंतत: क्या पाया?—नारियल के खुज्झों-सूखी छालों के कड़े रेशों की हाथ से रस्सी बँटते-बँटते हाथ की हथेली के तलुओं की क्या हालत हो गई थी, जानते हैं? लीजिए, यह देखिए; ठीक से निहारिए इस ओर।" अचानक विस्मयवश उधर देखा। दो हाथों की पाँच-पाँच उँगलियों के दो भारी-भारी पंजे आँखों के सामने फैल गए थे। भैंसे के चमड़े के समान मोटा, काला-काला हथेली का तलवा! जिस पर हाथ की हथेली पर सर्वसुलभ रेखाओं में से एक भी रेखा का; किसी भी रेखा का कहीं कोई भी कोई भी चिह्न तक नहीं है।

"मेरे हाथों को देखकर भविष्यत् बखान सके, ऐसा ज्योतिषी दुनिया में पैदा ही नहीं हुआ।" ये बातें हवा की तरंगों पर तिरती हुई मेरे कानों में आईं।

□

खट्वांग-पुराण

—शिवराम चक्रवर्ती

एक लंबे अरसे के बाद उन दोनों भाइयों को आज फिर एक साथ, एक स्थान पर देखा गया। उनका एक साथ दिखना इस मायने में महत्त्वपूर्ण है कि जिस तरह से किसी महापुरुष का अवतार दर्शनीय होता है, ठीक उसी प्रकार मैं भी उनका दर्शन कर पाया—"गोलदीघी मोहल्ले के कॉफी-हाउस के एक कोने में दोनों एक-दूसरे से धक्का-मुक्की के अंदाज में सटे बैठे थे।

मैं भी जानबूझकर उन दोनों के उस कोने में ही जाकर बिल्कुल उनके पास की मेज के करीब इस तरह बैठा, जैसे कि उनकी देह से बिल्कुल लगकर बैठा होऊँ। मुझे देखकर हर्षवर्धन ने ठीक हर्षद-ध्वनि न करते हुए आधे परिचित और आधे अपरिचित व्यक्ति की तरह बस इतना ही स्वागत भाषण किया—"अरे वाह! क्या खूब आए!"

बस, इतनी सी औपचारिकता निभाकर, फिर मुझे बिल्कुल भुलाकर अपने भाई के साथ बातचीत करने में वह मशगूल हो गया।

अनगिनत दिनों बाद आज अचानक ही उन दोनों का दर्शन-साक्षात्कार हुआ है। ऐसे में उनका व्यवहार देखकर मुझे ऐसा लगा, जैसे कि वे दोनों मुझे भलीभाँति पहचान नहीं सके हैं; अथवा फिर यह भी हो सकता है कि पहचानने को तो वे मेरी नस-नस, मेरा रोयाँ-रोयाँ पहचानते हैं; और हो सकता है कि इसी वजह से! अन्यथा इतने दिनों बाद मिलने पर भी बस, इस तरह के केवल दो सूखे शब्दों का संभाषण भर, सो भी इतनी बेरुखी से! इतनी कम मात्रा में बातचीत हर्षवर्धन के स्वभाव के पूरी तरह विपरीत है, परंतु उन सबके इस व्यवहार पर और अधिक माथा-पच्ची न करके मैंने अपनी मेज पर आ पहुँची कॉफी की प्याली पर अपना ध्यान लगा दिया। साथ ही अपना कान उन दोनों के बीच ही रहे वार्त्तालाप की ओर लगा दिया।

"समझ गया न, गोबरा! ठीक इसी प्रकार का एक और कॉफी-हाउस कलकत्ते के सबसे नामी-गिरामी इलाके 'चौरंगी' में भी है। परंतु सावधान, उस कॉफी-हाउस में भूलकर भी कभी मत जाना!"

"क्यों? ऐसी हिदायत क्यों दे रहे हो, उस 'कॉफी-हाउस' में मैं भला क्यों नहीं जाऊँगा?" कान खड़े कर सुननेवाला भाई अपने माथे पर शिकन लाते हुए पूछ बैठा, "वहाँ जाने से आखिर होता क्या है?"

"अरे! वहाँ गए कि मरे! उसकी अपेक्षा तो यही कॉफी-हाउस हजार गुना बेहतर है, क्योंकि इसमें तो बस 'बंगाली-ही-बंगाली' भरे रहते हैं। केवल बंगाली-भद्रपुरुषों, सभ्य लोगों के नौजवान छोकरे और छोकरियाँ ही यहाँ आते हैं। अतएव यह जगह हर प्रकार से पूरी तरह निरापद है। किसी भी प्रकार का, कहीं से कोई खतरा यहाँ नहीं है। परंतु वहाँ के 'कॉफी-हाउस' में बाबा-रे-बाबा! जो महा मारा-मारी का माहौल है।" इतना कहकर मारधाड़ कर खत्म कर देने की खूनी घटना का भाव अपने मुँह पर लाते हुए उसने अपने दूसरे भाई की आँखों की ओर निहारा।

"मारकर खत्म कर देने जैसी मारात्मक स्थिति किस प्रकार की वहाँ है? जरा इसके बारे में मैं भी तो कुछ सुनूँ!"

"वहाँ पर आती हैं—'अंग्रेज मेम साहिबाएँ।'" हर्षवर्धन ने अपनी बात का और खुलासा किया, "अंग्रेज मेमें साक्षात् दर्शन देती हैं।"

"देती हैं, तो दें। उससे क्या आता-जाता है? अंग्रेज मेम तो कोई बाघ नहीं हैं कि वह मुझे निगल जाएँगी।"

"हाँ, यह बात तो ठीक है कि अंग्रेज मेम बाघ नहीं हैं, परंतु उससे भी अधिक सही बात यह है कि वे बाघ से भी अधिक खतरनाक हैं, क्योंकि बिना निगले ही वे आदमी को हजम करके बाहर फेंक दे सकती हैं, तभी तो मैं तुम्हें सावधान किए दे रहा हूँ। अन्यथा फिर कुछ बोलता क्या?…माई-रे-माई! उस दिन एक अंग्रेज मेम-साहब के पल्ले में जा पड़ा था। उसने तो मुझे जकड़ ही लिया था।"

"क्या कुछ कर दिया था तुमने?"

"कुछ भी नहीं रे! कुछ भी नहीं। बस, अभी-अभी मैं वहाँ घुसा ही था और लक्ष्य कर रहा था कि कहीं कोई एक कुरसी खाली है अथवा नहीं? फिर जैसे ही देखा कि एक मेज के पास एक कुरसी खाली है, वहाँ जाकर बैठ गया। 'कॉफी-हाउस' के उतने बड़े लंबे-चौड़े हॉल में आदमी ठुँसे पड़े थे। बंगाली, पंजाबी जैसे इस देश के निवासियों के अतिरिक्त चीन देश के नागरिक और यहाँ तक कि इस देश के मालिक अंग्रेज साहबों तथा उनकी मेमों से पूरा हॉल ठसाठस भर गया था। उस हॉल के लगभग बीचोबीच एक खंभे से सटकर जो एक मेज पड़ी थी, उसी के पास बस दो कुरसियाँ खाली बची थीं। उन्हीं में से एक कुरसी पर जाकर मैं बैठ गया और सामने जो छोटी सी मेज थी, उसको ठीक-ठाक ढंग से दुरुस्त कर लिया था कि तभी उसके तुरंत बाद ही, एक अंग्रेज-मेम वहाँ आई। आकर मेरे सामने की उसी कुरसी पर बैठ गई।"

"अच्छा, तो तुम इसी को जकड़ना या धर-दबोचना कह रहे हो कि उसने तुम्हें अँकवार में धर लिया? परंतु बड़े भैया! उसने तुम्हें धरने के अभिप्राय से ऐसा नहीं किया था, बल्कि चूँकि उस पूरे हॉल में बैठने के लिए बस केवल वही एक कुरसी खाली थी, कोई और जगह खाली थी ही नहीं, इसी लाचारीवश…।" गोवर्धन अपना ऐसा ही अभिप्राय व्यक्त करता रहा; क्योंकि अपने बड़े भाई हर्षवर्धन को वह किसी भी कन्या के द्वारा धरे जाने, लिपटा लिये जाने लायक व्यक्तियों में गिनता ही नहीं था।

"अरे, पहले मेरी पूरी बात तो सुन। पूरी बात को अच्छी तरह सुन-समझ तो ले।" हर्षवर्धन ने गोवर्धन की बात को काटते हुए कहा, "अरे, उस मेम ने उस कुरसी पर अभी अपना आसन जमाया भी नहीं था कि मेरी ओर देखकर बोल पड़ी थी—'गुड-ईवनिंग मिस्टर' (शुभ संध्या श्रीमान जी)!' उसकी बात सुनकर मैंने भी तपाक् से उसका मुँहतोड़ जवाब दिया, 'गुड-नाइट मिस' (शुभ रात्रि सुकुमारी जी)।"

"ऐसी वेला में, उस विशेष मौके पर तुमने 'गुड-नाइट' क्यों कहा? अरे भैया! 'गुड-नाइट' तो लोग कहते हैं, एक-दूसरे से विदा लेने की वेला में।"

"धत् पगले! उस समय क्या ईवनिंग अर्थात् साँझ की वेला थी रे? साँझ की वेला तो जाने कितनी देर पहले ही बीत चुकी थी। घड़ी में आठ बजने को थे। मैंने तो ऐसा कहकर उस मेम की गलती को ही सुधार दिया था। परंतु जो सबसे आश्चर्यजनक बात मैंने समझी, उसे अब क्या बतलाऊँ? मैं तो यही देखकर अवाक् रह गया कि खास इंग्लैंड की अंग्रेज-मैडम मेम भी अंग्रेजी-भाषा बोलने में गलतियाँ करती हैं। कितने आश्चर्य की बात है न?"

"तब फिर इसके बाद क्या हुआ? तुम्हारी इस रहमदिली पर उसने क्या किया?"

"अब उसके बाद उस अंग्रेज मेम ने जाने क्या-क्या तो कहा? परंतु वह सारा कुछ वह अपने उच्चारणों में, अपनी अंग्रेजी भाषा में ही कहती रही। उसका तो एक घुणाक्षर (संकेत भर) भी मैं समझ ही नहीं सका।"

"निश्चय ही तुम्हारे हिसाब से वह अशुद्ध अंग्रेजी-भाषा में ही बोलती रही होगी, क्यों?"

"इस संबंध में अब मैं क्या जानूँ? हाँ, उसके बाद उस अंग्रेज-महिला ने जो कुछ किया, उसका कुछ विवरण तुम्हें बतला दे रहा हूँ। उसने किया यह कि अपने रुपए-पैसे रखने के बटुए में से एक नोटबुक बाहर निकाल ली, साथ-ही-साथ एक छोटी सी बेशकीमती फाउंटेन पेन भी बाहर निकाली। फिर उसे मेज पर रखकर कुछ देर तक जाने क्या तो उस पर लिखा। लिख चुकने के बाद उसने नोटबुक का वह पन्ना मुझे दिखलाया।"

"उसके हाथ का लिखा क्या तुम पढ़ सके?"

"क्यों नहीं, क्यों नहीं! उसे समझ क्यों नहीं पाता? क्योंकि वह अंग्रेजी-भाषा में तो था नहीं। वह तो था एक प्याला।"

"प्याला? यह प्याला फिर किस देश की भाषा में लिखा था, बड़े भैया?"

"अरे, प्याला तो बस यही प्याला है रे बेवकूफ।" कहते हुए हर्षवर्धन ने अपने हाथ में पकड़े हुए कॉफी के प्याले को उठाकर उसके सामने रखकर दिखाया, "अरे, यही प्याला, जिसे हम लोग बांग्ला में तश्तरी-कटोरी, बाटी, प्याली या चशक आदि कहते हैं। बस, इतने ही तक की बात नहीं, बल्कि उस कागज पर बनाए गए उस प्याले के चित्र को मेरे सामने रखते हुए वह अंग्रेज-छोकरी मेरी ओर लगातार एकटक निहारती ही रही थी। जिसे लोग कहते हैं—'सप्रश्न नेत्रों से अथवा सवालिया निगाहों से देखना!' मतलब कि वह यह भी पूछ लेना चाहती थी कि मैं उसकी इस कारगुजारी को समझ पा रहा हूँ या नहीं?" हर्षवर्धन ने खुश होते हुए कहा।

"अच्छा, अब यह तो बतलाओ दादा! उस पर तुमने क्या किया?"

"मैंने अपने हिसाब से यही समझा कि वह अंग्रेज मेम मेरी ही तरह खुद भी एक प्याला कॉफी पीना चाहती है और उसी के लिए वह मेरी ओर इशारा कर रही है। उसे अपनी कारगुजारी को दुहराने का मौका दिए बगैर मैंने भी तुरंत ही बैरे को बोलकर एक प्याला और अर्थात् अपने लिए एक तथा उसके लिए भी एक, मतलब कि कुल दो प्याला कॉफी लाने को कह दिया।"

"अच्छा भैया! अब जरा यह तो बताओ कि देखने-भालने में वह अंग्रेज मेम कैसी थी?"

"मेम-तो-मेम! अब उस पर से उसके बारे में यह क्या पूछना कि देखने में कैसी होती है? अंग्रेज-मेम जैसी होती हैं, ठीक वैसी ही थी, वह गोरी-चिट्टी अंग्रेज-मेम। हाँ, उम्र कुछ ज्यादा नहीं थी। यही हद-से-हद पच्चीस या छब्बीस वर्ष की। बंगाली कन्याओं की तरह उतनी कमनीयता वाली न होने पर भी, देखने-भालने में सुंदर ही कहलाने योग्य थी।"

"तो फिर वही बात कहो न!" गोवर्धन ने एक बहुत ही समझदार व्यक्ति की तरह से अपनी मूड़ी हिलाई और चहककर बोल पड़ा—"प्रेम-प्रीति करने लायक अंग्रेज सुंदरी! तब फिर और कुछ कहने की जरूरत ही कहाँ है?"

"क्या तुम अनाप-शनाप बकने लगे हो? ऐसी बात अगर तुम्हारी भाभी जान जाए तो फिर क्या होगा? ये फालतू बातें छोड़ आगे की सुनो कि फिर क्या हुआ? मैंने मन-ही-मन सोचा कि हमारे देश पर शासन करनेवाली अंग्रेज-जाति की एक कन्या को केवल खाली-खाली कॉफी भर पिला देना क्या कोई ठीक बात होगी? अपने मन को ही जाने कैसा खिच-खिच सा लगाने लगा। बड़ा ही अटपटा सा दिखाई पड़ेगा। अत: मैंने

उसके हाथों से वह नोटबुक और कलम अपने हाथ में ले ली तथा उसके एक पन्ने पर मैंने टोस्ट और कटलेट जैसी चीजों के चित्र बना दिए। फिर उसे उस मेम के आगे रखते हुए दिखाया। उसे देखते ही वह हुलसकर बोल पड़ी, 'यस, यस—थैंक्यू।'"

"'यस' का मतलब क्या हुआ?" गोबरा ने जानना चाहा।

"उसका माने वही हुआ, जो तुम इस समय कर रहे हो। माने कि हाँ।" उसके बड़े भाई ने उसे बतलाया, "इतने बड़े होकर भी तू 'यस' माने भी नहीं जानता है, रे बेवकूफ! अब उसे समझ गया न? और थैंक्यू माने···" इस बात को उसने दो गुने रूप में कहा।

"सो तो जानता हूँ। उसे बतलाना नहीं पड़ेगा। इसका मतलब यह कि तुम्हारी बात पर उस मेम ने दो-दो बार हाँ, हाँ कहा।"

"करेगी क्यों नहीं? बल्कि उसके बाद उस मेम ने किया क्या कि उसी नोटबुक पर फिर एक जोड़ा अंडे जैसा चित्र बनाकर मुझे दिखलाया। मैं समझ गया कि यह कटलेट और टोस्ट के साथ-साथ उबाला हुआ अंडा भी खाना चाहती है। अतएव मैंने बैरे को अंडे लाने के लिए भी कह दिया।"

"वाह्, बेहद मजे की बात है।" कहकर गोबरा ने सुड़क-सुड़ककर कई बार जीभ चटकारी; जैसे लगा कि रस ही सुड़क रहा है।

"अंग्रेज-मेम की चर्चा सुनकर ही तेरी जीभ से लार टपकने लगने लगी है, ऐसा साफ-साफ देख रहा हूँ।"

"मेम से नहीं रे! मेमलेट की चर्चा का अनुमान करके जी भइया! मेम ने मेमलेट खाने की इच्छा प्रकट नहीं की?"

"जब वह अंडों को तोड़कर गटक चुकी तो उसके बाद उसके नोटबुक को मैंने फिर अपने हाथ में ले लिया। लेकर एक पन्ने पर एक तश्तरी भर काजू-बादाम का नक्शा बनाया, मगर उसके बाद उसने तुरंत ही चपटी-चपटी जाने कौन सी चीजें खींच डालीं। मेरी समझ में आया कि उसका मतलब भुने हुए पापड़ों से होगा। बैरे को बुलाकर जो दिखलाया तो उसने बतलाया कि उस 'कॉफी-हाउस' में भुने हुए पापड़ नहीं बेचे जाते। हाँ, उसकी जगह अगर आलू-भाजा या आलूदम लेना चाहो तो परोसा जा सकता है। फिर तो वह आलू-भाजा ही ले आया तथा उसके साथ-ही-साथ काजू-बादाम का तला हुआ नमकीन भी। आलू-भाजे को पाकर उस अंग्रेज छोकरी के मुँह पर हँसी की जो लहर उठते देखी, तब मैं समझ गया कि दरअसल वह आलू-भाजा ही मँगवाना चाहती थी।"

"तो क्या आलू-भाजा और भुने हुए पापड़ों का चेहरा एक जैसा ही होता है?" गोबरा ने एक अत्यंत परिपक्व चित्रकला-समालोचक की तरह अभिनय करते हुए एक उत्तेजक प्रश्नवाचक चिह्न खड़ा कर दिया, "दोनों की आकृति क्या एक जैसी ही होती है?"

"सो कैसे होगी रे? परंतु चित्र में खींची हुई आकृति को देखकर ठीक-ठीक समझ पाने का कोई निश्चित जुगाड़ तो नहीं है!"

"अरे, ओ महाशय! मैं आपसे ही पूछ रहा हूँ!" अबकी बार हर्षवर्धन ने मेरी ओर रुख करते हुए मुझी से सीधे-सीधे पूछा, "पदार्थों को फलकों पर आँकने के विषय में आप क्या कुछ जानते हैं? लगते तो काफी समझदार हैं, अत: निश्चित ही जानते होंगे। तो फिर बतलाइए कि चीजों को अंकित करते, रेखांकित करते अथवा चित्र बनाए जाने पर ऐसा क्यों हो जाता है? भुने पापड़ के साथ आलू-भाजा इस तरह मिल क्यों जाता है?

"आँकने की वेला में जिस तरह किसी-किसी समय एकक मिल जाते हैं कि नहीं, ठीक उसी प्रकार, और क्या? इसके अतिरिक्त आँकने की तरह ही कई बार वे फिर आपस में मिलते भी नहीं। कोई बहुत अच्छा रेखाचित्रकार हुआ तो तभी वह उन्हें एक-दूसरे से मिला सकता है। ऐसा मँजा हुआ कलाकार चूहे की आकृति ऐसी कलाकारी से आँकेगा कि देखनेवाले को जान पड़ेगा कि वह चूहा नहीं, बल्कि हाथी है। अपनी इसी चित्रकारी की कलाबाजी से वह शुर्तुर्मुर्ग को ऐसा रूप दे देगा कि वह घर की मुरगी दिखाई देने लगेगी। ऐसी परिस्थितियों में ही तो चित्रकार की कला की बहादुरी दिखाई पड़ती है।"

"क्या कुछ करने से उस तरह की करामात हो जाया करती है?" दोनों भाइयों ने एक साथ ही मुझसे उत्सुक आवाज में पूछा। दोनों के मुख के भाव ऐसे लगे, मानो दो-दो बार हाँ-हाँ कहकर वे चैलेंज सा देते हुए पूछ रहे हों!

"ये सभी कुछ प्रेस में छापने के लिए ब्लॉक बनानेवाले कारीगरों का कमाल है, भाइयो। चित्र के रूप में कुछ भी आँक देने से तो कुछ भी नहीं होता। चित्रांकन करनेवाला चित्रकार तो कागज के एक छोटे से टुकड़े पर कोई एक चीज बस एक थोड़ी सी जगह पर आँक भर देता है। परंतु छापने के पहले उसका ब्लॉक बनानेवाले जो कलाकार होते हैं, असली उस्ताद तो वे ही हैं, इस कला के। वे ही अपना माथा लगाकर आगा-पीछा गंभीरतापूर्वक सोचकर जरूरत के मुताबिक उसे मनचाहे रूप में बढ़ा लेते हैं अथवा छोटा कर लेते हैं। मतलब यह कि जिस विशेष प्रकार के चित्र की जरूरत होती है, ठीक उसी प्रकार का ब्लॉक वे बना देते हैं। उदाहरण के लिए, बस यही समझिए कि किसी कागज के फलक पर आपने एक लीची के फल का चित्र अंकित किया, परंतु बाद में पता चला कि आपकी जरूरत तो कटहल का फल अंकित करने की है। तब ब्लॉक बनानेवाले कारीगर उस लीची के फल के चित्र को ही बड़ा करते-करते कटहल बनाकर उसका ब्लॉक तैयार कर सकते हैं। इसी एक ही आकृति को छोटा करते-करते लीची और बड़ा करते-करते कटहल बना दिया जाता है।"

"छोटा कर देने से ही लीची और बड़ा करने मात्र से ही कटहल! वाह-रे-वाह!" गोबरा ने आश्चर्य प्रकट करते हुए कहा।

"इसका मतलब यह कि मैंने जो काजू-बादाम का चित्र बनाया था, ब्लॉक बनानेवाले अगर चाहें, तो उस चित्र से ही काशीफल या कुहड़े का आकार बना सकते थे?"

"बिल्कुल बना सकते थे।"

"अब ये सब छोड़िए भी।" हम लोगों की चित्रकला-विज्ञान की तात्त्विक आलोचना में गोवर्धन ने बाधा पहुँचाई—"भैया! अब तुम यह बतलाओ कि उसके बाद आगे क्या हुआ?"

"उसके बाद तो हम दोनों ने तरह-तरह की ढेर सारी चीजें मँगा-मँगाकर खाईं। कमाल यह था कि एक-दूसरे से एक शब्द भी बोले बिना सभी कुछ बस केवल चित्र बना-बनाकर ही हम चलाते गए। इस प्रकार लगभग पंद्रह रुपए का सामान निगल गए। उसके बाद बैरे ने बिल लाकर मेरे हाथों में थमा दिया। तब मैंने उसके हाथों में सौ रुपए का एक नोट थमा दिया। बाकी पैसे लौटाने के लिए बैरा उस नोट को तुड़वाने के लिए ले गया। उसके बाद भी मैंने देखा कि वह अंग्रेज छोकरी अभी भी ध्यानमग्न होकर अपनी नोटबुक के पन्ने पर कोई चित्र आँक रही है।"

"ओह्! मैं समझ गया, निश्चय ही वह अब तुम्हारे मुख का चित्र बनाने लगी होगी! कहो, ठीक बात है न?" गोबरा ने एक अमार्जित हँसी अपने चेहरे पर फैला दी।

"अरे! ये चेहरा कोई मामूली चेहरा नहीं है। इसकी आकृति बना पाना किसी अंग्रेज-मेम के बस की बात नहीं है। सो भी एक छोटी सी नोटबुक के पन्ने पर! हाँ, तेरे जैसा दुबला-पतला, रोगिहा-बेमरिहा चेहरा अगर होता, तब शायद संभव हो भी पाता! जो चित्र वह बना रही थी, उसे जब बहुत सावधानी से बनाकर वह पूरा कर चुकी, तब उसने उसे मेरे हाथों में दे दिया। देकर फिर उसने थोड़ी सी ऐसी हँसी बिखेरी, जिसे लोग लज्जावती, शर्मीली हँसी कहते हैं। ठीक वैसी ही हँसी की फुहार उसने अपने चेहरे पर बिखेरी।"

"इसका मतलब यह कि वह चित्र उसने अपने खुद के चेहरे का ही बनाया था। मुझे तो भाई अब यही सूझ रहा है!"

"नहीं रे! मैंने देखा कि वह किसी के भी चेहरे का चित्र नहीं था, बल्कि उसने तो उस पन्ने पर आँकी थी—एक खटिया।"

"खटिया! खटिया क्यों? उस माहौल में भला खटिया कोई क्यों बनाएगा? खटिया क्या कोई खाने की चीज है? नींद आने पर सोने की एक चीज तो है, यह तो मैं जानता हूँ।" गोबरा अवाक् रह गया। फिर अचानक ही लाल-बुझक्कड़ का-सा भाव दिखाते हुए बोला, "ओह! अब मैं समझ गया। तुम्हें अभी और भी खटवाने का मतलब कि तुमसे और भी ज्यादा काम करवाने का अभिप्राय था उस छोकरी के मन में।"

"मैं क्या कोई मच्छरदानी हूँ कि वह मुझे चारों तरफ से खटखटाएगी या गिराएगी? मेरे साथ ऐसा कुछ करना इतना आसान नहीं है।" हर्षवर्धन ने उसकी बात पर एतराज किया, "परंतु इतना जरूर है कि मैं ठीक-ठीक उसका अभिप्राय समझ नहीं पाया। इसी से मैं अवाक् होकर अंदर-ही-अंदर सोचता रहा कि उसने खटिया का चित्र क्यों आँका?"

"अच्छा, इस बात को जरा तुम मुझे तो बतलाओ कि उसने किस प्रकार की खटिया बनाई थी? दूध के फेन की तरह धकधक सफेद किस्म की क्या?"

अबकी बार मैंने उन दोनों भाइयों के वार्त्तालाप में हस्तक्षेप करते हुए पूछा।

"अरे, काफी लंबी-चौड़ी, बड़ी सी खटिया। जैसी कि पलंग जैसी भारी खटिया हुआ करती है। परंतु खटिया के उस आकार की वजह से नहीं, मुझे तो यह बात सोचकर आश्चर्यचकित हो जाना पड़ा कि खटिया का जन्मदाता तो मैं ही हूँ! वस्तुतः हमारा तो काठ-बाँस का व्यवसाय ही है। हम तो लकड़ी और बाँस के सामान बनाते ही रहते हैं। निश्चय ही उसमें खटिया बनाने का काम महत्त्वपूर्ण स्थान रखता ही है। तो मुझे इस बात को लेकर ही भारी विस्मय हुआ कि इस बात का पता वह अंग्रेज मेम छोकरी कैसे कर पाई? सच कहता हूँ भाई! इस रहस्य को मैं अभी भी आज तक समझ नहीं पा सका हूँ। मैं तो काठ मारे सा कठुआया पड़ा रह गया हूँ, इस रहस्य का कोई तल न पा सकने के कारण समझ रहे हैं न महाशय!"

□

कल्प-स्मृति

—शरतचंद्र

जब मेरा नामकरण हुआ था, वह अन्नप्राशन का समय था। वैसे तब नाम ठीक नहीं बन पाया था या फिर बाबा को ज्योतिष-शास्त्र की जानकारी विशेष न थी। कारण कोई भी हो, मेरा नाम 'सुकुमार' रखा गया। ज्यादा दिन न लगे, दो ही चार साल में बाबा समझ गए कि नाम के साथ मेरा कोई मेल नहीं खाता। अब मैं बारह-तेरह वर्ष बाद की जानकारी देता हूँ, हालाँकि मेरे आत्म-परिचय की सब बातें कोई अच्छी तरह समझ नहीं सकता, फिर भी···।

देखिए, हम लोग गाँव के रहनेवाले हैं। बचपन से मैं वहीं रहता आया हूँ। पिताजी पछाँह में नौकरी करते थे। मैं वहाँ बहुत कम जाता था, नहीं के बराबर। मैं दादी के पास ही रहा करता था। घर में मेरी शैतानी की कोई सीमा न थी। एक तरह से कहा जाए तो यों कहना चाहिए कि मैं एक छोटा सा रावण था। बूढ़े बाबा जब कहते थे, "तू कैसा हो गया है? किसी की बात ही नहीं मानता! मैं तेरे बाप को चिट्ठी लिखता हूँ।" तो मैं जरा सा हँसकर कहता, "बाबा! वे दिन अब लद गए। बाप की नहीं चलेगी, अब मैं बाप-के-बाप से भी नहीं डरता।" और कहीं दादी मौजूद रहतीं तो फिर डरने ही क्यों लगा? बाबा को वे ही कहतीं, "क्यों, कैसा जवाब मिला? और छेड़ोगे इसे?"

यदि बाबा नाराज होकर बाबूजी को चिट्ठी लिखते तो मैं उसी समय उनकी अफीम की डिबिया छिपा देता। फिर जब तक उनसे चिट्ठी फड़वाकर फिंकवा न देता, तब तक अफीम की डिबिया न देता। इन सब उपद्रवों के डर से, खासकर नशे की तलब में खलल पड़ जाने से वे मुझसे कुछ नहीं कहते थे। मैं भी मौज करता रहता था।

लेकिन सभी सुखों की आखिर एक सीमा होती है। मेरे लिए भी वही हुआ। बाबा के चचेरे भाई गोविंद बाबू इलाहाबाद में नौकरी करते और वहीं रहते थे। वे अब पेंशन लेकर गाँव में आकर रहने लगे। उनके नाती श्रीमान रजनीकांत भी बी.ए. पास करके उनके साथ आए। मैं उन्हें 'मँझले भइया' कहता। पहले तो मुझसे विशेष परिचय नहीं था।

वे इस तरफ बहुत कम आते थे और उनका मकान भी अलग था। कभी आते भी थे तो मेरी ओर ज्यादा ध्यान नहीं देते। कभी सामना हो जाता तो—"क्यों रे, क्या कर रहा है, क्या पढ़ रहा है ?" के सिवा और कुछ नहीं कहते थे।

जब इस बार आए तो गाँव में जमकर बैठे और मेरी ओर ज्यादा ध्यान देने लगे। दो-चार दिन की मुलाकात में ही उन्होंने मुझे वश में कर लिया। उन्हें देखते ही मुझे डर-सा हो जाता, मुँह सूख जाता, छाती धड़कने लगती, जैसे मैंने कोई बड़ा कसूर किया हो और उसकी न जाने कितनी बड़ी सजा मिलेगी; और इस बात में तो कोई शक ही नहीं कि उन दिनों मुझसे अकसर कसूर हुआ करता। हर वक्त कुछ-न-कुछ शरारत मुझसे होती ही रहती। दो-चार अकर्म, दो-चार उपद्रव करना मेरा रोज का काम था। लेकिन डरने पर भी भइया को मैं खूब चाहता था। भाई-भाई को इतना मान सकता है, यह मुझे पहले नहीं मालूम था। वे भी मुझे बड़ा प्यार करते थे। उनके निकट भी मैं कितनी ही शरारतें, कितने ही कसूर करता था, किंतु वे कुछ नहीं कहते थे और कुछ कहते भी, तो मैं समझता कि बड़े भइया ठहरे, थोड़ी देर बाद भूल जाएँगे, उन्हें याद ही नहीं रहता है।

अगर वे चाहते तो शायद मुझे सुधार भी सकते थे, पर उन्होंने कुछ भी नहीं किया। उनके गाँव में आ जाने से मैं पहले की तरह स्वाधीन तो रहा नहीं, पर फिर भी जैसा हूँ, मजे में हूँ।

रोजाना बाबा की तंबाकू चुराकर पी जाता था। बूढ़े बाबा बेचारे कभी खाट के सिरहाने, कभी तकिए की खोली के भीतर, कभी कहीं तंबाकू छिपाकर रखते, लेकिन मैं ढूँढ़-ढूँढ़कर निकाल ही लेता और पी जाता। खाता-पीता, मस्त रहता, मौज से कट रही थी। कोई झंझट नहीं, बला नहीं। पढ़ना-लिखना तो एक तरह से छोड़ ही दिया समझो। बाग में जाकर चिड़ियाँ मारता, गिलहरियाँ मारकर भूनकर खाता, जंगल में जाकर गड्ढों में खरगोश ढूँढ़ता-फिरता था, यही मेरा रोज का काम था। न किसी का कोई डर, न कोई फिकर।

पिताजी बक्सर में नौकरी करते थे। वहाँ से न तो मुझे वे देखने आते और न मारने आते। बाबा और दादी का हाल मैं पहले ही बता चुका हूँ। एक तरह से यों कहना चाहिए कि मैं मजे में था।

दोपहर को एक दिन घर आकर दादी के मुँह से सुना कि मुझे मँझले भइया के साथ कलकत्ते में रहकर पढ़ना-लिखना पड़ेगा। आराम से भरपेट खा-पीकर, हुक्का भरकर मैं बाबा के पास पहुँचा और पूछा, "बाबा! क्या मुझे कलकत्ते जाना पड़ेगा ?"

बाबा ने जवाब दिया, "हाँ।"

मैंने पहले से सोच रखा था कि यह सब बाबा की कोई चाल है। इसलिए कहा, "यदि जाऊँगा, तो आज ही जाऊँगा।"

बाबा ने हँसते हुए मुझसे कहा, "इसके लिए चिंता क्यों करते हो, बेटा? आज ही रजनी कलकत्ते जाएगा। मकान ठीक हो गया है, सो आज ही तो जाना होगा।"

मैं आगबबूला हो उठा। एक तो उस दिन बाबा की छिपाई हुई तंबाकू तलाशने पर भी नहीं मिली, जो एक चिलम मिली थी, वह मेरी एक फूँक के लिए भी नहीं थी, उस पर यह चालाकी! परंतु मैं ठगा गया था, अपने आप कबूल करके, फिर पीछे कैसे हटता? लिहाजा, उसी दिन मुझे कलकत्ता के लिए रवाना होना पड़ा। चलते समय बाबा के पैर छुए और मन-ही-मन बोला, "भगवान् करे, कल ही तुम्हारे श्राद्ध के लिए घर लौटना पड़े! उसके बाद कौन मुझे कलकत्ते भेजता है, देख लूँगा!"

मैं कलकत्ता पहली बार आया था। मैंने पहले कभी इतना बड़ा शहर नहीं देखा था। मैंने मन-ही-मन सोचा, 'अगर मैं गंगा के पानी पर तैरते हुए इस लकड़ी-लोहे के पुल पर ऐसी भीड़ में या वहाँ, जहाँ झुंड-के-झुंड मस्तूलवाले बड़े-बड़े जहाज खड़े हैं, खो गया तो फिर कभी घर नहीं पहुँच सकूँगा। कलकत्ता मुझे जरा भी अच्छा नहीं लगा था। इतनी दहशत में भला कोई चीज अच्छी लग सकती है? आगे कभी लगेगी, इसका भी कुछ भरोसा नहीं कर सकता था। कहाँ गया हमारा वह नदी का किनारा, वे बाँसों के झुरमुट, बेल की झाड़ी, मित्र साहेब के परिवार के बगीचे के कोने का वह अमरूद का पेड़, कुछ भी तो नहीं है! यहाँ तो सिर्फ बड़े-बड़े ऊँचे मकान, गाड़ी-घोड़े, आदमियों का भीड़-भड़क्का, लंबी-चौड़ी सड़कें ही दिखाई देती हैं। मकान के पीछे ऐसा एक बाग-बगीचा भी तो नहीं था, जहाँ छिपकर एक चिलम तंबाकू भी पी सकूँ! मुझे रोना आ रहा था।

आँसू पोंछकर मन-ही-मन कहने लगा, 'भगवान् ने जीवन दिया है तो खाने को भी वे ही देंगे।' कलकत्ता आया हूँ, स्कूल में भरती किया गया हूँ, अच्छी तरह पढ़ता-लिखता हूँ, लिहाजा आजकल मैं 'अच्छा लड़का' बन गया हूँ। गाँव में जरूर मेरा नाम रोशन हो गया था। खैर, उस बात को जाने दो!

हमारे आत्मीय मित्रों ने मिलकर एक 'मेस' बना लिया है, जिसमें हम चार लोग रहते हैं, भइया, मैं, राम बाबू और जगन्नाथ बाबू। राम बाबू और जगन्नाथ बाबू मँझले भइया के मित्र हैं। इनके अलावा एक नौकर और एक ब्राह्मण रसोइया भी है।

गदाधर रसोइया मुझसे तीन-चार वर्ष बड़ा था। इतना भला आदमी मैंने पहले कभी नहीं देखा। मुहल्ले के किसी भी लड़के से मेरी बातचीत नहीं हुई थी और न किसी से मेल-जोल ही हुआ। मगर गदाधर बिल्कुल भिन्न प्रकृति का आदमी होने पर भी मेरा अंतरंग मित्र हो गया। मेरे साथ उसकी खूब पटती, कितनी गप-शप उड़ती, इसका कोई अंदाज नहीं। वह मेदिनीपुर जिले के एक गाँव का रहनेवाला था। वहाँ की बातें और उसका बाल्य-इतिहास आदि मुझे बड़ा अच्छा लगा था। उसके गाँव की बातें मैंने इतनी बार सुनी हैं कि मुझे अगर उसके गाँव में आँखों पर पट्टी बाँधकर अकेला छोड़ दिया

जाए तो शायद मैं पूरे गाँव में और उसके आस-पास मजे से घूम-फिर सकता हूँ। रविवार को मैं उसके साथ क़िले के मैदान में घूमने जाया करता था। शाम को रसोईघर में बैठकर ताश खेला करता था। रोटी खाने के बाद चौका उठ जाने पर उसके छोटे हुक्के से दोनों मिलकर तंबाकू भी पी लिया करते। सभी काम हम दोनों मिलकर एक साथ करते। मुहल्ले-पड़ोस में और किसी से मेरी जान-पहचान नहीं हुई। मेरा अपना तो साथी, संगी, यार, दोस्त, मोची टोले का भूलो, केलो, खोकर, खांदा सबकुछ वही है। उसके मुँह से मैंने कभी बड़ी बात नहीं सुनी। झूठ-मूठ ही सब उसका निरादर करते। इससे मेरा दिल जलने लगता, पर वह अपनी जबान से कभी किसी को जवाब न देता, जैसे वास्तव में वह स्वयं दोषी ही हो!

सब लोगों को खिला-पिलाकर सबसे पीछे जब वह रसोईघर के एक कोने में छिपकर छोटी सी पीतल की थाली में खाने बैठता तो मैं सारे काम छोड़कर वहाँ पहुँच जाता। बेचारे की तकदीर ही ऐसी थी कि पीछे से उसके लिए कुछ बचता न था। और फिर भात भी कम पड़ जाता तथा किसी के खाने के समय मैं कभी उपस्थित नहीं रहा, परंतु ऐसा तो मैंने कभी नहीं देखा कि मुझे खाते वक्त कभी रोटी, दाल-भात, घी, तरकारी कम पड़ी हो। इससे मुझे बड़ा बुरा लगता था।

मैंने बचपन में अपनी दादी के मुँह से सुना है, वे मेरे लिए कहा करती थीं, 'लड़का आधा पेट खा-खाकर कमजोर हो गया है, कैसे बचेगा?' मगर मैं दादी कथित 'भरपेट' कभी नहीं खा सकता था। चाहे सूख जाऊँ या काँटा हो जाऊँ, मुझे 'आधा पेट' खाना ही अच्छा लगता था। अब कलकत्ता आने के बाद समझा कि उस आधे पेट और इस आधे पेट में कितना अंतर है! इस बात का मुझे कभी अहसास नहीं हुआ कि किसी को भरपेट खाना न मिले तो आँखों में आँसू आ जाते हैं। पहले मैंने न जाने कितनी बार बाबा की थाली में पानी डालकर उन्हें खाना खाने नहीं दिया है, दादी के ऊपर कुत्ते के बच्चे को छोड़कर उन्हें नहाने-धोने के लिए बाध्य किया है। फिर उन्होंने खाना नहीं खाया, मगर उनकी आँखों में आँसू कभी नहीं आए। दादी-बाबा, अपने घर के लोग, मेरे पूज्य, जो मुझे बहुत प्यार करते थे, उनके लिए मुझे कभी दुःख नहीं हुआ, बल्कि मैं जान-बूझकर उन्हें आधा भूखा और बिल्कुल भूखा रखकर पूर्ण संतोष पाता था और इस गदाधर को देखो, न जाने कहाँ का कौन! इसके लिए मेरी आँखों में बिना बुलाए पानी आ जाता है।

कलकत्ता आकर मुझे यह हो क्या गया, मेरी कुछ समझ में नहीं आ रहा था। आखिर आँखों में इतना पानी आता कहाँ से है, कुछ पता नहीं। मुझे किसी ने रोते हुए कभी नहीं देखा। किसी बात पर जिद पकड़ जाने पर पाठशाला के पंडितजी ने मेरी पीठ पर साबुत-की-साबुत खजूर की छड़ियाँ तोड़ दी हैं, फिर भी वे मुझे कभी रुला नहीं सके थे। लड़के कहते, 'सुकुमार की देह पत्थर की है।' मैं मन-ही-मन कहता, 'देह नहीं, बल्कि

मन पत्थर का है।' मैं नन्हे बच्चे की तरह रोने लगता। दरअसल, रोने में मुझे बड़ी शरम मालूम होती थी। अब भी होती है, पर अब सँभाले नहीं सँभलता। छिपकर जहाँ कोई देख न सके, वहाँ रो लिया करता हूँ। जरा रोकर फौरन ही आँखें पोंछ-पोंछकर सँभल जाता हूँ। जब स्कूल जाता हूँ तो रास्ते में सैकड़ों भिखारी भीख माँगते नजर आते हैं। किसी के हाथ नहीं हैं, किसी के पैर नहीं हैं, कोई अंधा है, इस तरह न जाने कितने तरह के दु:खी देखता हूँ। मैं तो तिलक लगाकर, खंजरी बजाकर जो 'जय राधे' कहकर भीख माँगते हैं, उन्हें ही जानता था। मगर ये सब भिखारी किस तरह के हैं, मैं भीतर-ही-भीतर बहुत ही दुखित होकर कहता, 'भगवान्! इन्हें मेरे गाँव में भेज दो।' खैर, इन अभागे भिखारियों की बात जाने दो, अब मैं अपनी बात कहता हूँ। देखते-ही-देखते आँखें इसकी आदी हो गया, लेकिन मैं 'विद्यासागर' नहीं बन सका। बीच-बीच में हमारे देश की माता सरस्वती न जाने कहाँ से आकर कंधे पर सवार हो जाती हैं, मैं नहीं कह सकता। उनकी आज्ञा से कभी-कभी मैं ऐसा काम कर डालता था कि अब भी मुझे उन सरस्वतीजी से घृणा हो जाया करती है। डेरे पर किसका कौन सा अनिष्ट किया जा सकता है, रात-दिन मैं इसी चिंता में रहता।

एक दिन की बात है, बाबू ने काफी देर मेहनत करके अपनी धोती चुनकर रखी कि वे शाम को घूमने जाएँगे। मैंने मौका पाकर उसे खोलकर सीधा करके रख दिया। शाम को आकर धोती की हालत देखते ही बेचारे माथा पीटकर बैठ गए। मैं फूला नहीं समाया। जगन्नाथ बाबू का ऑफिस जाने का समय हो गया है, वे जल्दी-जल्दी खा-पीकर किसी तरह ऑफिस तक पहुँचना चाहते हैं। मैंने ठीक मौके से उनकी अचकन के बटन काटकर फेंक दिए। स्कूल जाने से पहले जब मैंने झाँककर देखा, बेचारे चिल्लाकर रोने की तैयारी कर रहे हैं। मैं खुशी से रास्ते भर हँसता रहा। शाम को ऑफिस से लौटकर बोले, "मेरे बटन कमबख्त गदाधर ने चुराकर बेच डाले हैं, निकाल दो इस नालायक को!"

जगन्नाथ बाबू के बटन हरण के मामले पर भइया और राम बाबू भीतर-ही-भीतर खूब हँस रहे थे। भइया ने कहा, "कितने तरह के चोर होते हैं, कोई ठीक है, पर बटन तोड़कर बेच खानेवाला चोर तो आज ही मैंने सुना।"

जगन्नाथ बाबू भइया की इस मजाक से और भी आगबबूला हो गए। बोले, "नालायक ने सवेरे नहीं लिये, शाम को नहीं लिये, रात को नहीं लिये, ठीक ऑफिस जाते वक्त, बदमाशी तो देखो! दुर्गति की हद कर दी।" फिर उन्हें एक काला फटा कुरता पहनकर ऑफिस जाना पड़ा।

सब लोग हँस पड़े, जगन्नाथ बाबू को भी हँसना पड़ा, पर मैं नहीं हँस सका। मुझे डर हो गया, कहीं गदाधर को सचमुच ही न निकाल दें! वह बेचारा बिल्कुल अबोध है, शायद कुछ कहेगा भी नहीं, चुपचाप सारा कसूर अपने सिर ले लेगा। अब?

मँझले भइया अब समझ गए थे कि किसने बटन लिये हैं। गरीब गदाधर पर कोई जुल्म नहीं किया गया, पर मैंने भी उस दिन से प्रतिज्ञा कर ली कि अब ऐसा काम कभी न करूँगा, जिससे मेरी वजह से दूसरे पर कोई आफत आए।

ऐसी प्रतिज्ञा मैंने पहले कभी नहीं की और करता भी या नहीं, नहीं कह सकता। सिर्फ गदाधर के कारण ही मुझे अपने मार्ग से विचलित होना पड़ा। मुझे उसने मिट्टी कर दिया।

किस तरह किसका चरित्र सुधर जाता है, इस बात को कोई नहीं जानता। पंडितजी, बाबा और भी कितने ही महाशयों के लाख कोशिश करने पर भी जिस बात की प्रतिज्ञा मैंने कभी नहीं की और न शायद कभी करता, एक गदाधर महाराज का चेहरा देखकर उस बात की प्रतिज्ञा कर बैठा। उसके बाद इतने दिन बीत गए, इस बीच में कभी मेरी प्रतिज्ञा भंग हुई या नहीं, मैं नहीं कह सकता, मगर इतना जरूर है कि मैंने कभी जान-बूझकर कोई वचन भंग नहीं किया।

अब एक और आदमी की बात बताता हूँ। वह था, हम लोगों का नौकर रामा। रामा जाति का कायस्थ या ग्वाला, ऐसा ही कुछ था। कहाँ का रहनेवाला था, ये भी नहीं कह सकता। उस जैसा फुरतीला और होशियार नौकर मेरे देखने में पहले कभी नहीं आया। अगर फिर कभी उससे भेंट हुई तो उसके गाँव का पता जरूर पूछ लूँगा।

सभी कामों में रामा चरखे की तरह घूमता रहता। अभी देखा कि रामा कपड़े धो रहा है, परंतु देखता हूँ कि भइया नहाने बैठे हैं तो वह उनकी पीठ रगड़ रहा है। उसके बाद देखा तो पान लगाने में मसरूफ है। इस तरह वह हर वक्त दौड़-धूप करता रहता। भइया का वह 'फेवरेट', बड़े काम का, प्यारा नौकर था, पर मुझे वह तनिक न सुहाता। उस नालायक के लिए अकसर मुझे भइया से खरी-खोटी बातें सुननी पड़तीं। खासकर गदाधर को वह अकसर तंग किया करता। मैं उससे बहुत चिढ़ गया था, मगर इससे क्या फायदा, वह ठहरा भइया का फेवरेट! राम बाबू भी उसे फूटी आँखों न देख सकते थे। वे उसे 'रूज' (रँगा सियार) कहा करते थे। उस समय उस शब्द की व्याख्या वे खुद भी नहीं कर सकते थे। इसका कारण यह था कि रामा अपने को 'राम बाबू' कहा करता था। भइया भी कभी-कभी उसे 'राम बाबू' कहकर पुकार लिया करते थे, मगर राम बाबू को यह सब अच्छा न लगता था। खैर, जाने दो इन व्यर्थ की बातों को।

एक दिन शाम को भइया एक नया लैंप खरीद लाए। बहुत ही बढ़िया चीज थी, करीब पचास-साठ रुपए दाम होंगे। शाम को जब सब घूमने चले गए तो तब मैंने गदाधर को बुलाकर उसे दिखाया। गदाधर ने पहले कभी ऐसी 'बत्ती' नहीं देखी थी। वह बहुत खुश हुआ और दो-एक बार उसने उसे इधर-उधर करके देखा-भाला। इसके बाद वह अपने काम से चला गया, पर मेरी 'क्यूरियोसिटी' शांत नहीं हुई। मैं लैंप की

चिमनी खोलकर देखना चाहता था कि कैसे खुलती है? आखिर देखूँ कि उसके भीतर कैसी मशीन है? बहुत खोलकर हिलाया-डुलाया, इधर-उधर किया, घुमाने-फिराने की कोशिश की, मगर खोल न सका। बहुत 'ऑब्जर्वेशन' के बाद मैंने देखा कि नीचे एक स्क्रू है, मैंने उसे घुमाया। घुमा ही रहा था कि चट से उसका नीचे का हिस्सा अलग हो गया और जल्दी में मैं उसे पकड़ न सका। नतीजा यह हुआ कि उसका शीशा टेबिल से नीचे गिरकर चकनाचूर हो गया।

उस दिन बहुत रात बीत जाने पर मैं घूमकर लौटा। घर आकर देखा, वहाँ बड़ी हाय-तौबा मची हुई है। गदाधर को चारों तरफ से लोग घेरे बैठे हैं। गदाधर से जिरह की जा रही है। भइया खूब गुस्सा कर रहे हैं।

गदाधर की आँखों से टप-टप आँसू गिर रहे थे। वह बता रहा था, "बाबूजी, मैंने इसको जरा छुआ जरूर था, पर तोड़ा नहीं। सुकुमार बाबू ने मुझे दिखाया, मैंने सिर्फ देखा, उसके बाद ये घूमने चले गए, मैं भी रसोई बनाने चला गया।"

किसी ने भी उसकी बात पर विश्वास नहीं किया। साबित हो गया कि उसी ने चिमनी तोड़ी है। उसकी तनख्वाह, जो अभी बाकी थी, उसमें से साढ़े तीन रुपया काटकर नई चिमनी मँगाई गई। शाम को जब बत्ती जलाई गई तो सब बहुत खुश हुए, सिर्फ मेरी दोनों आँखें जलने लगीं। हर वक्त मन में यही खयाल आने लगा, मानो मैंने उसकी माँ के साढ़े तीन रुपए चुरा लिये!

मुझसे वहाँ बैठा नहीं गया। जिद करके किसी तरह भइया को राजी करके मैं गाँव पहुँच गया। सोचा था, दादी से रुपया लाकर चुपके से साढ़े तीन की जगह सात रुपए गदाधर को दे दूँगा। उस वक्त मेरे पास रुपए बिल्कुल न थे। सब रुपए भइया के पास थे, इसीलिए रुपयों के लिए मुझे देश आना पड़ा। सोचा था कि एक दिन से अधिक नहीं रुकूँगा, मगर सात-आठ दिन वहाँ बीत ही गए।

सात-आठ दिन के बाद फिर कलकत्ता पहुँचा। मकान में पैर रखते ही पुकारा, "गदा!" पर किसी ने जवाब नहीं दिया। फिर बुलाया, "गदाधर महाराज!" अब की बार भी जवाब नहीं आया! फिर कहा, "गदा!"

रामचरण ने आकर कहा, "छोटे बाबू! अभी आए हैं क्या?"

"हाँ-हाँ, अभी ही आया हूँ। महाराज कहाँ हैं?"

"महाराज तो नहीं हैं।"

"कहाँ गया है?"

"उसे बाबू ने निकाल दिया।"

"निकाल दिया! क्यों?"

"उसने चोरी की थी, इसलिए।"

पहले तो बात ठीक से मेरी समझ में नहीं आई, इसी से कुछ देर तक मैं रामा का मुँह ताकता रहा।

रामा मेरे मन को समझ गया, फिर मुसकराकर बोला, "छोटे बाबू! आप ताज्जुब कर रहे हैं! मगर उसे आप लोग पहचानते न थे, इसीलिए इतना चाहते थे। वह छुपा रुस्तम था बाबू, उस भीगी बिल्ली को मैं ही अच्छी तरह जानता था।"

वह किस तरह छुपा रुस्तम था और क्यों मैं उस भीगी बिल्ली को नहीं पहचान सका, यह मेरी समझ में कुछ नहीं आया। मैंने पूछा, "किसके रुपए चुराए थे उसने?"

"बड़े बाबू के।"

"कहाँ थे रुपए?"

"कोट की जेब में।"

"कितने रुपए थे?"

"चार रुपए।"

"किसने देखा था?"

"आँखों से तो किसी ने नहीं देखा, मगर देखा ही समझिए।"

"क्यों?"

"इसमें पूछने की कौन सी बात है? आप तो घर में थे नहीं, राम बाबू ने लिये नहीं, जगन्नाथ बाबू ले नहीं सकते, मैंने भी नहीं लिये तो फिर गए कहाँ? किसने लिये रुपए?"

"अच्छा तो तूने उसे पकड़ा है?"

रामा ने हँसते हुए कहा, "और नहीं तो फिर कौन पकड़ता?"

ठनठनिया का जूता आप आसानी से खरीद सकते हैं। इतना मजबूत जूता शायद और कहीं नहीं बनता। उसी से मैंने उसकी खूब…।

मैं रसोई में जाकर रोने लगा। उसका वह छोटा सा काला हुक्का एक कोने में पड़ा था, उस पर धूल जमी हुई थी। आज चार-पाँच रोज से उसको किसी ने छुआ भी नहीं, किसी ने पानी तक नहीं बदला। दीवार पर एक जगह कोयले से लिखा था, "सुकुमार बाबू! मैंने चोरी की है। अब मैं यहाँ से जा रहा हूँ। अगर जिंदा रहा तो फिर कभी आऊँगा।"

तब मैं लड़का ही तो था। बिल्कुल बच्चे की तरह उस हुक्के को छाती से लगाकर फूट-फूटकर रोने लगा। क्यों? इसकी वजह मुझे नहीं मालूम।

फिर मुझे उस मकान में रहना अच्छा नहीं लगा। शाम को घूमने के बाद एक बार रसोई में जाता और दूसरे रसोइया को खाना बनाते देख चुपचाप लौट आता। फिर अपने कमरे में आकर किताब खोलकर पढ़ने लगता। कभी-कभी मुझे मँझले भाई भी नहीं सुहाते। मुझे रोटी तक कड़वी मालूम होने लगती।

बहुत दिनों बाद एक रोज मैंने भइया से कहा, "बड़े भैया! ये क्या किया तुमने?"

"किसका, क्या किया?"

"गदा ने तुम्हारे रुपए नहीं चुराए थे।" सभी जानते हैं, मैं गदाधर महाराज को बहुत चाहता हूँ।"

भइया ने मुझसे कहा, "हाँ, काम तो अच्छा नहीं हुआ सुकुमार, पर अब तो जो होना था सो हो चुका, लेकिन रामा को तूने इतना मारा क्यों था?"

"अगर मारा था तो मुझे भी निकाल दोगे?"

भइया ने मेरे मुँह से पहले कभी ऐसी बात नहीं सुनी।

मैंने फिर पूछा, "तुम्हारे कितने रुपए वसूल हो गए?"

भइया बड़े दुखित होकर बोले, "काम ठीक नहीं हुआ। तनख्वाह के ढाई रुपए हुए थे, सो सब काट लिये। मेरी ऐसी इच्छा नहीं थी।"

मैं जब-तब सड़कों पर घूमा करता। दूर से अगर किसी को मैली चादर ओढ़े और फटी चट्टी चमकाते हुए देखता तो फौरन दौड़ा-दौड़ा उसके पास पहुँच जाता, पर मेरे मन का अरमान पूरा नहीं होता। मेरी आशा रोज निराशा में परिणत होने लगी। मैं अपने मन की बात किससे कहता?

करीब पाँच महीने के बाद भइया के नाम एक मनीऑर्डर आया, डेढ़ रुपए का। भइया को मैंने उसी रोज आँसू पोंछते देखा था। उसका कूपन अभी तक मेरे पास मौजूद है।

कितने वर्ष बीत गए, इसका कोई ठीक ठिकाना भी है! मगर आज भी गदाधर महाराज मेरे दिल में आधी जगह घेरे बैठे हैं।

□

काबुलीवाला

–रवींद्रनाथ ठाकुर

पाँच बरस की मेरी छोटी लड़की मिनी थी, उससे क्षण भर भी बात किए बिना नहीं रहा जाता। दुनिया में जन्म लेने के बाद भाषा सीखने में उसने सिर्फ एक साल लगाया था। उसके बाद से, जब तक वह जागती रहती है, उस समय का एक भी पल वह खामोश रहकर नष्ट नहीं करती। उसकी माँ कभी-कभी धमकाकर उसका मुँह बंद करा देती, पर फिर भी मैं ऐसा नहीं कर पाता। मिनी अगर खामोश रहे तो वह ऐसी अजीब सी लगती है कि मुझसे उसकी खामोशी ज्यादा देर तक सही नहीं जाती। सही कारण यही है कि उसके साथ मेरी बातचीत कुछ अधिक उत्साह के साथ चलती है।

सवेरे मैं अपने उपन्यास का सत्रहवाँ अध्याय लिखने ही जा रहा था कि मिनी ने आकर कहना शुरू कर दिया, "बाबू, रामदयाल दरबान काका को कौवा कह रहा था। वह कुछ नहीं जानता। है न बाबा!"

विश्व की भाषाओं की विभिन्नता के बारे में मैं उसे कुछ ज्ञान देने वाला ही था कि उसने दूसरी बात छेड़ दी, "सुनो बाबू, भोला कह रहा था कि आसमान से हाथी सूँड़ से पानी बिखेरता है, तभी बारिश होती है। ओ माँ! भोला झूठ-मूठ ही इतना बोलता है। बस, बोलता ही रहता है, दिन-रात बोलता रहता है, बाबू।"

इस बारे में मेरी राय के लिए जरा सा भी इंतजार किए बिना वह चट से पूछ बैठी, "क्यों बाबू, अम्मा तुम्हारी कौन लगती है?"

मैंने मन-ही-मन कहा, 'साली' और मुँह से कहा, "मिनी, तू जा, जाकर भोला के साथ खेल। मुझे अभी बहुत काम करना है।"

वह मेरी लिखने की मेज के पास मेरे पैरों के निकट बैठ गई और दोनों घुटने और हाथ हिला-हिलाकर, फुरती से मुँह चलाते हुए रटने लगी—"आगडुम-बगडुम घोड़ा डुम साजे।" उस समय मेरे उपन्यास के सत्रहवें अध्याय में प्रतापसिंह कंचनमाला को लेकर अँधेरी रात में कारागार की ऊँची खिड़की से नीचे नदी के पानी में कूद रहे थे।

मेरा कमरा सड़क के किनारे था। यकायक मिनी 'अक्को-बक्को तीन तिलक्को' खेल छोड़कर खिड़की के पास दौड़कर गई और जोर से पुकारने लगी, "काबुलीवाला! ओ काबुलीवाला!"

गंदे से, ढीले से कपड़े पहने, सिर पर पगड़ी बाँधे, कंधे पर झोली लटकाए और हाथ में अंगूर की दो-चार पेटियाँ लिये एक लंबा-सा काबुली धीमी चाल से सड़क पर जा रहा था। उसे देखकर मेरी बिटिया रानी के मन में कैसे भाव जगे होंगे, यह बताना टेढ़ी खीर है, पर वह जोर-जोर से उसे पुकार रही थी। मैंने सोचा, अभी कंधे पर झोली लटकाए एक आफत मेरे सिर पर आ सवार होगी और मेरा सत्रहवाँ अध्याय खत्म होने से रह जाएगा।

लेकिन मिनी की पुकार पर, जैसे ही काबुली ने हँसकर अपना चेहरा घुमाया और मेरे घर की ओर आने लगा, वैसे ही मिनी जान छुड़ाकर अंदर की ओर भागी और गायब हो गई। उसके मन में एक अंधविश्वास सा जम गया था कि झोली में ढूँढ़ने पर मिनी जैसे और भी दो-चार जीवित इनसान मिल सकते हैं!

काबुली ने आकर हँसते हुए सलाम किया और खड़ा रहा। मैंने सोचा, हालाँकि प्रतापसिंह और कंचनमाला दोनों की दशा बड़ी मुसीबत में है, फिर भी इस आदमी को घर बुलाकर कुछ न खरीदना ठीक नहीं होगा।

कुछ चीजें खरीदीं। उसके बाद इधर-उधर की चर्चा भी होने लगी। अब्दुल रहमान से रूस, अंग्रेज, सरहदी रक्षा-नीति पर बातें होती रहीं।

अंत में उठते समय उसने पूछा, "बाबूजी, तुम्हारी लड़की कहाँ गई?"

मिनी के मन से बेकार का डर दूर करने के इरादे से उसे भीतर से बुलवा लिया। वह मुझसे सटकर खड़ी हो गई। संदेह भरी नजरों से वह काबुली का चेहरा और उसकी झोली की ओर देखती रही। काबुली ने झोली से किशमिश और खुबानी निकालकर देना चाहा, पर उसने किसी तरह से नहीं लिया। दुगुने डर से वह मेरे घुटनों से चिपकी रही। पहला परिचय कुछ इसी तरह हुआ।

कुछ दिनों के बाद एक सवेरे किसी आवश्यक काम से घर के बाहर निकला तो देखा, मेरी बिटिया दरवाजे के पास बेंच पर बैठी उससे बेहिचक बातें कर रही है। काबुली उसके पैरों के पास मुसकराता हुआ सुन रहा है और बीच-बीच में प्रसंग के अनुसार अपनी राय भी खिचड़ी भाषा में जाहिर कर रहा है। मिनी के पाँच साल की उम्र के अनुभव में बाबू के अलावा ऐसा धैर्य रखनेवाला श्रोता शायद ही कभी मिला हो! फिर देखा, उसका छोटा सा आँचल बादाम-किशमिश से भरा हुआ है। मैंने काबुली से कहा, "इसे सब क्यों दिया? ऐसा मत करना।" इतना कहकर जेब से एक अठन्नी निकालकर मैंने उसे दे दी। उसने बेझिझक अठन्नी लेकर झोली में डाल ली।

घर लौटकर मैंने देखा, उस अठन्नी को लेकर बड़ा हो-हल्ला शुरू हो चुका था।

मिनी की माँ एक सफेद चमचमाता गोलाकार पदार्थ हाथ में लेकर डाँटकर मिनी से पूछ रही थी, "तुझे अठन्नी कहाँ से मिली?"

मिनी ने कहा, "काबुलीवाला ने दी है।"

उसकी माँ बोली, "काबुलीवाला से तूने अठन्नी ली ही क्यों?"

मिनी रुआँसी होकर बोली, "मैंने माँगी नहीं, उसने खुद ही दी।"

मैंने आकर मिनी को उस पास खड़ी मुसीबत से बचाया और बाहर ले आया।

पता चला कि काबुली के साथ मिनी की यह दूसरी मुलाकात ही हो, ऐसी बात भी नहीं। इस बीच वह रोज आता रहा और पिस्ता-बादाम की रिश्वत देकर मिनी के मासूम लोभी हृदय पर काफी अधिकार जमा लिया है।

इन दोनों मित्रों में कुछ बँधी-बँधाई बातें और परिहास होता रहा, जैसे रहमान को देखते ही मेरी लड़की हँसती हुई उससे पूछती—"काबुलीवाला! ओ काबुलीवाला! तुम्हारी झोली में क्या है?"

रहमान बेमतलब नकियाते हुए जवाब देता—"हाथी।"

यानी उसकी झोली के भीतर हाथी है, यही उनके मजाक का सूक्ष्म सा अर्थ था। अर्थ बहुत ही सूक्ष्म हो, ऐसा तो नहीं कहा जा सकता, फिर भी इस मजाक में दोनों को बड़ा मजा आता। सर्दियों की भोर में एक सयाने और एक कम उम्र बच्ची की ऐसी सरल हँसी मुझे भी बड़ी अच्छी लगती।

उन दोनों में एक बात और चल रही थी। रहमान मिनी से कहता—"खोखी, तू कभी ससुराल मत जाना, हाँ!"

बंगाली परिवार की लड़कियाँ बचपन से ही ससुराल शब्द की जानकार हो जाती हैं, लेकिन हम लोगों ने थोड़ा आधुनिक होने के कारण मासूम बच्ची को ससुराल के बारे में सचेत नहीं किया था। इसलिए रहमान की बातों का मतलब वह साफ-साफ नहीं समझ पाती थी, लेकिन बात का कोई जवाब दिए बिना चुप रह जाना उसकी आदत के बिल्कुल खिलाफ था। वह पलटकर रहमान से पूछ बैठती—"तुम ससुराल जाओगे?"

रहमान काल्पनिक ससुर के प्रति अपना बहुत बड़ा घूँसा तानकर कहता—"हम ससुर को बहुत मारेगा।"

यह सुनकर मिनी ससुर नाम के किसी अजनबी प्राणी की दुर्दशा की कल्पना कर खूब हँसती।

□

सर्दियों के सुहावने दिन थे। पुराने जमाने में इसी समय राजा लोग दिग्विजय के लिए निकलते थे। मैं कलकत्ता छोड़कर कहीं नहीं गया। शायद इसीलिए मेरा मन दुनिया

भर में घूमा करता है, जैसे मैं अपने घर के ही कोने में हमेशा से बसा हुआ हूँ! बाहर की दुनिया के लिए मेरा मन हमेशा बेचैन रहता है। किसी देश का नाम सुनते ही मन वहीं दौड़ पड़ता है। किसी विदेशी को देखते ही मेरा मन फौरन नदी, पहाड़, जंगल के बीच एक कुटिया का दृश्य देख रहा होता है। उल्लास से भरे स्वतंत्र-जीवन का एक चित्र कल्पना में जाग उठता है।

इधर मैं भी इतना सुस्त प्रकृति यानी कुन्ना किस्म का हूँ कि अपना घर छोड़कर जरा बाहर निकलने में ही कटु अनुभव होने लगता है, इसीलिए सवेरे अपने छोटे कमरे में मेज के सामने बैठकर काबुली से गप्पें लड़ाकर बहुत कुछ सैर-सपाटे का उद्देश्य पूरा कर लिया करता हूँ। दोनों ओर ऊबड़-खाबड़, दुर्गम, जले हुए, लाल-लाल ऊँचे पहाड़ों की माला, बीच में पतले रेगिस्तानी रास्ते और उन पर मुसाफिरों से लदे ऊँटों के काफिले चले जा रहे हैं। किसी के हाथ में बरछी है, तो किसी के हाथ में पुराने जमाने की चकमक पत्थर से दागी जानेवाली बंदूक। काबुली अपने बादल-गर्जन से स्वर में, खिचड़ी-भाषा में अपने वतन के बारे में सुनाता रहता और यह चित्र मेरी आँखों के सामने काफिलों के समान गुजरता चला जाता।

मिनी की माँ बड़ी ही वहमी आदत की है। रास्ते पर कोई आहट होते ही उसे लगता कि दुनिया भर के शराबी मतवाले हमारे ही घर की ओर भागते चले आ रहे हैं! यह दुनिया हर कहीं चोर-डाकू, शराबी, साँप, बाघ, मलेरिया, सूअरों, तिलचट्टों और गोरों से भरी हुई है, यही उसका खयाल है। इतने दिनों से (हालाँकि बहुत ज्यादा दिन नहीं) दुनिया में रहने के बावजूद उसके मन से यह भय दूर नहीं हुआ।

खासतौर से रहमान काबुली के बारे में वह पूरी तरह संतुष्ट नहीं थी। उस पर खास नजर रखने के लिए वह मुझसे बार-बार प्रार्थना करती थी। मैं उसके संदेह को हँसकर उड़ा देने की कोशिश करता तो वह मुझसे एक-एक कर कई सवाल पूछ बैठती, "क्या कभी किसी का लड़का चुराया नहीं गया? क्या काबुल में गुलामी-प्रथा अभी भी चालू नहीं है? एक लंबे-चौड़े काबुली के लिए, क्या एक छोटे से बच्चे को चुराकर ले जाना बिल्कुल मामूली सी बात नहीं है?"

□

मुझे मानना पड़ा कि यह बात बिल्कुल असंभव तो नहीं, पर यकीन योग्य भी नहीं है। विश्वास करने की शक्ति हरेक में समान नहीं होती, इसीलिए मेरी पत्नी के मन में डर बना ही रह गया। लेकिन सिर्फ इसीलिए बिना किसी दोष के रहमान को अपने घर में आने से मैं मना नहीं कर सका।

हर साल माघ के महीने में रहमान अपने देश चला जाता है। इस समय वह अपने रुपयों की वसूली में बुरी तरह फँसा रहता है। घर-घर दौड़ना पड़ता है, फिर भी वह एक

बार मिनी से आकर मिल ही जाता है। देखने में लगता है, जैसे दोनों में कोई साजिश चल रही हो। जिस दिन सवेरे नहीं आ पाता, उस दिन देखता हूँ कि वह शाम को जरूर आता है। अँधेरे कमरे के कोने में उस ढीला-ढाला कुरता-पायजामा पहने झोली-झिंगोलीवाले लंबे-तड़ंगे आदमी को देखकर सचमुच मन में अचानक एक भय-सा लगता है, लेकिन जब मैं देखता हूँ कि मिनी 'काबुलीवाला, काबुलीवाला!' कहकर हँसते-हँसते दौड़ती चली आती है और अलग-अलग उम्र के दो मित्रों में पुराना सहज मजाक चलने लगता है तो मेरा हृदय खुशी से भर उठता।

एक दिन सवेरे मैं अपने छोटे कमरे में बैठा अपनी किताब के प्रूफ देख रहा था। सर्दियों के दिन खत्म होने से पहले, आज दो-तीन दिन से कड़ाके की ठंड पड़ रही थी। चारों ओर सभी दाँत किटकिटा रहे थे। खिड़कियों के रास्ते धूप आकर मेज के नीचे मेरे पैरों पर पड़ रही थी। यह धूप मुझे बड़ी सुहावनी लग रही थी। सुबह के करीब आठ बजे होंगे। गुलबंद लपेटे सवेरे सैर को निकलनेवाले लोग अपनी सैर समाप्त कर घर लौट रहे थे। इसी वक्त सड़क पर बड़ा शोर-गुल सुनाई पड़ा।

देखा, हमारे रहमान को दो सिपाही बाँधे चले आ रहे हैं और उसके पीछे-पीछे तमाशबीन लड़कों का झुंड चला आ रहा है। रहमान के कपड़ों पर खून के दाग हैं और एक सिपाही के हाथ में खून से रँगा हुआ छुरा है। मैंने दरवाजे से बाहर जाकर सिपाहियों से पूछा कि मामला क्या है?

कुछ उस सिपाही से और कुछ रहमान से सुना कि हमारे पड़ोस में एक आदमी ने रहमान से उधार में एक रामपुरी चादर खरीदी थी। कुछ रुपए अब भी उस पर बाकी थे, जिन्हें देने से वह साफ मुकर गया। इसी पर बहस होते-होते रहमान ने उसे छुरा भोंक दिया।

रहमान उस झूठे आदमी के प्रति तरह-तरह की गंदी गालियाँ बक रहा था कि इतने में 'काबुलीवाला, ओ काबुलीवाला!' पुकारती हुई मिनी घर से निकल गई।

क्षण भर में रहमान का चेहरा उगलती आग को त्यागकर उजली हँसी से खिल उठा। उसके कंधे पर आज झोली नहीं थी, इसलिए झोली के बारे में दोनों मित्रों की पुरानी बहस न छिड़ सकी। मिनी आते ही एकाएक उससे पूछ बैठी, "तुम ससुराल जाओगे?"

रहमान ने हँसकर कहा, "वहीं तो जा रहा हूँ।"

उसे लगा, उसके इस जवाब से मिनी मुसकराई नहीं। तब उसने हाथ दिखाते हुए कहा, "ससुर को मारता, पर करूँ क्या, हाथ बँधे हैं।"

संगीन चोट पहुँचाने के जुर्म में रहमान को कई वर्ष की कैद की सजा हो गई।

उसके बारे में मैं धीरे-धीरे भूल ही गया। हम लोग जब अपने-अपने घरों में रोजाना के कामों में लगे हुए आराम से दिन गुजार रहे थे, तब पहाड़ों पर आजाद घूमनेवाला

आदमी जेल की दीवारों में कैसे साल-पर-साल गुजार रहा होगा, यह बात कभी हमारे मन में नहीं आई।

चंचल हृदयी मिनी का बरताव तो और भी शर्मनाक था, यह बात उसके बाप को भी माननी पड़ी। उसने बड़े ही बेलौस ढंग से अपने पुराने मित्र को भुलाकर पहले तो नबी सईस के साथ दोस्ती कर ली, फिर धीरे-धीरे जैसे-जैसे उम्र बढ़ने लगी, वैसे-वैसे दोस्तों के बदले एक-के-बाद एक सहेलियाँ जुटने लगीं। यहाँ तक कि अब यह अपने बाबू के लिखने के कमरे में भी नहीं दिखलाई देती। मैंने भी एक तरह से उसके साथ कुट्टी कर ली थी।

□

काफी साल बीत गए। फिर शरद ऋतु का मौसम आ गया। मेरी मिनी की शादी तय हो गई। दुर्गा पूजा की छुट्टी में ही ब्याह हो जाएगा। कैलाशवासिनी पार्वती के साथ-साथ मेरे घर की आनंदमयी भी पिता का घर अँधेरा कर पति के घर चली जाएगी।

बड़े ही मन लुभानेवाले ढंग से आज सवेरे सूर्योदय हुआ है। बरसात के बाद सर्दियों की नई धुली हुई धूप ने जैसे सुहागे में गलाए हुए साफ और खरे सोने का रंग अपना लिया है। कलकत्ता के गलियारों में आपस में सटी हुई ईंटों वाली गंदी इमारतों पर भी इस सूर्य की चमक ने एक अनोखी सुंदरता बिखेर दी है।

हमारे घर पर सवेरा होने से पहले से ही शहनाई बज रही है। मुझे लग रहा है, जैसे वह शहनाई मेरे हृदय में पसलियों के भीतर रोती हुई बज रही है। उसका करुण भैरवी राग जैसे मेरे सामने खड़ी बिछोह की पीड़ा को जाड़े की धूप के साथ दुनिया भर में फैलाए दे रहा हो! आज मेरी मिनी का ब्याह है।

आज सवेरे से ही बड़ी चहल-पहल और लोगों का आना-जाना शुरू हो गया। आँगन में बाँस बाँधकर शामियाना लगाया गया है, मकान के कमरों में और बरामदे पर झाड़ लटकाए जाने की टन-टन सुनाई पड़ रही है। हाय-हुल्ला का तो कोई अंत ही नहीं।

मैं अपने पढ़ने-लिखनेवाले कमरे में बैठा खर्च का हिसाब लिख रहा था कि रहमान आकर सलाम करते हुए खड़ा हो गया।

शुरू में तो उसे पहचान ही न सका। उसके पास वह झोली नहीं थी। उसके वे लंबे पट्टेदार बाल नहीं थे और न चेहरे पर चमक थी। आखिर में मैं उसकी मुसकराहट देखकर उसे पहचान गया।

"क्यों रहमान, कब आए?" मैंने पूछा।

उसने कहा, "कल शाम ही जेल से छूटा हूँ।"

यह बात मेरे कानों में जैसे जोर से टकराई। अब से पहले किसी खूनी को मैंने कभी अपनी आँखों से नहीं देखा था। इसे देखकर मेरा सारा मन विचलित-सा हो गया।

मेरी इच्छा होने लगी कि आज इस शुभ दिन पर यह व्यक्ति यहाँ से चला जाए तो बहुत अच्छा हो।

मैंने उससे कहा, "आज हमारे यहाँ एक जरूरी काम है। मैं उसी में लगा हुआ हूँ, आज तुम जाओ।"

मेरी बात सुनते ही, वह उसी क्षण जाने को तैयार हुआ, लेकिन फिर दरवाजे के पास जा खड़ा हुआ और कुछ संकोच से भरकर बोला, "एक बार खोखी को देख नहीं सकता क्या?"

शायद उसके मन में यही विश्वास था कि मिनी अभी तक वैसी ही बनी हुई है या उसने सोचा था कि मिनी आज भी वैसे ही पहले की तरह 'काबुलीवाला, काबुलीवाला' पुकारती भागती हुई आ जाएगी और उसकी हँसी भरी अनोखी बातों में किसी तरह का कोई फर्क नहीं आएगा। यहाँ तक कि पहले की दोस्ती की याद कर वह एक पेटी अंगूर और कागज के दोने में थोड़ा किशमिश-बादाम शायद किसी अपने वतनी दोस्त से माँग-मूँगकर ले आया था। उसकी पहले वाली झोली उसके पास नहीं थी।

मैंने कहा, "आज घर पर काम है। आज किसी से मुलाकात न हो सकेगी।"

वह कुछ उदास-सा हो गया। वह खामोश मेरी ओर एकटक देखता रहा, फिर 'सलाम बाबू' कहकर दरवाजे से बाहर निकल गया।

मेरे हृदय में एक दर्द की टीस सी उठी। सोच रहा था कि उसे बुला लूँ, फिर देखा, वह खुद ही चला आ रहा है।

नजदीक आकर उसने कहा, "यह अंगूर, किशमिश और बादाम खोखी के लिए ले आया हूँ, उसको दे दीजिएगा।"

सब लेकर मैंने दाम देना चाहा तो उसने एकदम मेरा हाथ पकड़ लिया और कहा, "आपकी बड़ी मेहरबानी है बाबू, हमेशा याद रहेगी। इसका मुझे पैसा न दें। बाबू, जैसी तुम्हारी लड़की है, वैसी मेरी भी एक लड़की मेरे देश में है। मैं उसकी याद कर तुम्हारी खोखी के लिए थोड़ा सा मेवा हाथ में लिये चला आता था। मैं यहाँ अब कोई सौदा बेचने नहीं आया।"

इतना कहकर उसने अपने ढीले-ढाले कुरते के अंदर हाथ डालकर एक मैला सा कागज निकाला और बड़े प्यार से उसकी तहें खोलकर दोनों हाथ से उसे मेज पर फैला दिया।

मैंने देखा, कागज पर एक नन्हे से हाथ के पंजे की छाप है। फोटो नहीं, तेल चित्र नहीं, सिर्फ हथेली में थोड़ी सी कालिख लगाकर उसी का निशान ले लिया गया है। बेटी की इस नन्ही सी याद को छाती से लगाए रहमान हर साल कलकत्ता की गलियों में मेवा

बेचने आता था, जैसे उस नाजुक नन्हे हाथ का स्पर्श उसके बिछोह से भरे चौड़े सीने में अमृत घोलता रहता था।

देखकर मेरी आँखें भर आईं और फिर मैं यह भूल गया कि वह एक काबुली मेवावाला है और मैं किसी ऊँचे घराने का बंगाली। तब मैं यह अनुभव करने लगा कि जो वह है, वही मैं भी हूँ, वह भी बाप है और मैं भी एक बाप हूँ। उसकी पर्वतवासिनी नन्ही पार्वती के हाथ की निशानी ने ही मेरी मिनी की याद दिला दी। मैंने उसी समय मिनी को बाहर बुलवाया। घर में इस पर कड़ी आपत्ति की गई, पर मैंने एक न सुनी। ब्याह की लाल बनारसी साड़ी पहने, माथे पर चंदन की अल्पना सजाए दुलहन बनी मिनी शरम से भरी मेरे पास आकर खड़ी हो गई।

उसे देखकर काबुली पहले तो सकपका सा गया, अपनी पुरानी बातें अबकी बार दोहरा न सका। अंत में हँसकर बोला, "खोखी, तुम ससुराल जाओगी?"

मिनी अब ससुराल शब्द का मतलब अच्छी तरह समझती है। उससे पहले की तरह जवाब देते न बना। रहमान का सवाल सुनकर शरम से लाल हो, मुँह फेरकर खड़ी हो गई। काबुली से मिनी के पहले दिन की मुलाकात मुझे याद आ गई। मन न जाने कैसी वेदना से भर उठा।

मिनी के चले जाने के बाद एक लंबी साँस लेकर रहमान वहीं जमीन पर बैठ गया। अचानक उसके मन में एक बात साफ हो गई कि उसकी लड़की भी इस बीच इतनी ही बड़ी हो गई होगी और उसके साथ भी उसे नए ढंग से बातचीत करनी पड़ेगी। वह उसे फिर से पहलेवाले रूप में नहीं पाएगा। इन आठ वर्षों में न जाने उसका क्या हुआ होगा? सवेरे के वक्त सर्दियों की सुहावनी कोमल धूप में शहनाई बजने लगी और कलकत्ता की एक गली में बैठा हुआ रहमान अफगानिस्तान के मेरू-पर्वतों का दृश्य देखने लगा।

मैंने उसे एक बड़ा नोट निकालकर दिया, कहा, "रहमान, तुम अपने देश अपनी बेटी के पास जाओ। तुम दोनों के मिलन-सुख से मेरी मिनी का कल्याण होगा।"

यह रुपया दान करने के पश्चात् मुझे विवाहोत्सव की दो-चार चीजें कम कर देनी पड़ीं। मन में जैसी इच्छा थी, उस तरह रोशनी नहीं कर सका। किले का अंग्रेजी बैंड भी नहीं मँगा पाया। घर में औरतें बड़ा असंतोष प्रकट करने लगीं, लेकिन मंगल-ज्योति से मेरा यह शुभ-समारोह उज्ज्वल हो उठा।

□□□